Jean d'O
de l'Aca

Le rapport
Gabriel

Gallimard

Jean d'Ormesson, de l'Académie française, ancien élève de l'École Normale Supérieure, agrégé de philosophie, a écrit des ouvrages où la fiction se mêle souvent à l'autobiographie : *Du côté de chez Jean, Au revoir et merci, Le vagabond qui passe sous une ombrelle trouée* ; une biographie de Chateaubriand : *Mon dernier rêve sera pour vous* ; et des romans : *La gloire de l'Empire, Au plaisir de Dieu* qui a inspiré un film en six épisodes qui est un des succès les plus mémorables de la télévision, *Dieu, sa vie, son œuvre* et *Histoire du Juif errant, La Douane de mer, Presque rien sur presque tout, Casimir mène la grande vie* et *Le rapport Gabriel*.

I

La colère de Dieu

LA MENACE

Ce n'était pas la première fois que les hommes mettaient Dieu hors de lui. Jalonnée de tant de fureurs et de tant de coups de tonnerre, l'histoire des relations entre Dieu et les hommes n'est qu'une longue suite de brouilles et de raccommodements. Il les aime ; ils le trompent ; il les punit ; ils se repentent ; il leur pardonne ; ils le célèbrent. Et, poussés par l'orgueil et le désir d'autre chose, ils recommencent.

Dieu, le visage fermé, le regard sombre, les mains derrière le dos, faisait les cent pas dans son éternité. Il roulait dans sa sagesse des rêves obscurs de justice et peut-être de vengeance. Car, personne ne l'ignore, le Dieu de justice et de bonté est aussi un Dieu vengeur. Il se disait que sa vie serait meilleure sans les hommes. Il leur avait tout donné. Et d'abord l'existence. Il finissait par se demander s'il avait bien fait de les tirer du néant.

Pour leur permettre de se jeter, par les chaudes journées de l'été, dans la mer couleur de vin et de se promener quelques printemps parmi les lys et les colombes, au milieu des boutons-d'or et des champs de lavande, il avait, de toutes pièces, et ce n'était pas rien, inventé l'espace et le temps, le

11

Soleil et la Terre, la vie, la pensée, les lois immuables d'où ils étaient sortis. Et, pour couronner le tout, il les avait laissés libres.

Libres de quoi? Je vous le demande. Du meilleur et du pire. De chanter sa grandeur, de faire régner sa paix. De le traîner dans la boue et de le mettre à mort. À quoi, je vous prie, d'un bout de l'histoire à l'autre, s'étaient-ils consacrés avec acharnement? À se débarrasser de lui. On eût dit, je vous jure, qu'ils n'avaient pas d'autre idée et pas d'autre ambition. Ils en étaient venus à le traiter d'illusion, d'hypothèse de travail, de fantasme inutile dont on pouvait se passer. Ils l'avaient poussé vers la porte. Ils l'avaient jeté par-dessus bord. Ils avaient retourné contre lui la liberté qu'ils lui devaient et ils discutaient sans vergogne de son inexistence et de leur majesté.

Une hypothèse de travail! Dieu étouffa un cri de rage. Les chérubins tressaillirent. Tu l'as voulu, Dandin! Les fautes des hommes étaient sa faute. Il n'avait qu'à s'en prendre à lui-même. C'était une histoire très classique : il s'était sacrifié pour eux et, en réponse, ils se moquaient de lui. Il savait très bien, puisqu'il savait tout, le surnom chuchoté qui courait l'éternité : dès qu'il avait le dos tourné, les trônes et les dominations, qui ne détestaient pas rire, l'appelaient le père Goriot. C'était bien fait pour lui : il aimait trop les hommes, il les avait trop choyés. Et ils le crucifiaient.

Même l'amour a ses bornes. Les écailles lui tombaient des yeux. À voir ce qu'était devenue une histoire qui, non contente d'indigner son auteur, commençait à faire peur à ses acteurs eux-mêmes, il n'était pas impossible que les hommes fussent mauvais. C'était un coup terrible pour Dieu. Les hommes étaient la chair de sa chair. Il les avait créés à son image. Il les avait mis au monde par un acte d'amour. Et il les chérissait. Dieu était un père très patient et très bon. Et ses enfants ingrats qui l'avaient renié, il les vomissait par sa bouche.

La tentation lui venait de les abandonner à eux-mêmes. On verrait bien ce qu'ils deviendraient s'il se refusait tout à coup à soutenir l'univers, si la Terre cessait de tourner, si le Soleil ne les chauffait plus et ne les éclairait plus, si les lois de la physique s'effondraient brutalement comme la tour de Babel ou les cours de leur Bourse ou le barrage, à Mareb, de cette reine de Saba dont parlent la Bible et le Coran, si le temps s'arrêtait.

Si le temps s'arrêtait ! Qu'est-ce qui leur permettait de croire que cette mécanique céleste et ce régime métaphysique où ils se vautraient avec une suffisance et une vulgarité qui lui soulevaient le cœur étaient établis à jamais pour assurer leur confort et pour servir leurs desseins ? Avaient-ils oublié que le lever du Soleil, et le retour des jours, et la cohérence de l'univers, et tout l'ordre des choses n'était qu'un don gratuit de Dieu ? Une divine habitude enracinée dans l'être et que rien d'autre que l'être ne rendait nécessaire.

« *I'm afraid*, disait Dieu qui avait le don des langues et passait de l'une à l'autre avec indifférence, *that they take it for granted : they are wrong.* »

Il fit appeler Gabriel.

L'ESPION DU TOUT-PUISSANT

Gabriel était charmant. Personne n'avait jamais fait mieux. Il était beau. Il savait tout. Il craignait Dieu et il marchait dans sa voie. Au niveau le plus élevé de l'administration de l'univers et de l'éternité, il servait la justice et la vérité. Il était pur de toute bassesse et de toute vanité. C'était un ange. C'était même un archange. Et Dieu l'aimait entre tous.

Ses états de service faisaient pâlir ses confrères. Michel et Raphaël, qui étaient ses amis, nourrissaient pour lui une affection mêlée d'admiration. Il alliait le courage à la fidélité. Dieu, si puissant et si sage, se montrait souvent imprudent. Il se laissait aller à des foucades et à des entraînements qui consternaient les siens et qui lui faisaient ensuite verser des larmes de sang. Il s'était montré, à l'époque du Déluge, d'une scandaleuse partialité en faveur des poissons. Il s'était mal conduit avec Job. Il avait laissé détruire le temple de Jérusalem. Il avait autorisé des massacres qui faisaient honte au ciel. Il n'est pas tout à fait sûr que, dans une grande et vieille querelle, tous les torts aient été du côté d'Adam et Ève. Ceux qui ne l'aimaient pas ou qui le connaissaient mal l'accusaient parfois — un peu vite, eux aussi — de ne pas se donner la peine de réfléchir aux conséquences de ses actes et de faire n'importe quoi. Beaucoup lui reprochaient la création du monde et des hommes, et le tenaient pour responsable du mal qui ravageait la Terre. Plus d'une fois, Gabriel, avec fermeté et respect, avait mis Dieu en garde.

Il y avait eu une affaire qui avait laissé des traces dans le cœur de Gabriel. Au temps de sa jeunesse, à une époque où il ne portait pas encore, sur les portraits que nous avons de lui, sa célèbre barbe blanche, Dieu avait beaucoup aimé une autre créature — peut-être, au témoignage des rares privilégiés qui les avaient connues l'une et l'autre, plus séduisante et plus radieuse que Gabriel lui-même. Parce qu'elle brillait de mille feux et qu'une sombre lumière semblait irradier d'elle, Dieu l'avait appelée Lucifer. Tout porte à croire que Gabriel, malgré sa hauteur d'âme et sa grande dignité, ressentit dans son cœur les atteintes du chagrin et de la jalousie.

Lucifer, qui était brûlé d'une ambition dévorante, ne mit pas longtemps à devenir la coqueluche de l'éternité. Et il exerça sur Dieu une influence détestable. Au désespoir de Gabriel, Dieu témoignait à Lucifer une confiance absolue et se montrait partout avec lui. Au point que les trônes et les dominations, ces pestes de l'éternité, les appelaient les Jumeaux ou le Couple et qu'on avait parfois du mal à les distinguer l'un de l'autre. Ils allèrent, je le crains, jusqu'à rêver d'un monde où ils régneraient de concert. Par je ne sais quelle aberration, emporté par la passion, saisi d'un coup de folie — *Quos vult perdere...* —, Dieu nomma Lucifer à la tête de sa garde noire.

L'ange des ténèbres aimait à défiler dans les plaines de l'éternité à la tête de ses troupes. Il répandait la terreur. Il aspirait à grimper toujours un peu plus haut. Le masque tomba enfin. La révolte de Lucifer, qui se refusait à partager le pouvoir, et de la garde noire, à qui se rallièrent d'innombrables cohortes d'anges emportés par l'orgueil et par la rébellion, est dans toutes les mémoires : en vers ou en prose, sur la toile ou le bois, dans la pierre, en musique, d'innombrables ouvrages lui ont été consacrés. Un jour, peut-être, nous apporterons notre lot de documents inédits et de témoignages de première main au dossier inépuisable de la révolte des anges. Pour le moment au moins, n'y revenons pas ici. Nous avons tous vu et revu le film des événements qui, pendant tant de millénaires, ont fait trembler l'éternité, nous avons encore dans les oreilles le sifflement des stukas, le claquement sec des kalachnikovs, le crépitement des grenades, le bruit sourd des pièces lourdes, le fracas des bombes échangées dans l'infini par les anges fidèles et les anges révoltés. Sans l'aide de saint Michel et de ses escadrilles, de saint Georges et de sa cavalerie — surtout les fameux dragons qui crachaient leur feu meurtrier —, il n'est pas impossible que Dieu eût succombé et que le tout, à jamais, eût sombré dans le mal.

Les yeux du Tout-Puissant s'étaient ouverts un peu tard. Gabriel, rentré en grâce, dirigea les services secrets et les missions spéciales avec une efficacité redoutable. On répète souvent, et on n'a pas tort, que Dieu est omniscient. C'est d'abord grâce à Gabriel — qui devait y gagner, auprès des trônes

et des dominations, le surnom de Gaby 007 —
que Dieu sait tout sur tout. Hermès de l'infini,
Fouché de candeur et de grâce, Canaris de l'éternité, James Bond aux ordres de Dieu, avec des vols
de chérubins dans le rôle de Moneypenny, Gabriel
joua un rôle décisif dans la victoire, au moins rela-
tive — car la guerre s'acheva, nous le savons tous,
sur une paix de compromis —, des forces du bien
sur les forces du mal.

MISSIONS DE CONFIANCE

Dieu, après la guerre, et dans les siècles des siècles, avait pris l'habitude de confier à Gabriel les tâches les plus délicates et des missions de confiance. Agent secret de Dieu, l'ange Gabriel les avait remplies à la satisfaction tant de son maître que de ses contacts ici-bas et, sur la terre comme au ciel, une légende dorée s'était tissée autour du messager du Très-Haut.

C'était lui qui, au nom du Seigneur des mondes, le Très-Miséricordieux, avait remis à Abraham, obscur émigré d'Ur, père des trois religions du Dieu unique et du Livre, la Pierre noire de la Kaaba.

C'était lui que Dieu avait envoyé à Daniel — celui de la fosse aux lions, de la fournaise ardente et des trois mots menaçants, *Mené, Tequel, Parsîn*, tracés par une main mystérieuse sur les murs du palais de Nabuchodonosor lors du banquet de Balthasar — pour lui annoncer, au loin, après les horreurs de la déportation à Babylone et tant de tribulations, la venue d'un sauveur : « Je vais t'apprendre ce qui arrivera au terme de la colère, car il y a un temps marqué pour la fin du malheur. »

C'était lui encore qui avait été chargé d'apporter un message à un prêtre d'un grand âge, du nom de Zacharie, qui était attaché au temple de Jérusalem. Zacharie était occupé à brûler l'encens devant la foule en prière dans le temple du Seigneur lorsqu'il aperçut, debout à la droite de l'autel, une créature vêtue de blanc et d'une beauté aveuglante. Il fut troublé en la voyant et la frayeur s'empara de lui. Il laissa tomber à ses pieds la cassolette d'encens.

— Ne crains rien, Zacharie, lui dit la radieuse apparition. Je me tiens devant Dieu à qui l'avenir appartient. J'ai été envoyé vers toi pour te parler et pour t'apporter une bonne nouvelle.

Et Gabriel apprit à Zacharie éberlué que sa femme Élisabeth, qui était déjà âgée et qui ne lui avait jamais donné d'enfant, allait avoir un fils. Aux yeux au moins des hommes, ce fils devait connaître une fin tragique puisqu'il allait être décapité et que sa tête tranchée serait posée sur un plat. Mais, auparavant, mystère des âmes et des destins, dans un vêtement de poil de chameau, une ceinture de cuir autour des reins, nourri de sauterelles et de miel sauvage, il allait aplanir les chemins du Très-Haut, baptiser le Sauveur avec l'eau du Jourdain et rendre impérissable le nom de Jean-Baptiste.

Six mois à peine après l'annonce faite à Zacharie — mais les jours, les mois, les siècles, et les millénaires se confondent dans l'éternité —, c'est Gabriel encore, qui avait à peine eu le temps de regagner l'au-delà et de rentrer chez lui, que Dieu envoya à nouveau dans une ville de Galilée, appelée Nazareth, auprès d'une jeune fille fiancée à un homme de la maison de David, nommé Joseph, qui exerçait le métier de charpentier. Le nom de la jeune fille était Marie, et sa mère, chez qui elle habitait, s'appelait Anne. Gabriel pénétra chez elle sans frapper, avec un peu de sans-gêne, et lui dit :

— Je te salue, Marie, pleine de grâce. Le Seigneur est avec toi.

Comme Daniel, comme Zacharie, Marie fut troublée par la beauté de Gabriel. Elle eut un mouvement de recul.

— N'aie pas peur, lui dit Gabriel.

Et, s'inclinant devant elle, il entra aussitôt, sans précautions inutiles, dans le vif du sujet :

— Tu vas être enceinte et tu donneras le jour à un fils qui régnera sur le monde.

— Comment cela se ferait-il? dit Marie qui, avant ses malheurs, était gaie et primesautière et qui en savait un bout sur les choses de la vie. Je n'ai pas connu d'homme : je suis vierge.

Gabriel lui répondit :

— Le Saint-Esprit viendra sur toi et le Tout-Puissant te couvrira de son ombre. C'est pourquoi l'enfant qui naîtra de toi sera appelé Fils de Dieu. Car il n'est rien d'impossible au pouvoir de l'Esprit.

— Je suis la servante du Seigneur, dit Marie en inclinant la tête à son tour d'un geste irrésistible et à jamais immortel. Qu'il en soit fait selon ta parole.

Gabriel la salua en silence et la quitta aussi vite qu'il était apparu.

Quelques siècles plus tard, qui passèrent comme des éclairs aux yeux de l'éternité, Gabriel fut envoyé, une cinquième et dernière fois, sous le pseudonyme de Jibraîl, auprès d'un ancien berger d'une quarantaine d'années, issu d'une grande famille de la tribu des Quraych, qui vivait en ascète dans la caverne de Hirâ au flanc de la montagne de la Lumière, en Arabie. Il s'appelait Muhammad, ou Mahom, ou Mohammed, ou encore Mahomet. Jibraîl lui transmit les paroles de Dieu et Mahomet, qui ne savait ni lire ni écrire mais à qui la foi servait de guide, les rapporta au cercle restreint de ses proches. Ce sont eux qui constituèrent le premier noyau de ces *muslimân* dont le Coran est la bible. *Muslimân* est le pluriel du mot *muslim* qui signifie « celui qui remet (son âme à Dieu) ». Un jour, l'ange des ténèbres réussit à se substituer à Jibraîl : c'est l'origine du passage connu sous le nom de « versets sataniques ».

Plus encore, beaucoup plus, qu'auprès d'Abraham, de Daniel ou de Zacharie, la mission de Gabriel auprès de Marie — que les trois autres n'avaient fait que préparer et qui ne tendait à rien de moins qu'à effacer les effets de la révolte de Lucifer — et la mission auprès du Prophète devaient entraîner toute une cascade de conséquences dont on pourrait parler longuement et qui n'ont pas fini de peser sur les hommes. Dieu eut la bonté de s'en déclarer satisfait et témoigna de ce jour une gratitude et une bienveillance encore accrues à son agent très spécial.

UNE RENCONTRE AU SOMMET

— Assieds-toi, lui dit Dieu.

Habitué depuis toujours — et il faut entendre *toujours* dans son sens le plus fort — à se tenir debout dans l'ombre du Très-Haut, 007 hésita un instant. Et puis, ayant compris que la volonté du Tout-Puissant l'emportait sur les convenances et sur les traditions, il prit un tabouret et s'assit au pied du trône.

— J'en ai assez, dit Dieu. J'ai besoin de toi.

Une vague d'amertume balaya Gabriel : il se souvenait dans son cœur des caprices du Tout-Puissant qui, au temps de Lucifer, s'était détourné de lui. Il chassa aussitôt cette rancœur sombre de son esprit.

— Assez de quoi ? demanda Gabriel.

— Assez des hommes, dit Dieu.

Il y eut un long silence. Dieu fatigué des hommes, c'était un événement.

— Pourquoi ça ? demanda Gabriel.

— Comment, pourquoi ça ? tonna Dieu. Mais parce que le monde les amuse et qu'ils le préfèrent à Dieu. Parce que le mal leur plaît et qu'ils le préfèrent au bien.

Gabriel regarda Dieu.

Dieu regarda Gabriel. Et Gabriel baissa les yeux.

— Les hommes m'oublient, dit Dieu. L'orgueil les étouffe. Parce que je les ai faits libres et puissants, ils s'imaginent, dans leur délire, pouvoir se passer de moi.

— Si tu souhaites les punir, dit Gabriel, il n'y a qu'à les laisser faire. Nous savons, toi et moi, qu'il ne leur est pas impossible de se détruire eux-mêmes.

— Je suis leur père, dit Dieu. Quoi qu'ils pensent, quoi qu'ils fassent, je suis leur père à jamais. Je sais qu'ils sont capables de faire sauter leur propre histoire. Je sais aussi qu'ils souffriront. L'univers est soutenu par ma seule toute-puissance. Je retiens mon souffle : tout vacille. Je retire mon bras : tout s'écroule. J'aime mieux brusquer l'issue, arrêter les frais moi-même et mettre fin à une aventure dont j'ai trop attendu et qui m'a trop déçu.

Gabriel inclina la tête.

— Il en sera fait, Seigneur, selon ta volonté.

— Tu sais bien que j'ai mille moyens, plus simples, plus logiques, plus naturels les uns que les autres, de les faire rentrer dans le néant d'où ils sont sortis grâce à moi. J'ai serré tous les boulons. Je peux aussi bien les desserrer. Pour parler le langage qui nourrit leur orgueil, il suffirait de quelques degrés, de quelques grammes, de quelques centimètres, de quelques secondes en plus ou en moins pour que toute vie disparaisse de la surface de leur Terre. Et le plus savoureux est que, si quelques hommes, par hasard, c'est-à-dire par ma volonté, échappaient au désastre, il leur serait encore possible de démontrer que les lois de la nature rendaient le désastre nécessaire.

Tout est invraisemblable dans l'univers avant d'avoir eu lieu. Il suffit que les choses s'y passent pour qu'elles deviennent nécessaires. Tout est toujours imprévisible et tout est toujours inévitable.

J'ai organisé l'univers pour que tout, les galaxies, les trous noirs, le mouvement des astres, les atomes et les quarks, la vie et les passions, la liberté elle-même, semble obéir à des lois. La fin de tout aussi, et d'abord des hommes et de leur fol orgueil, obéira à des lois. Tu sais bien que je ne règne que sur une chose : la nécessité. Et qu'associée au hasard, qui est ma danseuse, mon caprice, mon acte gratuit, mon jardin secret, la nécessité n'est rien d'autre que la loi du Très-Haut.

— Je le sais, Seigneur, dit Gabriel. Que veux-tu ?

— Que tu m'aides à y voir clair et à prendre ma décision.

Un silence se fit.

— J'ai confiance en toi, reprit Dieu. Quand j'ai négligé tes conseils, je m'en suis repenti. Le tout a failli être conquis par le mal. Il reste des traces du pouvoir que j'avais conféré à Lucifer et de la révolte des anges. Le mal, par ma faute, s'est répandu dans le monde. Tu m'avais mis en garde. Je ne t'ai pas écouté. Je te demande pardon.

Pour toute réponse, Gabriel se leva. S'approchant du Seigneur sans prononcer un mot, il s'inclina devant lui et il baisa le bas de sa robe qui était tissée de rayons de lumière.

Dieu se pencha vers son ange et le serra contre lui.

— Autant te l'avouer tout de suite : je suis dans une situation invraisemblable. Et franchement contrariante. Longtemps, avant l'orgueil et le délire, Dieu a été le tourment des hommes. Voilà que les hommes sont le tourment de Dieu. Je ne pense plus qu'à eux qui ne pensent plus à moi. Ils sont le cadet de mes soucis — et mon souci le plus constant. J'ai autre chose à faire, je t'assure, que de m'occuper d'eux, et je passe à veiller sur eux et à me plaindre d'eux le plus clair de mon temps. Ils ne sont rien, ils sont tout : voilà le drame.

Je les ai jetés dans un coin reculé du plus misérable de mes innombrables univers, qui suffit largement à leur paraître infini. Et, de là, que font-ils ? Quarks minuscules du tout, atomes imperceptibles jusqu'à l'inexistence, géants ivres d'orgueil et de liberté, la tête tournée par la pensée, ils me narguent, ils m'ignorent, ils me traitent, dans leurs calculs, comme une quantité négligeable. Ils vont jusqu'à me nier.

J'ai aimé les hommes plus que moi-même, tu le sais mieux que personne, et beaucoup d'entre eux m'ont aimé. Il me semble qu'ils ne m'aiment plus guère et je me demande si j'ai raison de les aimer encore. Les hommes, dans leur folie, se détournent de Dieu ? Pourquoi Dieu, à son tour, dans sa sagesse infinie, ne se détournerait-il pas des hommes ?

Gabriel écoutait, immobile et muet.

— Seigneur, lui dit-il après un long silence, la loi est ta volonté et ta volonté est la loi : qu'il en soit fait selon la loi et selon ta volonté. Je n'ai qu'une chose à te répondre : les hommes t'adorent et te nient parce que tu les as faits libres et que tu leur as donné la puissance sur le monde. Leur liberté est ton œuvre comme la loi est ton œuvre. Peux-tu maintenant les détruire en te détournant d'eux ?

Dieu se tut un long moment. L'éternité s'arrêtait. Les trônes et les dominations cessaient soudain de plaisanter, les chérubins retenaient leur souffle. L'univers hésitait.

— Gabriel, lui dit Dieu, tu es le meilleur et le plus fidèle des esprits. Je t'ai toujours aimé. Je t'aime pour l'éternité. Écoute ce que je vais te dire.

Le néant à jamais se suffisait à lui-même. Il était infini, éternel et sans bornes. Il était seul, avec moi, à être infini, éternel et sans bornes. Je me confondais avec lui. Et je régnais sur lui. J'étais le néant même parce qu'il n'y avait rien d'autre que le néant et que le néant était le tout. J'étais le maître du rien avant de devenir le maître du tout. J'étais le seigneur du néant avant le seigneur de l'être.

Il n'y a rien à dire du néant. Ce qui me vint d'abord, c'est un désir de parole. J'éprouvais dans le silence un besoin de nommer. J'éprouvais dans l'absence un besoin de réponse. Au début était le désir. Et au début était le verbe.

À peine la voix de Dieu s'élevait-elle sur le néant qu'elle se changea en action. Ma seule parole créait de l'être. Au début était le désir. Au début était le verbe. Et au début fut l'action.

Je parlais. Les anges naissaient, prêts à chanter ma gloire. Les anges, les archanges, les trônes, les dominations, les puissances, les vertus et les principautés. L'absence se peuplait d'esprits. Et le vide, d'énergie. L'être et sa plénitude repoussaient le néant. Chérubins et séraphins se pressaient autour de moi. Tu paraissais, Gabriel. Et Michel, et Raphaël, et Lucifer avec toi.

Au seul nom de Lucifer, Gabriel se raidit. Dieu étendit sa main.

— Ne crains rien, Gabriel. Il fallait que le mal parût pour permettre au bien de surgir du néant. S'il n'y avait pas de mal, il n'y aurait pas de bien. Le mal est une énergie. Au début des choses de ce monde, j'avais besoin d'énergie pour permettre au tout de se distinguer du néant. Le mal est un levain. J'avais besoin du mal pour faire lever l'univers.

J'ai aimé Lucifer parce qu'il fallait que l'univers sorte enfin du néant. Lucifer était le mal. Crois-tu que je l'ignorais ? S'il n'y avait pas de mal, il n'y aurait pas d'histoire. À l'instant même où, dans mon cœur, j'ai aimé Lucifer, j'ai su que je créerais le monde.

Le mal, bien entendu, ne pouvait pas triompher. Crois-tu que j'aurais laissé le mal s'emparer de l'univers ? Dès l'origine se met en place le jeu terrible et subtil de la grâce et de la prédestination : le mal n'était fait que pour être vaincu par le bien. Lucifer refuse la grâce et, bloc de glace incandescent, roule à jamais dans le néant des ténèbres extérieures. Mais l'univers entier porte la marque de sa griffe. Il y a un monde parce qu'il y a du mal. Il y a du mal parce qu'il y a un monde.

— Seigneur..., dit Gabriel dont les doigts tapotaient une table imaginaire et qui, ne pouvant s'empêcher de penser à Lucifer, laissait percer sous le respect des signes non équivoques de lassitude et d'impatience.

— Oui ? dit Dieu avec bonté.

— Je ne comprends presque rien à ce que tu me racontes. Pourquoi dis-tu que le mal est lié à l'univers ? Je ne vois aucun mal dans la marche des astres, dans la fuite des galaxies, dans la structure des atomes, dans la nécessité de la loi qui n'est rien d'autre que la marque visible de ton invisible toute-puissance. Où se niche ce mal dont tu parles et que nous devons à Lucifer, à jamais foudroyé ?

Dieu regarda Gabriel avec une sorte de pitié.

— Mais chez les hommes, naturellement.

UNE IDÉE DE GÉNIE

— Tout a commencé avec le temps. Le temps est la plus belle idée jamais surgie de l'éternité. Je n'ai pas beaucoup d'idées et je n'aime pas me vanter. Mais, avec la pensée peut-être, qui n'est pas mal non plus, le temps est la plus amusante, la plus imprévisible, allons ! lâchons le mot, tu sais bien que c'est vrai, la plus géniale de toutes mes inventions. Le temps est quelque chose dont il sera difficile, dans les siècles des siècles, et après eux, de ne pas se souvenir avec stupeur et avec une inquiétude mêlée d'admiration.

Nous vivons, toi et moi, dans tout ce qu'il y a de plus simple, de plus facile à concevoir : l'éternité. Je me suis longtemps confondu avec plus simple encore : le néant infini. Mais c'était avant toi et tu ne l'as pas connu. Nous avons de la peine, toi et moi, à nous imaginer l'invraisemblable complication des mécanismes du temps. Pour un esprit éternel, le temps, je le sais bien, est à peine concevable. Il faut te représenter quelque chose d'impalpable jusqu'à l'inexistence — et pourtant d'évident. Quelque chose qui dure — et qui ne dure pas. Quelque chose qui passe — et qui pourtant ne passe pas. Il faut te faire une idée de l'impossibilité et de la contradiction.

Dans cette contradiction est plongé tout ce qui existe. L'univers et le temps, c'est la même chose. Il n'y a pas d'univers sans temps, il n'y a pas de temps sans univers. J'ai créé de la même parole l'univers et le temps. De tout ce qui existe dans l'univers, rien, absolument rien, ne peut échapper au temps. L'univers entier, puisqu'il est plongé dans le temps et qu'il se confond avec lui, est une impossibilité et une contradiction. L'univers est un paradoxe.

Tout ce qui existe est dans le temps. Tout ce qui existe est — et n'est pas. Car le temps est fait de trois dimensions, de trois hypostases autrement compliquées que le néant et le tout, que l'éternité, si simple, et l'infini, enfantin : le passé, qui n'est plus ; le présent, qui est seul à être ; l'avenir, qui n'est pas encore. Et ce qu'il y a d'infernal, je le reconnais volontiers, dans ma combinaison, c'est qu'elle passe son temps à bouger. Le temps est l'image mobile de mon éternité. L'avenir, écoute-moi bien, passe le plus clair de son temps à se changer en présent. Et le présent, en passé. C'est un ballet perpétuel. Un carrousel sans fin. Un changement de décor qui n'en finit jamais. Ce qui fait que tout ce qui existe est sur le mode de n'être pas : tout s'en va, tout reste là ; le présent a été de l'avenir avant de devenir du passé ; aujourd'hui s'est appelé demain avant de s'appeler hier ; des choses de ce monde, personne ne peut dire qu'elles sont : il faut dire, du même souffle, qu'elles seront, qu'elles sont, qu'elles ont été. Elles sont et elles ne sont pas : puisqu'elles ne sont plus ou pas encore.

Le présent peut passer pour ce qu'il y a de plus

30

stable dans le temps. Mais il ne dure jamais : si nous étions dans le temps, le moment où je parle serait déjà loin de moi. Il est vrai qu'on peut dire aussi que, ne durant jamais, le présent dure toujours : si passager, si fragile, le présent des hommes est l'image, douloureuse et menacée, de mon éternité.

Gabriel avait du mal à suivre. Il ne comprenait pas grand-chose au labyrinthe du temps où il retrouvait comme des traces de l'esprit tourmenté de son vieil ennemi Lucifer et des gouttes de sueur tremblaient au bout de ses ailes.

— Il me semblait, je l'avoue, qu'en plongeant le monde dans le temps et en permettant aux hommes, par la pensée, de s'arrêter sur ce temps, je leur donnais la clé de leur statut, le secret de ce qu'ils appellent, en se gargarisant, la condition humaine : c'est une condition ambiguë et un statut pénitentiaire. C'est une condition pleine de mystère et un statut métaphysique.

Le temps renvoie à l'éternité. Comment se fait-il alors que les hommes hésitent, et parfois répugnent à monter du temps jusqu'à moi, à reconnaître que le temps repose sur l'éternité ? C'est que le temps, qui est l'image de Dieu, est aussi le théâtre du mal.

L'ombre de Lucifer, qui voulait régner sur le monde, est tapie dans le temps. Parce qu'il a été vaincu, Lucifer n'impose pas sa loi. Mais, du fond des ténèbres où il ne cesse de tomber, il ne cesse jamais non plus de lutter contre la mienne. Il lutte contre ma loi par une conspiration diabolique entre deux de mes créatures parmi les plus réussies : le temps et les hommes. Les hommes insèrent leur volonté dans le temps en train de passer : c'est ce qu'on appelle la liberté. Et cette liberté leur permet à chaque instant de se retourner contre moi.

J'ai longtemps mis dans les hommes un espoir insensé. J'ai cru qu'ils me resteraient fidèles dans leurs tribulations et qu'ils me chercheraient quand ils m'auraient perdu. J'ai cru que les signes de ma présence étaient assez clairs un peu partout, et d'abord dans le temps, pour combler mon absence. J'ai cessé d'espérer. L'orgueil, le plaisir, le mal ont pour eux des charmes que je ne peux plus combattre. Je n'ai aucune intention de les abandonner à un mal que je n'ai pas vaincu pour rien. Je me propose d'arrêter le temps et de détruire le monde pour supprimer du même coup et les hommes et le mal.

LE TROUBLE DE GABRIEL
ET LE RIRE DU TRÈS-HAUT

À Gabriel, plongé dans l'épouvante, les mots de Dieu parvenaient comme à travers un brouillard. Arrêter le temps! Les deux guerres mondiales, la famine en Chine, le naufrage de l'Atlantide, la fin de Sodome et Gomorrhe, le Déluge lui-même, dont Dieu lui avait souvent parlé, ou le meurtre d'Abel qui avait fait disparaître un homme sur trois d'un seul coup étaient des jeux d'enfant au regard de ce désastre. Pour lui surtout, pour Gabriel, qui était venu annoncer la bonne nouvelle à Marie, c'était un cinglant désaveu. Jamais il n'oserait plus, vêtu de sa longue robe blanche, sa branche de lys à la main, se présenter aux hommes. D'ailleurs, il ne le pourrait plus, puisqu'il n'y aurait plus d'hommes.

Gabriel était plongé dans une méditation qui n'en finissait pas. Il connaissait peu les hommes. Ce qu'il savait de l'univers, il l'avait appris de Dieu. Et de ses services de renseignements. Quand il était descendu sur la Terre, les hommes — et les femmes, et cette distinction le troublait — l'avaient émerveillé. Il avait aimé les arbres, le désert, les collines sur la mer, les temples où les fidèles adoraient autre chose que le monde qui les entourait,

33

les grandes maisons fraîches et leurs terrasses où brillait le soleil. Il était entré dans le temps et dans le monde avec un battement d'ailes et de cœur, avec une espèce de bonheur. Oh! ce n'était pas le bonheur indicible qui émanait du Très-Haut. Malgré les détails, si difficiles à comprendre, que lui révélait Dieu sur les horreurs du temps, c'était un bonheur calme et champêtre, où résonnaient des bruits de ruisseaux et le chant des oiseaux. Que tout cela pût disparaître lui faisait tourner la tête.

— Eh bien…? s'écria Dieu.

— Pardonne-moi, Seigneur, murmura Gabriel.

— À quoi rêves-tu? demanda Dieu.

— Je pense aux hommes, dit Gabriel.

Dieu éclata de rire.

Le rire de Dieu roula à travers l'éternité. Dieu ne riait pas souvent. De mémoire de chérubin, Dieu n'avait jamais ri. Il n'avait pas ri à la naissance du prince qui allait s'appeler le Bouddha. Il n'avait pas ri à la naissance de Jésus, annoncée par Gabriel. Il n'avait pas ri à la naissance du Prophète qui allait prendre le nom de Mahomet et à qui Gabriel, plus tard, devait rendre visite. Il n'avait pas ri à la chute de Lucifer et de ceux qui, sur la Terre, allaient s'inspirer de lui. Il n'avait pas ri aux drôleries d'Aristophane, de Plaute, de Térence, de Molière, de Beckett ou de Ionesco. Derrière ce qui était gai et grand et heureux et plein de promesses, il ne cessait jamais de voir le déroulement sinistre d'un temps qui détruisait sans fin et marchait vers la mort. Le rire de Dieu fit frémir Gabriel.

Il y vit le signe que Dieu avait abandonné les hommes. Dieu n'avait jamais ri. Et il n'avait jamais abandonné les hommes. Maintenant, il riait. Il riait des hommes. Il discernait leurs bassesses, leur folie, la médiocrité de leurs espérances, le ridicule de leurs ambitions. Il oubliait leur grandeur, leur foi, leur charité, leur courage.

— Seigneur, supplia Gabriel, dis-moi encore quelques mots de ce monde et de ces hommes que tu veux effacer.

DU TOUT, ET DE SA NAISSANCE

Dieu regarda Gabriel et commença sans se faire prier.

— Le temps n'est pas le seul personnage du roman de l'univers. Au temps vient s'ajouter l'espace. Ils entrent en scène ensemble, comme Castor et Pollux, comme Achille et Patrocle, comme Laurel et Hardy, et ils échangent leurs répliques. Les trouvailles de l'espace, il faut le dire tout de suite, ne valent pas celles du temps. Même un esprit comme toi, qui ne comprends rien au temps, peut imaginer sans trop de peine que les choses du monde sont séparées les unes des autres et étendues dans l'espace. L'espace est moins brillant, moins subtil, moins amusant, moins inventif que le temps. Moins changeant, aussi. Peut-être gagne-t-il en droiture et en simplicité ce qu'il perd en talent. Mieux vaut compter, en cas de besoin, sur l'espace que sur le temps. L'espace est un complice, le temps est un ennemi. L'espace peut être affronté, vaincu, apprivoisé ; le temps est toujours vainqueur, et il est sans pitié. Il écrase l'espace de ses dons inquiétants et de son ambition dévorante. Si digne, si raisonnable, toujours prêt à rendre service, l'espace est du temps dégradé.

Il faut noter aussitôt — il semble que les hommes aient mis à le découvrir des siècles et des millénaires — que les deux acteurs du théâtre de l'univers sont inséparables l'un de l'autre. Chacun vit sa vie, l'une tumultueuse et agitée, l'autre sereine et stable, et ils forment pourtant le couple le plus uni. Il faut du temps pour parcourir l'espace et il faut de l'espace pour mesurer le temps. Le temps fuit entre les doigts avec tant de hâte et de fluide évanescence que les hommes ont besoin d'espace pour traduire en présence son éternelle absence. D'où les cadrans solaires, les sabliers, les pendules, les horloges et les montres, qui ne font que figurer sur terre la marche dans le ciel de mes étoiles. Et il est si universel qu'ils ne peuvent éviter de passer par ses services pour l'emporter sur l'espace. D'où les chevaux, les chameaux, les trains, les voitures, les avions, leurs étapes et leurs horaires, inséparables de leurs trajets.

Les difficultés guettent déjà. Dans l'univers des hommes, parce qu'il y a quelque chose qui s'appelle la lumière, qui se déplace à une vitesse prodigieuse mais finie et qui n'est rien d'autre que l'ombre de ma gloire, voir très loin dans l'espace, c'est voir très loin dans le temps : ma lumière leur apporte des images d'astres lointains qui n'existent déjà plus quand ils les aperçoivent. C'est que la vitesse est dans l'espace et que la vitesse est dans le temps : la vitesse — et simplement le mouvement, qui est, lui aussi, un de mes agents secrets dans l'univers d'en bas — fait le lien entre eux.

L'espace et le temps sont commandés dès l'origine par quelque chose de stupéfiant qui n'en finit pas de m'étonner par sa ressemblance avec moi et avec ma toute-puissance : la mathématique et les nombres. Les meilleurs des hommes l'ont vu depuis longtemps : le monde est fait de nombres, et les nombres sont mon chiffre.

Les nombres jouent un tel rôle dans la naissance de l'univers et dans sa conservation que les hommes pourront vivre sur deux registres différents : celui des chiffres et des calculs, et celui du monde réel. Et, par un miracle qui n'en finira pas de les épater et qui m'épate encore moi-même, les deux registres coïncident. Je calcule, le monde se fait. Les hommes calculent, et ils le découvrent. Un grand génie parmi les hommes a dit que ce qu'il y avait de plus incompréhensible, c'est que le monde soit compréhensible. Tiens donc ! Il a mis le doigt dessus : il est compréhensible parce que je l'ai rendu tel et que j'ai fait régner sur lui la nécessité et les nombres.

Je me dissimule dans l'univers. Je ne suis présent que par ma loi. Je suis un Dieu caché. Ma loi est omniprésente et elle est toute-puissante.

Sur ce thème si simple, les hommes n'ont pas cessé de broder des folies. Les uns, dans leur bonté naïve, ont cru que, sous des noms divers, avec barbe ou sans barbe, j'intervenais dans le monde à l'encontre de mes lois pour sauver des jeunes filles, des villes assiégées, des armées en déroute, des marins sur la mer, des alpinistes dans la tempête, des chameliers dans le désert, accablés par la soif. D'autres, les plus subtils, ont pensé que la loi était Dieu et que je me confondais avec elle. Je me confonds avec elle, Gabriel, mais ce n'est pas moi qui procède d'elle : c'est elle qui procède de moi. D'autres, enfin, ont soutenu, et ils se multiplient, que la nécessité et les nombres, qui sont la marque de ma puissance, étaient le signe de mon inexistence et qu'ils suffisaient bien, à eux tout seuls, à expliquer le monde. C'est leur orgueil que je veux punir en mettant fin au monde.

Ce n'est pas de gaieté de cœur que je m'y résoudrai. L'univers, qui est si grand que les hommes ont pu croire qu'il était infini, est une machine enchanteresse et digne d'admiration, aux performances sans égal, réglée au millième près et qui ne se détourne jamais de sa mission ni de son but. Et rien de plus magnifique n'a jamais surgi de mon éternité.

Cet univers que les hommes ont tant de mal à comprendre et que leur folie met en danger n'est pas seul dans le tout. Il est entouré d'autres univers en quantités innombrables et qui n'ont de nom en aucune langue. Les hommes vivent sur une planète qu'ils appellent la Terre. La Terre tourne autour du Soleil et la Lune tourne autour d'elle. Le Soleil, la Terre, la Lune appartiennent à une galaxie qui est la Voie lactée. Il y a dans la Voie lactée quelque chose comme cent milliards d'étoiles. Et il y a dans l'univers des hommes quelque chose comme cent milliards de galaxies. Le temps, l'espace, la nécessité, la loi règnent sur tout ce petit monde. Ils ne règnent pas sur les autres univers à qui j'ai donné d'autres lois et que les hommes, parce qu'ils vivent dans le temps, sont hors d'état, non seulement d'imaginer, mais même de concevoir. La pensée des hommes est soumise à la même loi qui domine l'univers et c'est pour cette raison qu'ils sont capables de le comprendre et incapables d'en sortir.

Les autres univers, qui sont pleins de charme et d'inventions, sont moins chers à mon cœur que celui du mal, du temps, de la pensée et des hommes. Que veux-tu que j'y fasse ? C'est celui-là que j'aime. Il est beau, il est triste, il est plein de surprises. Sauf pour les hommes eux-mêmes qui ne connaissent pas autre chose et qui trouvent, on se demande un peu pourquoi, que le temps va de soi et qu'il n'y a rien de plus nécessaire que la nécessité, c'est le plus étonnant de tous.

Au-dessus des hommes, l'immensité, qu'ils explorent peu à peu, à tâtons, comme des aveugles. Et au-dessous d'eux, figure-toi, une autre immensité, où ils essaient aussi de descendre. Ah ! franchement, Gabriel, je n'ai pas raté mon coup. Au-dessus d'eux le Soleil et la Lune, les galaxies et leurs amas, les trous noirs et les quasars, et les limites de l'univers qui, dans l'espace mêlé au temps, les mène jusqu'au big bang. Au-dessous, les molécules, les atomes, les électrons, les protons, les neutrons, les particules, si tête en l'air et si imprévisibles, les quarks aux noms invraisemblables et dignes de nains de légende : *up*, *down*, *strange*, *charme*, *beauty* ou *bottom*, *top*…, les hadrons, les mésons, les leptons, les bosons, les photons, les gluons, les muons, les taus, et les terribles neutrinos dont les escadrons à masse et à charge nulles frappent à coups redoublés, tout le tremblement de ce grouillis de rêve et de cauchemar dont on finit par se demander s'il existe vraiment ou s'il est inventé par les hommes qui le découvrent et le baptisent, et, à nouveau, mais de l'autre côté, du côté du minuscule et de l'imperceptible comme du côté du gigantesque, les

40

limites de l'univers. Hein ! Est-ce assez amusant ?
Est-ce assez excitant ?

L'évocation de cet univers rendait à Dieu un peu
d'entrain et de vivacité. Sa parole s'animait au souvenir de la création. Le rose de l'émotion lui montait aux joues. Ses yeux lançaient à nouveau les
éclairs qui épouvantaient Moïse au sommet du
Nebo, au-dessus de Phasga, de Galaad, d'Éphraïm,
de Manassé. La perfection de son œuvre lui faisait
oublier les hommes qui en étaient la honte et le
couronnement.

Gabriel sentait monter en lui quelque chose qui
ressemblait à de l'angoisse.

— Et les hommes ? demanda-t-il d'une voix mal
assurée.

DES HOMMES,
ET DE LEUR DESTIN

— Ah!... les hommes!... dit Dieu.

Et, écartant le bras, la main ouverte devant le visage, la paume en avant, en un geste de refus qu'il semblait emprunter à son image par Michel-Ange, il retomba dans son chagrin, dans une humeur amère et dans un silence animé de fureur.

Gabriel comprit qu'aux hommes qu'il avait tant aimés Dieu se mettait à préférer les quarks, les quasars, la marche sans histoire des corps célestes, les atroces trous noirs qui réduisaient en spaghetti tout ce qui leur tombait sous la dent, les quatre forces fondamentales qui tenaient ensemble l'univers, le carbone, les schistes, l'hydrogène, l'hélium, peut-être les lapins, gens étrangers à l'écriture et qui ne faisaient pas de philosophie, les amibes et les bactéries qui, pour une raison ou pour une autre, ne s'étaient pas développées, en trois ou quatre milliards d'années, jusqu'à devenir des hommes. Parce qu'ils pensaient contre lui, Dieu en voulait aux hommes.

— Le monde est beau, reprit Dieu après un long silence. Il y a des lacs, des falaises, des îles avec des pins et des bougainvilliers, des récifs de corail, des montagnes, des agapanthes, des plumbagos, des oiseaux-lyres, des panthères et des coccinelles, des nuages qui courent dans le ciel et des couchers de soleil. Bleue comme une orange, la Terre n'est pas seule à être belle. L'univers, au loin, est aussi beau que la Terre. Les astres roulent dans le firmament où ils ne cessent jamais de briller de mille feux. Au point qu'on se demande comment procède la nuit pour réussir à être si noire. Dans un coin reculé de l'immense univers qui n'est qu'un grain de poussière dans mon immensité, la Terre est un joyau minuscule et radieux. Et les hommes y habitent.

J'ai fait beaucoup de choses étonnantes. Mais la plus étonnante est l'homme. Les hommes ont longtemps cru qu'ils étaient le centre et le sommet de l'univers — et, en un sens, ils le sont. Mais en un sens seulement : ils en sont un fragment dérisoire et débile, et ils en sont les maîtres. J'ai créé le monde pour les hommes et les hommes ne sont pourtant qu'une créature parmi les autres, un bourgeon de la vie qui est un bourgeon de la matière. Les hommes règnent sur le monde et ils sortent de lui : ils en surgissent et ils le dominent. Ils ne sont que des algues à qui j'ai permis de réussir. Ils sont des vertébrés, des mammifères, des primates qui ont eu beaucoup d'avenir parce que je les protégeais. Ils pourraient tout de même voir, il suffit d'ouvrir les yeux, que leur fameuse évolution n'a jamais cessé d'aller dans un sens qui leur était favorable. Beaucoup de branches de la vie ont eu moins de chance qu'eux et n'ont abouti qu'à des impasses. Eux ont traversé tous les dangers. Ils ont poursuivi sans moufter leur marche en avant. Ils ont triomphé de tous les obstacles. Et ils pourraient m'en garder — si ce n'est pas indiscret, si ce n'est pas trop demander — comme une ombre de gratitude. L'homme est un miracle parce que la loi est faite pour lui. Les pouvoirs exorbitants qu'ils retournent contre moi avec une sorte d'allégresse, c'est à moi qu'ils les doivent. Je suis le Seigneur voilé. Je suis le maître et la victime. Je suis la source de la puissance qui m'expulse et me nie.

Puissance — et pourtant faiblesse. Un des secrets de l'univers, c'est que les hommes ne dureront pas. Ils l'ignorent encore bien entendu. Mais le doute s'empare d'eux. Longtemps, les pauvres enfants se sont imaginé qu'ils étaient tombés du ciel tout armés, avec l'allure d'une statue grecque, à jamais semblables à eux-mêmes. Et ils espèrent peut-être encore qu'ils traverseront sans bouger les siècles et les millénaires et qu'ils sont quelque chose comme un trésor pour toujours. Les hommes s'obstinent à croire que, sans fin, à jamais, des hommes naîtront des hommes.

Avant de se faire jour du côté de l'avenir, la vérité a percé du côté du passé. La vérité est que l'homme est d'abord un animal, que l'animal est d'abord une plante, que la plante est d'abord de la vie, que la vie est d'abord de la matière et que la matière est d'abord de l'énergie. Les hommes ont fini par découvrir peu à peu, à force d'efforts et de recherches, qu'ils étaient le fruit d'une longue histoire qui commençait à ce qu'ils appellent assez drôlement le big bang. Le plus curieux est qu'au lieu de les rendre plus humbles, la découverte de la modestie de leurs lointaines origines les a rendus plus orgueilleux. «Nous sommes des algues, se sont-ils dit, des algues avec du temps. Nous n'avons plus besoin de Dieu.» Ils sont cou-

44

sins des singes : Dieu n'est plus leur cousin. Comme si les algues et les singes étaient la cause d'eux-mêmes, comme s'ils étaient sortis du néant avec armes et bagages, comme si tout, d'un seul coup, avait surgi de rien.

Du côté du passé, les hommes ont découvert, grâce à la science, qu'ils avaient changé beaucoup en quelques millions d'années et qu'ils n'existaient pas quelques milliards ou même quelques millions d'années plus tôt. Du côté de l'avenir, ils ont du mal à se convaincre qu'ils changeront encore plus vite après la science qu'avant et que quelques milliards, quelques millions d'années à peine après *L'Origine des espèces* et le triomphe de Darwin, il n'y aura plus d'hommes, mais des créatures ineffables, ou peut-être indicibles, aussi éloignées de l'homme que l'homme est éloigné des amibes.

Les hommes sont aussi passagers que l'histoire, que leurs croyances successives, que leurs sociétés, que leurs empires, que leurs maisons et leurs vêtements : ils sont un miracle qui ne durera pas, une merveille évanescente. Ils brillent quelques millions d'années, et puis ils disparaissent. Ils étaient des agnathes, des reptiles, des primates. Ils seront des machines et des robots. Ils étaient des monstres : ils seront des monstres. À peu près au moment où commencent à retentir les grandes orgues qui chantent la mort de Dieu s'élève une petite musique qui annonce la mort de l'homme. Parce qu'ils sont fous d'eux-mêmes, les hommes croient plus volontiers à la mort de Dieu qu'à la mort de l'homme. Beaucoup d'entre eux s'imaginent qu'ils assistent, en vainqueurs intangibles, de leurs hautes terrasses battues en vain par les siècles, à l'effacement de Dieu alors que c'est le contraire qui est inscrit dans un temps qui emporte et détruit tout et où les hommes ne font pas exception : personne ne peut douter que, dans quelques milliers ou millions de millénaires qui passeront comme une flèche dans mon éternité, les hommes finiront, dans les pires angoisses, par disparaître un par un sous le regard de Dieu. Nietzsche est mort avant Dieu. Nietzsche est mort pour toujours et Dieu est à jamais.

Les hommes passent. Mais ils règnent. L'univers tout entier, qui les déborde de si loin, ne prend un sens que par eux. Ils découvrent peu à peu sa grandeur et ses lois. Ils prennent le relais de mon autorité. Quand ils sont arrivés, je leur ai passé mes pouvoirs et refilé le bébé. Ils ont inventé la science, ils ont inventé l'histoire. Ils en font ce qu'ils veulent et ils en sont responsables. Ils en sont responsables à un tel point qu'ils peuvent les mener Dieu sait où. Ils sont capables de tout et de n'importe quoi parce qu'ils sont libres et qu'ils pensent.

Même si elle se retourne contre moi, la pensée est, avec le temps, la seule invention dont je sois vraiment fier. Elle ne tombe pas toute cuite du ciel. Elle sort, comme l'univers, d'un certain nombre de mécanismes qu'elle explorera elle-même — car le monde est un paradoxe et il n'est qu'ironie — sous les masques, parmi beaucoup d'autres, de la physique, de la chimie ou des mathématiques. Elle surgit de la matière. Elle est liée au corps, au cerveau, aux neurones, aux synapses. Elle est soumise à la loi. Mais elle renvoie avec éclat à autre chose qu'à elle-même. Les hommes ne pensent jamais que dans le monde, et leur pensée n'en finit pas d'aspirer à autre chose :

la pensée est à mi-chemin entre le monde et moi. Elle sort du monde à deux titres : d'abord, parce qu'elle en surgit ; ensuite, parce qu'elle lui échappe. J'ai laissé ma marque dans la pensée des hommes comme je l'ai laissée dans le temps.

Peut-être commences-tu à comprendre l'ampleur de mon dessein ? Fait de la même matière que les étoiles, l'homme sort de la nature, comme d'un lent berceau où se forge son destin. Il est le fragment à qui reviennent la charge et l'honneur de penser l'univers. Et de me penser moi-même. Qu'une créature si débile soit capable, à tâtons, mais avec évidence, de penser l'éternel et de penser l'infini a troublé quelques esprits parmi les plus subtils. Ils ont vu obscurément qu'il y avait quelque chose dans la pensée qui, pour une part au moins, dépassait le monde et le temps. Il leur a semblé que l'idée de l'infini ne pouvait pas naître du fini et que c'était plutôt le fini qui naissait de l'infini.

Ces éclairs se sont perdus dans les nuages de l'orgueil. Les hommes ont décidé qu'ils ne relevaient que d'eux-mêmes. Ils ont retrouvé, peu à peu, des fragments de la loi imposée par mes soins à l'univers et au temps. Ils ont décrété que la loi n'avait pas besoin de législateur, qu'elle l'excluait plutôt et que la nécessité trouvait ses fondements en elle-même. Et quand, aux origines de la pensée, de la vie ou de la matière, la nécessité ne leur a plus suffi à expliquer leur naissance, ils ont sorti le hasard de leur poche vide et pleine de trous.

L'idée que la nécessité n'était peut-être pas nécessaire et que le hasard était un autre nom de ma volonté ne les a pas effleurés parce qu'ils ne voulaient pas qu'elle pût les effleurer. Ils ont choisi n'importe quoi, mais qui restait à leur niveau, plutôt que quelque chose qui risquait de les dépasser. Et ils sont allés jusqu'à reconnaître bruyamment, avec un peu plus qu'une ombre d'affectation et de provocation, qu'ils préféraient l'absurde au mystère.

Tout le monde a répété — je veux dire : les hommes eux-mêmes — que le seul crime était l'orgueil. Tu vois, naturellement, qui se cache derrière cet orgueil : c'est ton ami Lucifer.

Au seul nom de Lucifer, Gabriel, frémissant, revit soudain le tout hésiter entre le Diable et le Bon Dieu. Il se retrouva en esprit aux côtés de celui que ses soldats appelaient avec affection le « Capitaine Michel » et qui était le chef de la milice céleste et le prince des armées du ciel. Michel ! Comme il l'avait aimé ! Et comme il l'aimait encore en Dieu et dans l'éternité ! C'était Michel qui l'avait imposé à la tête des services secrets et ils n'avaient jamais cessé de collaborer dans la guerre et dans la paix. C'était Michel encore qui avait confié l'intendance et les services médicaux de l'armée à Raphaël et, à eux trois, Michel, Gabriel, Raphaël, les « trois archanges », le « céleste trio », ils avaient constitué, contre la garde noire de Lucifer, le cercle des intimes du Très-Haut et sa garde rapprochée. La légende et l'histoire les associaient souvent et bon nombre de calendriers, tous les 29 septembre, les célébraient ensemble.

Gabriel, en un éclair, revoyait Uriel, le patron des commandos et des services spéciaux, un colosse qui les dépassait tous de la tête et des épaules et qui s'était tiré avec honneur de plusieurs affaires qui semblaient perdues d'avance ;

Jéhudiel, le trésorier-payeur général, le financier de l'équipe, toujours capable de trouver des ressources et de lever des impôts jusque dans les déserts les plus arides ; Barachiel, le chef d'état-major, l'adjoint inévitable et terriblement compétent de Michel ; Seatiel, l'orateur de la bande, l'avocat, celui qu'on envoyait parlementer avec les autorités et avec les syndicats. Il revoyait Georges, le cavalier de légende, un peu vieux jeu, toujours tiré à quatre épingles, l'allure très britannique avec son stick et ses moustaches, sabreur redoutable, suivi de ses dragons qu'au terme d'une épopée indéfiniment célébrée — à Venise et ailleurs, par Carpaccio et tant d'autres — il avait enlevés à Lucifer et retournés contre lui.

— Les hommes ont été trop loin, dit Dieu. Je crois qu'ils se prennent pour moi. En moins bien, naturellement. Par ma faute, je le crains, ils sont les bouffons de l'Éternel, les clowns du Tout-Puissant. Non contents d'avoir répandu tant de mensonges et de sang, voilà qu'ils hésitent entre détruire leur planète et créer à leur image des créatures d'illusion. Je ne les laisserai pas offrir à Lucifer, que j'ai vaincu dans l'éternité, sa revanche dans le temps.

LA PRIÈRE DE GABRIEL

C'est ici que se situe une scène qui devait rester aussi célèbre dans l'histoire de l'éternité que la révolte de Lucifer, l'abandon du jardin d'Éden par Adam et Ève, l'envoi d'une colombe et d'un rameau d'olivier à Noé dans son arche au-dessus de l'Ararat ou l'arrêt par le Très-Haut du poignard d'Abraham déjà en train de s'abattre sur la gorge d'Isaac.

Gabriel, qui avait écouté en silence et avec beaucoup d'attention le récit du Tout-Puissant, se jeta soudain en larmes à ses pieds et lui adressa ces mots, plus connus, sur la terre comme au ciel, sous le nom de *Prière de Gabriel* :

— Les hommes sont incertains et changeants et rien n'est plus insensé que de faire fond sur eux. Ils sont capables de tout, du meilleur et du pire, et ils sont plus imprévisibles que le vent de la mer ou les nuages sur la montagne. On les croit bons, et ils sont mauvais ; on les sait mauvais — et ils sont bons. Seigneur, juge avec pitié et avec bienveillance les fautes de tes créatures. Mesure à ton pouvoir leur faiblesse et leurs crimes. Les hommes ne peuvent rien. Tu peux tout. Et tu permets des choses atroces qui les jettent dans la révolte et dans le désespoir.

Tu les as créés pleins d'amour, et ils voient souffrir et périr ceux qu'ils aiment. Tu t'es caché hors du monde, et tu t'étonnes qu'ils ne te trouvent pas. Tu leur as donné la loi et la nécessité qui pèsent sur eux avec dureté, et tu leur en veux de les retourner contre toi qui ne brilles que par ton absence. Tu les as plongés dans un temps dont ils ne peuvent pas sortir, et tu te prépares à les punir d'ignorer l'éternité. Seigneur, toi qui réclames des hommes tant d'amour dans leurs ténèbres, laisse du haut de ta lumière un peu d'amour tomber sur eux.

Je sais. Tu l'as dit et redit : tu as tout fait pour eux. Tu les as mis au monde, et ils t'ont payé d'ingratitude. Tu leur as envoyé des prophètes et des signes, et ils se sont moqués de toi. Tu t'es sacrifié pour eux, et ils ne t'ont pas reconnu. C'est un chagrin. Et un drame. Il n'y a rien de plus noir. Et il n'y a rien de plus lumineux. Il n'y a rien de plus grand ni de plus beau que les relations semées d'orages entre Dieu et les hommes. Pour tout dire, il n'y a rien d'autre. Toute la beauté du monde est là. Et toute la vérité. C'est le seul roman qui ait jamais été écrit. C'est le seul opéra qui ait jamais été joué. C'est la seule histoire qui se soit jamais déroulée. Le monde, bien sûr, ne serait pas sans Dieu. Mais Dieu — écoute-moi, Seigneur ! — ne serait rien sans les hommes. Ta gloire, Dieu tout-puissant, est faite de leur amour. Et peut-être plus encore de leur révolte et de leur trahison. Si ce n'est pas à eux, qui en sont si indignes, que, encore et toujours, tu accordes ton pardon, à qui,

Seigneur, pourras-tu l'accorder ? Pardonne comme un Dieu à ceux qui pèchent comme des hommes.

Dieu écoutait. Il n'avait plus de visage. Gabriel, épouvanté de ses propres paroles, se prosternait devant lui.

LA SIXIÈME MISSION

Dieu, avec bonté, releva Gabriel. Il le prit dans ses bras. Et vapeur de salut, houle vivante de la mer, un bonheur d'éternité envahit l'ange du Tout-Puissant.

— Gabriel, lui dit Dieu, les hommes sont moins que rien. Une poussière sur une poussière. Un clin d'œil de l'infini. Et ils sont plus que tout.

Je ne les condamnerai pas sans les avoir entendus. Tu es leur meilleur avocat. Tu me parleras d'eux. Va, une nouvelle fois, à la rencontre des hommes. Observe ce qu'ils font. Et puis reviens me voir, ton rapport sous le bras.

Tâche que ce soit un beau conte à conter sur les bords du temps et de l'éternité. Fais-toi homme chez les hommes. Sonde leurs reins et leur cœur. Pèse leur âme si légère. Dis-moi si j'ai eu raison en créant l'univers ou en voulant le détruire : car, à un moment ou à un autre, je crains de m'être trompé.

J'ai confiance en toi. Tu as mené à bien d'autres missions qui t'ont couvert de gloire et qui ont rendu ton nom célèbre chez les anges et chez les hommes. Tu seras mon agent auprès des ingrats et des infidèles comme tu l'as été auprès d'Abra-

ham, de Daniel, de Zacharie, de Marie et de
Mahomet. Tu seras notre homme de Dieu dans
l'histoire et dans le temps.

— Oui, Seigneur, s'écria l'ange en étendant ses
ailes et en baissant la tête, je suis ton serviteur,
ton âme bénite, ta taupe si longtemps dormante,
et je serai ton homme. Je descendrai chez eux, là-
bas, et, dans le secret de mon cœur, je te dirai ce
qu'ils valent.

Je quitterai la maison de mon père, je partirai
à l'aube...

— Ah! dit Dieu en riant, voilà que tu parles déjà
le langage de la Terre. Mais à tort, je le crains. Il
n'y a pas d'aube dans l'éternité. Il n'y en a pas non
plus dans le temps, regardé du dehors : il n'y a pas
d'aube sur la Terre. Ou plutôt, il y en a partout —
et nulle part. À un point ou à un autre de leur planète, l'aube ne cesse jamais de se lever pour les
hommes. Tu devrais commencer à savoir que le
temps, qui se confond avec l'univers, n'a qu'une
existence empruntée et changeante.

— Je le sais, Seigneur, dit Gabriel. Mais il me
semble devenir déjà quelque chose comme un
homme. Mes ailes disparaissent, la vanité m'envahit, l'envie me vient de parler; je ne suis plus
que regard, sensation, conscience, je commence à
me croire le centre de l'univers. Encore un effort,
et je serai, comme eux, orgueilleux et méchant, et
je mettrai en doute mon Seigneur et mon Dieu.

— Je te bénis, dit Dieu.

Gabriel s'inclina devant l'Éternel qui permet à
notre histoire de dérouler à chaque instant ses
illusions et ses charmes. Et il s'envola vers les
hommes.

II

La mission de l'archange

ME VOILÀ

L'été régnait. Il faisait beau. Je sortais de la mer. Je ne pensais pas à grand-chose. Je ne sais pas si vous êtes comme moi : souvent, je ne pense à rien. Je venais de me baigner et, pour la première fois depuis longtemps, je me sentais plutôt bien. J'oubliais. Je me promenais sous le soleil qui tapait assez fort sur le sable et les rochers d'une petite île presque déserte de la Méditerranée orientale.

La Méditerranée a toujours occupé, allez savoir pourquoi, une grande place dans mes rêves. C'est notre mer à nous, gens d'Occident, enfants de la vieille Europe, héritiers d'Ulysse, de la Bible et d'Énée, descendants de Périclès et de Frédéric II qui régnait sur la Sicile et sur Jérusalem et qu'on appelait *Stupor mundi*. J'ai longtemps vécu dans les villes envahies de moteurs et dans ces grands immeubles où l'avenir était censé se forger. Je détestais mon bureau, les dossiers, le téléphone qui sonne et les lettres à écrire. J'ai beaucoup téléphoné. J'ai écrit beaucoup de lettres. J'ai perdu beaucoup de temps aux ordres de l'urgence, déesse des temps modernes, ennemie de l'essentiel. J'ai surtout aimé le soleil en train de tomber sur la mer. C'est à peu près tout ce qui demeure de notre éternité.

J'étais revenu seul dans cette île dont le nom ne figure pas sur les cartes et où j'étais arrivé, un soir, avec Marie, quelques années plus tôt. Marie avait des cheveux blonds, les yeux bleus, des jambes très longues qui descendaient jusqu'à terre. Un mot de Gaston Gallimard, qui avait été l'ami et l'éditeur de Gide, de Claudel, de Valéry, de Proust, de Céline, d'Aragon et de beaucoup d'autres qui ont bercé nos jeunesses, me revenait à l'esprit. Quelqu'un lui demandait ce qu'il avait le plus aimé dans sa vie. «Dans l'ordre, répondit-il, les bains de mer, les femmes, les livres.» Je n'avais pas emporté de livres. Marie n'était plus là. Il me restait la mer.

La mer était aussi bleue que les yeux de Marie. Je m'y jetais comme au feu, je m'y perdais avec délice, j'en jaillissais soudain dans un tourbillon d'eau, je reprenais mon souffle, je m'étendais sur le sable ou sur les rochers, je m'endormais à moitié, les yeux brûlés par le sel, et je retournais à nouveau dans ce miracle de fraîcheur et d'absence. L'existence, tout à coup, devenait liquide et fluide. Je me confondais avec un univers qui me coulait entre les doigts. Il m'enveloppait de partout. Je ne pensais plus à rien. J'étais le monde et son refus. J'étais plein du malheur étourdissant de vivre.

UNE ATTAQUE EN PIQUÉ

Plus vite que la lumière, plus vite que la pensée, l'espion de Dieu descendait sur la Terre, *quaerens quem devoret* — cherchant qui dévorer.

JE NE SUIS PAS SEUL

Personne n'est jamais seul. On est un pour être deux. Dès qu'on est deux, on est trois. Dieu en savait quelque chose : le Père engendre le Fils et la mission du Saint-Esprit est de voleter de l'un à l'autre, de faire le lien entre eux et entre le monde et eux. Ève ne met pas longtemps à s'installer auprès d'Adam pour lui tricoter des enfants. Du fond de leurs cachots au cœur du château d'If, l'abbé Faria communique en secret avec Edmond Dantès pour préparer, contre les mensonges des imposteurs et de la société, la vengeance encore à venir du comte de Monte-Cristo. Vendredi tombe du ciel dans une île qui n'est déserte qu'en apparence et la solitude de Robinson n'est rien d'autre — c'est tout dire — qu'une création romanesque.

Je savais, bien entendu, qu'il y avait autour de moi tout un système de codes, d'héritages, de rencontres et de réseaux. Quelques centaines de milliers d'années après la conquête du feu, six ou huit mille ans après l'invention de l'écriture, deux millénaires et demi après Socrate et le Bouddha, deux millénaires après le Christ, mille trois cents ans après le Prophète, deux cents ans après la Révolution qui, pour le meilleur et pour le pire, marquait le début des Temps modernes, j'étais un des quatre-vingts milliards d'êtres humains qui s'étaient succédé sur cette Terre pour en prendre possession. J'étais un héritier. J'étais un des maillons les plus faibles d'une chaîne qui n'en finissait pas. J'étais un homme parmi les autres.

J'étais ficelé comme Gulliver. Des milliers de liens obscurs, faits de savoir, de pouvoir, d'argent, d'ambition, de rapports de force, de sentiments aussi, et de souvenirs, de passions et d'amour, me retenaient prisonnier. C'était pour les trancher, au moins pour quelques jours arrachés à l'histoire, et pour les oublier que je me jetais dans la mer et que je dormais au soleil en rêvant à Marie.

UN AUTRE REGARD
SUR LA VOIE LACTÉE

Sorti de l'éternité pour tomber dans le temps, l'ange Gabriel avait traversé de fabuleux univers qu'aucun esprit humain n'est capable de concevoir et dont il est impossible à un homme de rien dire. Après ce qui aurait été, aux yeux des hommes, des millions et des millions d'années et qui n'était qu'une poussière aux yeux de l'éternité, il avait enfin pénétré dans le nôtre et il en découvrait chaque détail avec admiration. C'était un spectacle d'une variété et d'une magnificence sans fin. Des milliards de galaxies se fuyaient les unes les autres pour composer et occuper toujours plus d'espace et de temps. Des couleurs naissaient, et des formes. C'étaient des aubes et des cauchemars, des explosions d'étoiles, des enroulements, des étirements, des apocalypses et des parousies indéfiniment recommencées. Il parcourait d'une traite l'immensité des distances et des âges. Il voyait ce qu'aucun œil n'avait jamais pu voir et l'harmonie des sphères l'enivrait au passage. Il narguait les trous noirs, prêts à bondir sur leur proie, et il s'émerveillait de la grâce et de la puissance de ces déferlements d'énergie d'où jaillissaient des mondes.

La splendeur du plan de Dieu étourdissait sa course, plus rapide que la lumière. Il avait adoré le Seigneur dans le vide de son éternité : voilà que son œuvre l'éblouissait. Il était comme un nageur qui aurait plongé dans l'espace et il jouait, la tête tournée et un peu partie, avec les quatre dimensions qui servent de cadre aux hommes. Et avec toutes les autres. Elles le portaient à la façon de l'air qui soutient la colombe.

Après avoir dépassé des galaxies sans nombre, il aperçut la Voie lactée. Il la voyait de dehors, comme aucun regard humain ne l'avait jamais contemplée. Quelque chose de familier s'exhalait des grands espaces. Le terme du voyage approchait.

UN HEUREUX CONCOURS
DE CIRCONSTANCES

Mon père n'était pas charpentier, il ne brûlait pas de l'encens sur les autels du temple de Jérusalem, il n'avait pas cherché refuge dans une grotte des montagnes d'Arabie : il était diplomate. Il avait le rhume des foins et le sens de l'État. Je ne l'ai jamais vu en manches de chemise, en veste de tweed, en baskets, en maillot de bain. Il portait des bretelles, des gilets, des cols durs, des bottines qui montaient le long de ses chevilles, des guêtres, des chapeaux hauts de forme, et il lui arrivait de se promener avec des plumes sur la tête. Ma mère, béni soit son saint nom, appartenait à une vieille famille où se bousculaient pêle-mêle des archevêques, des maréchaux, des imprimeurs, des financiers, des conventionnels, des rentiers, des cavaliers, des religieuses et où l'argent, depuis longtemps, n'avait jamais manqué. Et pour faire bonne mesure, pour en rajouter encore sur le bon ton et sur la suffisance, je sortais moi-même non seulement d'un heureux concours de circonstances mais d'une de ces institutions qui ont joué dans ce siècle un rôle considérable et que, la bouche enfarinée et sur un ton pompeux où se mêlaient l'orgueil, l'ironie, le respect, l'intérêt bien compris et un vrai amour du savoir, on appelait les « grandes écoles ».

J'étais installé dans le monde et dans la société. Des garde-fous m'entouraient. Les réserves ne me manquaient pas. Je barbotais dans la culture. J'avais une bibliothèque, un carnet de chèques, un permis de conduire, des cartes de crédit, une cravate nouée autour du cou sur une chemise bleue ou rayée qui venait souvent de Londres et, si loin que je puisse remonter dans mes souvenirs d'enfance, je n'ai jamais cherché avec désespoir une étable pour la nuit, je n'ai pas souvent eu faim. Vous voyez le tableau ? Pour employer le vocabulaire en usage de mon temps, j'étais un privilégié.

DIEU NE JOUE PAS AUX DÉS

Dieu me voyait sur mon île en train de sortir de la mer et de rêver à mon père, à Marie, à Gaston Gallimard. Il voyait le premier regard échangé je ne sais où et je ne sais quand entre mon père et ma mère. Il voyait Marie, dont je ne savais plus rien, poursuivre sa vie loin de moi. Il voyait Gabriel qui descendait dans le temps.

Il connaissait naturellement, puisqu'il sait tout de tout et que rien ne lui échappe, les événements à venir. Il laissait rouler les dés. Depuis que le monde est monde, les dés n'avaient cessé de rouler. Et ils rouleraient jusqu'au bout. Jusqu'à la nuit qui tomberait sur le plus grand spectacle de tous les temps — et d'ailleurs sur le seul. Jusqu'à la fermeture de l'espace et du temps.

Dieu lui-même ne jouait pas aux dés. Du haut de ses bureaux de lumière qui dominaient de très loin le casino de l'histoire, il se contentait de surveiller la partie. Il observait les joueurs, les croupiers, les demoiselles du vestiaire, les caissières, les prostituées, les grooms à la toque rouge, le carrousel des voitures qui déposaient sur les marches du palais les smokings et les robes du soir, les clochards à la porte, ceux qui gagnaient des fortunes et ceux qui se jetaient par la fenêtre. Le seul vainqueur, à la fin des fins, c'était lui. Faites vos jeux. Rien ne va plus. Après tant de tours et de détours, retour à la case départ : les parties terminées, le casino fermé, c'était l'éternité, l'infini, le néant et le vide. C'était Dieu.

Il laissait les détails s'organiser à leur gré, selon les règlements qu'il avait établis pour le Grand Casino et selon la volonté et les talents de ces hommes à qui, une fois pour toutes, il avait délégué ses pouvoirs. Il ne gardait pour lui que les décisions majuscules : fondation de l'établissement, statuts, cahier des charges, fermeture et liquidation. Le reste…, il laissait faire.

Dieu voyait son ange sur le point de se changer en homme puisqu'il entrait dans le temps. Dieu n'ignorait rien de ce qui allait se passer s'il décidait de laisser le monde et les hommes poursuivre leur course folle. Pour la première fois depuis longtemps, depuis le Déluge peut-être, ou depuis le fruit défendu dans le jardin d'Éden, ou plus loin encore, depuis la carte blanche laissée à Lucifer, Dieu hésitait. Il pouvait arrêter le théâtre d'ombres, déchirer le voile d'illusions, mettre fin à la plus grande aventure qu'eût jamais connue l'éternité. Ou laisser rouler les dés jusqu'à la fin de la saison dans le Grand Casino. Il balançait encore.

LE MÉTIER DE MON PÈRE

Le métier de mon père l'avait mené en Allemagne, en Roumanie, au Brésil. J'avais passé en
Bavière, à Munich, sur les bords de l'Isar et du
Tegernsee, les premières années de ma vie. Elles
n'avaient pas mis longtemps à m'apprendre que le
monde est un système clos où tout influe sur tout.
Quand mon père était arrivé en Bavière, qu'il était
chargé plus ou moins d'écarter de l'Allemagne et
de la mauvaise Prusse, un obscur agitateur d'extrême droite dont le putsch avait échoué et qui
portait le nom de Hitler avait été jeté en prison où
il écrivait un livre qui devait faire couler beaucoup
de larmes : *Mein Kampf*. La Bible, le Coran, les
Confessions de saint Augustin, le *Discours de la
méthode*, *Le Capital* avaient bouleversé le monde.
Mein Kampf allait le ravager. Huit ans plus tard,
au départ de mon père qui avait fait ce qu'il pouvait pour sauver des juifs privés de leurs biens et
menacés dans leur vie, Hitler était au pouvoir avec
le titre de *Reichskanzler* et bientôt de *Führer*. Et
nous découvrions dans le courrier qui arrivait à
l'heure du petit déjeuner des photos de mon père
avec les yeux crevés. Nous formions la famille la
plus tendre, la plus unie, sans scandales, sans his-

68

toires. L'histoire ne nous lâcherait plus, et elle était tragique.

Avant même l'image d'une petite fille en rouge qui me plaisait beaucoup et qui, je me souviens, était la fille d'un tailleur, le plus ancien des souvenirs qui rôdaient avec Marie sur mes rochers brûlés de soleil était lié à l'histoire de ce temps. J'avais six ans. Il faisait déjà beau et je regardais d'une de nos fenêtres qui donnait sur l'Isar des chemises brunes ou noires défiler en musique derrière des drapeaux rouges frappés d'une croix gammée. C'était très gai. Les gens applaudissaient. Je me mis, moi aussi, du haut de mon balcon, dans mon costume de velours, à battre des mains avec les autres. Et je reçus de mon père, qui était un homme très doux, ennemi de toute violence, la seule gifle qu'il m'ait jamais donnée. Elle m'apprenait que l'intolérance n'a pas à être tolérée et que la tolérance a pour limite l'intolérable.

La tolérance nous allait bien : c'est une vertu de luxe et nous n'étions pas malheureux. Appuyés sur le devoir, la tradition, le goût de la liberté et de la démocratie, l'amour des parents pour les enfants et des enfants pour les parents, nous nous couchions de bonne heure, nous nous tenions assez droits, nous savions que l'avenir risquait d'être difficile et nous nous faisions de nous-mêmes une idée modeste, honorable, pleine de convenances, de préjugés et d'orgueil bien tempéré.

Nous avions des domestiques, et ils jouaient un grand rôle. J'ai été élevé par ma mère, béni soit son saint nom, qui s'occupait beaucoup de nous, de mon frère et de moi, entre les bals masqués et les dîners officiels, et par une nurse allemande que j'aimais à la folie — elle me donnait des fessées avec une brosse à cheveux, peccadilles côté bois, fautes plus graves côté poils —, dont le visage m'échappe et dont je me répétais le nom en marchant sur la plage pour ne pas l'oublier, car qui s'en souviendrait encore maintenant que mon frère était mort : Fräulein Heller. C'est pour toi, Fräulein Heller, pour que tu ne sois pas morte, toi aussi, tout entière — et voilà que je ne sais déjà plus comment je pouvais bien t'appeler dans la vie de chaque jour —, que je laissais le passé m'envahir sous le soleil.

Nous n'avions pas de bonnes ni de femmes de ménage : nous avions des femmes de chambre, des valets de pied, des jardiniers, des cuisiniers, qui portaient le nom de « chef ». Ils m'entouraient en silence sur les rochers brûlants où je dormais les bras en croix, épuisé par la nage, écrasé de chaleur. Ils servaient à donner de l'éclat à l'image de la France représentée par mon père et ils étaient payés par la République et par les contribuables. Pour lui comme pour les autres, mon père n'était pas hostile aux impôts. Il était le seul Français que j'aie jamais connu qui ne se plaignît pas de payer trop de taxes. Il aimait les impôts qu'il devait à l'État car ils ne cessaient de lui prouver qu'il avait de quoi les verser. Je l'ai vu, de mes yeux vu, écrire au contrôleur pour lui faire remarquer avec un peu d'acrimonie que les sommes réclamées par le Trésor public étaient inférieures à la réalité révélée par ses propres calculs ; et il s'étonnait de ce relâchement qu'il souhaitait avec fermeté voir prendre fin au plus vite.

Mon père, qui ne s'occupait jamais de savoir si

le soleil brillait ni du temps qu'il faisait — je crois qu'il trouvait la météorologie, qui m'a tant intéressé, de la dernière vulgarité —, n'aimait ni les vêtements, ni les automobiles, ni les placements en Bourse. Mais pour le salut de la République, qui était, avec la vertu et sa famille, le premier de ses soucis, il dépensait avec largesse, à la différence de tant de ses collègues qui bourraient de blocs de glace les fines flûtes de champagne; il portait des pelisses, des jaquettes, des pantalons rayés et il se servait d'une voiture. La voiture était noire, bien entendu, et elle était française, bien entendu. Elle comportait des marchepieds, une vitre de séparation intérieure entre le conducteur et les passagers et des strapontins qu'on pouvait replier. Mon père, bien entendu, ne savait pas conduire. Ma mère, bien entendu, ne conduisait pas non plus. Nous avions un chauffeur. Il s'appelait Maederer.

D'où me revient, Seigneur! pendant que le soleil frappe à coups redoublés sur les rochers et sur la mer, le nom de Maederer? Je l'ai vu, dans mes premières années, tous les jours que Dieu fait, il m'emmenait me promener avec Fräulein Heller dans les prairies ou les bois du côté de l'Oktoberfest, j'imagine qu'il lui arrivait de me prendre dans ses bras ou sur ses genoux, et j'ai le sentiment délicieux et troublant de rattraper au tout dernier instant par les basques de la gratitude et de la fidélité son nom en train de glisser déjà à toute allure sur les pentes de l'oubli. Maederer! Qu'est-il devenu après nous dans les tourmentes de l'histoire? Tombé dans les neiges de Russie? Enterré dans les sables de Tobrouk ou de Marsa-Matrouh? Poignardé peut-être par un Français dans le métro de Paris ? Écrasé sous les bombes à Hambourg ou à Dresde en 1944 ou en 1945 ? Pris dans les décombres de Berlin à la chute de ce IIIᵉ Reich qui devait durer mille ans ? Décapité à la hache par les bourreaux de Hitler comme le jeune Conrad von Hohenfels dans le roman de Fred Uhlman, *L'Ami retrouvé* ? Que cette page soit pour lui comme quelques fleurs sur sa tombe.

Quand mon père quitta Munich, en 1933, il laissa à son successeur, M. Amé-Leroy, une lettre magnifique que je dois d'avoir retrouvée à la famille de celui à qui elle était adressée. Il y exprimait sa méfiance à l'égard du nouveau maître de cette Allemagne dont il avait tant aimé le visage de culture et de paix et manifestait ses craintes pour l'avenir. Il y disait que s'il n'était pas mis un terme à l'ambition dévorante et à la folie meurtrière de Hitler, l'Allemagne était perdue, et l'Europe avec elle. Il y donnait son avis sur quelques-uns des collaborateurs qu'il laissait derrière lui, faisait l'éloge des uns, émettait des réserves sur les autres. Il y recommandait Maederer qui avait été son chauffeur et son mécanicien et qui, selon la formule de l'époque, l'avait toujours bien « mené ».

Les années passaient. Je les tenais en rond autour de moi sous le soleil de l'été. Elles se présentaient dans le désordre, selon un hasard mystérieux, et il me fallait faire un effort pour rétablir entre elles l'ordre imposé par le temps. Les images de Hitler, sa mèche, sa moustache, ses discours de délire, la tête rejetée en arrière, le bras levé à la romaine, me prenaient comme par la main pour me conduire autour d'une table couverte de journaux dans une grande maison de

Bucarest où je suis retourné récemment, *calea* Biserica Amsei.

Nous avions bouclé nos valises et nos énormes malles de bois et de cuir qui ressemblaient à des coffres et qui feraient rire aujourd'hui. Nous étions tombés parmi les Cantacuzène, les Bratiano, les Stirbei, les Ghyka — « Si jeune, disait le roi à un prince Ghyka de sept ans, si jeune, et déjà Ghyka ! —, les Brancovan, plus beaux et plus charmants les uns que les autres, les Bibesco, chers à Proust. Les Roumains, selon une formule célèbre, naissaient francophiles, antisémites et divorcés. Régulièrement confondu avec Budapest par les correspondants de mon père, et parfois par le Quai d'Orsay lui-même, Bucarest, pour moi, était d'abord un jardin où je jouais avec mon frère à des jeux échevelés et un Roumain étonnant, peut-être d'origine grecque, qui s'appelait Alexis et qui était quelque chose d'intermédiaire entre un concierge, un huissier, un maître d'hôtel et un standardiste. Quand il décrochait le téléphone et qu'il entendait au bout du fil :

— Allô ! La légation de France ?

il répondait :

— Elle-même.

Sur quiconque a connu et aimé, sous des cieux moldo-valaques, le chaouch Alexis, moitié grec, moitié roumain, et pourtant la France elle-même, le chauvinisme, la xénophobie, le racisme n'ont plus prise.

Entre Paris et Bucarest, nous prenions l'Orient-Express, pour des voyages de deux jours et demi, nous prenions le bateau qui passait par Venise, nous menait en Grèce, traversait le Bosphore et affrontait en mer Noire de formidables tempêtes, nous prenions la voiture pour des aventures enchanteresses à travers les plaines interminables de Hongrie et les Carpates de Jules Verne. Quelque part en Hongrie ou en Transylvanie, sur des routes de terre qui devaient voir passer une automobile tous les deux ou trois mois, un soir, nous nous sommes perdus. À mon frère qui réussissait à se faire comprendre des indigènes en allemand et qui, carte à la main, demandait à un paysan rencontré enfin par miracle où menait le chemin rectiligne sur lequel nous nous étions engagés, l'homme, après une longue réflexion, fit une belle réponse, restée célèbre parmi nous :

— *Geradeaus*. Tout droit.

En Valachie, en Moldavie, parmi les monastères de Bucovine — et les noms de Voronetz, de Suceava ou de Sucevitsa réveillent encore en moi des souvenirs enchantés —, en Bessarabie, en Dobroudja nous nous sommes beaucoup promenés. En hiver, nous circulions en traîneau. Sur la plage écrasée de soleil, je me souviens d'une nuit pleine d'étoiles au fin fond des Carpates où nous filions sur la neige emportés par les chevaux et où, négligemment, nous jetions derrière nous quelques morceaux de viande pour occuper les loups dont les silhouettes noires se devinaient au loin sur le blanc de la plaine.

À cette époque, intime de Tataresco et plus encore de Titulesco, génie divinateur au visage de Mongol qui le fait assister plus d'une fois au Conseil des ministres roumain, mon père s'acharne désespérément à renforcer, contre l'Allemagne nazie et la Russie communiste, une Petite-Entente vouée à un destin tragique.

Il se débrouille comme il peut entre les deux

monstres totalitaires où règnent les assassins et il se débrouille aussi comme il peut, dans les salons de Bucarest, entre deux femmes remarquables dont les noms sont liés à jamais à la culture française et qui se détestent entre elles : la princesse Bibesco et Hélène Vacaresco. Avec Hélène Vacaresco, il essaie d'organiser une conférence à deux voix.

— Quel thème proposez-vous ? demande mon père à Hélène.

— L'amour et l'amitié, répond Hélène, très ferme.

— Ah bon ! dit mon père, d'un naturel arrangeant. Et qui parlera de quoi ?

— Vous parlerez de l'amitié comme Cicéron, tranche Hélène Vacaresco. Et moi, de l'amour comme tout le monde.

À un dîner vers la même époque, le plan de table prévoit que mon père sera assis à côté d'Hélène Vacaresco. Furieuse de voir mon père lui préférer Hélène qui brillait plus par les qualités de l'esprit que par les charmes du corps, la très belle princesse Bibesco, qui recevait dans son domaine de Mogosoaia tout ce qui comptait en politique et en littérature, lui glisse avant de passer à table :

— Ne vous trompez pas : le devant, c'est le côté où il y a la broche.

La maison, l'escalier, le jardin de la rue Biserica Amsei, je les revois comme si j'y étais — et la grande pièce, au premier étage, où mon père, entouré de ma mère et de quelques amis, dont je pourrais donner les noms qui nous entraîneraient plus loin encore, consulte nerveusement une masse de journaux étalés sur la table. J'ai quelque chose comme neuf ans. Le roi Alexandre de Yougoslavie et Louis Barthou, ministre des Affaires étrangères, le patron de mon père, viennent d'être assassinés à Marseille par un oustachi croate. Se souvenant sans doute, chacun vit dans sa culture, de l'assassinat à Sarajevo par un nationaliste serbe de l'archiduc François-Ferdinand, mon père voit dans l'événement l'annonce de grands malheurs. Je suis très excité. On m'envoie me coucher. Il y aura dans les années à venir des drames autrement graves et celui-là marque surtout, je crois, dans l'histoire de la presse, le triomphe d'un jeune journaliste de *Paris-Soir* qui publie aussitôt des photographies de l'attentat transmises par bélino : son nom est Pierre Lazareff, et je le retrouverai plus tard dans la trame sans fin de l'histoire et de ma minuscule existence. L'attentat de Marseille aura une autre conséquence : parce que le meurtrier avait sauté sur le marchepied pour tirer sur le roi et sur le ministre, on supprimera les marchepieds des voitures officielles — et bientôt de toutes les autres.

Je retourne nager. Je pense à Marie. Je me demande à quoi elle pense. Car elle aussi a une vie qui s'est écartée de la mienne et je pourrais parler d'elle pendant des pages et des pages. Je reviens sur la plage. Qui m'emmène me coucher ? C'est Mlle Ferry-Barthélemy, que j'appelle Mademoiselle et qui a succédé auprès de moi à Fräulein Heller, la bien-aimée, dont le départ, il y a un an ou deux, a déclenché de ma part, et peut-être de la sienne, des cataractes de larmes.

En Roumanie, puis au Brésil, où mon père, conservateur et libéral, ambassadeur de Léon Blum et du Front populaire, est le successeur lointain de Paul Claudel, ma mère, son saint nom soit béni, et Mlle Ferry-Barthélemy, qui ne savent ni le latin, ni le grec, ni les mathématiques, me les enseignent avec obstination et me préparent, de loin, à ce qu'on appelle alors le bachot et, de plus loin encore, à leur insu, et au mien, au concours d'entrée d'une école de légende, la fameuse rue d'Ulm, encore tapie dans les brumes de l'avenir et dont j'ignore jusqu'au nom. Par la valise diplomatique, qui a transporté tant de caleçons, de dépêches confidentielles, de chemises coupées à Londres, de chefs-d'œuvre de Claudel, de Saint-John Perse, de Giraudoux, de Morand ou de Romain Gary, me parviennent d'un cours privé dont le nom était célèbre — Hattemer — des corrigés de compositions et des programmes d'études. D'une voix un peu angoissée par l'énormité de la tâche, Mlle Ferry murmure : « Allez, enfant ! » et me serine, avec une énergie et une bonne volonté dignes d'une meilleure cause, les règles de l'hypoténuse et de l'ablatif absolu qu'elle a elle-même apprises la veille au prix d'efforts sans nom. Ma mère, qui vient de parler au chef, au jardinier, à la première femme de chambre en d'interminables et mystérieux colloques, participe aux travaux. Ému par la disparition de Mermoz dont l'hydravion *Croix-du-Sud* vient de s'écraser quelque part dans l'Atlantique entre le Sénégal et le Brésil, mon père les surveille de loin. Ça va à peu près. Il doit y avoir beaucoup de cancres parmi les abonnés : je suis premier presque partout.

Lorsque mon père, éprouvé par la chaleur et par le rhume des foins, moins lié avec Getúlio Vargas, le président brésilien en qui il discerne un dictateur, qu'avec Titulesco, demande, avant l'âge de la retraite, d'être déchargé de ses fonctions parce qu'il redoute Hitler, jugé une fois pour toutes, et qu'il veut regagner son pays pour partager des épreuves dont il devine l'imminence, je rentre en France avec l'*Anschluss*, avec la crise des Sudètes, avec Munich et, un peu plus tard, avec le pacte germano-soviétique.

Dans un jardin, l'été, mon père lit le journal. La même angoisse se lit sur ses traits que le soir de l'attentat de Marseille. Il sait ce que signifie, pour l'avenir, le rapprochement entre Hitler, le national-socialiste, et Staline, le communiste. L'alliance des dictateurs qui se haïssent entre eux, l'alliance de l'eau et du feu marque l'écroulement de tout ce qu'il avait espéré et le début de grands malheurs. Il pose le journal. Je le vois d'ici. Je l'entends. Il dit : « C'est la guerre. » J'ai treize ou quatorze ans.

J'ai à peine le temps de me jeter à l'eau une dernière fois et de préparer ce fameux bachot que m'attendent, et c'est beaucoup pour un seul homme, la Seconde Guerre mondiale avec ses millions de morts, un ange tombé du ciel, là-bas au bord de la plage, et, derrière le Panthéon, le concours de la rue d'Ulm.

TOUT SE COMPLIQUE

Qu'est-ce que vous voulez que je vous dise ? Les choses se compliquent déjà. Inutile de prétendre que ces lignes que vous lisez, je les écris sur mes rochers écrasés de soleil ni dans la maison que je suis en train de regagner en sortant de la mer. Je les écris beaucoup plus tard. Le temps passe. La vie se poursuit. Tout ne cesse jamais de se détruire et de se recréer. Des événements se sont produits et ils nous ont balayés. L'histoire que je vous raconte ne se déroule plus seulement à deux époques — les bords de l'Isar, Fräulein Heller et Maederer, l'attentat de Marseille, le pacte germano-soviétique, la montée de la guerre, l'ombre lointaine de la rue d'Ulm, et puis cette île sous le soleil où je n'en finis pas de me souvenir et de sortir de la mer —, mais à trois : j'écris sous un tilleul, bien après le passage de la petite île presque déserte dans mes jours évanouis.

À deux époques ? À trois époques ? À quatre époques, bien sûr : vous êtes en train de me lire en un temps où, depuis des semaines, des mois, des années peut-être, j'ai quitté mon tilleul. Il y a l'île d'abord, où m'entourent en silence — mais elles sont là, qui en doute ? — les ombres de Hitler et du roi Alexandre assassiné à Marseille, de ma mère, béni soit son saint nom, de Mlle Ferry-Barthélemy et du chauffeur de mon père. Quelque chose comme un demi-siècle, ou peut-être un peu plus, sépare pour moi l'Isar de cette île minuscule de la Méditerranée orientale où le soleil ne suffit pas à consumer mes souvenirs. Et puis encore quelques années entre la Méditerranée orientale et le tilleul sous lequel, en ce moment même, j'essaie de me souvenir de ma vie. Il y a l'Isar, il y a l'île, il y a le tilleul, et il y a vous. Et à chacun de ces étages emportés par le temps se déroulent de fantastiques opéras qui renvoient à un monde qu'on pourrait reconstruire tout entier en partant de n'importe où et de n'importe quand.

ÉLOGE DES LIVRES

L'école de la rue d'Ulm est entrée dans ma vie par les livres. Enfant, j'aimais beaucoup lire et je lisais avec passion tout ce qui me tombait sous la main. Les affiches sur les murs, les ordonnances de médecin, les prospectus dans la rue, les notes de teinturier. J'avais commencé par des albums qui étaient les ancêtres, sous un autre nom, de nos bandes dessinées. Mes premières lectures n'étaient pas en français : elles étaient en allemand. Je lisais *Max und Moritz*, histoire de deux garnements, *Die Biene Maya*, histoire d'une abeille, et surtout *Struwwelpeter*, histoire d'un bon à rien qui ne se coupait jamais les ongles ni les cheveux et qui ressemblait à un Polichinelle guetté par la folie. Et j'écoutais des chansons qui me résonnent encore dans les oreilles :

>   *Ach ! Du lieber Augustin !*
>   *Augustin ! Augustin !...*

Ou

>   *Hänschen klein*
>   *Ging allein*
>   *In die weite Welt hinein...*

Bientôt, je passai au français. Je ne quittais pas les canailles. *Bibi Fricotin boit l'obstacle*, *Bicot président de club* ou *Les Aventures des Pieds nickelés* enchantaient mes jours et mes nuits. Je me réveillais pour les retrouver en secret, à la lueur d'une lampe de poche, dissimulés sous mes draps. J'étais vif en ce temps-là. C'était une fête sans pareil. Ni Stendhal ni Spinoza ne me l'ont fait oublier.

Fils de M. et Mme Bicotin, Bicot était le frère de Suzy — une évaporée un peu sotte et très snob qui organisait des goûters ridicules avec des amies affolées d'élégance — et le fondateur, avec Auguste et Ernest, ses copains, du club des Rantan-plan. Sa mère et sa sœur s'obstinaient à lui imposer un costume de velours qu'il détestait, et il les accusait, dans une scène irrésistible que je relisais sans me lasser, de l'avoir découpé dans les rideaux du salon. Je comprenais Bicot d'autant mieux que je détestais moi aussi les cols à manger de la tarte et les costumes Eton dont m'affublaient mes parents, sans parler d'un petit ensemble rouge dans lequel ils m'avaient fait peindre, à Munich, par une artiste de leurs amis dont le nom me revient à l'instant : Tina Ruprecht. Perdu parmi des photographies où je me traîne tout nu sur une peau d'ours, où je me déguise en Indien, où je joins les mains en enfant de chœur, le résultat était un pastel que je possède toujours et sur lequel j'ai l'air penché d'une fille sous une frange à la Jeanne d'Arc.

Croquignol, qui avait un long nez, Filochard, qui avait un bandeau sur l'œil, et Ribouldingue à la barbe hirsute composaient la bande des Pieds nickelés. J'en étais fou. Ils multipliaient les mauvais coups pour mener la grande vie, le cigare au bec, dans des voitures interminables qui les déposaient au pied de grands hôtels où ils grugeaient les bourgeois et narguaient la police. Le costume de velours de Bicot et les cigares des Pieds nickelés, qui me faisaient pleurer de rire, me menèrent insensiblement au héros de mes jeunes années, à mon maître, à mon idole, à celui qui m'a fait entrer dans le monde enchanté de l'imagination et des livres : Arsène Lupin.

Tout le monde connaît Arsène Lupin, son monocle, son écharpe blanche, son chapeau haut de forme. Je lisais, le cœur battant, *Arsène Lupin, gentleman cambrioleur*, *L'Aiguille creuse*, *813*, *Le Bouchon de cristal*, *Les Huit Coups de l'horloge*, *L'Agence Barnett et Cie*, *La Demoiselle aux yeux verts*, *Dorothée, danseuse de corde*, et il me faisait rêver. Je sais bien ce qu'Arsène Lupin apportait dans ma vie si terriblement comme il faut et réglée comme papier musique : c'était la transgression.

Avec les Pieds nickelés, avec Arsène Lupin, l'irruption de la transgression dans ma bulle de confort depuis toujours protégée se masquait de comique. Les Pieds nickelés étaient une farce et Arsène Lupin était si élégant qu'il aurait pu apparaître sans scandale dans les salons éclairés par des lustres et encombrés de valets de pied où mon père et ma mère recevaient Thomas Mann, quelques Rothschild égarés et le nonce du pape qui s'appelait Pacelli et qui devait monter, plus tard, sous le nom de Pie XII, sur le trône de saint Pierre.

Ici apparaît aussitôt un autre personnage qui a tenu une grande place dans ma vie : c'est mon frère. Il s'appelle Henry. Avec un *y*. Il a quatre ans de plus que moi. Il est aussi rude et rugueux que je suis léger et nerveux. Il m'appelle « le moustique ». Hypocrite et par en dessous, je suis le chouchou de mes parents qui le traitent avec sévérité. Je fais des mots, comme tous les enfants. Il a mauvais caractère. Je travaille bien. Il travaille mal. Quelques années plus tard, quand il exprimera son intention d'entrer à l'École navale et de devenir marin, ce sera un éclat de rire dans la famille. L'École navale ! Il faut avoir de bons yeux — et il en a, plus bleus encore que les miens et que ceux de Marie. Il faut aussi être fort en sciences et en mathématiques — et il est quelque chose qui s'approche d'assez près de l'image idéale qu'on peut se faire d'un cancre. *Exit* l'École navale et les levers de soleil sur l'océan Indien.

« Alors, qu'est-ce que tu veux faire ? » lui demandera mon père avec un mélange d'ironie et de chagrin. « Bon. Eh bien, je serai inspecteur des Finances », lui répondra mon frère. Nouveaux hurlements de rire, assaisonnés d'un peu de pitié pour ce rêveur qui ne doute de rien. L'accès à l'inspection des Finances était commandé par un des concours les plus difficiles de la République qui menait — il mène encore, sous des formes nouvelles — aux sommets de l'État. Au lendemain de la Seconde Guerre, mon frère se présentera à l'un des premiers concours d'entrée — le premier, peut-être, je ne sais plus, ou le deuxième — de la toute nouvelle École nationale d'administration, la fameuse et décriée ENA, fondée, sous les auspices et avec la bénédiction du général de Gaulle, par le fils d'un médecin, le petit-fils d'un rabbin, qui s'appelait Michel Debré. Il sera reçu.

Il sortira dans les premiers. Et il deviendra, comme imprévu, inspecteur des Finances. Lorsque les ministres de la IVᵉ République se trouveront en face de dossiers épineux auxquels il s'agira d'opposer des refus catégoriques et pénibles, ils se retourneront vers mon frère : il savait dire non avec une aisance et une simplicité remarquables. Voilà mon frère. Il est mort. Il était solide et bon. Il préférait les forêts à la littérature. Je l'aimais.

À l'époque où se déroule ce récit, c'est-à-dire à l'époque où il vivait encore, à l'époque de mon deuxième séjour, sans Marie, dans une île minuscule de Méditerranée, mais aussi et d'abord, car il y a de la mémoire et un passé dans ce monde, plus d'un demi-siècle plus tôt, parmi tous les fantômes qui surgissent autour de moi dans le souvenir de Marie, mon frère, âgé, j'imagine, d'une dizaine d'années, se faisait en catimini de l'argent de poche clandestin comme ramasseur de balles dans un club de tennis sur les bords d'un lac bavarois. Quand mon père apprit l'affaire par un hasard malheureux, ce fut un beau raffut. Était-ce une occupation pour le fils aîné du ministre de France en Bavière ? Quel exemple il donnait au cher ange — c'était moi —, au pauvre petit frère âgé alors de cinq ou six ans ! Le soir où Mgr Pacelli, nonce de Sa Sainteté, doyen du corps diplomatique, fut invité à dîner à la maison, on se méfia du voyou. Ma mère le prit à part, lui expliqua qu'il fallait baiser le gros anneau au doigt de l'homme en rouge et lui recommanda de se conduire comme jamais, d'oublier les manières des vestiaires et des courts du déplorable club de tennis et surtout de se taire.

Le nonce arriva. Mon frère fut parfait. Il baisa l'anneau, et tout. Au moment de passer à table avec les ronds de jambe que vous imaginez, on fit venir Fräulein Heller — ah! mon Dieu!... je me souviens : je l'appelais Lala... — et on l'envoya se coucher. Alors, tel Bicot, il se planta devant Son Éminence, les jambes écartées, le doigt pointé en avant, et, d'une voix très claire, sur le ton le plus ferme, il lui lança : « Au revoir, mon vieux. »

Longtemps, mes parents se bercèrent de l'espoir que le nonce n'avait pas entendu, ou que, perdu dans des pensées planétaires et mystiques, il n'avait pas compris. Trente ou quarante ans plus tard, vous voyez comment ça marche, en avant, en arrière, un peu dans tous les sens, mon frère, inspecteur des Finances, à la tête de je ne sais quelle mission économique ou financière, fut reçu au Vatican par Sa Sainteté Pie XII. Tout se passa pour le mieux, dans l'auguste malaise qui accompagne toujours ce genre de cérémonies. Ma belle-sœur, vendéenne et fort pieuse, portait, très émue, mantille et vêtements noirs. Mon frère bredouilla quelques mots. Le Saint-Père fit un discours. Sourires. Émotion. Génuflexions. Bénédiction. Et tout ce joli monde se prépara à quitter le sacré pour le profane et à aller manger des pâtes chez Alfredo alla Scrofa, chez Da Meo Patacca dans le Trastevere ou sur la piazza Navona. Alors le souverain pontife retint quelques instants les mains de mon frère dans les siennes et lui murmura à l'oreille : « Vous ne dites plus *mon vieux* au pape ? »

Je n'aurais pas été très étonné de voir Arsène Lupin, poursuivi, toujours en vain, par l'inspecteur Ganimard, apparaître soudain sur les bords de l'Isar pour s'entretenir avec Fräulein Heller et Mgr Pacelli dans le salon de ma mère, et peut-être les tutoyer avant de les cambrioler. Il ne se présenta pas. Mais il ne me quitta jamais. Je devais le retrouver avec le même plaisir à tous les âges de ma vie. Et il fut rejoint dans ma tête et sous mes draps par tout un cortège de personnages où brillaient des colosses, de mauvaises femmes, des benêts pleins de charme, des êtres forts et doux : Athos, Porthos, Aramis, d'Artagnan, la belle Mme Bonacieux, la terrible Milady, le vicomte de Bragelonne, le capitaine Nemo, Phileas Fogg et Passepartout, Lavarède, Rouletabille, et un pirate à la jambe de bois, un perroquet sur l'épaule. La réalité ne se distinguait plus de mes rêves. J'avais un peu de mal à me réveiller le matin. Il y avait du monde dans mon lit.

De chacun de ces héros de mes nuits surpeuplées je pourrais parler des heures. Ils dansaient en rond autour de moi sur la plage écrasée de soleil où je ramassais ma serviette et les espadrilles noires en loques que m'avait données Marie pour rentrer à la maison peinte en bleu et en blanc, couverte de bougainvilliers, avec un arbre dans la cour, que j'avais louée pour deux mois. La foule ne cessait de s'accroître avec le temps qui passait. Les Cenci, l'abbesse de Castro, Julien Sorel, Fabrice del Dongo, Frédéric Moreau et Emma Bovary, Vautrin et Rubempré, mon amie Nane et le Roi des montagnes, Charles Swann et Oriane de Guermantes, Nathanaël, Aurélien, Gilles, Anne d'Orgel et le grand Meaulnes venaient grossir ses rangs.

Il y avait dans plusieurs livres un point de détail qui m'intriguait. J'avais lu un roman de Joseph Malègue dont personne ne se souvient plus et qui s'appelait *Augustin ou le Maître est là*. On y parlait d'un établissement mystérieux qui tenait le milieu entre un monastère et une citadelle imprenable et qui portait le nom bizarre d'École normale supérieure. Je la rencontrais à nouveau, cette Église laïque, cette crèche pour enfants rêveurs, dans *Les Thibault* de Roger Martin du Gard, où Jacques, mon préféré, l'obstiné, le rebelle, le frère d'Antoine, le médecin, était reçu à son concours d'entrée, et aussi dans *Les Hommes de bonne volonté* de Jules Romains, où Jallez et Jerphanion se promenaient et discutaient sur ses toits. Je la rencontrais encore dans *Comme le temps passe* de Robert Brasillach, dont les meilleures pages, avant tant de folies, lui étaient consacrées. L'école de la rue d'Ulm commençait à se parer à mes yeux de tous les prestiges d'une princesse de légende, lointaine et inaccessible, qui exigeait de ses prétendants des épreuves et des exploits.

Quand, tendre sphinx des temps modernes, mon père me posa, à mon tour, dans une vie antérieure dont je finissais par me demander, en quittant les rochers abandonnés par le soleil et que l'ombre recouvrait peu à peu, si c'était vraiment la mienne, la question fatidique qu'il avait déjà posée à mon frère : « Qu'est-ce que tu comptes faire plus tard ? », je répondis, l'angoisse au ventre, que je ne détesterais pas m'inscrire dans une de ces classes mythiques, pleines à craquer de poètes maudits et de génies en herbe, qui portaient le nom d'hypokhâgne et de khâgne, qui préparaient à la rue d'Ulm et dont je ne savais rien. Ce n'était pas dans la vie que je rêvais d'entrer : c'était dans une légende. Mon père, qui devait préférer en secret l'École des sciences politiques où régnait

André Siegfried, le fils de Jules, inclina la tête avec un mélange d'approbation et de résignation : Hippolyte Taine, Jean Jaurès, Léon Blum, Édouard Herriot, et son collègue François-Poncet étaient passés par là. Peut-être finirais-je, moi aussi, malgré une légèreté et un goût du plaisir qui inquiétaient déjà mon père, et qui me ravageaient en secret, par pénétrer dans l'un ou l'autre de ces palais nationaux pleins de souvenirs de grandeur et de tapisseries des Gobelins et par servir l'État ?

LA RUMEUR DES PASSIONS

À l'approche de la planète dominée par les hommes, Gabriel fut saisi d'une espèce de vertige. Une rumeur, un parfum montaient de la boule bleue qui brillait sous le Soleil. Une odeur repoussante et pourtant enivrante se répandait dans l'espace. Des sons discordants parvenaient jusqu'à l'ange que n'avait bercé jusqu'alors que l'harmonie des sphères. La Terre n'était pas un corps céleste comme les autres. N'importe qui venu d'ailleurs aurait deviné aussitôt que quelque chose d'obscur, un ramdam, un sabbat, une messe noire et radieuse, une cérémonie lumineuse et secrète, se déroulait sur ce satellite d'apparence insignifiante et semblable à tant d'autres. Pour Gabriel, doué, comme tous les esprits de son genre, de pouvoirs d'exception — et plus favorisé par le Très-Haut, nous le savons déjà, que tous les autres membres de la cohorte céleste —, le vacarme et l'odeur devenaient insupportables.

Il fronça le nez. Il se boucha les oreilles des deux mains qui prenaient peu à peu la place de ses ailes blanches en lambeaux. L'air était irrespirable. Le bruit le faisait souffrir. Un épais brouillard entourait la planète. Le fracas et les effluves semblaient en surgir. Qu'est-ce que c'était? Gabriel comprit soudain que l'espace autour de la Terre était empesté par la pensée et les passions qui s'exhalaient des hommes.

UN MONDE S'ÉCROULE

« La jeunesse, écrit Henri Michaux, c'est quand on ne sait pas ce qui va arriver. » En tombant comme de la lune dans l'hypokhâgne, puis dans la khâgne d'Henri-IV, où régnaient les Alba, les Boudout, les Hyppolite, les Dieny, les maîtres auxquels je dois tout, j'ignorais avec une belle santé ce qui allait m'arriver. J'avançais les yeux bandés, un goût de sel sur les lèvres, vers une mer inconnue.

L'aventure, la minuscule aventure, mais bon, c'était ma vie et je n'en avais pas d'autre, avait commencé en Auvergne, au milieu des volcans, à Clermont-Ferrand, au lycée Blaise-Pascal, à deux pas de la place de Jaude, non loin de la mairie d'Ambert, immortalisées l'une et l'autre par *Les Copains* de Jules Romains qui avaient succédé dans mon cœur aux Pieds nickelés et à Arsène Lupin.

Qu'est-ce que je faisais là ? À la fin du printemps de 1940, qui avait été si beau, sans un nuage dans le ciel,

Mai qui fut sans nuage et Juin poignardé...

92

j'avais assisté à la plus formidable catastrophe dont pût rêver un enfant : tout s'était écroulé. Un rêve. Un truc inouï. Un nettoyage par le vide. J'avais cassé un lustre : tout le monde s'en fichait. Les corvées, les thèmes latins, les lettres aux tantes de province, la messe du dimanche : tout était tombé dans une trappe. Il ne restait rien. Un grand État s'effondrait. Une République qui avait succédé à une monarchie millénaire et qui avait connu des heures de prospérité et de gloire était rayée, d'un coup de plume, de la surface de la Terre. Nous avions vécu les derniers jours d'une civilisation évanouie.

J'avais lu avec passion l'histoire de batailles qui avaient changé, en un clin d'œil, le destin de pays éloignés dans l'espace et dans le temps. J'avais entendu parler d'empires, en Amérique ou en Asie, abattus en quelques semaines par des ennemis fabuleux. C'était ce qui nous tombait sur la tête dans des régions aussi familières que les Ardennes ou les plaines du Nord. Sous les coups des stukas et des panzers d'un Guderian qui n'avait même pas eu besoin de forcer ses talents, tout était ruines et décombres. L'apocalypse était là. Ici et maintenant. Il y avait dans le désastre quelque chose de si parfait et de si réussi qu'il en devenait presque enchanteur :

Grâce aux dieux ! Mon malheur passe mon espérance.

La stupeur venait d'une surprise qui, pour nous au moins, n'avait rien d'inattendu : mon père, depuis des années, avait tout prévu et la fin du monde ne m'étonnait pas beaucoup.

Deux ans plus tôt déjà, en septembre 1938, Munich m'avait indigné — et déçu. Indigné, parce que, à tort ou à raison, avec ardeur, presque avec exaltation, j'étais antimunichois. Et pour beaucoup de raisons. Mon père, homme de paix, ennemi de toute violence, admirateur de la musique et de la philosophie allemandes auxquelles il ne connaissait rien, ami des libéraux allemands, partisan acharné de coopération internationale et de la SDN avec son cortège de rêveurs et de visionnaires de génie, façon Briand ou Stresemann, était pris dans une dialectique de l'histoire dont il n'était pas commode de sortir et qui le désespérait : dès mars 1936, époque de la remilitarisation de la Rhénanie, il était favorable à une intervention française et européenne contre Adolf Hitler dont il haïssait les mensonges, les chantages, les discours hystériques, les appels à la haine, le culte de la force et de la race élue. Il était contre Hitler en 1935, il était contre Hitler en 1936, il était contre Hitler en 1937. La faute des démocraties est de ne pas avoir fait plier Hitler en un temps où il aurait reculé. À force de rester pures, les mains des pacifistes se sont couvertes de sang. L'angélisme est responsable de la mort de millions d'êtres humains. Mon père savait très bien que 1938 était déjà trop tard. Mais il pensait que 1939 serait pire encore que 1938. La formule de Churchill au lendemain de Munich, il aurait pu la prendre à son compte : « Vous aviez le choix entre le déshonneur et la guerre ; vous avez choisi le déshonneur et vous aurez tout de même la guerre. »

Une autre influence était en train de s'exercer sur moi : c'était celle de Georges Bidault. Édito-

rialiste de *L'Aube*, journal démocrate populaire —
la démocratie populaire n'avait pas le sens sinistre
qu'elle allait prendre, grâce à Staline, quelques
années plus tard —, adversaire farouche de
Munich, lui aussi, Georges Bidault devait être,
quelques mois, mon professeur d'histoire en troisième, à Louis-le-Grand, à l'époque où je quittais,
ahuri, les jupes de ma mère et de Mlle Ferry-Barthélemy — « Allez, enfant !... »— pour me jeter
dans le grand monde et dans ses tourbillons.

Sans chapeau et sans barbe, toujours tiré à
quatre épingles, rasé et coiffé avec soin, la voix
déjà métallique, Bidault nous abreuvait de ces formules nerveuses et un peu mystérieuses qui
allaient plus tard faire son succès à la tribune de
l'Assemblée nationale : « Les tuiles sont remontées
sur le toit » ou : « Mieux vaut se laver les dents
dans un verre à pied que les pieds dans un verre
à dents. » Il ne nous parlait jamais de politique.
Mais nous savions ses opinions, et je les parta-
geais. J'appartenais, à treize ans, à une petite
troupe de rebelles : je refusais de bêler avec la
foule, ivre de lâche soulagement, qui applaudis-
sait Daladier à son retour de Munich. On racontait qu'en voyant, du haut de son avion, la multi-
tude qui l'attendait à l'aéroport, Daladier, qui
savait mieux que personne ce qui s'était passé à
Munich et à quoi s'en tenir, s'était d'abord imaginé qu'elle venait le huer et peut-être lui faire un
mauvais parti. À l'instant de s'engager sur la passerelle d'atterrissage, en entendant la clameur
d'abord indistincte se changer peu à peu en un
tonnerre d'acclamations, Daladier aurait proféré
à mi-voix une appréciation qui, à défaut de justi-

fier sa politique, fait honneur au moins à sa lucidité : « Ah ! les cons ! »

Munich, qui m'avait indigné au nom des grands principes, m'avait aussi déçu au nom de sentiments moins honorables et franchement moins élevés. La rentrée scolaire avait été menacée et retardée par l'affaire des Sudètes. Dès le règlement de la crise à Munich, la rentrée eut lieu. J'étais en train de jouer dans le grenier d'une demeure qui a tenu une grande place au cœur de ma vie quand on vint m'annoncer la nouvelle. Je me rappelle comme si j'y étais mon dépit de voir s'éloigner la tempête qui était en train de fondre sur nos têtes.

J'étais bon élève, et le lycée m'assommait. Je voulais de l'inattendu, du nouveau, du fantastique. Je crois que j'aspirais à des désastres qui feraient tout sauter. Un désir de catastrophe me travaillait en secret. J'allais être servi au-delà de mes vœux. L'histoire — et moi avec — ne reculait que pour mieux sauter. La catastrophe, qui s'était dérobée en 1938, me rattrapa à la fin de l'été de 1939. Et, avec plus de force encore, à la fin du premier tiers du joli mois de mai de 1940 où le monde s'écroula.

LE REGARD DE DIEU

Dieu, puisque les temps se confondent sous les yeux de l'Esprit-Saint et qu'il découvre d'un même regard tout ce qui se dissipe dans l'univers sous le signe de la succession, me voyait sur mon île entre Fräulein Heller et Georges Bidault, entre Mlle Ferry et le général Guderian, entre Marie et Maederer. Il voyait le tilleul et la maison blanc et bleu. Il voyait votre père et votre mère et tous ceux dont ils sortent et tous ceux qui sortiront de vous dans les siècles des siècles. Il me voyait en train d'écrire. Il vous voyait en train de lire. Il voyait notre histoire à tous, de ses origines improbables à sa fin nécessaire. Il voyait Gabriel en train de descendre parmi les hommes.

RONSARD RAPPLIQUE,
RACINE AUSSI

À chacun son mois de mai. Il y a des enfants de 68. J'étais un enfant de 40. Toute la fin de 39, tout le début de 40, la vie avait pris la couleur un peu sinistre de la menace et du sursis. C'était une époque surprenante. Une sorte de parenthèse et de temps suspendu. La guerre était déclarée — et il n'y avait pas de guerre. La Pologne était crucifiée. On se battait en Finlande. On se battait en Norvège. Les uns contre les Russes. Les autres contre les Allemands. Les canons tonnaient encore assez loin. Sur la ligne Maginot, qui était une institution comme le Sénat, comme le mariage, comme les congés payés, il ne se passait presque rien. On finissait par ne plus s'occuper des communiqués de guerre qui bégayaient sans cesse la même absence de nouvelles. On chantait : « Nous irons pendre notre linge sur la ligne Siegfried. » On distribuait du vin chaud aux soldats et le sort de beaucoup était entre les mains d'un régime qui, au comble de la puissance, était à la veille de s'écrouler et du général Gamelin qui, avant de ramasser la gamelle inscrite d'avance dans son nom, faisait piquer des drapeaux sur une grande carte murale et luttait contre la syphilis.

Chacun savait que le provisoire ne pourrait pas durer et chacun s'y installait comme s'il était là pour toujours. On entendait déjà le tic-tac de la machine infernale et il berçait notre sommeil.

Le 10 mai au matin, mon cousin André tapait comme un sourd contre la porte de la chambre où je dormais, comme la France entière, dans l'innocence et la naïveté, et me criait que les troupes allemandes avaient envahi la Hollande, la Belgique et le Luxembourg. C'était enfin le début, si longtemps retardé, et déjà la fin. La IIIᵉ République fut balayée en trois semaines. Des temps nouveaux commençaient. J'avais appris pour toujours que l'histoire est fragile et qu'il faut défendre ses Thermopyles.

Je n'écris pas de Mémoires. Je me souviens en chemin, sur mes rochers, sous le soleil. Je ne me souviens même pas : j'essaie de montrer comment ça marche. En juillet 1940, mon père fut nommé à la tête de la Croix-Rouge française par le maréchal Pétain qui s'était établi à l'hôtel du Parc à Vichy parce que c'était commode et qu'il y avait des chambres à transformer en bureaux. Une tragédie commençait où l'absurde et le ridicule se mêlaient à l'intolérable. Au terme d'un embouteillage monstre qui allait prendre le nom d'exode et qui nous avait fait passer par Moulins, où j'avais dormi dans une baignoire et mon frère sur un billard, par Brive, par Bordeaux, puis, détour imprévu, par l'Hérault où une vieille tante un peu folle hantait le château de Lézignan-la-Cèbe, mon père nous avait installés à Royat, non loin de Vichy, à la pension Bon Accueil — comment l'avait-il dénichée ? je n'en sais rien —, à quelques minutes, par le tramway, du centre de Clermont-

Ferrand où le lycée Blaise-Pascal avait bonne réputation.

En juillet ou en août 1940, mon père alla passer trois jours à Vichy. Il comprit en quelques heures — il était vrai qu'il était vacciné contre le national-socialisme qu'il connaissait de l'intérieur — ce que d'autres mirent deux ans ou trois ans et parfois davantage à découvrir avec stupeur : qu'il était impossible de travailler à Vichy sous les ordres de Pétain et de Pierre Laval. Il démissionna aussitôt. Il n'était pas question de rentrer à Paris occupé par Hitler. J'étais déjà inscrit au lycée Blaise-Pascal où j'allais passer la première partie de ce qu'on appelait alors le bachot et découvrir à la fois un ami et un maître.

L'ami s'appelait Jean-Paul Aron. Il venait de Strasbourg où son père était professeur et il devait, plus tard, pour différentes raisons, devenir assez célèbre. La jeunesse est merveilleuse d'insouciance et de grâce. Dans les temps de l'angoisse, il a été le premier à me parler avec passion des écrivains et des livres. Il m'a fait entrer, sous la tempête, dans des jardins enchantés. Il me récitait Ronsard, La Rochefoucauld, Racine :

Pour obsèques reçois mes larmes et mes pleurs,
Ce vase plein de lait, ce panier plein de fleurs
Afin que, vif et mort, ton corps ne soit que roses.

Ou :

L'amour-propre est l'amour de soi-même, et de
toutes choses pour soi. Il est tous les contraires ; il
est inconstant ; il est capricieux, et on le voit quelquefois travailler avec le dernier empressement et

100

avec des travaux incroyables à obtenir des choses
qui ne lui sont point avantageuses, et qui même lui
sont nuisibles, mais qu'il poursuit parce qu'il les
veut. Il est dans tous les états de la vie, et dans
toutes les conditions; il vit partout, et il vit de tout,
il vit de rien; il s'accommode des choses et de leur
privation; il passe même dans le parti des gens qui
lui font la guerre, et il entre dans leurs desseins; et,
ce qui est admirable, il se hait lui-même avec eux,
il conjure sa perte, il travaille même à sa ruine.
Enfin, il ne se soucie que d'être, et, pourvu qu'il
soit, il veut bien être son ennemi.

Ou

Pour jamais! Ah! Seigneur, sentez-vous en vous-
  même
Combien ce mot cruel est affreux quand on aime?
Dans un mois dans un an, comment souffrirons-
  nous,
Seigneur, que tant de mers me séparent de vous,
Que le jour recommence et que le jour finisse
Sans que jamais Titus puisse voir Bérénice,
Sans que de tout le jour, je puisse voir Titus?

Il me parlait de Pascal, de Proust, de Joyce qu'il
avait lus. Moi pas. Il m'éblouissait. Nous étions
inséparables. La guerre faisait rage autour de
nous au cours du sinistre hiver 1940-1941 où l'espoir était si mince. L'Angleterre portait sur ses
seules épaules tout le fardeau de l'avenir. Le
monde reposait sur un seul homme qui s'appelait
Winston Churchill. Il disait que son pays ne fai-
blirait jamais et qu'il se battrait jusqu'à la victoire.
Ou peut-être jusqu'à la mort : « *We shall fight on*

the beaches, we shall fight in the streets, we shall never surrender. » Nous quittions le salon de la pension Bon Accueil quand la voix de Pétain sortait, tisane rustique et lénifiante dont je ne savais pas encore qu'elle avait été préparée par les mains blanches et juives de mon futur ami Berl, du vieux poste de T.S.F. en bois autour duquel s'agglutinaient, dans un silence religieux, les fidèles du Maréchal. Je n'ai pas, grâce à Dieu, à demander pardon ni à me repentir de ma jeunesse. Nous tracions à la craie des croix de Lorraine sur les murs de Clermont-Ferrand.

Le maître s'appelait Nivat. Je le vénérais. Je le portais dans mon cœur. Il nous enseignait la littérature française. J'étais premier. Jean-Paul deuxième. Nivat m'envoya au concours général. Je ne lui fis pas honneur.

UN ANGE PASSE

L'ange Gabriel, qui n'en était pas à sa première
visite chez nous, volait, invisible, autour de notre
Terre. Sans trop se l'avouer, il retrouvait avec bonheur le monde de la passion, de la souffrance et
du mal. Si pleine de splendeurs et de magnificence, l'éternité ne connaît ni les ruisseaux qui
coulent au milieu des prairies ni les arbres qui
poussent le long du chemin ou au flanc des collines. Gabriel aimait les ruisseaux qui tombent du
haut des rochers pour servir de refuge aux écrevisses et aux truites. Et il aimait les arbres qui sortent de la terre où sont plongées leurs racines et
qui déploient dans le ciel leurs branches chargées
de feuilles, d'aiguilles, de fleurs de toutes les couleurs, de fruits de toutes les saveurs et où les
oiseaux viennent se percher pour répandre des
chants qui ravissaient l'ange de Dieu. Il repéra les
flamboyants, les jacarandas, les palmiers, les ceri-
siers qui cherchaient la solitude des vallons et des
plaines et la douceur du soleil, les érables et les
bouleaux, les sapins et les chênes qui se regrou-
paient en forêts. La tête lui tournait un peu. Une
espèce d'allégresse l'envahit : il avait le vertige du
monde et du temps qui s'en va.

Les paysans en train de rentrer leur foin, les chasseurs dans la neige, les banquiers dans leur bureau, les princes sur leur trône et les clochards dans le ruisseau sentirent rôder sur eux un souffle d'éternité. Ils levèrent le nez. Que se passait-il ? Aucun ne devina que c'était un ange qui passait. Les anges, chacun le sait, n'ont jamais existé et il était bien improbable qu'une créature céleste vînt visiter les hommes qui occupaient leur temps à mentir et à se haïr entre eux. Ils éprouvèrent dans leur cœur une angoisse mêlée de joie. La foudre était tombée sur eux. Ils posèrent la main sur leur front et se demandèrent ce qui leur arrivait. Qu'est-ce que je fais là ? Qu'est-ce que j'attends ? L'idée, un éclair, les traversa, très vite, qu'ils méritaient autre chose. Mais quoi ? Un destin ? Le bonheur ? Un sacrifice ? La mort ? Ils cherchèrent un instant. Et puis, ils haussèrent les épaules et ils se remirent à faire ce qu'ils avaient à faire.

UN SUCCÈS AMBIGU

L'hiver 1940-1941 fut assez rude en Auvergne. J'avais réussi sans histoire la première partie de mon bachot. Plus rien ne nous retenait à Royat ni à Clermont-Ferrand. Nous partîmes pour le Midi où nous attiraient le soleil, les mimosas, un ciel presque toujours bleu et la douceur du climat. Je n'étais pas mécontent. Je lisais *Tendre est la nuit* de Scott Fitzgerald où Richard aime Rosemary sur la côte le long de la mer et qui me plaisait presque autant que *Le soleil se lève aussi* de notre bon vieil Hemingway où lady Brett est amoureuse d'un torero si mince qu'il doit se servir d'un chausse-pied pour enfiler sa culotte. Nous avions eu froid à Royat où le ravitaillement était convenable; nous eûmes faim à Nice où il faisait si beau. Ma tante me surprit un jour dans une position ridicule : fatigué des topinambours et des rutabagas qui, au temps des années sombres, constituaient le fond de la nourriture du côté de la baie des Anges, j'étais monté sur une chaise pour atteindre un pot de confitures caché au sommet d'une armoire, en prévision de jours plus durs encore.

Retardée par la résistance imprévue de la Yougoslavie, lancée à l'aube du solstice d'été, le 21 juin 1941, l'opération Barbarossa se poursuivait en Russie. Le pire pourtant avait été évité : avec un courage et une allure que rien ne pouvait ébranler, les Anglais tenaient le coup. Ils étaient les héros de notre monde crucifié. Nous vivions par eux et par un général trop grand qui leur rendait la vie impossible. « Chacun doit porter sa croix, aurait grommelé Winston Churchill. La mienne s'appelle la croix de Lorraine. »

En décembre 1941, après l'attaque de Pearl Harbor, à Hawaï, par l'aviation japonaise, l'Amérique de Roosevelt était entrée dans la danse. L'espoir, déjà, commençait à changer de camp. La guerre, l'hostilité à Vichy, les nouvelles de la BBC, les voix de la France libre et de Maurice Schumann dont nous ne savions rien et qui nous ressuscitait nous occupaient tout entiers. Seul M. Fouassier tenait à mes yeux une place plus importante encore que Rommel ou Joukov.

M. Fouassier, dont je revoyais les traits avec précision en ramassant ma serviette et en me préparant à quitter mes rochers abandonnés par le soleil, avait un mufle de lion sous une épaisse crinière blanche. Il enseignait la philosophie au lycée Masséna, à Nice. Un beau matin d'automne — on se battait dans la neige, on se battait dans les sables —, il avait fait une entrée tonitruante dans ma modeste existence en rendant les copies de ce qu'on appelait encore, en ces temps évanouis, la composition de philosophie. Les noms défilaient. Le mien n'était pas prononcé. Je ne savais plus où me mettre. On avait vu passer les cancres et les forts en thème. On savait qui était premier et qui était dernier. Et puis, il se fit un grand silence.

Alors, on entendit Fouassier déclarer d'une voix forte :

— J'ai une copie remarquable. Je l'ai gardée pour la fin. Je vais vous la lire d'un bout à l'autre.

C'était la mienne.

Il commença sa lecture. De temps en temps il s'interrompait pour la ponctuer d'une appréciation élogieuse. Le roi n'était pas mon cousin. Je flottais sur un nuage. Les mots les plus doux me parvenaient comme en rêve. La force et la subtilité régnaient sans partage dans ce que j'écrivais. Leningrad et Tobrouk disparaissaient dans une trappe. Mes pages étaient si bonnes qu'il se permettait, ici et là, une timide réserve : « La citation n'est pas exacte. » Ou : « Vous exagérez un peu. » Mais le charme restait intact et la stupeur heureuse de M. Fouassier éclatait à chaque mot.

Vers le milieu du texte, M. Fouassier abaissa les pages qu'il tenait entre les mains et leva les yeux vers le plafond. Le passage, à son avis, était un peu moins réussi. Les arbres ne montent pas jusqu'au ciel et tout talent a ses faiblesses. Il reprit son exercice et, pendant quelques minutes, exerça son droit de critique. Des détails m'avaient échappé. Je n'avais pas traité le problème dans toute sa finesse ni dans toute son ampleur.

— Après tout, c'est un début. Vous n'avez pas la science infuse.

À partir de ce moment-là, je dois le reconnaître avec regret, il y eut quelque chose de brisé dans l'admiration sans bornes que me portait M. Fouassier. Il lut de plus en plus vite, il sauta plusieurs passages, il lui arriva de ricaner. Quelques-unes de ses observations furent franchement désagréables. En me rendant ma copie, il ne put pas s'empêcher de me faire part d'un jugement qui ramassait en coup de vent toutes les contradictions de la dialectique :

— Le début est brillant. Après, ça se gâte très vite. Tenez, c'est franchement médiocre. Il faudra travailler plus que ça.

Ce furent mes débuts dans la philosophie militante et souffrante.

La deuxième partie du bachot se passa comme la première. Peut-être parce qu'elle avait été imposée dans les programmes par Vichy, je détestais la cosmologie, que plus tard j'ai tant aimée. Je récoltai un 2 sur 20. Heureusement, il y avait l'histoire et la géographie. En géographie, l'examinateur était une examinatrice. Je tombai sur le Brésil. Je le divisai en trois parties. Elle me demanda avec imprudence quel secteur je choisissais. Le piège était tendu. Elle s'y jeta tête baissée. De fil en aiguille et de partition en partition, j'arrivai à la côte, à Rio de Janeiro et au quartier que j'avais habité. Je débouchai dans la rue où Mlle Ferry me dispensait ses trésors. J'énumérai les arrêts d'autobus. Je décrivis les boutiques du boulanger, du cordonnier, du libraire. Et, fruit injuste du hasard, j'empochai 19 sur 20.

— Oui, oui, disait mon père à un ami rencontré dans la rue et qui le félicitait, un peu vite, de ses fils, on verra ça quand viendront les concours.

Les Allemands arrivaient en zone libre. Nous repartions pour Paris. Je débarquais à Henri-IV dont les vieilles pierres austères s'élevaient soudain en esprit le long de la mer en train de s'assombrir.

L'OMBRE D'UN DOUTE

Dieu avait laissé son ange aussi libre que possible : aussi libre que les hommes. Avec des ressources que les hommes ignoraient : Gabriel, en esprit pur, se déplaçait à son gré dans l'espace comme dans le temps. Alors qu'il passait en rafale au-dessus de notre planète, il aperçut mille paysages plus séduisants les uns que les autres et il envia les hommes qui avaient le bonheur d'habiter tant de beauté. Il vit des villes sur des fleuves ou au milieu de grandes plaines, des temples sur des collines, des monastères dans des vallées, de grands déserts de sable ou de pierres où tanguaient des chameaux, des montagnes immenses que ne traversait aucune route, des jardins remplis de fleurs, des champs de maïs ou de blé, des rizières en terrasses, des détroits et des lacs. Il vit des tours, des pyramides, des mausolées, des enceintes sacrées où reposaient les défunts. Il vit des observatoires d'où les savants contemplaient les étoiles. Et plus les télescopes étaient puissants, plus les étoiles étaient nombreuses.

Il se dit que la vie était une invention de génie et il se prosterna en esprit devant le Tout-Puissant qui permettait tant de merveilles. Il se dit aussi que les hommes avaient beaucoup de chance d'être entrés dans la vie — ou d'en être sortis, il ne savait pas très bien — et de profiter de ces délices qui défilaient sous ses yeux. Il avait entendu dire qu'ils habitaient jadis un paradis terrestre qui s'appelait le jardin d'Éden et que leur curiosité et leur désobéissance aux ordres du Tout-Puissant les en avaient chassés. Il haussa ses ailes qui étaient en train de se changer en épaules. La Terre entière, il le voyait bien, était un paradis terrestre où l'eau coulait en abondance, où les fleurs poussaient, où les huppes et les coccinelles, les génisses, les dindons se portaient à merveille et dont les fruits suffisaient à nourrir tous les hommes.

L'ange Gabriel ne se promenait pas seulement où il voulait dans l'espace. Il était aussi capable de survoler le temps. Au moins le temps qui s'était déjà écoulé et qui subsistait à l'état de traces dans la mémoire des hommes ou dans leur imagination. Le temps encore à venir, c'était plus compliqué : Dieu seul le connaissait, et il reposait dans le sein de la divine Providence. Mais le passé, Gabriel s'y ébrouait avec une joie d'enfant. Il retourna voir le Prophète, et Marie, et Zacharie, et Daniel, et même Abraham. Car ce qui a eu lieu une fois ne cesse jamais d'avoir lieu aux yeux de l'Éternel dont relevait Gabriel.

Il fut de nouveau, éblouissant de blancheur, sa branche de lys à la main, dans la maison de Marie. En annonçant à la jeune fille qu'elle allait donner le jour à un fils qui régnerait sur le monde, Gabriel ressentit comme un pincement au cœur. Il savait maintenant le sort qui était réservé à cet enfant et la douleur sans nom qui s'emparerait de Marie, le soir du vendredi saint, au pied de la croix où son fils serait en train de mourir entre les deux larrons. La couronne qu'au nom de l'Esprit il offrait à la jeune fille était une couronne d'épines. Il comprit alors pourquoi, dans ce jour de gloire, il avait quitté aussi vite la maison de la Vierge.

L'espace qu'il parcourait avec une sensation de triomphe lui paraissait plein de promesses plus exaltantes les unes que les autres. Le temps était une horreur. Le mal était là. Il vit les guerres des hommes, leurs mensonges, leur cruauté, leur bassesse sans limites. L'histoire était un champ de bataille où le sang coulait à flots. C'était une longue promesse qui n'était jamais tenue. C'était un chant de désespoir que reprenaient sans se lasser les générations successives.

L'espion de Dieu comprit qu'il était en train de devenir un homme comme les autres lorsqu'une idée le traversa qui ne lui serait jamais venue au temps où il n'était qu'un ange aux pieds du Tout-Puissant : il se demanda pourquoi Dieu, qui peut tout, laissait l'histoire comme elle est. Il se demanda si la toute-puissance de Dieu pouvait faire que ce qui a été ne soit pas. Il se demanda si Dieu était capable de rayer du catalogue de l'histoire tant de souffrances et tant de larmes. Si Dieu baissait les bras devant l'histoire des hommes, c'est qu'il n'était pas tout-puissant.

Il secoua la tête, tout à coup. Dieu avait ses raisons. Dieu ne pouvait pas se tromper. « Tu ne vas pas te mettre à penser comme un homme ! » se dit-il. Il était l'espion de Dieu. Il n'allait pas devenir un agent double. Il n'entrerait pas dans le jeu des ennemis du Très-Haut. Il eut une pensée pour Lucifer. Il frémit. Il chercha où atterrir.

LA TÊTE ME TOURNE

En hypokhâgne, à Henri-IV, puis en khâgne, ce fut une autre histoire. La jeunesse est une épreuve. Le petit génie du cours Hattemer, des volcans d'Auvergne et des bords du Paillon eut tout le mal du monde à coller au peloton. Je ne comprenais presque rien. La guerre faisait rage. Elle était loin. Et tout près. Tempêtes de sable sur Tobrouk. Déluge de feu sur Stalingrad. La croix gammée sur Paris. À l'ombre du Panthéon, nous lisions Platon dans le texte, nous apprenions les détails de la tyrannie des Trente ou de la conspiration des Égaux, nous bâclions des thèmes latins. Littéralement, je suffoquais. De bonheur et d'angoisse.

J'avais quitté mes rochers et ma plage. Je marchais vers la maison peinte en bleu et en blanc où j'allais dormir dans une pièce nue, et parfois dans la cour lorsqu'il faisait trop chaud, pour rêver à Marie. Ce qui me restait de ces années dans un Paris glacial devenu soudain étranger à lui-même, c'étaient les figures de mes maîtres. Ils avaient tenu dans ma vie une place invraisemblable. Ils s'appelaient Dieny, Boudout, Alba, Hyppolite.

Pourquoi, en sortant de l'eau, me souvenais-je de

Dieny? Je ne lui avais jamais prêté, en son temps, la plus mince attention. Boitait-il? Oui, peut-être. Je n'en savais plus rien. Il tenait entre les mains un jeu de fiches innombrables et il les maniait, tel un joueur hors de lui, avec une savante maladresse.

C'était un homme doux et bon et il était chargé de nous introduire aux splendeurs de la Grèce antique. J'aurais préféré Jacqueline de Romilly que j'allais connaître bien plus tard, et peut-être trop tard pour moi : comme il eût été délicieux d'en apprendre avec elle un peu plus sur Thucydide et la guerre entre Sparte et Athènes, sur le cœur des hommes chez Eschyle et sur la scène merveilleuse, mère de toute littérature, où Hector, chez Homère, fait dans le rire et les larmes ses adieux à Andromaque et à leur fils Astyanax, effrayé et amusé par le casque de son père!

Alba était moins doux que Dieny. Il souriait rarement parce qu'il savait que le moindre sourire risquait de lui donner l'allure d'un carnassier. À la suite, j'imagine, d'une blessure de guerre, il avait été trépané et il portait un trou au milieu du front. Il avait revu et corrigé les fameux manuels de Malet et Isaac que nous savions tous par cœur et que nous étions capables de réciter à l'envers comme à l'endroit. On ouvrait le livre à trente pas devant moi et, à quelques mots près, je débitais les deux pages. J'ai connu beaucoup de gens qui se plaignaient de leur mémoire; très peu, de leur intelligence. Je n'étais pas très intelligent. J'avais, à défaut d'autre chose, une bonne mémoire et une bonne vue. Alba était glacial, coupant, lointain, assez peu sympathique. C'était un partisan de Robespierre. La Terreur ne lui faisait pas peur.

Sous des dehors ingrats, il avait le cœur tendre.
Je crois qu'il m'aimait bien. Je le vénérais.

Mon dieu s'appelait Boudout. C'était lui qui
était chargé de nous apprendre à lire. Il prenait
un sonnet ou un texte de six lignes et il les tordait
comme une serpillière. Il réglait son compte à
chaque mot et au bout d'une heure le passage tor-
turé avait livré tout ce qu'il pouvait. Il faisait peu
appel aux incidents extérieurs, aux origines, aux
conséquences, à l'anecdote, à l'environnement.
Tout sortait du texte lui-même et le monde se
recréait autour des mots et à partir d'eux. Avant
Boudout, je lisais comme on se promène, tête en
l'air, mains dans les poches. Boudout m'apprit
que la littérature brûlait et qu'elle était porteuse
de secrets qu'il s'agissait de déchiffrer.

Boudout, Alba, et peut-être même Dieny m'ont
appris beaucoup de choses que j'aurais sans eux
ignorées à jamais. Hyppolite a bouleversé ma vie.
Je souriais. Hyppolite et Marie étaient à mettre
dans le même sac : ils avaient bouleversé ma vie.
Tous les deux m'avaient fait découvrir un autre
côté du monde — le côté de la lune que nous ne
pouvons pas voir. J'aurais tout quitté pour eux. Ils
me rendaient fou. Ils me pétrifiaient. Ils me mettaient hors de moi.

Jean Hyppolite avait traduit en français la *Phénoménologie de l'esprit* de Hegel. Il avait de
l'asthme, un visage large. Il fumait beaucoup. Il
nous récitait *La Jeune Parque* :

*Qui pleure là, sinon le vent simple, à cette heure
Seule, avec diamants extrêmes ?... Mais qui pleure,
Si proche de moi-même au moment de pleurer ?...*

114

Tout-puissants étrangers, inévitables astres
Qui daignez faire luire au lointain temporel
Je ne sais quoi de pur et de surnaturel...

Salut ! divinités par la rose et le sel
Et les premiers jouets de la jeune lumière,
Îles !...

Hegel et Valéry étaient du chinois pour moi.
J'avais lu, bien sûr. J'avais lu Corneille, Racine,
Lamartine et Vigny, Rostand, Anatole France,
Maurois, Somerset Maugham, Oscar Wilde et
Henri Heine. Je les savais même par cœur. L'esprit absolu et la politique de l'intellect étaient des
terrae incognitae. Le pire était qu'il ne s'agissait
pas, je le devinais, d'archipels isolés où il était
ardu de débarquer. C'étaient des continents
entiers qui me restaient fermés.

Dans la khâgne d'à côté — il y avait à Henri-IV
deux hypokhâgnes et deux khâgnes —, officiait un
autre monstre sacré qui racontait à ses troupes ses
visites au bordel, où, leur confiait-il avec sérieux,
il avait rencontré sa femme, et qui les introdui-
sait, sinon dans des maisons de passe, du moins
dans un royaume mystérieux et magique dont je
ne connaissais guère que le nom et qui s'appelait
le surréalisme. J'en rêvais jour et nuit. Le dragon
mythique, le héros de légende avait un nom :
Alquié. Un prénom : Ferdinand. Il avait l'accent
du Midi. Il bégayait. Il avait écrit des livres dont
les titres me transportaient : *La Nostalgie de l'être*
ou *Le Désir d'éternité*. Il parlait de Descartes, de
Kant et d'une bande de lascars rassemblés autour
de Breton, de Soupault, d'Aragon, de quelques
autres et dont je ne parvenais pas à deviner si

c'étaient des voyous ou des demi-dieux. Je ne savais de lui que ce que me racontaient avec une admiration qui s'enveloppait de brouillard ses disciples émerveillés. La tête me tournait. Je m'arrachais les cheveux. Je sanglotais. Le monde était trop grand pour moi.

J'étais entouré, quel bonheur ! de poètes, de marxistes, de hégéliens, de trotskistes, de spécialistes de la Kabbale ou des présocratiques, de garçons qui avaient lu Joyce et Sade et que Sartre avait invités à venir prendre un pot avec lui aux Deux-Magots ou au Flore. Je ramais, loin derrière. J'étais largué. La vie était merveilleuse et elle était obscure.

Professeurs ou camarades, les gens, inexplicablement, étaient très doux avec moi. Comme avec un demeuré ou un handicapé. Jean Beaufret, qui enseignait la philosophie et qui jouissait d'une réputation flatteuse parce qu'il était l'ami de Heidegger qu'il avait contribué à faire connaître en France, poussait la bonté jusqu'à se promener en ma compagnie sur le boulevard Saint-Michel et à me proposer avec mansuétude de coucher avec lui. J'hésitais. Il développait ses arguments et il m'encourageait :

— Un bon mouvement, me disait-il. Tu ne sentiras pas grand-chose.

— Ça ne me dit rien, lui soufflais-je.

— Bah ! me répondait-il, ce n'est pas parce que je t'enculerai une ou deux fois que tu deviendras pédéraste.

Hyppolite et l'ombre d'Alquié ne m'apprenaient pas la logique ni la métaphysique : ils me faisaient battre le cœur, ils me montraient autre chose. Un jour, j'ai déjeuné avec Hyppolite qui nous parlait du marxisme.

— Ce que je ne comprends pas, lui dis-je, c'est pourquoi il faut s'acharner à faire la révolution puisqu'elle est inévitable.

— Dieu a besoin des hommes, me dit-il.

— Et si je refuse mon aide ? demandai-je.

— Eh bien, me dit-il avec un bon sourire, vous serez écrasé.

Écrasé, je l'étais déjà. Je n'avais pas besoin d'attendre l'issue inéluctable de l'odyssée de l'esprit ni la révolution universelle. Le soir, je rentrais chez moi. Je passais devant des librairies où s'étalaient des livres que je n'avais pas lus. Mon cœur se serrait un peu plus. L'histoire se poursuivait. À la maison, mon père recevait des lettres d'Allemands qu'il avait connus à Munich et qui voulaient lui donner, à travers feu et flammes, des nouvelles d'amis communs ou lui apporter des livres rares pour lesquels il avait, jadis, marqué de l'intérêt. Il leur répondait, avec une courtoisie implacable, qu'il serait heureux de les accueillir chez lui dès que la guerre serait finie et que les bandes d'assassins dirigées par les menteurs qui avaient fait main basse sur l'Allemagne auraient été battues.

Il avait gardé l'espoir de me voir bifurquer vers la diplomatie et le service de l'État. Je freinais des quatre fers. La diplomatie me cassait les pieds. Je la connaissais trop. J'avais envie d'autre chose. Le désir de catastrophe ne s'était pas éteint en moi. Je brûlais de perdre ma vie aux côtés de Hegel, dont le rôle était douteux dans l'histoire des idées, et de Spinoza, qui polissait des verres.

LE SPECTACLE DE LA MER

L'espion de Dieu pensa d'abord descendre dans une rizière d'Asie, dans une usine d'Amérique, dans une de ces métropoles où les êtres humains se pressaient les uns contre les autres. Il vit de grands rassemblements, des armées en campagne, des foules derrière des drapeaux de toutes les couleurs ou autour d'un ballon rond que se disputaient deux équipes vêtues de bleu, de rouge, de blanc ou de vert. Maintenant, Gabriel était homme lui-même — ou sur le point de le devenir : le tumulte l'effraya. Il eut peur. De la passion et de la hâte. Du plaisir aussi, et du vertige. Il préférait le silence.

L'ange aperçut partout de grandes étendues d'eau : c'était la mer. Il la trouva belle. Il distingua des îles qui étaient comme de gros rochers entourés d'une eau claire qui allait du bleu le plus sombre au turquoise le plus clair et qui scintillait au soleil. Et des larmes lui montèrent aux yeux.

C'était une vision enchanteresse qui valait, sinon les splendeurs sans nom de l'Esprit infini, du moins le spectacle des grands espaces et de leurs galaxies sans pensée et sans vie. Gabriel était descendu dans les déserts, dans les grottes, dans les temples, chez les déportés de Babylone et de Nabuchodonosor, dans la claire maison d'Anne, la mère de Marie. Il décida, puisqu'il était libre, de descendre dans une de ces îles qui brillaient dans la mer.

UN PEU D'HUILE
SUR DES CORPS NUS

Ce qu'il y a de plus curieux dans la marche du temps et dans la vie des hommes, c'est que l'avenir ne cesse jamais de s'y transformer en passé et que ce qu'on attendait — quelle surprise parmi tant d'imprévu! — finit par arriver. Un beau jour du début de 1945 — la guerre n'était pas finie —, je me présentai, comme Jacques Thibault, comme Jallez ou Jerphanion, comme Robert Brasillach, au concours de la rue d'Ulm. C'était le concours de l'année précédente. Il aurait dû se dérouler au printemps 1944. Juste au moment où se déclenchaient d'autres événements qui retardèrent de quelques mois les examens et concours.

Le matin du 6 juin 1944, de très bonne heure, René Julliard, l'éditeur, dont les bureaux étaient établis au 34 de la rue de l'Université et qui habitait au 14, promenait le chien de sa femme, Gisèle d'Assailly — j'ai su le nom du chien, mais je l'ai oublié —, le long des caniveaux de la rue où se déroulait sa vie publique et privée. À peu près au même instant, sortait de chez lui, au 11 de la même rue, où il avait mal dormi, un ancien sous-secrétaire d'État aux Beaux-Arts qui devait succéder à Maurice Genevoix comme secrétaire perpétuel de l'Académie française et qui s'appelait Jean Mistler. J'ai beaucoup aimé Julliard, j'ai beaucoup aimé Mistler. Ils appartiennent l'un et l'autre, avec Maurice Genevoix, normalien comme Mistler, à la troupe de ceux à qui je dois beaucoup. Mistler et Julliard étaient voisins, leurs fenêtres se faisaient presque face et ils se connaissaient. Ils se rencontrent, se saluent, se mettent à marcher côte à côte, entament une brève conversation. On parle de la guerre, bien sûr, qui traîne depuis si longtemps.

— Le débarquement..., dit Julliard.

— Le débarquement ? coupe Mistler. Quel débarquement ? Vous y croyez, vous, au débarquement ? Laissez-moi rire. Les installations allemandes le long de l'Atlantique, de la Manche, de la mer du Nord sont inexpugnables. Elles s'opposeront avec succès à tout débarquement. Souvenez-vous de l'échec des Anglais et des Canadiens à Dieppe il y a deux ans. Jamais les Alliés ne parviendront à prendre pied. L'affaire va se jouer entre Russes et Allemands, et l'avenir n'est pas gai.

— Avez-vous écouté la radio ce matin ? demande Julliard avec courtoisie.

— Non, répond Mistler, un peu surpris.

— Les Alliés ont débarqué en Normandie à l'aube.

J'avais dix-huit ans. Une année d'hypokhâgne et une année de khâgne m'avaient rendu rêveur et rassoté. Au lieu du concours de Normale, ce fut, au printemps et en été 1944, les succès des Alliés et la libération de Paris. J'ai raconté ailleurs que, sur la recommandation de mon frère, des amis animés à mon égard des meilleures intentions m'avaient mis entre les mains une mitraillette qu'ils me retirèrent aussitôt après avoir constaté l'usage que j'en faisais. Je dus me contenter, tâche moins noble et plus modeste, de livrer à bicyclette des paquets de brassards frappés de la croix de Lorraine et enveloppés de papier journal. Un beau matin, au coin de la rue de Babylone et du boulevard des Invalides, presque en face de Saint-François-Xavier, je tombe sur une colonne allemande. Je m'arrête brutalement, je fais un faux mouvement, mon paquet tombe à terre, le papier se déchire et les brassards à croix de Lorraine se répandent sur la chaussée. Je me dis en un éclair que ma vie est finie et je me laisse aller à un peu de pitié sur moi-même.

Les Allemands sur leurs chars passèrent sans un regard. Je ramassai mes brassards, je les ficelai ensemble comme je pus, je remontai sur mon vélo et j'allai remettre mes brassards à l'adresse indiquée. L'homme qui m'ouvrit la porte, je le reconnus aussitôt : c'était Georges Bidault.

Quelques semaines plus tard, l'été arriva. Et les Alliés sur ses talons. Paris se mettait à bouillir. Nous allions aux nouvelles, mon frère et moi, parmi une foule assez dense, sur la place de la Concorde. Soudain une traction noire surgit à toute allure. Elle fit deux fois le tour de la place : un homme se penchait à la porte qui avait été démontée et d'un geste du bras balaya toute la place. Quelques instants plus tard, des policiers résistants attaquaient le ministère de la Marine occupé par les Allemands.

Les tirs se déclenchèrent sur la place de la Concorde. Nous nous jetâmes, mon frère et moi, dans les jardins des Tuileries, aussitôt bouclés par des forces allemandes. Nous essayâmes de sortir par la porte qui donne sur la Seine. Deux soldats allemands nous arrêtèrent. Mon frère avait de faux papiers fournis par la Résistance : il passa sans encombre. Ma carte d'identité, parfaitement authentique, avait été établie à Nice, dans les temps de Fouassier. Elle parut louche aux Allemands : ils voulurent m'embarquer. Mon frère était aux cent coups. Mon allemand me sauva. Avec un accent très convenable, je récitai un peu de Goethe et je fredonnai, la voix très fausse, une vieille chanson populaire. Jamais poésie ne fit mieux la preuve de sa nécessité.

Nous courûmes vers le pont. Atteint par une balle, un inconnu se fit tuer à quelques pas de nous. Une plaque rappelle son souvenir. À peine sur l'autre rive, nous nous précipitâmes dans un café pour téléphoner à ma mère et pour la rassurer. La guerre et la paix se partageaient Paris comme des courants marins qui se rencontrent sans se mêler. À trois cents mètres de nous, ma mère ne se doutait de rien : elle nous reprocha, sur ce ton un peu vif que prenait souvent sa tendresse, d'être, une fois de plus, en retard pour le repas.

L'écrit du concours, je m'en souviens à peine. Je sais qu'il y eut une copie — écrite par qui ? on se le demande — au nom de Khornajou. Khornajou n'existait pas : c'était un candidat de fiction inventé par nos soins. Par une divine surprise, je me retrouvai admissible. Je me rendis rue d'Ulm, comme tout le monde, demander à un huissier — nous disions une *tangente* — de me communiquer, contre une modeste rétribution, les notes de mon écrit. La tangente prit l'argent et je ne la revis pas. Je la maudis sur l'instant, je la bénis plus tard : j'étais en queue des admissibles.

L'oral commença très mal. Par le latin. Je tombai sur une lettre de Cicéron. Au regard de Tacite, de Lucrèce, de Lucain, Cicéron, en principe, n'est pas un auteur difficile. Certains de ses textes sont pourtant assez traîtres. Je sus plus tard que j'avais obtenu une note consternante. En esprit au moins, les juges d'enfer dont dépendait notre sort me rayèrent d'avance de leurs tablettes et des cadres.

En français, sur une rêverie nocturne de Rousseau, avec Jean Thomas, un spécialiste de Diderot que je devais retrouver plus tard, entre fromage et nuage, entre Kafka et Courteline, dans une administration internationale où il occupait avec prudence et dignité des fonctions importantes, les choses se passèrent assez bien — ou même très bien. En philosophie, personne ne sait pourquoi ni comment, assez bien — et même très bien. En histoire moderne, merci Alba, très bien. Les tortionnaires commençaient à s'amuser et faisaient des paris sur mon parcours. Restait l'histoire ancienne. Je parus, tel Eliacin, devant Henri Irénée Marrou, historien de l'Église et de l'Antiquité classique, qui était chauve, savant et déjà très célèbre.

Les examens et concours tiennent en France, comme dans la Chine des mandarins, une place exorbitante. Le temps de cuire un œuf se jouent des vies entières. Beaucoup d'oraux de concours consistent en une question tirée au sort — « Le concours, stipulait un règlement en forme de canular, sera passé sur des sujets tirés au sort, devant des professeurs tirés au sort, par des candidats tirés au sort » —, suivie d'une conversation d'une longueur et d'un intérêt très variables. La légende prétend qu'au concours de l'ENA, parmi les thèmes jetés en vrac à une candidate qui devait plus tard faire une grande carrière, figurait cette question qui relevait sans doute du droit fiscal : « Quelle est la différence entre un mari et un amant ? — Oh ! Monsieur, répond la candidate, c'est le jour et la nuit. »

Je ne me souviens plus du sujet que Marrou m'avait fait choisir au hasard. Mais je me souviens de la suite. Je m'étais bien tiré de la question que j'avais à traiter. Il me poussait maintenant dans mes derniers retranchements.

— Quelle est la hauteur des marches du Parthénon ?

C'était le coup du Brésil qui recommençait. Sur la route de Bucarest, j'étais allé en Grèce avec mon père. J'étais monté, dans les pas de Renan, sur la colline de l'Acropole. Je me rappelais les marches du Parthénon, qui étaient assez rudes à grimper. Je lâchai un chiffre en centimètres. À un poil près, il était exact. Je vis Marrou jubiler.

— Quelles étaient les armes des gladiateurs ?

Je les citai dans le détail, du sabre courbe des Thraces au bouclier des Samnites, de l'épée et du casque des mirmillons au filet et au trident des rétiaires.

— Et quelle était leur tenue ?

Je réfléchis à peine.

— Ils étaient nus, répondis-je.

— C'est encore exact, me dit-il d'un ton grave. Et pourtant...

Je le vis prendre sa tête entre ses mains.

— Et pourtant, bafouilla-t-il très vite, ils avaient quelque chose sur eux. Si vous me dites ce que c'était, je vous mets une note qui vous fera plaisir. Et à moi aussi.

Il avait un bon sourire.

Une inspiration venue d'en haut me traversa soudain. Elle était peut-être de même nature que celle qui tomba du ciel sur Marilyn Monroe à qui un journaliste demandait ce qu'elle mettait la nuit pour dormir : « Quelques gouttes, dit-elle, du *Cinq* de Chanel. »

— Un peu d'huile, répondis-je.

Quinze jours plus tard, ou trois semaines, je ne sais plus, nous étions assez nombreux dans l'aquarium vieillot et un peu délabré qui servait de vestibule ou de hall d'entrée à l'école de Bergson, de Péguy, de Sartre et de Raymond Aron. Sur l'une des marches de l'escalier, à gauche en entrant, qui menait à l'étage de la direction, un monsieur lisait une liste qui n'était pas très longue et qui ne comportait pas beaucoup plus d'une douzaine de noms. Le mien n'était pas le premier, ni le deuxième, ni le troisième. À mesure que s'égrenait dans un silence pesant — il y avait au coin de la rue une ambulance et une infirmière pour ceux qui s'évanouissaient — le chapelet des élus, les chances d'être cité diminuaient et augmentaient en même temps selon des courbes d'une complexité redoutable : car il y avait plus de chances d'être huitième ou neuvième que d'être premier ou deuxième, mais il y avait moins de chances d'apparaître sur la liste quand il ne restait plus que deux ou trois places que quand il y en avait encore une dizaine.

J'entendis vaguement mon nom avant la fin de

la brève cérémonie. Tout le bonheur des jours est dans leurs matinées. Le monde n'est fait que de matins. Mon destin était clos. Ma vie était terminée. Il n'y avait plus qu'à la vivre.

RÉVÉLATION D'UN DÉSASTRE

Je le vis sur le chemin qui menait vers la mer. Il portait une chemise blanche et un pantalon blanc. Immobile, debout, il avait l'air d'attendre. Quand je passai à sa hauteur, les cheveux encore mouillés, ma serviette à la main, il me lança :

— Salut.

La nuit tombait. Je lui répondis :

— Salut.

— Dieu te garde, reprit-il.

Je lui jetai un coup d'œil avec un peu de surprise. Il était beau. Il ressemblait à ces anges de Piero della Francesca dont on se demande toujours si ce sont des hommes ou des femmes.

— N'aie pas peur, me dit-il.

La formule était étrange.

— Je n'ai pas peur, lui répondis-je.

Pourquoi aurais-je eu peur ? Je le regardai à nouveau. C'était un drôle de type. Peut-être un peu entrant. Familier et sûr de lui.

— Je m'appelle Gabriel, me dit-il.

— Ah ? lui dis-je. Épatant. Eh bien, bonsoir, Gabriel.

Et, lui tournant le dos avec une ombre d'affectation, je me préparai à regagner ma maison blanc et bleu. Entouré d'Hippolyte, de mon frère, de Lala, de Bidault, l'esprit plein de Marie que toutes ces ombres ensemble ne parvenaient pas à chasser, je n'étais pas d'humeur à échanger des fadaises avec le premier venu.

Il se jeta devant moi, jambes écartées, les bras en croix :

— Tu es Jean, fils d'André et de Marie — Dieu garde leurs saintes âmes! —, tu as beaucoup reçu et ta vie est un désastre.

Je m'arrêtai. D'où tirait-il mon nom? D'où pouvait-il bien savoir, ce prophète glabre et vêtu de blanc, ce Raspoutine joli garçon, que mon père s'appelait André et que ma mère s'appelait Marie? La moutarde me montait au nez.

— Toutes les vies sont des désastres, lui dis-je en riant, puisqu'elles finissent toutes par la mort. La mienne, je t'assure, n'était pas si mal.

Maintenant, il se taisait, raide comme la justice, muet comme la vérité. Je lui donnai une tape sur l'épaule.

— Ne t'en fais pas pour moi. La mer est belle et très bonne. Vingt-cinq degrés, je dirais. Ou peut-être vingt-six. Ce que tu as de mieux à faire, c'est d'aller voir toi-même et de t'y jeter.

Il me contemplait, l'air navré.

— C'est par là, lui dis-je.

Et je lui montrai la mer.

— Oh! Jean! me dit-il sur un ton de reproche.

Il commençait à m'agacer.

— Allez! lui dis-je. Au revoir et merci. Je n'ai besoin de personne.

Je l'écartai d'un mouvement du bras avec beaucoup de douceur et, le saluant de la main, je fis deux pas en avant.

— Et l'autre Marie ? cria-t-il.

Le ciel me tombait sur la tête. Je m'arrêtai net.

— Tu la connais ? murmurai-je. Tu me connais ? Tu la connais ?

— Je suis, me dit-il, le serviteur de Dieu.

III

Un rapport pour l'Éternel

ÉLOGE DE L'INSIGNIFIANCE

Il s'installa chez moi. Tout ce que vous avez lu — si vous l'avez lu — sur la colère de Dieu et sur les aventures de l'infini et de l'éternité, c'est lui qui me l'a raconté. Comment en saurais-je le moindre mot si ce n'est grâce à lui ? Je n'ai pas de fil direct avec le Tout-Puissant. Lui savait tout de Dieu qu'il fréquentait chaque jour dans son éternité et dont il me rapportait les déboires. Il savait tout non seulement de la Sagesse infinie, mais aussi de ma modeste personne : il avait travaillé le sujet à l'instant même où, épervier du salut, il fondait sur mon île. Il savait mon nom, mon métier, la carrière de mon père, les habitudes de ma mère, que mon frère était bourru, chassait le sanglier, courait les bois de la Puisaye, et mon amour pour Marie.

Le matin, très tôt, il lavait sa chemise et son pantalon blancs, il nettoyait ses sandales à lanières d'un modèle très ancien. C'était l'été. Tout s'arrangeait. Il me semblait pourtant que ses vêtements avaient l'air de sortir d'une boîte avant même d'être pendus au fil de fer qui courait dans la cour entre l'arbre et la maison et de sécher au soleil. Jamais une tache. Jamais un trou. Il est vrai qu'il ne fumait pas. À peine s'il se nourrissait d'un peu de miel, de figues, de fromage et de lait, s'il buvait un peu d'eau fraîche.

— Jadis, me dit-il, je restais très peu de temps chez les personnages désignés à l'avance que j'allais visiter. Je ne faisais que passer. J'entrais et je sortais. J'interprétais les rêves. Je révélais l'avenir sur l'ordre du Tout-Puissant. J'allais porter des messages, des injonctions, des consolations venus d'en haut. Vos peintres, à ce que je sais, m'ont représenté plus d'une fois dans l'exercice de mes fonctions.

— Rien de plus exact, lui dis-je. À Florence, au couvent San Marco...

— Voilà. Maintenant, je vais n'importe où et je ressens en moi comme une envie de m'installer. Dieu, depuis quelque temps, s'est beaucoup rapproché de son peuple.

— Je l'ai entendu dire, confirmai-je avec toute la modestie nécessaire. L'Église aussi cherche à se mêler à ses fidèles. Ce doit être ce qu'on appelle le mouvement de l'histoire.

— C'est pourquoi je descends chez toi pour au moins quelques jours. Je voudrais partager le sort des hommes et — comme vous le dites, je crois — communiquer avec eux.

— Mais pourquoi moi? demandai-je dans un élan d'humilité.

— Parce qu'il me fallait n'importe qui, répondit Gabriel.

— Ah! murmurai-je.

— Le temps des demi-dieux, des héros, des grands hommes est passé. Celui des vierges mères aussi. L'exception n'est plus de mise. J'avais besoin d'un Monsieur Tout-le-Monde. Quelqu'un qui tranche sur l'éclat de l'histoire telle que je l'ai connue.

— Tu ne pouvais pas mieux tomber, avouai-je.

— C'est ce qui me semble, dit Gabriel avec bonté. À te voir, à t'écouter, je me félicite à chaque instant un peu plus de mon choix. Notre rencontre, mon cher Jean, est le fruit du hasard et de la démocratie. Personne, ni surtout Dieu, ne m'a envoyé vers toi. Ne va pas t'imaginer que le Très-Haut ait pensé à toi fût-ce le temps d'un clin d'œil. La Terre m'apparaissait déjà que j'ignorais jusqu'à ton nom. Et puis, d'un seul coup, j'ai vu Marie et toi, Bidault, Marrou, l'École normale, ta sainte mère, et je me suis dit que c'était toi que je devais rencontrer.

— Ah! lui dis-je, tu as vu Marie?

LE TOUT-PUISSANT
A BESOIN DE MOI

Il avait vu Marie. À ma stupeur, elle ne l'intéressait pas beaucoup.

— Nous nous occuperons d'elle. Mais je dois d'abord rédiger mon rapport.

— Quel rapport ? demandai-je.

Je me moquais pas mal de ce qu'il racontait. Je ne pensais qu'à Marie.

— Mon rapport sur l'état de la Terre et sur vos passions à tous. C'est une tâche très importante. S'il ne plaît pas en haut lieu, s'il ne convainc pas le lecteur suprême à qui il est destiné, si son public d'éternité n'est pas saisi d'enthousiasme, c'en est fait de l'avenir — et de toi. Le temps s'arrêtera. Et l'éternité et le néant, c'est-à-dire Dieu lui-même, reprendront tous leurs droits.

— Tu veux rire ? lui dis-je.

— Ce qui prête à rire, me dit-il, c'est la suffisance et l'insuffisance de vos soucis de chaque jour. Je ne parle pas des plus mesquins, qui touchent au ridicule. Je parle des plus nobles et des plus élevés. L'ambition, la conquête, le pouvoir absolu, l'édification et la défense des empires et des Églises, l'esprit de compétition et de lucre sont des choses si dérisoires que l'histoire pourrait rougir de leur servir de théâtre. Quand l'absurde a pris le pas sur le sens de l'univers et de toute existence, quand le désordre des esprits et des cœurs a atteint l'intolérable, quand la folie des hommes a dépassé toutes les bornes, Dieu en a eu assez de ses créatures en perdition.

Ce n'est pas, note-le bien, qu'il déteste la perdition : il aurait plutôt un faible pour ses brebis égarées. Il les a longtemps aimées plus que les autres. C'est l'orgueil des hommes qui l'a blessé. Il n'en peut plus d'être oublié. Ils le renient, ils l'ignorent, ils ne s'occupent plus de lui. Lui ne supporte plus le mépris où il est tenu et il a cessé de les aimer. Il décide de les rayer de la surface de la Terre en mettant fin du même coup à l'aventure de l'univers et à la marche du temps. Le temps s'arrête : tout s'arrête. Et le temps, comme tu sais, ne dépend que de Dieu.

Je ne savais rien du tout. J'avais étudié le temps chez Platon et chez Aristote, chez Spinoza, chez Kant, chez Hegel, chez Heidegger, et j'ignorais, je l'avoue, qu'il ne dépendît que de Dieu. Il faisait très chaud. La facilité l'emporta :

— Bien entendu, affirmai-je.

— J'aime beaucoup les hommes. J'ai des amis parmi eux. J'ai demandé un sursis de quelques jours. Je dois les employer à préparer un rapport qui décidera de la poursuite ou de l'interruption de l'aventure des hommes. Il me faudrait un coup de main.

L'idée de sauver les hommes, je le jure sur ce que j'ai de plus sacré, ne m'était jamais venue. Je m'étais beaucoup promené en bateau et à skis, j'avais lu, un peu en désordre, des poètes et des amuseurs, j'avais aimé à la folie les *Mémoires d'outre-tombe* et je m'étais intéressé à la vie de leur auteur, je m'étais occupé, avant Marie, de plusieurs dames ou demoiselles dont le sort ne m'était pas indifférent, mais jamais, au grand jamais, je ne m'étais fixé pour but le salut de l'humanité. L'avenir des hommes ne me regardait pas. Je laissais les autres s'en occuper. Même si ce chat-là se mettait, de temps en temps, à tourner autour de moi et à miauler assez fort, j'en avais d'autres à fouetter.

— L'avenir des hommes, me dit Gabriel comme s'il lisait dans mes pensées, mais le tien du même coup. Et celui de Marie.

Je n'avais pas grand-chose à faire dans l'île où je passais à me baigner le plus clair de mes jours. Je n'avais plus rien à perdre puisque j'avais tout perdu. Ma seule occupation était de penser à Marie. Le rapport de Gabriel était encore une façon de m'occuper d'elle en secret.

— Un coup de main? répéta-t-il.

— Ah! lui dis-je.

— Tu m'apprendras les hommes, me dit-il. Tout à fait entre nous, le Tout-Puissant n'y comprend rien.

J'hésitai un instant. Il y avait quelque chose de tentant à voler au secours du Tout-Puissant.

— Alors?... me dit-il.

Je me tournai vers lui.

— Alors, d'accord, lui dis-je. Préviens l'Éternel.

UN ANGE TRÈS RAISONNABLE

Je suis très peu porté aux êtres venus d'ailleurs, aux communications de l'au-delà, aux autres mondes que celui-ci où vivent les ânes et les hiboux, et au surnaturel en général. Je me suis livré, il y a quelque trente ans, à deux travaux successifs, plutôt bien accueillis par mes confrères, sur *Le Dieu de Spinoza* et sur *L'Odyssée de la raison de Platon à Hegel*. Je me considère moi-même comme un rationaliste. Je me tiens à l'écart des miracles et des apparitions. Je ne prends pas pour argent comptant les calembredaines des braves gens qui ont fréquenté des extraterrestres ou qui communiquent avec leurs morts. J'ai un faible pour le cynisme et s'il fallait à tout prix me ranger quelque part, ce serait plutôt, je crois, du côté des sceptiques. La devise de Mérimée m'a toujours enchanté : μέμνη6ο ἄπι6τειν « souviens-toi de te méfier ».

Aussi ne serez-vous pas étonnés outre mesure d'apprendre que j'ai d'abord regardé Gabriel avec circonspection et presque avec hostilité. Ses histoires d'éternité éveillaient mes soupçons. Je voulais bien croire comme tout le monde que l'ange Gabriel fût apparu à Abraham, à Daniel, à Zacha-

139

rie, à Marie, à Mahomet. J'avais du mal à me persuader qu'il se tenait devant moi. Je me suis surpris plus d'une fois à le traiter d'illuminé dans mon for intérieur.

Jamais il ne m'a demandé, j'en témoigne, ni une recommandation ni un sou. Et il ne traînait pas derrière lui de manuscrit à publier. Il habitait chez moi, mais se contentait de presque rien, ne poussait à aucune dépense. Il paraissait comme étranger à l'argent — et d'ailleurs au monde moderne en général. Je ne peux pas l'imaginer en avion, dans un train, dans une banque, aux prises avec des financiers, des notaires, des avocats. Mais peut-être sur Internet ou dans une fusée spatiale. Il appartenait au monde des marins, des nomades, des bergers, ou alors des astronautes et des conquérants de l'univers. Il était très en retard ou très en avance sur notre temps dont il faisait peu de cas et où il se débrouillait assez mal.

Gabriel était d'un calme qui ne se démentait jamais. Je dirais volontiers qu'il était raisonnable. On se demandait, en l'écoutant, si ce n'était pas plutôt ce monde-ci qui relevait de l'illusion et de la fantasmagorie et si la cohérence et la réalité ne se confondaient pas tout entières avec l'autre, dont il venait. Il était très loin des visions poétiques et apocalyptiques d'un Blake ou d'un Swedenborg. Il parlait du Tout-Puissant et de l'éternité comme un maraîcher de ses tomates, avec la simplicité et l'évidence d'une marchande de poissons parmi ses merlans et ses sardines.

Il savait beaucoup de choses. Il racontait la Bible, ou le siège de Troie, ou les batailles de Qadisiyya et de Nehavend entre Perses et Arabes, ou la lutte pour le pouvoir entre la papauté et le

Saint Empire romain de nationalité germanique comme s'il avait été un acteur des événements qu'il relatait. Peut-être parce que le mal et ses prestiges semblaient lui échapper, ce qu'il comprenait le moins bien, c'étaient les ressorts secrets des hommes et les pulsions mystérieuses qui les poussaient à agir. Sa naïveté faisait son charme. Nous l'étonnions beaucoup. Il était comme empêtré dans ce monde d'apparences, de passions, de perspectives et de points de vue. Il attendait de moi que je l'éclaire sur ce qui lui échappait — et qui m'échappait autant qu'à lui.

— Je suis perdu, me disait-il, dans vos complications. Explique-moi donc ce qui se passe chez vous. Introduis-moi dans votre vie. Tâche de faire le lien entre les hommes et moi.

— Le lien ?... bredouillais-je. Ah bon ! Allons-y.

LE POIDS DU PASSÉ

— Le temps, me dit-il.

— Le temps? demandai-je.

— Le temps. Ce qui me frappe le plus dans votre temps, mon pauvre enfant, c'est le poids du passé sur chacun d'entre vous. Quel ennui! Quel désastre! Chez nous, dans l'éternité, rien ne pèse, rien ne traîne. Il n'y a pas plus simple que l'éternité. Tout est donné ensemble, et tout de suite. La seule chose qui puisse peut-être vous en fournir une idée, c'est le néant qui brille lui aussi par son absence de pesanteur et de complexité. L'univers, la vie, la pensée, au contraire, sont des machines très compliquées et d'une lourdeur accablante. Et, pour mieux vous cerner et pour vous envahir, elles sortent l'une de l'autre à la façon des poupées russes. Vous êtes pris dans un engrenage. Même dans la grâce et la conversion, même dans le remords et le pardon, vous ne cessez jamais de surgir de quelque chose qui n'est plus et qui pourtant est encore. Tout homme n'en finit jamais d'être l'enfant qu'il a été et, au-delà de lui-même, la totalité du passé qui a mené jusqu'à lui.

— Nous disons volontiers, murmurai-je, un peu hagard et pour dire quelque chose, que l'enfant est le père de l'homme, que nous sommes prisonniers du passé et que la mort, dès que l'avenir n'est plus en mesure d'infléchir le passé, change la vie en destin.

— Je vous plains beaucoup. Je passe mes journées à rappeler à l'Éternel combien il est dur d'être un homme. Je ne cesse de lui dépeindre cette course haletante à l'abîme et à la fin de tout que vous appelez la mort. Grâce à Dieu, tu as été un enfant...

— Oui, lui dis-je. Je m'en souviens.

— Rien ne m'intéresse davantage.

— Vraiment ? lui demandai-je.

— Vraiment, me dit-il. L'Éternel aime beaucoup l'innocence des premiers pas dans la vie. C'est pour en savoir un peu plus sur ton enfance que je suis venu jusqu'à toi.

— Tu te moques de moi ? lui dis-je.

— Pas du tout. Ton enfance est à toi seul et elle ne se confond avec aucune autre. Mais elle suffit aussi à représenter toutes les autres puisqu'une même condition est commune à tous les hommes. Rien n'est plus beau que les débuts, les aurores, les naissances. Parce que les hommes ne cessent jamais à la fois de mourir et de renaître, le monde n'est fait que d'enfants.

Je m'en serais voulu de décevoir Gabriel qui aimait tant les enfances.

— Eh bien, lui dis-je, on peut toujours essayer de dire deux mots de la mienne.

UN CHÂTEAU EN BOURGOGNE

— Mes premiers souvenirs sont liés à l'odeur
du foin coupé sur les bords du Tegernsee ou du
Starnbergersee, au pied des Alpes de Bavière. Je
porte des culottes de peau aux bretelles et aux
pompons de cuir, je parle allemand avec l'accent
bavarois et Fräulein Heller, que j'appelle Lala...

— Je sais, coupa Gabriel. Je te vois venir. Ton
père. Mondain. Janséniste. Diplomate. Intraitable.
Louis Barthou et Hitler.

— Tu sais tout, lui dis-je. Ce que tu ignores
peut-être encore, c'est qu'il y a un autre côté. Il
y avait, du côté de mon père, une famille libérale
au service de l'État, soucieuse du bien public, au
bord du jansénisme, favorable à la fois à Fouquet et aux philosophes, suspecte à Saint-Simon
comme tous les parlementaires, amie de Diderot
et de Voltaire, vertueuse et républicaine presque
déjà sous la monarchie, hostile à l'Empire et à
l'Empereur, tentée plus tard par l'autre Saint-
Simon, veillant toujours avec soin à rester à son
rang, ni plus haut, ni plus bas, attachée à nos rois
et à la liberté, à Gambetta, à Briand, à Léon Blum,
à Philippe Berthelot qui aimait les chats et les
écrivains.

144

— Je vois, dit Gabriel. Je vois. Pourrais-tu me parler de Fouquet, de Saint-Simon, de Blum, de Berthelot?

— Je crois que oui, lui dis-je.

— Bravo. Ne le fais pas. Tu n'es pas chargé du monde entier. Contente-toi de ta jeunesse : c'est elle qui m'intéresse pour mon rapport à l'Éternel.

— Il y avait un autre côté : c'était celui de ma mère. Avec ses avocats, ses parlementaires, ses ministres qui s'élèvent peu à peu et qui tiennent tête au roi, le côté de mon père était plus illustre...

— C'est vrai? dit Gabriel avec un bon sourire.

— C'est vrai, lui répondis-je avec simplicité. Avec ses archevêques, ses maréchaux, ses cavaliers, ses hobereaux, ses imprimeurs aussi, le côté de ma mère était moins austère, et d'abord plus ancien. Par le jeu des alliances et surtout par les femmes, sous un nom ou sous l'autre, il remontait aux origines d'une société où l'élégance et l'argent se faisaient la courte échelle et où il tenait sa place sans affectation et sans crainte. L'argent était plutôt méprisé du côté de mon père à qui il ne faisait pas défaut. Il était estimé à sa juste valeur du côté de ma mère qui, à l'image de sa mère, était très simple et très bonne.

— L'argent. Tu me feras penser à y revenir. Il y a un lien, qui n'échappe pas au Très-Haut, entre l'argent, le temps et le mal. Tu vois ça, n'est-ce pas?

— Rien du tout, lui dis-je.

— Enfantin, me dit-il. La brutalité. Le charme. Les intérêts bancaires. Les apparences trompeuses. Les retournements imprévus. Le sérieux de l'existence et sa futilité. *Time is money*, et le diable est partout. Continue.

145

— Le côté de ma mère tournait tout entier autour d'un point de l'espace qui était rose et très beau et qui portait un nom dont les trois syllabes suffisent encore à m'émouvoir presque autant que le visage de Marie : Saint-Fargeau.

Saint-Fargeau était la capitale d'une de ces régions minuscules qui forment le tissu du pays dont je parle la langue et que servait mon père : la France.

— La France..., murmura Gabriel.

— La France, lui confirmai-je. Un peuple. Un pays. Une nation. Un État. Toute une histoire. La Puisaye s'étendait entre Loire et Bourgogne. C'était encore la Bourgogne, mais les marches de la Bourgogne. Une Bourgogne sans vin. Une Bourgogne de taillis. Une Bourgogne plus pauvre. Un grand écrivain était né à Saint-Sauveur-en-Puisaye, à quelques kilomètres à peine de Saint-Fargeau : Colette, fille de gendarme et dont le prénom était Sidonie Gabrielle. Un autre, dont le prénom était Henri, avait chanté la Sologne, de l'autre côté de la Loire : Alain-Fournier, beau-frère de Jacques Rivière, un des dirigeants de cette NRF qui devait jouer, plus tard, un si grand rôle dans ma vie. La Puisaye était un pays de forêts et d'étangs, aux soirs mélancoliques, peuplé de carpes et de dix-cors que, vêtus d'habits rouges dont le symbole était le bouton, la tête couverte d'une bombe, les miens chassaient à courre avec des meutes de chiens menées par des piqueurs — on prononçait : piqueux — qui s'appelaient Boisjoli, La Verdure ou La Loi. Les forêts résonnaient des sonneries des trompes de chasse :

Boisgelin, la vie que tu mènes
Ne saurait plus longtemps durer.
Tu perdrais en une semaine
Ta terre de Beaumont-le-Roger.

Et, quand la nuit tombait, après les longues poursuites et l'hallali dans l'eau ou sur pied, c'était la sauvagerie de la curée et le tableau final, à la lueur des flambeaux, devant la façade de brique rose du château qui s'enfonçait dans l'ombre.

Le château était le cœur et la gloire de la famille qui se confondait avec lui. Il avait été fondé par un évêque qui était le frère de Hugues Capet : Héribert. Les Bar, les Toucy, les Chabannes l'avaient agrandi et embelli. Il avait appartenu à Jacques Cœur dont la fortune rapide et la carrière éblouissante annoncent celles de Fouquet et qui ira mourir, ruiné, exilé et obscur, sous les murailles de Chio. La gloire devait lui venir de Mlle de Montpensier, qui était la cousine germaine et turbulente de Louis XIV et qu'on appelait la Grande Mademoiselle. C'est elle qui, en faisant du château le centre d'une cour pleine de charme et de magnificence, allait lui donner un éclat capable de rivaliser avec les splendeurs de Versailles, de Fontainebleau, de Vaux-le-Vicomte ou de Sceaux. La légende veut que le jeune Lulli ait été marmiton à Saint-Fargeau et que la Grande Mademoiselle ait entendu un jour avec surprise et ravissement le son d'un violon enchanté surgir de ses cuisines.

— Tu ne te mouches pas du pied, remarqua l'ange de Dieu.

— Mon cher Gabriel, lui dis-je d'un ton un peu sec, tu veux tout savoir de mon enfance ? Eh bien, la voilà. C'est comme ça. Le château était royal, les terres étaient sans bornes, les forêts pleines de chênes, et, suivis de leurs chiens et de leurs valets de chiens, tout en rouge sur leurs chevaux qui s'appelaient Vengeur ou Flambeau, sonnant de la trompe dans les layons — la Vue, le Bien Aller, le Laisser-Courre, le Bat-l'Eau, l'Hallali, la Retraite —, vomissant le gouvernement et la démocratie, entourés de leurs cousins et de leurs amis qui pensaient tous comme eux, mes oncles chassaient à courre avec les mêmes idées et selon les mêmes rites que leur père et leurs grands-pères.

C'est à Saint-Fargeau, à deux pas de la chambre tapissée de toile de Jouy — et je vois encore les moutons, les bergers, les musiciens bleus et roses — où je lis Dumas ou Hegel, que la Grande Mademoiselle rêve d'un aventurier séduisant et hardi dont elle est tombée éperdument amoureuse et qui porte le nom de Lauzun. Le séducteur ambitieux a eu le culot de se glisser sous le lit où reposaient Louis XIV et Mme de Montespan pour glaner quelques secrets d'État et savoir enfin ce que le roi pensait vraiment de lui. Quand il parut devant le roi, Louis XIV brisa son épée ou la badine qu'il portait à la main : « Je ne veux pas me laisser aller, dit-il, à frapper un gentil-homme. » Lauzun finit par être arrêté et envoyé à Pignerol, le Pinerolo d'aujourd'hui, une forteresse assez redoutable. Il y retrouva le cher Fouquet qui avait été défendu par un arrière-grand-père de mon père et dont le bannissement, cruel paradoxe, avait été commué par le roi en prison perpétuelle. Lauzun, pour ne pas perdre la main, profita de la cohabitation et de la séquestration pour séduire la fille de Fouquet. Mes deux côtés se rejoignaient dans la tragi-comédie d'une histoire bourrée jusqu'à la gueule de larmes, de passions et de rires.

— C'est fini ? demanda Gabriel.

— Pas du tout, lui répondis-je.

— Ah ? dit-il. Je croyais.

— Ça continue, lui dis-je. Après un bref passage entre les mains d'un financier du nom de Crozat, Saint-Fargeau entre enfin, grand vaisseau de pleine mer, cheval d'orgueil et de gloire, dans la famille de ma mère. Du côté monarchiste, conservateur jusqu'à la réaction et ardemment catholique de ma mère surgit alors, vers la fin du siècle de Voltaire et de Rousseau, un personnage formidable qui va autrement loin dans l'audace et la révolution que le côté libéral de mon père : Louis-Michel Lepelletier de Saint-Fargeau.

Le drame se noue et se dénoue en quelques années à peine : familier de la cour à la fortune immense, Lepelletier de Saint-Fargeau est élu député de la noblesse à la Convention nationale, se rallie au tiers état, prépare des projets de réforme de la justice et de l'instruction publique, devient l'ami et un des soutiens les plus sûrs de Robespierre et finit par voter la mort du roi dont il était très proche.

La mort du roi ! Le coup de tonnerre retentit non seulement au sein de la famille mais dans toute la société de l'époque. Indigné de la trahison d'un homme qu'il avait vu si souvent à la cour et à la table de son auguste victime, un garde du roi nommé Pâris, qui est tombé par hasard sur Louis-Michel chez Février, un restaurant du Palais-Royal, lui passe son épée à travers le corps

149

avant de disparaître à jamais. Le peuple de Paris défile devant la dépouille de Lepelletier de Saint-Fargeau qui reçoit les honneurs du Panthéon. Dessiné, puis peint sur son lit de mort par David, conventionnel lui aussi et jacobin ardent avant de se rallier à l'Empire, Lepelletier de Saint-Fargeau devient, à l'égal de Marat, une figure légendaire de la Révolution. Sa fille Suzanne, qui est encore une enfant, Robespierre la prend dans ses bras et la présente à la Convention nationale : « Voici votre fille », dit-il, les larmes aux yeux, aux conventionnels bouleversés. Et se tournant vers Suzanne et lui montrant les membres de l'Assemblée debout pour l'acclamer : « Voici tes pères. »

Du coup, Saint-Fargeau, propriété sacrée d'une pupille de la nation, traversera sans dégâts les orages de la Terreur. Seuls, dans leurs médaillons tout autour de l'immense cour d'honneur où, un siècle et demi plus tard, s'aligneront une bonne centaine de chars allemands, les fleurs de lys royales et le monogramme de la Grande Mademoiselle — M.L.O. : Marie-Louise d'Orléans — tombent sous les marteaux des révolutionnaires. La tourmente passée, Suzanne reviendra, dans le trouble et dans le remords, aux convictions royalistes, ira trouver David exilé à Bruxelles par la Restauration, lui rachètera pour une somme astronomique le portrait de son père adoré et haï et murera quelque part dans les tours de Saint-Fargeau le chef-d'œuvre maudit que personne, jamais, ne devait plus revoir : c'était l'arrière-grand-mère de la mère de ma mère.

— Ah ! dit Gabriel. Tu reviens de loin.

— D'assez loin, lui dis-je, et le visage de Marie me frappa comme la foudre. L'été, des châteaux de Louis II et des lacs de Bavière, des Carpates, des Portes de fer et des monastères de Bucovine, de la baie de Rio avec son Pain de Sucre et son Corcovado dominé par le Christ, nous retournions à Saint-Fargeau.

Avec ses briques et ses ardoises, avec ses murailles roses couronnées d'un toit noir, l'énorme bâtisse flambait sous le soleil. J'entrais. Dès le vestibule encombré de massacres de sangliers et de cerfs, au bas de l'escalier qui menait à la partie restreinte du château qui avait échappé aux incendies successifs et que nous habitions, ce qui me sautait au visage, c'était une odeur d'humidité, de renfermé et de passé. Le château était un musée où mourait le souvenir. Nous regardions en arrière avec obstination. Nous vivions sans eau courante dans des idées évanouies et dans la splendeur d'une histoire qui avait renoncé à avancer. Ma grand-mère était une sainte, d'une douceur merveilleuse, d'une bonté sans bornes. Et elle ne voyait ni juifs, ni divorcés, ni homosexuels. Savait-elle seulement le sens exact de ces aberrations dont la seule évocation suffisait à l'épouvanter ? Les homosexuels, à cette époque et dans ce milieu, s'appelaient des invertis, et plus souvent des pédérastes, et il semblait, à plusieurs réflexions qu'elle avait laissées échapper, qu'elle imaginait les pédérastes comme des coureurs à pied que, pour des raisons mystérieuses, peut-être parce que le tennis et l'équitation étaient, avec la chasse évidemment, les seuls sports acceptables, il était impossible de fréquenter. On parlait à voix basse de malheureux cousins au physique séduisant qui avaient fait des guerres magnifiques et qui avaient eu le bonheur de se faire tuer, au soulagement de leur famille, à la tête de leurs troupes dont ils étaient adorés.

Les occasions non seulement de parler à voix basse, mais aussi de se taire ne manquaient pas à Saint-Fargeau. Nous rusions avec les choses, le plus souvent innommables, en train de se faire autour de nous. Nous ne parlions ni de sexe, ni de passion, ni de divorces, ni d'argent, ni de scandales, ni de tuberculose, ni de syphilis, ni de politique. Nous parlions surtout du temps qu'il faisait et du temps qu'il allait faire, des chasses que nous préparions et de celles des d'Harcourt, nos voisins les plus proches, des prunes et des poires — les williams, les louises-bonnes, les conférences, les passe-crassane, les doyennés du comice, les beur-rés Hardy — que les jardiniers nous apportaient du verger. J'imagine que la politique devait four-nir souvent, en l'absence de ma famille proche, l'occasion de diatribes contre le gouvernement des francs-maçons et des radicaux-socialistes. Il y avait une petite chanson, une espèce de comptine qui faisait le bonheur des dîneurs de Saint-Far-geau :

Faut-il dire Frot ?
Faut-il dire Frotte ?
Faut-il dire Cot ?
Faut-il dire Cotte ?
On va l'appeler Cocotte.

Seule la présence de mon père, qui servait le gouvernement, empêchait les langues de se délier à leur gré. Le spectre de *L'Action française* de Maurras et de Daudet flottait sous le grand lustre de la salle à manger où les ampoules électriques, concession nécessaire et bricolée à la modernité, jaillissaient comme autant de fleurs de lumière d'un bouquet de trompes de chasse que le commun des mortels, ravalés aussitôt au rang de philistins, traitait de cors de chasse. On racontait en chuchotant l'histoire du député radical-socialiste de passage au château qui apercevait *L'Action française* déplié sur un coin de table.

— Vous lisez ce torchon? Comme révulsif, peut-être?

— Non, monsieur. Comme cordial.

Les silences qui s'imposaient par égard pour mon père étaient doublés de silences qui s'exerçaient contre lui. Il aurait aimé parler de Louis-Michel, de Suzanne, de Pâris et de David, de Maximilien de Robespierre et de la Convention nationale. Mais c'étaient des sujets qui étaient frappés d'interdit et que nul n'aurait osé aborder dans la salle à manger ni dans le salon de Saint-Fargeau, ni à l'ombre des tilleuls sous lesquels nous nous tenions dans les soirées interminables de l'été.

Les enfants ne prenaient pas leurs repas sous le lustre aux trompes de chasse de la grande salle à manger qui était installée dans une des tours du château, aux murs épais de plusieurs mètres. Une pièce aux dimensions plus modestes leur était réservée à deux pas de la salle à manger principale. Pour le café, qu'ils ne buvaient pas, pour la tisane qu'ils buvaient, ils rejoignaient ensuite les adultes, qu'on appelait encore les «grandes personnes», dans le salon dont les fenêtres s'ouvraient sur le parc à l'anglaise. Ce salon, immense, était flanqué, d'un côté, par la bibliothèque où voisinaient les œuvres de Montaigne et de Rostand, de Buffon et d'Anatole France et, de l'autre, par un billard.

Le salon était meublé de façon étonnante, et parfois franchement hideuse. Des croûtes effroyables, des faux, des copies tenaient compagnie à quelques chefs-d'œuvre d'Hubert Robert ou de Le Brun. Aux différentes générations, d'innombrables frères et sœurs avaient dû être dédommagés par le fils ou la fille — le plus souvent la fille — qui gardait le château. Aucun patrimoine ne résistait à ces partages successifs et les meubles anciens, les bergères, les commodes, les tableaux de prix, les vases de Sèvres ou de Chine, les tapisseries des Flandres ou des Gobelins qui avaient embelli la vieille demeure s'étaient enfuis au fil des siècles. Restait un amoncellement hétéroclite de souvenirs et de copies, d'horreurs touchantes et de faux auxquels se mêlaient, ici ou là, des merveilles authentiques. Au milieu du salon trônait un meuble stupéfiant en peluche rouge à glands qui se présentait sous la forme d'un canapé circulaire, divisé en compartiments, et d'où s'échappait un palmier. Il y avait des meubles qui permettaient un face-à-face inversé et qui semblaient sortir d'un bordel. Et, échappés aux naufrages, de beaux tableaux de chasse, de nature morte et de la Grande Mademoiselle.

Les chambres sauvées des incendies successifs et dont nous nous servions s'alignaient pour la plupart au-dessus du billard et du salon et donnaient elles aussi sur le parc et sur l'étang. Elles étaient meublées très simplement et chacune comportait un cabinet de toilette séparé de la chambre par un rideau. Dans le cabinet de toilette, il y avait, sur une table, le plus souvent de bois, une cuvette et un broc. Chaque matin, la femme de chambre qui s'appelait Marie-Louise et qui était la femme de Jean Gonnin, le maître d'hôtel immémorial, versait de l'eau chaude dans le broc. L'hiver, à la fin de la Seconde Guerre, quand nous sommes revenus dans le château abandonné par les Allemands et dans les premières années de la Libération où la vie était rude et le chauffage médiocre, j'ai vu, de mes yeux vu, mon grand-père casser la glace dans son broc pour essayer de se raser — et y réussir — avec un vieux coupe-choux.

L'ESPRIT DE FAMILLE

— Ah! très bien, dit Gabriel. Très chic. Très émouvant. Je connais tout cela, bien entendu, puisque tout ce qui a été dans le temps est inscrit dans l'éternité. Je te vois à Saint-Fargeau. Tu viens d'entrer rue d'Ulm et tu arrives, éperdu, écartelé entre deux mondes, parmi tes oncles qui chassent à courre et tes tantes qui prennent le thé.

Ce qui me fait défaut, c'est toujours la même chose. Comme le Très-Haut lui-même, béni soit son saint nom, je sais tout ce qui se passe. Parce que je suis un esprit pur, je connais mieux que les hommes la marche de leur histoire. Parce que vous êtes des hommes et que je n'en suis pas un, je comprends mal ce qui se passe dans ces cœurs et ces têtes qui tourmentent tant le Seigneur. Raconte-moi donc un peu ce que vous ressentez dans le salon de Saint-Fargeau et sous le lustre aux trompes de chasse.

Je me raclai la gorge.

— Mon cher Gabriel, lui dis-je, je suis votre fidèle serviteur à l'Éternel et à toi et je suis tout à vos ordres. Je me demande pourtant par quel miracle soudain les pauvretés quotidiennes que nous débitons à Saint-Fargeau pourraient empêcher le Tout-Puissant de rayer l'univers de la carte de l'infini.

— Mon cher Jean, me dit-il avec une rude douceur, cesse de faire rire de toi. Je suis sûr qu'on t'a appris quand tu étais enfant que les voies du Seigneur étaient impénétrables et que l'Esprit souffle où il veut. Figure-toi : il souffle sur toi. C'est à se tordre : il souffle sur toi. Et ce n'est pas la peine de te rengorger ni de prendre de grands airs. L'Esprit, sous mes espèces, est descendu sur toi à la fortune du pot, au hasard de la fourchette. Je t'ai déjà expliqué que l'histoire avait marché à pas de géant et que l'Éternel désormais s'abaissait au tout-venant.

— Ah! évidemment, lui répondis-je, si tu me la joues comme ça... Je suis, je le vois bien, le degré zéro de l'histoire, le Daniel du ruisseau, le Zacharie de l'anonymat élevé à l'indignité d'un modèle et d'un paradigme. Que la volonté de Dieu soit faite puisqu'il est tout-puissant.

Il faudrait dire d'abord, j'imagine, que nous étions une famille qui se souvenait du passé et que, pour me servir d'une formule qui t'est chère, la famille s'incarnait, passé, présent, avenir, dans les briques roses du château. D'autres avaient des idées. Nous avions la terre et les pierres. Elles nous occupaient tout entiers. Elles nous coupaient du monde. Nous raisonnions comme nos briques, comme les souches de nos forêts. L'universel n'était pas notre affaire. Ce qui nous était proche, c'était le prochain; les autres, au loin, nous étaient étrangers. Le côté de mon père était cosmopolite par vocation. Le côté de ma mère voyageait très peu. Il y avait dans le voyage quelque chose d'aventureux, d'agité et, pour tout dire, de vulgaire. On pouvait se déplacer pour aller rendre visite à des cousins dans la Sarthe ou à Pau, à la rigueur pour chasser la grouse en Écosse ou le cerf en Bohême. Mais la famille de ma mère était enracinée dans les gâtines, les ferriers, les layons de Puisaye et, comme les vieux chênes de la forêt, elle restait où elle était. La mère, la grand-mère, l'arrière-grand-mère de ma mère avaient vécu à Saint-Fargeau. Elles y étaient nées. Elles y étaient mortes. Il n'était pas question d'aller vivre ailleurs ni de risquer d'y mourir.

Du côté de ma mère comme du côté de mon père, ce qui nous était le plus contraire, c'étaient l'hypocrisie, le malaise, la dissimulation, le doute. Nous ne doutions pas de nous. Nous étions ce que nous étions et nous collions à nous-mêmes. Nous trimbalions avec nous nos valeurs et nos certitudes et elles se confondaient avec nous. Le côté de mon père et le côté de ma mère n'adoraient pas les mêmes dieux. L'un croyait au progrès et à l'avenir, l'autre croyait au passé et au souvenir. Mais ils les vénéraient avec la même conviction. Entre nous et nous, le démon de la conscience malheureuse et de la division contre soi-même n'aurait pas pu glisser une feuille de papier à cigarette. Le monde n'était pas facile — l'a-t-il jamais été ailleurs que dans l'image trompeuse que nous nous faisons d'un passé dont l'avenir nous est connu ? —, mais il était encore assez simple. L'ère du soupçon et de la complexité n'avait pas encore sonné, le canard du doute aux lèvres de vermouth n'avait pas encore frappé. C'était pour nous que Gide — mais nous ne pouvions pas le savoir car nous lisions assez peu et nous connaissions à peine le nom de l'auteur des *Nourritures terrestres*,

des *Caves du Vatican*, de *Si le grain ne meurt* —
avait écrit dans *Paludes* : «Tu me fais penser à
ceux qui traduisent *numero deus impare gaudet*
par : le nombre deux se réjouit d'être impair, et
qui trouvent qu'il a bien raison.»

Mon père était très loin de mon oncle Alexandre
qui ressemblait à Jules Berry dans *Le jour se lève*
ou dans *Les Visiteurs du soir*, qui aimait les voitures de sport au capot insolent, qui fumait des
cigares, qui cultivait le cynisme avec un esprit
meurtrier et qu'on appelait Toto. Très loin aussi
de mon oncle Henri qui passait le plus clair de son
temps à raconter des histoires de commis voyageur et qui jouait, toujours hilare, le rôle du bon
vivant. Mais — très différents l'un de l'autre et par
un étrange paradoxe — ils étaient l'un et l'autre
les frères de ma mère avec qui ils avaient si peu
de chose en commun et, bon gré mal gré, pour le
meilleur et pour le pire, ils étaient la famille.

Un troisième frère, ou plutôt le premier puisqu'il était l'aîné, Roger, et sa femme Anne-Marie
qui était blonde et douce et qui ressemblait aux
portraits des dames du XVIIᵉ siècle, entourées de
moutons dans de beaux paysages, étaient très
proches de ma mère. Et leur fils Jacques était mon
ami le plus cher, et peut-être le seul, à moi qui
n'en avais guère puisque j'avais à peine le temps
de les trouver avant de les perdre aussitôt entre
Munich et Bucarest, entre Rio et Paris, entre
Royat et Nice.

L'été au moins, mon grand-père, ancien capitaine de cavalerie aux cheveux coupés en brosse,
qui savait le latin mieux que moi et qui se servait
de cette langue pour jouer aux cartes dans les
cercles de Budapest et des villes d'eaux de

Bohême, ma grand-mère, sainte et fragile, mon oncle Roger et ma tante Anne-Marie, mon oncle Toto et sa femme Clélia qui, petite, vive, au teint aussi mat que son mari, était grecque d'Égypte avec un accent assez fort, mon oncle Henri, qui était vieux garçon, mon père, ma mère, mon frère Henry qui avait les yeux bleus et qui était très brun, mon cousin Jacques qui avait les yeux bleus et qui était très blond, et moi, abruti et nerveux, nous vivions tous ensemble et nous nous partagions Saint-Fargeau.

> *Ô saisons, ô châteaux,*
> *Quelle âme est sans défauts ?*
>
> *Ô saisons, ô châteaux,*
>
> *J'ai fait la magique étude*
> *Du bonheur, que nul n'élude.*
>
> *Ô saisons, ô châteaux !*

— Une chanson ? demanda Gabriel.
— Si tu veux, répondis-je.
— Pas mal, dit Gabriel.
— N'est-ce pas ? lui dis-je. Rimbaud.
— Rimbaud ?... Rimbaud ?...
Il fronçait les sourcils.
— Une espèce d'archange, lui dis-je, qui luttait contre Dieu.
— Contre Dieu ! s'écria Gabriel.
— Oui, répondis-je. Et avec lui.

JE NE PENSE À RIEN

— Et toi? me dit-il.
— Moi? bredouillai-je.
— Oui, toi. Ton enfance, ta jeunesse. Tu passes ton temps à parler des autres pour mieux te cacher derrière eux. Mais toi, à Saint-Fargeau, à huit ans, à dix ans, à quatorze ans, à dix-huit ans, quand tu arrives de Bavière, des Carpates, de la baie de Rio, ou de la rue d'Ulm où tu viens d'être reçu, quand tu ignores encore que le sort des hommes dépendra de toi, à quoi peux-tu bien penser?
— Mais à rien, répondis-je. Je vis. Je ne pense à rien.
— À rien?
— Je ne pense à rien.

> À quoi je pense? À rien peut-être.
> Je regarde les vaches paître
> Et la rivière s'écouler.

C'est même frappant. J'apprends des choses, je lis, je suis très gai, je ne pense à rien. Je quitte Lala, Maederer, Mlle Ferry-Barthélemy, dont le prénom est Alice...

161

— Pour le rapport, dit Gabriel.

— Pour le rapport, lui dis-je... plus tard Boudout, Hyppolite ou Alba qui sont mes maîtres en khâgne, Althusser, marxiste ardent et amical, mari d'Hélène qu'il étranglera plus tard au cours d'une crise de folie, et qui est mon caïman rue d'Ulm, c'est-à-dire un mélange de professeur et de camarade, Michel Foucault, le philosophe de la délinquance et de la mort de l'homme, admirateur égaré de l'imam Khomeyni, Alain Peyrefitte, futur ministre du Général, Jean-François Revel, qui s'appelle encore Ricard, Laplanche, propriétaire exploitant et génial à Pommard (Bourgogne), trotskiste militant, déjà happé par la psychanalyse, inséparable alors de J.-B. Pontalis, le charmant Bellaunay, pasticheur et poète, Jean-Jacques Rinieri, philosophe fauché très tôt par la mort, qui sera, avant de disparaître, la grande passion de Roger Stéphane, Jacques Le Goff ou Alain Touraine, tous entrés à l'École en même temps que moi, un peu avant, un peu après, et je vais penser, mais à rien, à l'ombre des tilleuls et des chênes de Saint-Fargeau. Je ris. Je ne pense à rien.

Ne donne pas de moi, dans ton rapport, une image trop cruelle. L'abrutissement est mon royaume, c'est une affaire entendue. Je commence pourtant à accumuler un certain nombre de détails sur l'être selon Aristote — τὶ τὸ ὄν ἧ ὄν; —, sur le schématisme transcendantal dans la *Critique de la raison pure*, sur l'usage de l'imparfait chez Flaubert ou sur l'organisation de la société à la veille de la Révolution. Ce qui cloche, c'est que tout ce fatras reste fragmentaire et compartimenté. Le vent du large ne souffle pas. L'esprit ne circule pas parmi ces choses de l'esprit.

— Je vois ça, dit Gabriel.

— Rien n'est plus dur que d'avoir vingt ans. Rien n'est plus clair, rien n'est plus sombre. J'apprends le passé et je flotte. L'avenir me reste obscur. Pas l'ombre d'un système, bien entendu, ni peut-être même d'un corps un peu solide de convictions cohérentes. Que vais-je devenir dans ce monde qui me donne le vertige ? Le présent même vacille. J'ignore ce que j'y fais. Un paysan, un ouvrier, un soldat ou un moine, et peut-être même mes oncles que le savoir n'étouffe pas en savent plus que moi sur la vie et sur son mode d'emploi. Je crois que je devine cette faille entre le monde et moi, et tant de vide camouflé. Je crois que je m'en tourmente. Et, dans mon savant désarroi, c'est déjà quelque chose.

— Bien, prononça Gabriel.

— Il me reste la gaieté. Dans la bibliothèque de Saint-Fargeau, dont les boiseries sont installées entre le salon où les palmiers sortent des causeuses et la salle à manger au lustre en trompes de chasse, je découvre assez tôt, parmi les œuvres de Zévaco, cher au jeune Jean-Paul Sartre, ou du délicieux Pierre Louÿs dont des mains pieuses ont collé plusieurs pages qui pourraient heurter mon innocence, un certain nombre de chefs-d'œuvre. Le premier d'entre eux dans le temps, le plus facile, le plus étincelant, que je relirai souvent entre Spinoza et Hegel est un livre illustré au format imposant qui m'enchante aussitôt : *Cyrano de Bergerac*. La comédie héroïque de Rostand réconcilie les mondes entre lesquels, dans le déchirement, je me débats comme je peux : le passé et le présent, la littérature et la vie, la tentation d'ailleurs et les splendeurs d'ici.

Plus tard, beaucoup plus tard, au moment de participer pour la première fois au comité de lecture de Gallimard, je serai pris à l'écart, au seuil du saint des saints, par mon ami Roger Caillois qui me murmurera à l'oreille : « Vous serez très libre ici : vous pouvez être fasciste ou communiste, vous pouvez dire n'importe quoi, tout le monde s'en fiche. Je ne vous conseille pas de laisser entendre que vous avez un faible pour *Cyrano de Bergerac*. »

Dans des éditions plus ou moins somptueuses, il y a d'autres ouvrages dans la bibliothèque, moins clinquants, plus importants, et je les aborde peu à peu : les *Essais* de Montaigne, les *Mémoires* de Saint-Simon, les *Mémoires d'outre-tombe*. Ils m'apprennent les songes des hommes et la vanité de leurs desseins. Je finis aussi par dénicher deux volumes dépareillés, non reliés, jetés dans un coin obscur, d'un certain Marcel Proust dont je ne connais que le nom et que j'attaque un peu trop tôt, vers quatorze ans j'imagine. *Du côté de chez Swann* et *Albertine disparue,* que j'aimerai plus tard plus que tout, commencent par me tomber des mains.

Il y a autre chose encore que je découvre dans les placards au bas de la bibliothèque : ce sont les fascicules de *La Petite Illustration* qui présentent des pièces de théâtre, le plus souvent du boulevard. Labiche, Feydeau, Courteline, Flers et Caillavet, Pagnol ou Achard, je les lis dans ma chambre où le soleil entre à flots ou sous les tilleuls devant le château. Je les reprendrai plus tard, quand je n'en pourrai plus de l'*Éthique à Nicomaque* ou de la *Critique du jugement*. *Domino, Jean de la Lune, Topaze, Knock ou le*

Triomphe de la médecine et surtout *On purge bébé* ou *Occupe-toi d'Amélie* m'ont donné des heures, sinon de bonheur, du moins de grand plaisir. Je savais bien que les chefs-d'œuvre étaient à chercher ailleurs et que l'histoire de la pensée n'avait que faire des mots d'esprit : ils m'amusaient à la folie, ils me permettaient de narguer les tourbillons du monde. Plus tard, à la télévision, j'écouterai avec enchantement Vladimir Jankélévitch, philosophe de la musique, de l'ironie, du *je ne sais quoi* et du *presque rien*, après avoir parlé avec profondeur de l'existentialisme et de la phénoménologie, répondre à Bernard Pivot qui l'interrogeait sur ses goûts au théâtre : « Beckett, bien sûr, ou Ionesco, oui, oui, mais ce que j'aime surtout, c'est *Le Roi* et *L'Habit vert* de Flers et Caillavet. »

Je me souviens de ces journées d'avant-guerre où, étendu sur l'herbe ou installé dans un fauteuil moins solennel que la guérite d'osier presque hermétiquement close qui protégeait ma grand-mère de la chaleur et du vent, je lisais au soleil. Je ne me plongeais pas seulement dans *La Petite Illustration*. Je dévorais aussi *Decline and Fall of the Roman Empire* de notre bon vieux Gibbon — dont j'apprenais avec délices qu'il avait été amoureux de la mère de Mme de Staël qui s'appelait Suzanne Curchod — ou *Le Déclin du Moyen Âge* de Johan Huizinga ou, un peu plus tard, le merveilleux *Frédéric II* d'Ernst Kantorowicz. J'y découvrais l'aventure, la soif de nouveau, cet élan en même temps vers la décrépitude et la mort qui donne à l'histoire ses reflets de vanité et de mélancolie, toujours mêlés à l'espérance.

« Et moi ? me disais-je. Et moi ? » Le monde autour de moi n'était plus le même qu'aux temps de Julien l'Apostat, d'Alaric, de Théodoric, de Justinien, de Théodora, de la querelle des ariens ou des iconoclastes, de la fin de Constantinople. L'enivrante évidence des époques évanouies faisait défaut à la mienne. L'histoire devenait confuse et mon destin obscur. J'avais du mal à deviner ce qui se cachait dans l'avenir et ce qui m'attendait. Au regard de tant de splendeurs passées où même les désastres prenaient des allures de triomphes, je n'étais pas bon à grand-chose. Puisque je ne pouvais plus devenir un disciple de Platon, un camarade de beuverie d'Horace, un compagnon d'Alexandre le Grand ou de Frédéric II Hohenstaufen qui régnait sur une Sicile musulmane et normande et partit pour l'Orient, mieux valait me moquer de ce qui m'échappait.

C'était l'été. Le soleil brillait sur la Puisaye et sur le vieux château. Le monde était plein de menaces et il était plein de bonheurs. L'Empire romain s'écroulait. Hitler s'emparait de l'Europe. Les barbares arrivaient. L'ombre de Staline s'étendait sur la planète et obscurcissait les esprits. Le découragement me prenait. Ma vie à venir vacillait avant même d'avoir pris forme. Qu'allais-je faire dans ce monde toujours en train de s'écrouler ? La tentation me venait de l'ironie, du cynisme et de la légèreté. Arsène Lupin donnait la main aux Copains de Jules Romains et au duc de Maulévrier qui refusait de se promener sur la plage de peur d'être salué par n'importe qui et qui faisait passer sa carte au préfet retenu par les grévistes avec ces mots d'encouragement : « Je me porte bien. » Le monde était si vaste et l'histoire était si dure que mieux valait en rire. Je riais de tout, et de moi.

Je tombais avec enchantement sur la formule de Chateaubriand : «On ne doit dispenser le mépris qu'avec économie à cause du grand nombre des nécessiteux.» Contre la violence de l'histoire, contre la complication et l'absurdité d'un monde où j'avais peur d'entrer et de me perdre, les mots me servaient de refuge. Ils devenaient ma forteresse. Je m'embusquais derrière eux. Je me répétais que l'homme est plus en sûreté sur une note juste que sur un vaisseau de haut bord.

— Mon pauvre enfant, dit Gabriel.

— Je n'étais pas à plaindre. Grâce à Dieu, je pensais peu. Je m'amusais de tout, j'étais heureux d'être là, je menais la vie la plus simple. Je me baignais, l'été, dans les pièces d'eau de forêt qui s'appelaient l'étang du Parre ou l'étang des Quatre-Vents, je roulais à bicyclette, avec mon cousin Jacques, de Montréal au Cormerat, de la Grange-Arthuis à Champoulet où nous attendaient des jeunes filles, je lisais dans mon lit, protégé par les épais rideaux qui me coupaient du parc, de la forêt, du monde, je lisais au soleil. La révolution d'Octobre avait déjà vingt ans, Hitler était au pouvoir et reniait sa parole de printemps en automne et d'automne en printemps, les koulaks étaient massacrés, les juifs parcouraient les premières étapes du chemin de croix qui allait les mener à Auschwitz et à Bergen-Belsen. Le monde n'en finit pas de fournir de la souffrance, du bonheur, de la beauté et du mal. Le soleil implacable brillait avec force sur les briques roses du château.

C'est à cette époque, je crois, que je me suis mis à aimer le soleil méprisé et détesté par mon père qui souffrait du rhume des foins. Il était là. Il

régnait. Il nettoyait l'univers. Il tenait lieu de tout.
Il tombait sur mon livre avec tant de violence que
je ne savais plus si j'aimais les aventures vécues
par mes héros ou l'éclat d'un soleil qui enchantait
un monde hanté par le néant.

> Soleil, soleil !... faute éclatante !...
> Tu gardes les cœurs de connaître
> Que l'univers n'est qu'un défaut
> Dans la pureté du non-être !...
> Toujours le mensonge m'a plu
> Que tu répands sur l'absolu
> Ô roi des ombres fait de flamme !

— Mais tais-toi donc ! gémissait l'archange. Ce
n'est pas ça qui va inciter le Tout-Puissant à pro-
longer l'univers.

DIEU PARMI NOUS

— Quand je te compare à Abraham, reprit Gabriel, ou même à Daniel dans sa fournaise, je ne te cacherai pas que tes souvenirs me paraissent bien légers...

— Légers? lui dis-je. Légers... Oui : légers comme de la cendre...

Et je pensais au naufrage de ce monde évanoui où s'était déroulée ma jeunesse.

— Je me demande si j'ai bien fait de venir te trouver sur ton île. Entre *La Petite Illustration* et les cigares de Toto, entre tes lectures désordonnées de *Cyrano de Bergerac* ou de la *Critique de la raison pure* et le soleil sur ta pauvre tête qui est plus vide qu'une citrouille, qu'un fourre-tout renversé au retour du voyage, n'y avait-il donc rien, dans ton enfance, d'un peu solide, d'un peu substantiel pour rassembler cette poussière et ces contradictions?

Je répondis très vite :

— Il y avait l'amour et le respect entre les parents et les enfants.

— Je sais, je sais... C'est très bien. C'est une force pour toujours. Et quoi d'autre encore?

Je réfléchis un instant.

— Je ne vois que deux choses, répondis-je. La première est Dieu.

— Ah! tout de même!... s'écria Gabriel.

— Nous allions à la messe dans l'église du village. Il m'arrivait même de la servir dans la chapelle du château, au-dessus de la crypte où reposaient les restes du régicide et de sa fille Suzanne : j'ai encore une photo de moi entre mon frère très brun et mon cousin très blond, tous les trois déguisés en enfants de chœur sournois. Un jour, je me rappelle, je me suis endormi à genoux, dans ma jupe noire ou rouge, sous mon accoutrement de dentelles, sur les marches de l'autel un peu avant l'offertoire, et un coup de sonnette m'a réveillé juste à temps.

Nous suivions dans l'allée Verte, le long de la pièce d'eau, à l'ombre des grands sapins, les processions de la Fête-Dieu vers la fin du printemps et surtout de l'Assomption sous le grand soleil du 15 août et, dans l'air pur de la Puisaye, dans les effluves d'encens, nous chantions des cantiques :

Ô Vierge-e Marie-e,
Mère-e du Sauveur...

Ou :

Chez nous, soyez reine...
Soyez la Madone
Qu'on prie à genoux,
Qui sourit et pardonne
Chez nous, chez nous...

Nous recevions des cardinaux, le nonce — je me souviens encore de la visite, vers la fin de notre

170

règne, du cardinal Roncalli, futur patriarche de Venise, futur Jean XXIII, ancien nonce à Paris, déjà en route vers Saint-Marc et vers le Vatican, qui passa toute sa nuit à se battre contre un volet mal attaché par Jean Gonnin et qui claquait contre la fenêtre —, l'archevêque de Sens en tournée de confirmation, le doyen de Saint-Fargeau évidemment qui, après l'abbé Mouchoux entré vivant dans la légende parce qu'il croquait les noix avec leur coque et avant les abbés Bernard Alphonse ou Pandevant, toujours en vie tandis que j'écris ces lignes — longue vie à eux ! —, s'appelait l'abbé Voury.

Nous appartenions à l'Église catholique, apostolique et romaine. Quand les prières d'éternité s'élevaient autour de nos morts, nos âmes devenaient toutes molles et nous versions des larmes silencieuses que nous séchions aussitôt, car nous savions nous tenir.

Il y a un temps pour tout, un temps pour toute chose sous les cieux : un temps pour naître, et un temps pour mourir ; un temps pour tuer, et un temps pour guérir ; un temps pour abattre, et un temps pour bâtir ; un temps pour pleurer, et un temps pour rire ; un temps pour lancer des pierres, et un temps pour les ramasser ; un temps pour aimer, et un temps pour haïr ; un temps pour la guerre et un temps pour la paix.

Ou :

*Heureux les pauvres en esprit, car le royaume des
    cieux est à eux !
Heureux les affligés, car ils seront consolés !*

Heureux ceux qui ont faim et soif de justice, car ils
seront rassasiés !
Heureux ceux qui ont le cœur pur, car ils verront
Dieu !

Nous croyions à un Dieu unique et pourtant en trois personnes, infiniment bon et puissant, qui avait créé le Ciel et la Terre. Nous croyions tous plus ou moins à un plan de l'univers et à une Providence appuyée sur l'Incarnation, sur l'Immaculée Conception, sur la résurrection de la chair, sur le Jugement dernier et à laquelle il était recommandé à la fois de s'abandonner et de donner, de temps en temps, sous une forme ou sous une autre, pour assurer une fortune et une dignité qui dépassaient chacun de nous et qui roulaient grâce à Dieu de génération en génération, les sérieux coups de pouce de l'action et de la volonté.

— Tu as dit : « plus ou moins », remarqua l'ange de Dieu.

— J'ai dit : « plus ou moins », car entre la piété exaltée de ma grand-mère et le cynisme jouisseur de mon oncle Toto, son fils paradoxal, il y avait toutes les nuances de l'arc-en-ciel de la foi et des croyances religieuses, et peut-être un abîme. Mon père lui-même, janséniste rigoureux qui se plaisait dans le monde, implacable pour les mœurs, libéral pour les idées, était une sorte de chrétien de gauche qui faisait passer l'amour des hommes avant l'amour de Dieu.

— Ah ! mon Dieu !..., soupira Gabriel.

— À la différence de l'Action française, plus catholique que chrétienne, il était plus chrétien que catholique. À la différence de Paul Claudel, son illustre collègue, qui pensait que la tolérance, il y a des maisons pour ça, il était le libéralisme et la tolérance mêmes. Il était très loin d'être mystique et il doutait un peu, je crois, dans le secret de son cœur, des miracles, des dogmes et de la vérité révélée. L'histoire des religions, le transformisme, la préhistoire, Darwin, le Dr Freud, la physique théorique, la biologie moléculaire, tout le tintamarre de la science moderne lui était profondément étranger. N'empêche : il n'était pas très sûr que le monde eût été créé par un Dieu, que Jésus fût né d'une vierge, qu'il eût changé l'eau en vin au cours d'un mariage et qu'il fût, au bout de trois jours, ressuscité d'entre les morts. Mais lui qui — comme Léon Blum peut-être? — était incapable de trinquer et même de s'entretenir plus de cinq minutes avec un fermier, avec un ouvrier, avec un employé des PTT, avec un de ces bûcherons que tutoyait mon grand-père qui était d'extrême droite, il était chrétien parce qu'il aimait les hommes et qu'il les respectait.

— Oh la la! gémit Gabriel. Mais toi au moins, dans ton enfance, dans ta petite et sainte enfance, entouré de bons exemples, parmi les tiens qui te parlaient de Dieu, pensais-tu à l'Éternel? Te laissais-tu aller à l'amour du Très-Haut? Priais-tu? Étais-tu pieux?

— Pas très, lui dis-je. J'oubliais vite. J'étais trop gai. Le monde me plaisait trop. Et je riais de tout.

— Oh la la! répéta Gabriel.

L'ARGENT, SUIVI DE L'ARGENT

— Il n'y avait pas seulement Dieu. Il y avait encore autre chose, je crois, pour nous tenir ensemble. C'était une certaine idée que nous nous faisions de nous-mêmes et de la société. Ah! comme il est difficile le travail que tu me demandes!

— C'est pour le rapport, dit Gabriel.

— Je sais bien, répondis-je. Ce que tu voudrais connaître, si je t'ai bien compris, ce sont ces convictions si profondément enfouies en nous qu'il est presque impossible de les discerner et de les ramener au jour. Elles sont invisibles tant elles sont évidentes. Elles sont transparentes et nous voyons l'histoire et le monde à travers elles. Elles sont comme l'air qu'on respire et comme le temps qui passe. Essayons, malgré tout.

Nous pensions tous que les choses sont ce qu'elles sont et que le monde est comme il est. Et que nous avions notre place parmi ces choses et dans ce monde. Nous avions peu d'imagination. Nous ne concevions pas que l'histoire pût être radicalement différente de ce qu'elle semblait être devenue. Plus brièvement : nous n'avions pas de génie. Nous n'étions pas le Bouddha, Jésus, Mahomet, Newton, Darwin, Karl Marx, le Dr Freud, Einstein ou Picasso qui ont changé le monde. Nous n'avions d'ailleurs, en vérité, pas tellement envie de le voir se changer. Toute révolution était aberration. Il y avait une règle du jeu, elle nous convenait assez bien et il n'était pas question d'en sortir.

La clé de cette règle du jeu, c'était...

— Dieu! cria Gabriel.

— C'était l'argent, lui dis-je. Je dois rappeler ici avec force que j'ai connu peu de gens pour mépriser l'argent avec autant de conviction que mon père. Il le haïssait et ne s'en occupait pas. Il s'en tenait éloigné, non seulement en paroles comme les tartufes et les démagogues qui ont peuplé notre histoire et que nous avons côtoyés, mais dans ses actes de tous les jours. Il était d'une simplicité, d'une droiture et d'une rigueur sans faille. Mais l'argent, comme nous tous, l'entourait de partout.

Puisque tu connais maintenant un peu l'histoire de la famille et les caractères de ses membres, tu trouveras tout naturel que mon oncle Toto, lorsqu'il apprit que mon père était nommé à Bucarest, lui ait parlé du pétrole dont la Roumanie, à cette époque, était grande productrice, notamment à Ploiesti où on marchait sur les puits et sur les raffineries. Toto, qui s'y connaissait en affaires — et peut-être un peu trop bien —, demanda à mon père de lui fournir des tuyaux sur les exploitations et sur les actions pétrolières. Cette requête, qui paraîtrait aujourd'hui si innocente à tant de spéculateurs et même d'hommes politiques, fit horreur à mon père et lui ouvrit des perspectives auxquelles il n'avait pas pensé sur les dangers de sa mission. Dans un portefeuille peu garni, il disposait de quelques actions de pétrole. Il les fit vendre aussitôt pour rester, à ses propres yeux surtout, au-dessus de tout soupçon.

Si hostile à l'argent, où il n'était pas loin de voir — avec la presse, qu'il détestait — la source de tout le mal du monde moderne, mon père était attaché plus que personne à ce qu'il appelait « le milieu ». Et c'était grâce au milieu que la société, dont le cœur, le nœud, le ciment est l'argent, finissait par le rattraper.

Le milieu était un concept imaginaire et réel auquel il prêtait une importance démesurée. Il le nourrissait d'idées, d'élévation morale, de désintéressement, de visions éthérées et idylliques. C'était une sorte de chevalerie de type orléaniste où se mêlaient les valeurs d'une aristocratie avancée et d'une démocratie arriérée. Les précieuses, les Lumières, les encyclopédistes, les Girondins et Mme Roland, Anatole France, la SDN et les salons de Mme du Deffand ou de Mme de Caillavet contribuaient à l'élaboration de cette notion à mi-chemin entre l'histoire et la magie.

Héritées de Mme de Staël, de la comtesse de Noailles, de la princesse Bibesco et d'Hélène Vacaresco qui, à table et ailleurs, ne cessait jamais de parler et qui agitait la main pour empêcher les autres de prendre la parole quand elle était contrainte de s'interrompre pour boire un verre d'eau minérale ou de château-lafite, les relations avec des femmes d'exception — à qui il était permis de faire la cour, mais avec lesquelles il était exclu, bien entendu, de coucher — tenaient une place de premier rang dans l'idée sacro-sainte et proprement mythique que mon père se faisait du milieu. Une caricature représentant mon père, et qu'il exposait dans son bureau avec une fierté amusée — où est-elle passée, mon Dieu! avec le flot des années?... —, le montrait en conversation avec des femmes supérieures, l'une juchée sur d'immenses talons, l'autre grimpée sur un tabouret de bar, la troisième sur un escabeau de bibliothèque en train de ranger des livres, une autre encore qui lavait les vitres de dehors sur les derniers échelons d'une échelle de pompier et qui participait par la fenêtre aux délices de la rencontre.

Le milieu, pour mon père, et ce n'est pas par hasard que le même terme s'applique aussi, tout court, aux associations de gangsters et de mauvais garçons, était fait de souvenirs, de traditions, de rites de passage, de façons de se tenir (jamais, au grand jamais, il n'aurait mis ses pieds sur une chaise ni ses mains dans ses poches et il détestait me voir poser le coude sur la vitre baissée de ma voiture), de manières partagées — et les manières de table jouaient un rôle décisif —, de valeurs communes et de signes de reconnaissance.

Un des signes de reconnaissance favoris de mon père était la généalogie, origine historique et mathématique du milieu. Il était de première force dans cette science mêlée d'art et Paul Morand, à qui, pour beaucoup de raisons, ne l'unissait pourtant pas la plus chaude des affections, n'avait pas manqué, de passage en Thuringe, de lui envoyer une carte postale — et elle, mon Dieu! où a-t-elle disparu? Il n'y a plus que ma mémoire pour servir de grenier ravagé par les eaux, enfoui sous la poussière — avec ces vers de mirliton:

Marquis, toi que dans la science
Des noms nul ne dégota,
C'est presque un cas de conscience
De t'écrire de Gotha.

Rien n'était plus étranger à mon père que les horreurs du racisme. Et rien ne lui était plus familier que ces liens du sang qui faisaient des arbres si touffus et aux branches pleines d'orgueil. Les oncles, les tantes, les cousins germains ou à la mode de Bretagne, les neveux et les nièces — le plus souvent mort-nés ou disparus dans les ordres ou au fond des couvents —, toutes les variétés de parenté, et les fameuses alliances, et les décalages de générations, capables de le plonger dans un état de bonheur qui allait jusqu'à l'exaltation, il y nageait avec une aisance proche, d'un côté, de la manie et, de l'autre, de la mystique et de la religion.

— Allons! murmura Gabriel avec un bon sourire.

— La vanité était tout à fait étrangère à ces exercices où la comptabilité se combinait à une espèce de musique et l'histoire au délire. Le milieu bien compris consistait à refuser à la fois l'horrible chute dans le déclassement — les «déclassés», aux yeux de mon père, étaient des sortes d'anges déchus, de lépreux, de voyous sans excuse auxquels allaient la réprobation et une forme de pitié — et l'inacceptable arrivisme. Jamais le moindre snobisme n'avait effleuré mon père. Sortir de son milieu naturel par le haut était aussi répréhensible qu'en sortir par le bas. Nous appartenions à la noblesse de robe et à la race humble et orgueilleuse de ces parlementaires que vomissait Sa Grandeur le duc de Saint-Simon. La montre, la rage de paraître, la mégalomanie, le génie, et même le talent n'étaient pas notre affaire. Nous travaillions dans le devoir et dans la modestie. Une des gloires de la famille, au même titre qu'Olivier, le défenseur de Fouquet contre la monarchie de droit divin incarnée par Louis XIV, était le refus — sans doute partagé — opposé au XVIIe, après longue réflexion, à un projet de mariage entre un de mes arrière-grands-pères ou une de mes grands-tantes et le fils ou la fille, je ne sais plus, du duc d'Uzès ou de Noailles. J'ai souvent rêvé d'une rencontre impossible entre mon père, implacable et si doux, très proche de ces parlementaires auxquels il appartenait, et le duc de Saint-Simon, plein de fureur et de rage contre la caste des robins.

Ce qui constituait le milieu — outre les liens de parenté et l'éducation bien sûr —, ce n'était pas l'argent, mais la capacité de soutenir son rang et une honnête aisance — note bien le mot « honnête » — qui...

— Je note, disait Gabriel.

— ... qui finissait par se confondre, au terme d'une dialectique que Popper aurait qualifiée d'*infalsifiable* au même titre que le marxisme ou la psychanalyse, avec la vertu et le devoir d'état.

Il faut bien le reconnaître : les parlementaires n'étaient pas pauvres. Colbert, leur maître à tous, avait amassé une fortune qui ne pouvait pas rivaliser avec celle de Mazarin, mais qui ne prêtait pas à rire et s'est transmise à travers les siècles et presque jusqu'à nous. J'ai découvert avec stupeur que ma propre famille, si rigoureuse, si honnête

— sa probité était passée à l'état de proverbe au même titre que la courtoisie des Guise et l'esprit des Mortemart —, figurait encore, au début du XIXᵉ, parmi les plus grosses fortunes de la Restauration. Je me suis même demandé où avait bien pu passer ce patrimoine au cours du XIXᵉ siècle. Des krachs, j'imagine, des banques qui sautent — la formule, je me souviens, enchantait mon enfance —, l'incurie, l'incompétence et, pour couronner le tout, la semaine noire de Wall Street en 1929. Il faut ajouter aussitôt que cette fortune, qui s'était traduite — à défaut de l'élégance méprisée par mon père et réservée à la famille de ma mère — en équipages, en établissement, en pouvoir, en influence, en culture, en châteaux et en dots, ne s'était pas maintenue à tout prix ni contre les règles irrépressibles de la vertu et de l'honneur : la défense de Fouquet avait valu à Olivier, pour un temps au moins, la disgrâce et la ruine. Jusqu'à ce que Louis XIV lui-même déclarât à son fils, au ravissement du clan, que Monsieur son père était un honnête homme.

— Très bien, approuva Gabriel.

— Sous le milieu, et derrière lui, caché, enfoui sous les principes, inséparable des valeurs morales, dissimulé dans un coin comme le lapin à l'envers dans les dessins pour enfants, l'argent régnait, non pas en maître, mais enfin en serviteur. Voilà le secret. Je te le livre. On se mariait dans son milieu parce que le milieu était vertueux. On se mariait aussi dans son milieu parce que le milieu avait du bien. Ce n'est pas par hasard que les termes de valeurs, d'actions, d'obligations, d'intérêt ou de bien ont un sens à la fois financier et moral. Et par un coup de baguette magique, économique et social, la vertu et le bien, dans son acception ambiguë, étaient presque synonymes. Voilà pourquoi Karl Marx, aux yeux perçants de qui nous passions pour hypocrites, nous paraissait si injuste. Voilà aussi pourquoi il avait raison contre nous.

Il y a dans les *Mémoires sur la vie de Jean Racine*, consacrés à son père par Louis Racine, une formule étonnante qui m'a longtemps fait rêver. Évoquant le mariage de l'auteur d'*Andromaque*, de *Bérénice* et de *Phèdre* avec Catherine de Romanet, petite-fille de notaire et nièce de Voiture, son fils a ces mots de glace et de feu : « Ni l'amour ni l'intérêt n'eurent aucune part à son choix. » Ni l'amour ni l'intérêt !... L'amour est une passion. Et le goût de l'argent aussi. Ils sont mis sur le même plan et rejetés l'un et l'autre au seul profit de la vertu. Je crois que mon père, qui se méfiait de l'amour comme de la peste — « Qu'est-ce que vous lui voulez encore ? » répondait-il plus tard aux voix de jeunes filles qui avaient l'audace de me téléphoner et le malheur de ne pas tomber sur moi —, eût pu écrire ces lignes. On n'avait pas besoin de la passion qui détruit les familles. On n'avait pas besoin de l'argent qui corrompt et pourrit. Le milieu suffisait. Et il traînait derrière lui, sans vacarme, sans esbroufe, son lot de silence et de biens.

Les splendeurs de Saint-Fargeau, du côté de ma mère, réclamaient de l'argent. Il venait de la terre. Mieux encore : des forêts. Les forêts avaient quelque chose de plus profond que le blé ou les vignes. Les briques roses sous le soleil, les ardoises sous la pluie étaient nourries des chênes qui nous appartenaient. La forêt s'étendait sur

181

trois départements : un bon bout d'Yonne, un bout de Nièvre et un bout de Loiret. Elle entretenait les jardiniers, les cuisiniers, les marmitons, les écuries, les chevaux, les valets de chiens, les fêtes, les chasses à courre. Quand le malheur des temps a rompu l'équilibre, il a bien fallu vendre. Si on vendait la forêt, le château s'écroulait. On a vendu le château. Et la forêt aussi, par-dessus le marché. Dieu nous abandonnait : il nous enlevait nos biens. Mon père était déjà mort. Ma mère allait mourir de la mort du château. Rompre avec les choses réelles, ce n'est rien. Mais rompre avec les souvenirs !... Le cœur se brise à la séparation des songes. Dieu nous abandonnait. Que son saint nom soit béni.

ENCORE L'ARGENT

— Comme le monde est étrange !...

— C'est ce que je pense, coupa Gabriel. Et étrange est peu dire.

— Saint-Fargeau, qui incarnait le côté de ma mère, était un château magnifique et immense qui pouvait rivaliser avec les demeures les plus illustres et un peu d'une gloire millénaire s'attachait à ses briques roses et à ses toits d'ardoise. Beaucoup d'argent avait coulé entre ses murs épais et nous nous cognions à chaque pas aux fantômes de l'histoire. C'était là que nous menions la vie la plus simple et que les difficultés de l'existence se firent sentir, assez vite, avec le plus d'âpreté. L'histoire passait sur la maison conservatrice et catholique de ma mère avec plus de brutalité que sur les ambassades républicaines de mon père. Comme pour le Sénat de Rome, comme pour la cour des Mérovingiens, comme pour les grands seigneurs, si charmants et si nuls autour de Marie-Antoinette, le déclin de la tradition était inscrit dans le temps. Le ver était dans le fruit de la splendeur du passé.

Les toits d'ardoise du château couvraient une superficie d'un peu plus d'un hectare. Autour du château et de son étang, au milieu des chênes à perte de vue, le parc s'étendait sur une centaine d'hectares. Il y avait un potager, un verger, des allées à entretenir, des écuries, des communs et une salle paroissiale. Saint-Fargeau était un gouffre. Et personne n'imaginait qu'il fût possible, au bord du gouffre, d'inventer des formules nouvelles et de faire autre chose qu'hier. Pour mener, fût-ce en plus modeste, la vie que menaient encore mes arrière-grands-parents, et même, au lendemain de la Première Guerre, avant la crise de 1929, mes grands-parents dans leur jeunesse, il aurait fallu, comme sous la Grande Mademoiselle, cousine germaine du Roi-Soleil, comme sous Lepelletier de Saint-Fargeau, le révolutionnaire régicide et pourtant couvert d'or, annonciateur des temps modernes, comme au milieu du siècle dernier, des bataillons de cuisiniers, de marmitons, de maîtres d'hôtel, de valets de pied, de femmes de chambre, de jardiniers et de gardes-chasse. Par amour des plantes et de la forêt, dans le souvenir des chasses à courre, nous nous accrochions avec l'énergie du désespoir aux jardiniers et aux gardes-chasse. On mangeait mal, ou très mal, à Saint-Fargeau et nos vieux vêtements n'étaient guère repassés, mais nous faisions encore semblant de chasser sous les hautes futaies et, dans les vases du salon, les fleurs venaient du jardin.

— Peut-être, disait ma mère avec simplicité, deux jardiniers suffiraient-ils ?

Les cuisiniers, les marmitons, les maîtres d'hôtel, les valets de pied, les femmes de chambre et les cochers s'étaient évaporés dans l'air fétide du temps. Restaient, *rari nantes in gurgite vasto*, le bon et doux Jean Gonnin, qui ne payait pas de mine, mais qui, sous une apparence chétive, était l'âme de la maison, et sa femme, Marie-Louise, qui, la paix soit sur elle! n'était pas bonne à grand-chose. Elle versait dans les brocs des cabinets de toilette de l'eau qui n'était plus très chaude après les longs trajets dans les couloirs du château et elle lavait nos chemises.

La cuisine, gigantesque, souvenir lointain des splendeurs de la Grande Mademoiselle, était installée au rez-de-chaussée et, même à l'aide d'un monte-charge qui datait de Mac-Mahon, à la rigueur de Gambetta ou de Clemenceau, et fonctionnait avec des ficelles, les plats mettaient une bonne dizaine de minutes à parvenir, déjà froids, dans les bras de Jean Gonnin, titan aux allures de Charlot, lutin doué d'ubiquité, jusqu'à la table de famille sous le fameux lustre aux trompes de chasse. Au temps de mon enfance et de mon adolescence, Saint-Fargeau baignait déjà dans la mélancolie du soir — et peut-être de ce qu'on appelait alors, avec un frisson d'ironie et d'effroi, le grand soir.

— Halte-là! s'écria Gabriel. Voilà qui est important. N'essaie pas de passer subrepticement sur l'essentiel. Je soupçonne Jean Gonnin de dissimuler derrière ses frêles épaules la marche même de l'histoire. Le servage, de ton temps, était aboli depuis longtemps...

— Pas si longtemps, lui dis-je. J'ai connu des vieillards qui étaient nés esclaves : l'esclavage survit au Brésil jusqu'en 1888.

— Était-il encore en vigueur, par hasard, au temps de ta jeunesse, à Saint-Fargeau? Tout ce

185

que tu me racontes a des allures féodales et ne me paraît pas de nature à enchanter l'Éternel.

— Tu as raison, lui dis-je. Un peu de féodalité déjà tombée en ruine et réduite en charpie régnait encore à Saint-Fargeau — et, à défaut des faits, surtout dans les esprits. Vers le milieu de ce siècle, à la veille, et peut-être même encore au lendemain de la Seconde Guerre mondiale, nous arrangions à une sauce bourgeoise des lambeaux d'Ancien Régime. Ce n'était plus l'aisance, le confort, la bonne conscience des années folles et de la Belle Époque. Encore moins la lenteur, l'inconscience et les splendeurs d'avant l'impôt sur le revenu, inventé, à deux pour cent, par M. Joseph Caillaux sur le modèle de Venise, et d'avant les trois révolutions, la grande et les deux petites. Nous soumettions la tradition et nos habitudes héritées des ancêtres et de la nuit des temps aux méthodes désespérées de l'acharnement thérapeutique.

Ce que je nie avec force, c'est que tu aies le droit de parler de servage. Ou alors le sort des serfs était bien plus enviable que celui des mineurs de fond ou des ouvriers agricoles de la démocratie. Jean Gonnin, Marie-Louise, sa femme, Gaston, le chauffeur, reste des temps de la splendeur au volant de sa Hotchkiss, réquisitionnée plus tard, à l'époque de la guerre, et qui avait une fille si jolie et si blonde avec qui j'allais m'ébattre dans le grenier à foin, Jean-Marie, le jardinier, la plupart du temps entre deux vins, Marret, le valet d'écurie, faisaient partie de la famille. L'idée de les renvoyer ne passait par la tête de personne. Il aurait fallu, pour que nous nous séparions d'eux, que nous fussions contraints de quitter le château. D'ailleurs, vengeance peut-être des dieux, irrités de nos bonheurs, ou ironie de l'histoire, nous avons été contraints de quitter le château et de nous séparer d'eux.

— Me trompé-je, demanda Gabriel sur un ton qui ne me plut qu'à moitié, ou as-tu écrit là-dessus une espèce de récit qui avait pour ambition de rivaliser avec l'Ecclésiaste, avec Pétrone, avec *Le Guépard* de Lampedusa ?

— Ah ! dis-je en me rengorgeant *Au plaisir de Dieu*... L'écho en est-il monté jusqu'à l'éternité ?

— Tu sais, répondit Gabriel, le moindre vol d'une abeille de la fleur à la ruche, la moindre larme d'un enfant en train de jouer à la marelle, le moindre reflet des illusions de l'espace et du temps s'inscrivent dans l'éternité. Rien n'est perdu de ce que vous faites et vos crimes comme vos bonheurs sont connus par le Juge qui n'ignore rien de vous et marqués dans nos livres. Plus que le sort de tes ouvrages...

— Mais nous en reparlerons ? demandai-je d'une voix qui me parut à moi-même un peu trop suppliante.

— Si tu y tiens... dit Gabriel. Ce qui m'intéresse surtout pour mon rapport à l'Éternel, c'est le rôle formidable que semble jouer l'argent dans le monde des hommes.

— Oui, lui dis-je. Dans *Au plaisir de Dieu*...

C'était comme si je chantais, comme si je pissais dans le violon de Lulli.

— Tu me parles d'histoire, d'idées, de sentiments, de passions, du travail, de la société — et ce qui s'agite derrière et ne cesse de percer, c'est l'argent. L'argent tient-il vraiment chez vous, dans l'univers né du big bang, de la divine volonté et de l'esprit tout-puissant, cette place centrale que je

soupçonne et qui ne fera pas plaisir, je le crains,
au Très-Haut qui m'envoie?

— Il y a un ouvrage dont la rumeur a dû parvenir jusqu'à vous, répondis-je avec la répugnance
qu'éprouve tout écrivain à parler des livres des
autres quand il a envie de parler des siens
propres : il soutient que l'argent est au cœur
même de l'histoire et de la pensée des hommes.
C'est *Le Capital* de Karl Marx. Le connais-tu?

— Si je le connais!... soupira Gabriel. Avec lui,
avec Nietzsche, qui n'en finit pas, quelle drôle
d'idée, d'annoncer la mort de l'Éternel, avec Darwin, avec Einstein, avec Picasso, qui démolit le
visage de l'homme, avec le Dr Freud et quelques
autres, toujours les mêmes, quoi! ceux qui rêvent
de troubler le sommeil du monde, vous nous ren-
dez, là-haut, dans notre éternité, la vie presque
impossible. C'est surtout à cause d'eux, dont vous
dites tant de bien et dont vous suivez les leçons,
que je suis ici avec toi.

— Eh bien, lui dis-je, l'oncle Karl, au même
titre que l'oncle Charles et que l'oncle Sigmund...

— Ce sont tes oncles! s'écria Gabriel. Quelle
erreur de t'avoir choisi!

— Mais non! lui dis-je avec une ombre d'aga-
cement, c'est une métaphore, c'est une façon de
parler... Reprenons : l'oncle Karl, l'oncle Charles,
l'oncle Sigmund, l'oncle Albert et les autres ont
découvert des choses obscures qui ont changé le
monde et qui t'ont contraint à descendre ici-bas.
Et, parmi elles, la place centrale prise soudain par
l'argent dans l'aventure des hommes.

— Soudain? demanda Gabriel.

— Oui, lui dis-je, soudain. Il y a à peine, j'imagine, quelques milliers d'années. Ou, à l'extrême rigueur, quelques dizaines de milliers.

Pendant des milliards d'années, l'argent ne joue aucun rôle dans l'histoire de l'univers. Il passe le bout de son nez avec le triomphe de l'homme. Qu'est-ce que fait l'homme ? Il se tient debout, il se sert de sa main, il fabrique des outils. L'homme rit, l'homme pense, l'homme parle, l'homme se constitue en société, il est pensée et langage — et, en partie au moins, il se confond avec l'argent qui naît du travail, de la volonté, de l'intelligence, de la chance aussi et du hasard, assez souvent de l'intrigue et parfois même du crime.

— C'est ce que je craignais, murmura Gabriel avec accablement. La divine Sagesse ne battait pas la campagne. Les hommes ont beaucoup changé. Et, révélé par les hommes eux-mêmes, tout ce qu'on peut apprendre d'eux autorise les pires soupçons.

— En deux ou trois millions d'années, les hommes, c'est évident, ont beaucoup changé. Je ne suis pourtant pas sûr — je n'en sais rien, je l'avoue — qu'ils soient plus mauvais aujourd'hui qu'ils ne l'étaient hier.

— C'est le cœur de l'affaire, soupira Gabriel. Et c'est pourquoi je suis ici avec toi.

DES PASSIONS DE L'HOMME,
ET DU SEXE

— Poursuivons, dit Gabriel avec résignation et avec une ombre de mauvaise humeur, notre visite au pas de charge du musée des horreurs. J'ai déjà passé avec toi beaucoup plus de temps qu'avec Marie ou qu'avec Abraham. Tu m'avoueras, j'espère, que c'est exagéré.

— Je l'avoue, murmurai-je.

— Je ne vais pas rester des mois dans cette île à préparer mon rapport. Le Très-Haut me réclame. Il a d'autres chats à fouetter. Avançons.

— Avançons, répétai-je.

— Avançons. Ton oncle Karl découvre l'argent et son rôle dominant dans votre monde d'aujourd'hui. Que trouvent-ils encore d'autre, tes amis, pour désespérer l'Éternel ?

— Heu…, répondis-je.

Et je me tus.

— Alors ? me dit-il.

Je me jetai à l'eau.

— Le sexe, lui dis-je.

Il rougit avec violence. Je me mis à rire sottement.

— Allons-y, me dit-il. Je suis là pour ça.

— Pour ça ?… demandai-je.

190

— Oui, me dit-il. Pour entendre tes obscénités.

— Darwin découvre les singes dans nos arbres lointains et que nous sommes leurs cousins. Nous ne descendons pas d'eux, mais nous avons, eux et nous, des ancêtres communs. Une drôle de généalogie pour les amateurs de sang bleu et les affolés du Gotha.

— Pourtant, rien de plus vrai, dit Gabriel. Et rien de moins troublant. L'Éternel m'a souvent parlé du fil qui court des hommes à la vie, de la vie à la matière et de la matière à la divine volonté. L'univers se développe, voilà tout. Platon n'en savait rien. Saint Augustin non plus. Ils avaient tort. C'est Darwin qui a raison. Et avant lui, Herbert Spencer, Lamarck, d'Holbach, Diderot — et peut-être même Aristote. Tu connais les textes ?

— Pas vraiment, avouai-je.

— Ça ne fait rien. Laisse tomber. On ne peut pas tout savoir. Ce qui irrite le Tout-Puissant, ce sont peut-être les disciples abusifs et orgueilleux de Darwin, mais sûrement pas sa découverte qui rapproche un peu les hommes, très peu, mais enfin un peu, de l'inaccessible vérité qui leur échappe à jamais et qui les sécherait sur place de terreur et d'admiration s'ils pouvaient la connaître.

— Karl Marx découvre l'argent et son rôle décisif dans l'histoire d'une société qui se confond avec l'histoire de l'homme. Le Dr Sigmund Freud, lui, découvre, à travers les rêves et l'inconscient et le refoulement de la censure, le rôle central du sexe. Le sexe, avant Freud, est un organe de reproduction et un instrument de plaisir. Après lui, c'est un des thèmes dominants de l'histoire privée et collective des hommes. « Jung ! tiens bon le sexe ! » crie-t-il du haut de l'escalier à son disciple

Carl Gustav Jung qui est tenté de s'en écarter au bénéfice de rêveries historiques et mythiques. Œdipe tue son père et couche avec sa mère. Le monde est hanté par le complexe d'Œdipe et le sexe domine les hommes.

— Rassure-moi, dit Gabriel. Tu n'as jamais eu envie d'assassiner ton père ?

— Bien sûr que non, lui dis-je. Je lui succède, c'est tout. Il a reçu la vie. Il me l'a transmise. Il est mort. Et je mourrai.

— Ni de coucher avec ta mère ?

— Quelle horreur ! lui répondis-je. Je suis désolé de te décevoir : j'aimais mon père et ma mère, et je les respectais.

— Mon cher Jean, me dit Gabriel, tu as beaucoup parlé de ton père et de ta mère. Par la volonté du Très-Haut et pour le bien de l'humanité, il me faut maintenant t'interroger sur leur vie sexuelle.

— Mon cher Gabriel, répondis-je sur le ton le plus sec, permets-moi de m'étonner qu'un envoyé du Seigneur se laisse aller à une telle question.

— Cesse donc de faire l'enfant. À la Vierge Marie elle-même j'ai parlé de ce genre de choses. Ton père avait-il des maîtresses ? Ta mère avait-elle des amants ?

— Bien sûr que non ! m'écriai-je avec irritation. Mon père aimait ma mère. Ma mère aimait mon père. Et ils étaient fidèles l'un à l'autre.

— Homosexuels ? demanda Gabriel.

Les images de Proust, de Gide, de Cocteau, de Genet me traversèrent l'esprit. Je joignis les mains en un geste, à la Mauriac, de piété et d'onction.

— Seigneur ! dis-je d'une voix rauque.

— Zoophiles ? Coprophages ? Pédophiles ? Partouzards ?

192

— Tu veux une claque? lui répondis-je.

— Pas d'autre homme dans la vie de ta mère? Pas d'autre femme dans la vie de ton père?

Je réfléchis un instant.

— Puisque tu insistes avec grossièreté, je me rappelle l'admiration de ma mère pour un chef d'orchestre illustre du nom de Bruno Walter et pour un chanteur d'opéra, assez célèbre à l'époque, et surtout en Allemagne, qui s'appelait Richard Tauber. Et de l'admiration de mon père pour une dame argentine de la plus haute élégance, qu'on voyait dans les fêtes et sur les champs de courses, dont les plus âgés d'entre nous se souviennent peut-être encore et qui portait le nom, aussi harmonieux que son allure et que son port de tête, de Dulce Martinez de Hoz. Pour l'accompagner aux courses qui l'ennuyaient à mourir et où il n'allait jamais que par devoir professionnel, mon père avait acheté un chapeau haut de forme gris qui nous avait fait pleurer de rire, ma mère, mon frère et moi.

— Ah! ah! dit Gabriel.

— Non, lui dis-je. Pas de ah! ah! La voix de Richard Tauber et la beauté irrésistible de Dulce Martinez de Hoz laissent intactes et très pures la mémoire de mon père et la vertu de ma mère. Je t'interdis absolument de répandre dans l'éternité des ragots sans fondement dont s'empareraient à coup sûr, pour en faire des gorges chaudes, les trônes et les dominations.

— Très bien, dit Gabriel. Affaire classée. Passons à toi.

Je me rembrunis aussitôt.

— Je savais bien, murmurai-je, que tout ça finirait mal.

DES NOUVELLES DU TRÈS-HAUT

De temps en temps, par Gabriel, j'avais des nouvelles du Tout-Puissant. Il n'est pas impossible que ma modeste personne ait constitué, quel honneur! comme un brandon de discorde entre l'Éternel et son archange.

— Quoi! grondait le Seigneur, je t'ai envoyé à Abraham, à Daniel, à Zacharie, à Marie et au prophète Mahomet, et tu perds ton temps avec un bon à rien!

Je crois que Gabriel tentait de prendre ma défense.

— Seigneur, tu as fait le monde avec du bien et du mal. Le mal l'a emporté dans beaucoup de tes créatures et le bon à rien est un exemple de légèreté, de vanité, d'insignifiance et de mal. Mais il y a du bien en lui...

— Caché! coupait l'Éternel.

— Caché, disait Gabriel. Mais tu sais mieux que personne que ce monde est un voile. Le mal est partout, et le bien est caché. J'essaie de découvrir le bien caché dans le monde. J'accouche le bon à rien du bien caché en lui.

— Il m'appelle le bon à rien! disais-je avec amertume. Et toi aussi.

194

— Es-tu bon à grand-chose ? demandait Gabriel.

Il commençait à m'agacer.

— Écoute ! lui disais-je. Je ne me fais pas de moi une idée exagérée. Mais il est un peu vexant de se faire traiter de bon à rien. Je n'aime pas me vanter. Peut-être faut-il pourtant te rappeler — et rappeler là-haut, au-dessus de toi — que j'ai écrit plusieurs livres dont l'un ou l'autre au moins...

— Dont l'un ou l'autre... ? demandait Gabriel.

— Oui, enfin..., lui disais-je en bredouillant un peu, que j'ai dirigé un journal, que je fais partie de sociétés savantes, que j'étais...

— Oui, disait Gabriel.

Il croisait les bras. Il me regardait.

— ... que j'étais... que je suis... que j'ai fait...

Je ne savais plus ce que je disais. J'étais un peu hors de moi.

— Je transmettrai, disait Gabriel.

Il transmettait. J'attendais.

Un beau jour, le visage fermé, il me dit :

— J'ai la réponse.

— Alors ? demandai-je. Qu'a-t-il dit ?

Gabriel hésitait.

— Pas grand-chose, me dit-il.

— Mais encore ? insistai-je.

Il me regarda. Il se tut.

— Alors ? répétai-je.

— Il a dit : « Pfuitt... », lâcha-t-il.

— Comment ça : « Pfuitt... » ? éclatai-je.

— « Pfuitt... » répéta-t-il.

Je fis un effort sur moi-même. Je me tus. Je réfléchis un instant.

— Tu as raison, lui dis-je enfin. Et l'Éternel aussi. Pfuitt.

AUX YEUX DE L'ÉTERNEL

Aux yeux de l'Éternel, j'étais très peu de chose. Et peut-être, pfuitt, rien du tout. Et pourtant, malgré tout, un de ses enfants bien-aimés puisque j'étais un homme. À quoi Dieu pourrait-il bien penser s'il ne pensait pas aux hommes ?

Être un homme m'a toujours paru un motif de fierté. Et sans doute le seul. J'étais un des quatre-vingts milliards d'êtres humains qui étaient passés sur cette Terre et qui avaient levé les yeux, la nuit, sur le ciel étoilé. Pour m'encourager peut-être, Gabriel m'assurait que Dieu m'aimait parmi tous. Pas plus que les autres, sans doute, mais particulièrement. Car Dieu aime tous les hommes et chacun d'entre eux particulièrement et parmi tous. Et moi, à mon tour, insistait-il, le matin, quand nous nous jetions sur le sable au sortir de la mer ou, le soir, dans la cour de ma maison, à l'ombre du figuier, je devais penser à l'Éternel et l'adorer en silence à chaque instant de ma vie pour sauver l'univers.

Sauver l'univers était une tâche difficile. Entre deux bains dans cette mer qui était si bleue et si chaude, je voyais le monde entier et la totalité des temps à travers Gabriel. Et c'était un spectacle à décourager les plus forts et les plus intrépides.

C'était un torrent. C'était une avalanche. Les crimes, les mensonges, les erreurs et la mort n'en finissaient pas de se mêler à l'amour et au génie. Et la laideur. Et l'ennui. Et le chagrin. Et le désespoir.

— Tu reconnaîtras là, me disait Gabriel, l'empreinte de Lucifer. Tu sais que le monde est à lui tout autant qu'au Très-Haut qui risque d'être découragé par l'abondance du mal.

Ce que voyait l'Éternel du haut de son éternité n'était pas de nature, je l'avoue, à lui faire aimer ses créatures. L'histoire était une horreur. Inutile de se demander où était tombé Lucifer, chassé de l'éternité par les milices célestes sous les ordres des trois archanges que les trônes et les dominations appelaient *Les Trois Mousquetaires* — flanqués de saint Georges dans le rôle de d'Artagnan : il était tombé parmi les hommes et au cœur de leur histoire baignée de sang et de larmes.

Car ce qu'il y a de remarquable, c'est que, tout au long de quinze milliards d'années, un peu plus, un peu moins, les choses se sont plutôt bien passées. L'histoire avant l'histoire n'est qu'une longue attente. Le climat change brutalement, il y a à peine un clin d'œil, avec l'arrivée de l'homme. Il débarque, chétif, et pourtant orgueilleux, et avec lui deux puissances formidables qui semblent liées l'une à l'autre : la pensée et le mal.

On dirait que l'ange vaincu par les milices célestes attend avec patience l'arrivée de la pensée et des hommes pour accomplir, dans les paillettes, sous les roulements de tambour et les acclamations de la foule, son grand retour sur la scène de l'univers. Si claire, si lumineuse, si proche de l'Éternel, la pensée est la revanche de l'ange des ténèbres. Travaillés par Lucifer, les hommes sont le triomphe du mal.

Le mal est un marmot vicieux et de génie qui se développe d'âge en âge et qui prend tous les masques. Et de préférence les plus flatteurs et les plus séduisants. Il se glisse dans la grandeur, il se glisse dans la beauté, il se glisse dans l'amour où il est comme chez soi. Il se glisse dans le temps qui passe et dans ce qu'ils appellent le progrès. Le tout, qui pourtant en a vu de toutes les formes et de toutes les couleurs, n'a jamais été aussi odieux qu'au temps des hommes et de leurs succès.

Si lente durant des millions de millénaires, l'histoire devient amusante — ah! comme il est vif et drôle, le Diable! —, pleine d'intérêt et dramatique avec les progrès de l'homme. Il pense, et la faute naît. Il pense, et le mal éclôt. Et, tricoté avec le bien, rêve de la Sagesse infinie et de l'Éternité, un point à l'endroit, un point à l'envers, le mal fait l'histoire des hommes.

Le cirque commence avec les fruits qu'on va cueillir sur l'arbre, le gibier contesté, les grottes qu'on conquiert sur l'occupant ou qu'on défend contre l'envahisseur, le miel dont on s'empare, les femmes qu'on se dispute, la violence qui éclate à propos de tout et de rien. Pendant plusieurs millions d'années, les hommes tentent de survivre. Ils sont très peu nombreux. Quelques milliers peut-être. Ils sont déjà voyageurs. Ils parcourent les continents. Ils traversent les mers. Déjà l'orgueil de la pensée et de l'action les travaille. Ils découvrent avec stupeur qu'un génie les habite. Ils domestiquent le feu et ils font la guerre pour sa domination. Ils représentent, sur les parois des cavernes où ils dorment à l'abri des bêtes sauvages, le monde qui les entoure. Ils inventent l'art, l'agriculture, la roue, l'écriture et les chiffres. Ce sont des révolutions. L'alphabet, le zéro sont des découvertes à couper le souffle. Le mal s'y précipite.

Très vite, le bien et le mal se révèlent imbriqués l'un dans l'autre, et souvent indiscernables. L'amour entre en scène, avec toutes ses fureurs. Il ne sait pas encore qu'il sera la grande affaire des millénaires à venir et qu'il sera lié à la souffrance au moins autant qu'au plaisir. Les arts cultivent pêle-mêle le meilleur et le pire : la vanité, l'envie, le talent, l'avarice, le génie, l'aspiration à autre chose et la folie des grandeurs, à la fois l'amour et la haine de soi-même et des autres. L'écriture sert d'abord à chanter les dieux et les rois, leur grandeur exclusive, les victoires sur l'ennemi, et à compter des biens qui sont aux uns et non aux autres, à vous et non à eux, à nous et non à vous, à moi et non à nous. Le spectacle du monde mène les hommes à la science et la science mène les hommes à la conquête du monde. Défilent ensuite les sièges, les batailles rangées, les combats navals, les massacres et les rites, les codes de justice et les protocoles de cour, les explorations et les découvertes qui se mêlent et se confondent avec la musique, avec les vases décorés, avec les temples en l'honneur des dieux, avec les épopées, les tragédies, la poésie.

L'homme conquiert l'univers. En Chine, à Babylone, en Égypte, en Perse, en Grèce, il s'interroge sur sa place sous la voûte étoilée et dans le temps qui passe. Il voit bien qu'il vieillit et qu'il meurt et qu'un soleil brille au-dessus de lui. Il en apprend de plus en plus sur le monde et sur lui-même. La société s'organise. La guerre, le droit, la propriété, la religion, la médecine étendent leurs royaumes en même temps que la géométrie, l'astronomie, l'architecture, les jeux et l'ironie. Il y a des peintres et des soldats, des procurateurs et des chirurgiens, des policiers et des juges, des poètes et des moralistes. Le mal se frotte les mains.

Les hommes vont vers plus de lumière et de paix. Mais leur élan vers la vérité ne cesse jamais de se retourner contre eux. Ils avancent, ils progressent, ils voient le bout du tunnel. Et le mal s'insinue dans le mouvement, dans le progrès, dans la lumière au bout du tunnel.

L'histoire des hommes, depuis qu'ils existent, n'est qu'une marche en avant vers le savoir et la puissance — et un piétinement dans le mal. Qu'ont-ils fait, les hommes, depuis les débuts de l'histoire ? Ils ont accru leur savoir, ils ont étendu leur pouvoir, ils ont fait des enfants, des temples, des routes, des symphonies — et ils se sont haïs et massacrés. Et puis leur orgueil n'a plus connu de bornes et ils ont crié que l'avenir leur appartenait et qu'ils en faisaient leur affaire. Dieu était très mécontent.

LE VISAGE DE MARIE

Moi, la marche du monde... son passé... son avenir... Vous savez bien ce qui m'intéressait. Ce qui m'intéressait, c'était ce qui me désespérait. C'était Marie. Le reste m'était bien égal. L'univers et son salut m'étaient indifférents. L'ange du Seigneur s'était trompé en me choisissant : il était peut-être descendu dans mon île à cause de moi ; moi, j'y étais venu à cause d'elle. Peut-être vous imaginez-vous que Gabriel m'avait fait oublier Marie ? Pas du tout. Il me distrayait de mon chagrin, il ne l'effaçait pas. Les yeux, les lèvres, les hanches de Marie tenaient en échec la Sagesse toute-puissante et son divin messager.

J'avais fini par me lier avec Gabriel — dont l'irruption, vous souvenez-vous ? m'avait d'abord tant irrité — dans l'espoir qu'il me parlerait de Marie. Il me parlait assez peu d'elle. De temps en temps, je l'interrogeais sans avoir l'air d'y toucher sur ce qu'elle était devenue. Je la craignais, je la fuyais, je voulais l'oublier — et la seule idée d'entendre son nom prononcé devant moi me transportait de bonheur. J'aurais donné le monde et son histoire en échange de Marie.

Les hommes, j'imagine, sont capables de

presque tout. Ils sont une sorte de miracle et de surprise perpétuelle. On les attend quelque part et ils sont déjà ailleurs. À l'est d'une mer intérieure, ils inventent les pyramides, l'alphabet, la géométrie, l'histoire, la philosophie, la tragédie ; ils traversent la moitié du monde pour aller se baigner dans l'Indus ; ils font régner l'Empire romain ; ils fondent l'empire de Chine ; ils accourent de l'Asie, de la Thrace, du Danube, de la Scythie vers les côtes enchantées où se couche le soleil ; ils repartent dans l'autre sens libérer une terre sainte ; dans l'autre sens, à nouveau, de l'Altaï vers le Danube ; ils se battent, ils se massacrent, ils découvrent des continents, des étoiles, des ondes et des corpuscules ; ils écrivent des épopées, des tragédies, des odes, des opéras — et, inlassablement, sous les cieux les plus divers, de génération en génération, l'amour les transporte et les accable. Avant de vous jeter dans la rivière ou sur un pistolet, c'est un mystère assez gai qui rend à l'air sa fraîcheur et ses couleurs au temps. C'est la plus vieille histoire du monde, la plus banale, la plus usée — et toujours la plus forte et toujours la plus neuve.

Les hommes font la guerre, des progrès, des chefs-d'œuvre, des sottises, des crimes, des découvertes. Mais d'abord des enfants. S'il n'y avait pas d'enfants, il n'y aurait plus de monde. Et l'amour est le seul moyen de produire des enfants. Il n'est pas sûr que ce monopole, évidemment exorbitant, soit destiné à durer : d'autres voies sont peut-être sur le point de s'ouvrir pour peupler la planète, et plus tard l'univers. Il n'est même pas impossible que la colère de Dieu et l'arrivée de Gabriel aient été liées à ce basculement et à l'orgueil des hommes qui cherchent toujours du nouveau. Et qui souvent — vous savez : le talent, le génie, et toutes ces sortes de choses... — finissent par le trouver. Pour leur gloire d'abord, pour leur malheur ensuite. L'amour, qui est avec évidence une des armes de Lucifer et un boulevard du mal, est aussi le signe même du règne de l'Éternel dans les replis du temps. Dieu a sans doute appris à se méfier de l'amour — et il s'obstine à le bénir. Et sa colère éclate lorsque l'amour faiblit, grimace, se défile ou s'occulte.

Rien n'est plus fort chez l'homme que les passions de l'amour. Pourquoi ? Parce que le monde doit continuer. Le monde des hommes — et peut-être au-delà des hommes — est une machine à aimer parce qu'il est une machine à survivre. L'argent, le pouvoir, le savoir, ces ressorts si puissants de l'action des hommes, ne pèsent pas lourd en face d'un amour chargé d'assurer la reproduction de l'espèce, et qui, de fil en aiguille si j'ose dire, finit par se détacher de la fabrication des enfants pour mener sa vie propre. « Ce que je préfère, disait je ne sais plus qui à propos des enfants, c'est de faire semblant d'en faire. »

Il y a un lien entre le monde et l'amour, entre l'histoire et l'amour. Il y a aussi un lien entre l'amour et les mots.

Von Suleika zu Suleika
Ist mein Kommen und mein Gehen

Oui, je n'ai pas honte de l'avouer, je ne pense à rien si ce n'est à l'amour.

If I were the head of the Church or the State
I'd powder my nose and just tell them to wait

For love's more important and powerful than
Even a priest or a politician.

Serán ceniza, mas tendrá sentido;
Polvo serán, mas polvo enamorado.

L'amor che move il sole e l'altre stelle.

L'amour, pour moi, qu'y pouvais-je? pour le meilleur et pour le pire, et c'était le seul bonheur et la pire des tortures, avait pris le visage de Marie. Gabriel faisait défiler devant moi les immensités de l'espace et du temps. Je m'en fichais pas mal. Derrière chacun de ses mots, derrière chaque grain de sable, derrière chaque étoile brillait d'un éclat sombre le visage de Marie.

LA GLOIRE DE L'ÉCHEC

— Revenons à nos moutons, dit Gabriel, aux brebis du Seigneur — et à toi. Tu es mon guide dans ce monde où l'Éternel lui-même ne reconnaît plus ses enfants. Mon seul espoir est en toi et tu admettras que le rayon de lumière est mince dans une forêt obscure — *per una selva oscura*.

— Très mince, lui dis-je. Peut-être faut-il nous résigner et admettre, à regret, que ce monde est maudit et qu'il est inutile de s'occuper des hommes ? Si j'étais toi, j'abandonnerais.

— Grâce à Dieu, je ne suis pas toi : si tu te confondais avec moi, j'imagine que ça se saurait sur la terre comme au ciel et que les autorités s'inquiéteraient de ce miracle. Tu n'es pas l'ange Gabriel qui se présenta devant Marie un rameau de lys à la main et, moi, à travers le sexe, la curiosité, la passion ou l'argent, si incompréhensibles et si ambigus, je m'obstine à découvrir dans cette accumulation de désastres qui s'engendrent les uns les autres et que vous appelez le temps de quoi sauver les hommes au regard du Très-Haut.

À Munich, à Bucarest, à Rio de Janeiro, dans la khâgne d'Henri-IV et à Saint-Fargeau, tu m'as semblé... tu m'as semblé...

— Insignifiant ? lui proposai-je.

— Enfin…, me dit-il. Essaie donc de faire un effort. Tu es entré dans ce monde, tu auras été un homme parmi les autres : dis-moi ce qui t'a poussé, ce que tu as espéré, pour quoi tu as vécu. Tâche d'y voir un peu clair. Qu'est-ce qui t'a fait envie ? Le pouvoir, peut-être ? Ou la gloire ? Le goût du pouvoir et de la gloire semble souvent plus fort chez vous que cet amour que tu aimes tant et dont tu parles si souvent à tort et à travers. As-tu aimé le pouvoir ?

— Pas beaucoup, lui dis-je. Je m'en méfiais plutôt. J'ai aimé l'amour et le savoir. J'ai aimé les livres et Marie. J'ai aimé la liberté et je n'ai pas dédaigné l'argent qui en ouvre les portes. Je n'ai peut-être pas détesté ce que tu appelles la gloire et qui ne mérite que la pitié. Je n'ai pas aimé le pouvoir. Sa prétention me fait rire. Il m'est arrivé de le détester et de le mépriser. Tu te souviens de l'École normale…

— Mon Dieu ! s'écria Gabriel, on ne va pas recommencer ?…

— Très vite, bredouillai-je, très vite. Rue d'Ulm, j'hésite beaucoup et je ne sais pas quoi faire. Je prépare successivement, sous l'œil ironique et bienveillant d'Althusser, l'agrégation d'histoire, puis, pendant quelques semaines, par paresse et par désespoir, l'agrégation d'allemand, puis l'agrégation de lettres classiques, et enfin de philosophie. « Tu peux tout faire, me disait Althusser. Tout, sauf la philosophie : trop faible. » Que voulais-tu que je fisse ?

— Philosophie, dit Gabriel.

— Philosophie, lui dis-je. Voilà comment ça marche. Je ne te raconterai ni mes épreuves ni celles de l'agrégation. Je les ai d'ailleurs oubliées. Je crois me rappeler qu'à l'oral j'ai tiré «La Promesse». C'est-à-dire le temps, évidemment. Encore le temps, toujours le temps. La promesse est le triomphe du temps qui dure sur le temps qui passe : elle nous rapproche déjà de l'Éternel. Elle est une fusée de détresse tirée vers l'Éternel par les hommes emportés dans le naufrage du temps. On ne jure jamais que par le Très-Haut et sur les signes de sa puissance. Beaucoup de travaux avaient été consacrés, par Sartre notamment, au serment et à la promesse. J'étais loin de les connaître tous. Mais le temps me sauva.

À la sortie de l'agrégation, le lointain et tout-puissant ministère...

— Dieu sur terre ? suggéra Gabriel.

— En quelque sorte, lui dis-je, en miniature... me demande où je veux aller enseigner ce que je sais à peine à ceux qui ne tiennent pas à le savoir du tout. Je suggère Aix-en-Provence à cause des oliviers, des cyprès, de la mer ou Grenoble à cause du ski que j'ai beaucoup aimé. On me propose Brynn Mawr. Brynn Mawr est une université américaine où s'agitent six mille jeunes filles qui ressemblent, j'imagine, à Irene Dunne, à Gene Tierney, à Ava Gardner, à Brooke Shields. Je tombe malade de bonheur.

— Tiens donc ! dit Gabriel. Une petite nature.

— C'était une maladie bizarre, et un peu méchante. Elle portait le nom harmonieux de spirochétose. *Le Monde* en a parlé : «Un cas de spirochétose en France.» Quarante et un degrés de fièvre et des enveloppements de draps glacés pour tâcher de retenir la fraîcheur de la vie. Au sortir de cette affaire, je passe, encore un peu éclopé et déjà désœuvré, le coin de la rue du Bac et de la rue de Varenne. Le quartier, quoi !... la province... Et je tombe sur Jacques Rueff : ma vie bascule.

— Ah ! ah ! dit Gabriel.

— Ah ! ah ! répétai-je. Ma vie bascule et j'hésite un peu.

— Qu'y a-t-il encore ? demanda Gabriel.

— Je ne suis pas sûr que cette rencontre intéresse vraiment l'Éternel ni que l'avenir des hommes en dépende. Franchement, si...

— C'est moi qui suis juge, coupa Gabriel. Je te dirai. Vas-y.

— Comme tu voudras, lui dis-je. Rueff était roux, plutôt rond, inspecteur général des Finances, délicieux, déjà célèbre. C'était une espèce de grand homme dans la lignée de Tocqueville. Le monde est si comique qu'il avait succédé à Cocteau sous la Coupole quand l'auteur de *Plain-Chant* et de *Thomas l'Imposteur* s'était changé en fauteuil. Il s'occupait de l'or, instrument d'échange universel, et du pouvoir de l'esprit humain, l'un et l'autre, à son gré, scandaleusement délaissés. Il aimait la culture et les ouvrages de l'esprit. Il avait écrit des ouvrages d'économie politique et un ballet métaphysique qui s'appelait *Les Dieux et les Rois*. Il était embêté. L'Unesco venait de le charger de créer dans le grand Machin un petit machin au nom ronflant : le « Conseil international de la philosophie et des sciences humaines », et de s'en occuper. Des problèmes plus importants l'accablaient en même temps.

— L'argent ? demanda Gabriel.

— Bravo ! lui dis-je. L'argent public. Il cherchait — mais où le trouver ? — un normalien ou assimilé pour le suppléer dans ses nouvelles fonctions et pour tenir la boutique. Pour combien de temps ? Eh bien… mettons pour trois mois. Je faisais l'affaire : j'avais trois mois devant moi avant de regagner le sein de l'Université. Je m'installai avenue Kléber, dans l'ancien hôtel Majestic. Rue Franklin, dans le XVIᵉ, puis place de Fontenoy, dans le VIIᵉ, puis rue Miollis, dans le XVᵉ, à deux pas de la place de Fontenoy, j'allais rester quarante ans dans le sillage de l'Unesco.

Raymond Aron et d'autres, qui ne portaient pas dans leur cœur les annexes du Machin, me reprochèrent souvent mes liens avec l'Unesco. « Vous perdez votre temps, me disaient-ils. Que faites-vous ? Presque rien. » Et ils haussaient les épaules. Ils n'avaient pas tout à fait tort : je ne faisais pas grand-chose. Mais ils ignoraient, dans leur bonté pour moi, le secret que je me cachais à moi-même : j'avais surtout envie de ne rien faire du tout. J'attendais que le temps passe, et qu'il s'en aille sans faire de bruit. Je n'aurais pas détesté, je l'avoue, sauver la patrie, faire la révolution, écrire *Une saison en enfer* ou *Les Chants de Maldoror*, peindre *La Tempête* ou *La Bataille de San Romano*. Ne sachant comment m'y prendre, ennemi de tout activisme et de tout militantisme, dépourvu de ce talent qui éclatait autour de moi chez Sartre, chez Sagan, chez Cocteau, chez Minou Drouet, la France déjà libérée par le général de Gaulle — il faudrait écrire une histoire des jeunes gens après l'épopée gaulliste, une *Confession d'un enfant de notre siècle* —, les fascistes vomis, les communistes au bord du pouvoir et pourtant déjà suspectés, je préférais de loin ne rien faire du tout à faire de petites choses.

Je suis très doué pour ne rien faire. Je m'enfermais dans mon bureau à l'ombre de Rueff et de quelques autres et, le sourire aux lèvres, la mélancolie dans le cœur, l'ironie à fleur de peau, je lisais mes amis, ceux du deuxième rang, derrière les géants dont on se détourne par timidité et par crainte, derrière Homère et Virgile, derrière Dante, Shakespeare, Cervantès ou Rabelais : Toulet, Henri Heine, Oscar Wilde, Vialatte, *Candide*, évidemment, les *Mémoires* de Casanova, *Éducation européenne* et *Lady L.* de Romain Gary, un peu plus tard Cioran.

J'aimais beaucoup Cioran : il m'apprenait que l'histoire est néfaste et le monde inutile, que tous les efforts des hommes sont voués d'avance à l'échec et que ce qu'il y a de mieux à faire, c'est de ne rien faire du tout. Je suivais à la lettre ses préceptes enchantés et je me répétais ses formules qui coulaient comme un miel délicieux et amer dans ma bouche et dans mes oreilles, qui tombaient comme un couperet sur toute velléité d'espoir et sur toute ambition : « Chacun s'accroche comme il peut à sa mauvaise étoile » ou : « J'ai connu toutes les formes de déchéance, y compris le succès. » Le succès me dégoûtait. Réussir me faisait horreur. Je ne prenais pas le moindre risque d'entreprendre quoi que ce fût qui aurait pu bien tourner.

LA VISITE AU GRAND ÉCRIVAIN

— Un jour, va savoir pourquoi, prenant mon courage à deux mains, je décidai d'écrire à un de ces écrivains dont je croyais me moquer et qui occupaient pourtant mes pensées en secret. Le sort tomba sur Valéry.

Écrire aux écrivains m'a toujours paru ridicule. Je m'en gardais comme de la peste. Il fallait les lire plutôt que leur écrire. Si l'intercession du Saint-Esprit ou la baguette d'une fée m'avaient permis par miracle de me trouver tout à coup, sans correspondance préalable, en face du personnage de mon choix, ce n'était d'ailleurs pas Valéry que j'aurais choisi d'abord. Proust, Gide, Aragon me faisaient battre le cœur avec plus de force que lui.

Proust était mort. Je ne pouvais plus lui confier à quel point j'étais en désaccord avec tout ce qui se disait de son œuvre et de lui. Il passait pour rasant, et il me faisait rire aux éclats. Tout le monde parlait de ses phrases interminables et emberlificotées, et ce qui me frappait au contraire, c'étaient ses formules meurtrières et coupantes : « J'appelle ici amour une torture réciproque » ou : « L'amour, c'est l'espace et le temps rendus sensibles au cœur. »

Gide et Aragon me remplissaient de terreur. *Le Paysan de Paris* d'Aragon était un de mes livres fétiches. Il ne quittait guère ma table et sa lecture me plongeait dans des alternances d'exaltation et de désespoir. C'était un ouvrage qui ne tenait que par le style. Il n'y avait ni intrigue, ni personnages, ni rien. Mais une flânerie sans but et pourtant rigoureuse, une rêverie violente et tout le vertige du merveilleux moderne. Je récitais par cœur des pages entières du livre. Sa perfection nonchalante constituait à mes yeux la plus formidable machine à empêcher d'écrire. Pourquoi vouloir ajouter quoi que ce fût à une réussite si achevée ? L'auteur se situait à des hauteurs aussi inexpugnables que son œuvre. Protégé du vulgaire par les bataillons fanatisés et sacrés de la chapelle surréaliste, puis de la citadelle communiste, il était un mythe, une légende, une espèce de Saint-Graal révolutionnaire et laïque. Le voir et lui parler étaient hors de question.

J'étais loin de connaître tous les ouvrages de Gide. Mais je nourrissais un culte pour *Paludes*. Rencontrer son auteur m'aurait enchanté s'il n'avait été enfermé, lui aussi, dans une autre forteresse, bien différente du communisme et du surréalisme, mais aussi imposante : la NRF. La NRF me tournait la tête. Je pâlissais, je rougissais, je tremblais à sa vue. Quand, au coin de la rue, son ombre apparaissait, je fuyais à toutes jambes. Si j'étais amené à prononcer son nom dans une conversation, jusque-là sans péril, je me mettais à bégayer. Il m'était impossible de me rendre rue Vaneau où, déchiré entre son puritanisme et son

212

immoralisme, flanqué de ses désirs et de ses contradictions, habitait, je crois, André Gide : les épées de feu de la NRF élevaient entre le Vaneau et moi un infranchissable barrage.

Bien plus tard dans ma vie, un lien très indirect devait pourtant s'établir entre André Gide et moi. J'arrivai un beau soir en compagnie d'un de mes neveux à l'hôtel de Zagora, dans le Sud marocain. Au directeur de l'hôtel, venu à notre rencontre, je demandai une chambre pour mon neveu et pour moi.

— Ah ! bien sûr, me dit-il avec un grand sourire. Nous avons déjà reçu ici, il y a quelques années, M. André Gide avec un de ses neveux.

J'avais entendu dire de Paul Valéry qu'il avait un faible pour les dames. On m'avait assuré qu'il travaillait le matin et qu'il les fréquentait l'après-midi avec assiduité. Ce trait rendait plus humain le poète éclatant et obscur que nous lisait Hyppolite. Il emporta le morceau : c'est à lui que j'adressai une lettre dont j'ai, grâce à Dieu, oublié tous les termes. L'auteur de *La Jeune Parque* et du *Cimetière marin* répondit avec bienveillance à ma sollicitation ampoulée. Et je ramenai ma fraise un beau matin dans la rue de Villejust où habitait le poète — et qui s'appelle aujourd'hui rue Paul-Valéry.

À peine étais-je entré dans l'immeuble qu'un sentiment m'envahit que je connaissais bien. Je me demandais ce que je venais faire chez un poète difficile dont je forçais la porte. La moindre démarche me pèse : quelle étrange idée de vouloir rencontrer un disciple de Malherbe et de Mallarmé qui écrivait de beaux vers et dont je ne savais presque rien ! En traînant les pieds vers les sommets, je me répétais à chaque pas : « Quand on aime le foie gras, inutile de voir l'oie. » Je franchis le seuil de l'oie en me maudissant d'être venu.

Paul Valéry était vêtu de sombre et avec beaucoup de soin. Il portait une moustache, des cheveux partagés par une raie et un nœud papillon. Il m'accueillit avec une bonté qui me fit honte de mes sentiments. J'avais un vilain naturel.

D'un bout à l'autre de l'entretien — c'était quelques mois à peine avant sa mort et ses obsèques nationales devant le Trocadéro —, le père de M. Teste, dont la bêtise n'était pas le fort, se montra délicieux d'attention et de simplicité. Il me demanda ce que je voulais faire. Je n'osai pas lui répondre — et j'ai sans doute eu tort car il n'est pas impossible que l'audace lui eût plu — que je ne voulais rien faire du tout. Je balbutiai que j'avais renoncé, il y avait déjà quelque temps, à l'agrégation d'histoire que j'avais préparée pendant un an ou un peu plus.

Je vis son visage s'illuminer. Il me tendit les deux mains.

— Ah ! Comme vous avez raison ! Je vous félicite de tout cœur. L'histoire ne sert à rien. C'est une maîtresse d'erreur et d'illusions. Vous avez mieux à faire que de perdre votre jeunesse. Et vers quoi, maintenant, allez-vous vous tourner ?

Encouragé par le maître, sûr de frapper un grand coup, je lui répondis avec une orgueilleuse simplicité :

— Vers la philosophie.

Je vis, à ma stupeur, le sourire s'effacer sur le visage du grand homme. Ses traits se brouillèrent. Il prit sa tête entre ses mains avec un vrai désespoir.

— Mais c'est pire ! me dit-il. La philosophie est une imposture. Et ses professeurs ne sont pas loin d'être des criminels. Ou peut-être le seraient-ils s'ils n'étaient pas d'abord des benêts.

La foudre tombait sur moi. J'étais si incapable que j'ignorais encore ce que Paul Valéry pensait et de l'histoire et de la philosophie. Sur l'histoire : « L'histoire est le produit le plus dangereux que la chimie de l'intellect ait élaboré. » Ou : « L'histoire justifie ce que l'on veut. Elle n'enseigne rigoureusement rien, car elle contient tout et donne des exemples de tout. » Sur la philosophie : « Toute philosophie pourrait se réduire à chercher laborieusement cela même qu'on sait naturellement. » Ou : « Je ne suis pas à l'aise dans la philosophie. [...] À la fin, rien n'a été prouvé sinon que A est plus fin joueur que B. »

Je ne compris que bien plus tard le conseil — hélas ! vain — que l'idole de mes vingt ans aveugles me donna, en me quittant, sur le pas de la porte :

— Vous devriez regarder un peu du côté des mathématiques.

J'allais rencontrer, plus tard, au hasard de la fourchette, quelques autres écrivains dont j'avais longtemps rêvé. Grâce à François Nourissier qui était son ami et le mien et me présenta à lui, je finis par approcher Aragon dont je connaissais par cœur beaucoup de vers. Je l'admirais éperdument, et il m'intimidait. Je le trouvais beau. Il avait un côté — qui le rapprochait de Drieu — de cavalier français. Je crois que les contradictions le minaient et qu'il lui fallait des tuteurs et peut-être des bourreaux. André Breton, fils de gendarme — l'autorité —, Staline, ancien séminariste

— la terreur —, Elsa Triolet, si proche de Maïa-kovski — le rival —, ont tenu, tour à tour, Aragon sous la menace et à bout de bras.

Quand je l'ai connu, Elsa s'effaçait déjà et, selon le mot de Jean-Louis Bory, « il avait retrouvé les pédales ». Il aimait bomber le torse et donner les preuves d'une virtuosité époustouflante et, à vrai dire, sans égale — il écrivait ses poèmes d'un jet et presque sans ratures — mais qui cachait peut-être quelque fêlure secrète. Un soir que je dînais avec lui, un peu tard, au Lutétia si mes souvenirs sont exacts, et que la conversation se prolongeait dans la nuit, le chauffeur que le Parti mettait à la disposition de notre plus grand poète populaire passa la tête par la porte et demanda, d'un ton timide, s'il lui fallait attendre. Aragon leva la tête, se cala sur sa chaise, me jeta un regard que je n'oublierai jamais et répondit d'une voix douce et très ferme à la fois :

— Je crois, mon ami, que vous êtes payé pour ça.

— Ce sont des mots, murmurai-je dans un souffle, que personne dans ma famille n'aurait osé prononcer.

On me raconta plus tard, et j'ignore si l'histoire est vraie, qu'Aragon et Blondin dînèrent un soir ensemble. Blondin, à son habitude, arrosa le repas avec beaucoup de conscience et, en quittant la table, il était toujours vif mais déjà ivre mort. Blondin raccompagna Aragon jusqu'à son somptueux appartement — aux frais, je ne sais pas, du gouvernement, ou du Parti, ou peut-être de Galli-mard — de la rue de Varenne. En le quittant à la porte, il s'accrocha aux revers de la veste du poète :

— Louis, bégaya-t-il, il... il faut que... que je te

dise... les yeux de ta femme... les yeux de ta femme... les yeux de ta femme sont dégueulasses.

Tes yeux sont si profonds qu'en me penchant pour
  boire
J'ai vu tous les soleils y venir s'y mirer
S'y jeter à mourir tous les désespérés
Tes yeux sont si profonds que j'y perds la mémoire

De tous les écrivains que j'ai pu rencontrer, Antoine Blondin est celui dont les mots frappaient avec le plus de force. Un soir, Antoine et sa femme Françoise ont invité des amis à dîner. À sept heures, Antoine n'est pas là. À huit heures, il n'est pas là. À huit heures et demie, les amis arrivent. À neuf heures, il n'est pas là. À neuf heures et demie, il n'est pas là. À dix heures, on se met à table. À minuit et demi, les invités s'en vont. Antoine n'est toujours pas là.

Il rentre, en mauvais état, à sept heures du matin.

— Antoine, lui dit sa femme, tu ne t'es pas bien conduit. Que tu ne sois pas rentré... mon Dieu !... je te connais... Mais que tu n'aies même pas eu l'idée, c'était la moindre des choses, de donner un coup de téléphone... !

— J'ai essayé, bredouille Blondin, la langue pâteuse. J'ai essayé. Je n'ai pas pu. Je n'ai pas trouvé un seul bistrot... fermé.

Asinus asinum fricat : j'ai été lié avec plusieurs écrivains. Michel Mohrt, marin loyal et breton, Michel Déon, insulaire et rebelle, François Nourissier, qui s'aime moins qu'on ne l'aime, figurent parmi mes plus anciens et mes plus chers amis et je pourrais parler d'eux pendant une heure ou deux. Peut-être aurais-tu mieux fait de t'adresser à eux ? Ils vivent et ils travaillent, grâce à Dieu : laissons-les donc en paix.

J'ai été reçu à Verrières par Louise de Vilmorin et par André Malraux. Il dessinait des « dyables » et des chats. Ses chats s'appelaient Fourrure et Essuie-plume. Il m'a confié que le Commandeur était caché dans le placard. Il est parti sur saint Jean et sur l'Apocalypse. Il appuyait sa main contre sa joue et il hoquetait en parlant. Il était éblouissant. Je n'ai pas compris grand-chose : c'était mon habitude. Louise, pour me consoler, me griffonna un poème sur du papier quadrillé. Il commençait par ces vers :

J'ai vu plus d'un adieu se lever au matin
J'ai vu sur mon chemin plus d'une pierre blanche
J'ai vu parmi la ronce et parmi le plantain
Plus d'un profil perdu plus d'un regard éteint
Et plus d'un bras la nuit que me tendaient les
*   branches*

Il se terminait par ceux-ci :

Ces mains ces bras ces yeux où passa mon destin
Ces profils éperdus ne pesant plus une once
Je les revois dans l'onde et l'ombre et le plantain
Et je vois mon destin dans l'entrelacs des ronces

J'ai eu beaucoup d'affection et beaucoup d'admiration pour Emmanuel Berl, qui avait partagé une jeune personne, du nom de Suzanne je crois, avec André Breton et que Mireille, sa femme, appelait Théodore. Il joignait l'intelligence la plus vive à l'esprit le plus libre. J'allais le voir rue Montpensier, sur les jardins du Palais-Royal. Il me recevait étendu sur son lit, vêtu d'une veste de pyjama dont le pantalon avait disparu et il fumait de petits cigares qui s'appelaient des Panther. De temps en temps, Mireille passait par la porte sa tête pétillante et frisée. Et sa voix de bonbon acidulé qu'on suçait avec l'oreille et que tant de succès avaient rendue célèbre, de « Couchés dans le foin, avec le soleil pour témoin » à « C'est un jardinier qui boite, qui boite, qui boite et qui boit », nous donnait des nouvelles de son Petit Conservatoire et de Françoise Hardy.

Un jour, j'arrivai hors de moi.

— Les gens racontent n'importe quoi. Vous savez ce qu'on prétend ? Que c'est vous qui avez écrit les premiers discours de Pétain !

— Mais c'est vrai, me dit-il sur le ton le plus calme.

— Quoi ! vous qui êtes juif, vous qui êtes socialiste...

— Plutôt communiste, me dit-il.

— Mais pourquoi ? Pourquoi ?

— Bah ! me dit-il. Ils étaient tous si faibles. Ils écrivaient si mal. Il fallait bien les aider.

De temps en temps, il laissait tomber d'un air négligent qui me rendait fou de bonheur :

— Tout va très mal. Je voulais vous voir pour savoir ce que vous en pensiez.

Ou :

— Je ne vois presque plus personne. Il n'y a qu'avec Malraux et avec vous que j'échange encore quelques idées.

Je restais muet de saisissement. Et il parlait tout seul, sans arrêt, toujours vif et amical, souvent un peu absent, disant des choses brillantes.

Il y a encore un autre mort dont je voudrais te dire quelques mots. Il s'appelait Kléber Haedens.

Kléber Haedens était une force de la nature. Il avait un physique de joueur de rugby. Il savait boire et manger. Il en aurait remontré à Porthos, qui était le plus solide des Trois Mousquetaires, et au général Dumas, le père du grand Alexandre, qui soulevait, dit-on, son cheval en s'accrochant aux poutres.

Dans ce corps de géant battait le cœur le plus généreux, brillait l'esprit le plus délié. Il était gai. Il savait tout. Loin de la mode meurtrière, il aimait les livres et les écrivains. Il avait écrit une merveilleuse *Histoire de la littérature française*, d'une partialité révoltante, où Hugo et Péguy, que j'admire et vénère, étaient traînés dans la boue. J'ai passé avec lui des nuits inoubliables.

C'était un conteur irrésistible. Ses histoires de théâtre étaient innombrables et célèbres. Peut-être voudrais-tu que je t'en raconte une ?

— Pourquoi pas ? dit Gabriel. Ça ne peut pas nous faire de mal.

— C'est une histoire de Lucien Guitry, qui était un grand acteur et le père de Sacha. Il avait beaucoup d'esprit. Il se rend un jour chez Motsch, qui était, à l'époque, un chapelier célèbre. Il essaie plusieurs chapeaux et en retient un qui lui plaît. Il le met sur sa tête, parade devant la glace, s'adresse quelques grimaces, et se tourne vers la dame, sa maîtresse ou sa femme, qui l'a accompagné.

— Comment trouves-tu qu'il me va ? demande-t-il.

— Mal, répond la dame. Tu as l'air d'un vieux maquereau.

Guitry enlève le chapeau, le fait tourner autour de sa main et le rend au vendeur :

— Je ne le prends pas, lui dit-il. Madame pense qu'il me vieillit.

— C'est l'histoire ? demanda Gabriel.

— Non, lui dis-je. C'est un hors-d'œuvre.

Lucien Guitry jouait dans un théâtre dont les frais étaient couverts par un mécène dont le snobisme était le moindre défaut. Le mécène, depuis longtemps, caressait un rêve fou : se montrer à déjeuner chez Maxim's avec Lucien Guitry qui était une légende. Avec la même obstination, l'acteur se refusait au fantasme du raseur.

Un soir, pourtant, le mécène, qui venait à nouveau de signer à l'ordre du théâtre un chèque qui ne prêtait pas à rire, parvint à arracher, en échange, une promesse à Guitry : ils déjeuneraient ensemble, chez Maxim's, vendredi, à midi et demi.

À peine rentré dans sa loge, Lucien Guitry se tourne vers son habilleuse et lui jette à très haute voix :

— Vous allez envoyer sur-le-champ à cet épouvantable raseur un petit bleu chargé de lui faire savoir sans lui mâcher les mots qu'il n'est pas question pour moi de déjeuner avec lui chez Maxim's, vendredi, à midi et demi...

À ce moment, derrière lui, dans la glace de l'habilleuse, il aperçoit le raseur qui a oublié ses gants dans la loge et qui revient les chercher.

— ... parce que ce jour-là, poursuit Guitry, ce jour-là, précisément...

Et, montrant, dans un grand geste, le mécène pétrifié, il achève enfin sa phrase :

— ... je déjeune avec Monsieur.

Kléber Haedens, un soir, m'avait raconté cette histoire qui m'avait amusé. Par une étrange coïncidence, je découvris le lendemain même, dans une vieille revue de théâtre, la fin de l'anecdote. Kléber ne la connaissait pas. Il ne restait jamais, à cette époque, très longtemps à Paris et il avait regagné sa maison de La Bourdette, aux environs de Toulouse, où il célébrait avec splendeur le culte de l'amitié, du cassoulet, du rugby, de l'alcool et de l'opéra. Je n'étais pas encore très lié avec lui, mais je lui télégraphiai aussitôt la fin de l'histoire dans ses moindres détails. Il fut si heureux de la chute que nous devînmes amis pour toujours.

— Et quelle est cette chute ? demanda Gabriel.

— Le vendredi, à dix heures du matin, le mécène reçoit un petit bleu de Guitry :

«Vous avez été témoin, mon cher ami, des efforts que j'ai déployés pour me débarrasser du raseur qui voulait m'empêcher de déjeuner avec vous, chez Maxim's, aujourd'hui, à midi et demi. Il s'obstine, hélas ! Il insiste. Il ne veut pas me lâcher. J'ai dû céder : je ne pourrai pas déjeuner avec vous, chez Maxim's, aujourd'hui, à midi et demi. »

UN MYSTÈRE

— Ce qu'il y a de compliqué dans ce monde, et ce qu'il y aura de compliqué dans le rapport, c'est que les chapitres s'y croisent, s'y mêlent et finissent par se confondre. On pourrait partir sur Gide, sur Aragon, sur Bidault, qui n'aimait pas le Général, sur le Général, qui n'aimait pas Bidault, sur Sartre, qui était l'ennemi du Général, sur Valéry, à qui j'allais rendre visite, sur Montherlant, que je lisais, sur Piaf, que j'écoutais, sur tant d'autres, professeurs ou écrivains, qui ont compté pour moi, sur les livres ou sur le ski. Il faut choisir et avancer dans le désordre de la vie et dans son foisonnement. On est dans le chapitre ambition, ou refus de l'ambition, et le chapitre sentiments passe le bout de son nez.

— C'est ennuyeux, dit Gabriel. Je pensais le laisser pour plus tard.

— Je comprends bien, lui dis-je. Il faut de l'ordre dans le rapport. Mais je n'y peux rien. Ce n'est pas par ambition ni par goût du pouvoir, à peine par soif de la gloire que j'ai écrit mes premiers livres. J'ai un peu honte de l'avouer : c'était pour plaire à des filles. Par désœuvrement, peut-être. Et pour plaire à des filles.

Le cordon sanitaire établi par mon père autour du téléphone avait fini par craquer. Des murmures de jeunes femmes, des regards de jeunes filles franchissaient le barrage. On avait beau lire surtout Spinoza et Hegel et mépriser dur comme fer les effusions romanesques, les plantes les plus naïves ne manquaient pas d'envahir tout un coin du jardin.

Les romans sont la plaie de notre époque, mais il y a pire encore que les romans : les Mémoires et les Souvenirs. Je ne vais pas, ici encore, égrener des souvenirs qui ne te seraient d'aucune aide...

— On ne sait jamais..., grommela Gabriel. On trouve des perles dans les fumiers.

— L'essentiel, pour le rapport, est de savoir que la passion prend des chemins détournés dans le cœur des jeunes gens. Je méprisais le succès, mais il fallait me distinguer d'une façon ou d'une autre aux yeux de Catherine, de Marie-Pierre, d'Anne-Marie. Les uns gagnent au tennis, les autres conduisent très vite. J'avais vécu dans les livres. J'ai donc écrit des livres. Il n'est pas sûr que ce fût une bonne idée. D'abord parce que, après Racine, et Flaubert, et Proust, écrire, et surtout publier, est à peine honorable. Ensuite parce qu'en règle générale les filles préfèrent les joueurs de tennis et les coureurs automobiles aux écrivains débutants. Enfin et surtout parce que la demi-douzaine de livres par où j'ai commencé et que je rédigeais dans la fatigue, le dimanche ou le soir, après avoir quitté mes savants et mes bibliographes, ne valaient pas grand-chose et qu'il est permis de les oublier.

— N'en parlons plus, dit Gabriel.

— D'accord, répondis-je, n'en parlons plus.

Je me tus un instant. Je réfléchissais très vite.

— Je dois tout de même indiquer...

— Ah! ah! dit Gabriel

— ... que ce n'était pas l'avis, non seulement de Kléber Haedens, qui était un grand critique, mais de René Julliard, qui était un grand éditeur. J'ai souvent raconté...

— Accélère, dit Gabriel. Sois bref. Ne traîne pas trop dans ton propre éloge. L'Éternel s'impatiente.

— Dieu est dans les détails, murmurai-je... comment j'avais déposé mon premier manuscrit chez la demoiselle du téléphone de Gaston Gallimard, rue Sébastien-Bottin, et que ni lui ni elle ne s'étaient hâtés de me répondre. Fatigué d'attendre, j'avais laissé, un samedi soir, une copie du manuscrit chez Julliard, rue de l'Université, juste en face de Gallimard. Le lendemain, dimanche, à sept heures du matin, le téléphone sonnait chez moi, ou plutôt chez mes parents, rue du Bac, presque en face de la maison où était mort Chateaubriand et de celle où vivait encore, grâce à Dieu, Romain Gary qui avait déjà derrière lui une assez jolie carrière et qui nous préparait tant de bons tours : c'était René Julliard. Il m'annonçait, à ma joie mais, à vrai dire, à ma surprise, que j'avais écrit un chef-d'œuvre.

— Comme c'est curieux, dit Gabriel.

— N'est-ce pas? lui dis-je. C'était un grand éditeur. Ce chef-d'œuvre-là, et les quatre ou cinq autres qui lui succédèrent, ne bouleversèrent ni les foules ni le public des lettres. Je me souviens d'une formule de Julliard, désolé de mes échecs ou de mes semi-succès : « Il faudrait vous faire connaître. Il faudrait écrire dans les journaux et dans les magazines... » Peut-être, plus tard, me suis-je trop bien souvenu des conseils de Julliard qui s'imaginait, je crois, qu'il chantait dans le vide. Je jugeais à l'époque, avec sévérité, que la littérature interdisait le moindre compromis. Je ne pensais pas de bien des écrivains qui se répandaient dans les feuilles. Je me répétais avec délices la formule d'Oscar Wilde : «*Journalism is unreadable and literature is not read*» et je me préparais à mourir de chagrin, en silence, avec héroïsme, sur mes livres invendus et peut-être invendables.

Il faut dire que Sartre régnait encore, que le nouveau roman sévissait déjà et que j'écrivais, avec une belle innocence, à contre-courant de tout ce qu'il était convenable et recommandé en haut lieu de penser et de faire — et que je vomissais. Avec modestie, avec timidité, sans fracas ni tumulte, je n'ai pas donné dans ces bêlements du conformisme qui montaient jusqu'au ciel : je n'ai pas échappé, grâce à Dieu, à la vocation du jeune écrivain qui est de détester ce que font ses aînés.

— Pourrait-on dire aussi, demanda Gabriel avec simplicité, que tes livres n'étaient pas fameux ?

— On pourrait le dire, répondis-je. Sartre avait du génie, ou une espèce de génie, et je n'avais pas une ombre de talent. Chardonne, d'ailleurs, que Mitterrand aimait tant, l'écrivait à Morand qui me défendait comme il pouvait. Mes livres étaient inutiles. Le dernier de la série, pourtant, ne manquait pas de gaieté. Il constituait déjà, à l'époque — je devais avoir quelque chose comme trente-huit ou trente-neuf ans —, des espèces de Mémoires...

— Ah ! dit Gabriel.

— ... de Mémoires ironiques, chargés de prendre congé d'un monde où je n'avais encore rien fait et qui se moquaient d'eux-mêmes. Le titre promettait beaucoup : le livre s'appelait *Au revoir et merci*.

— Il promettait peut-être beaucoup, remarqua Gabriel. Mais tu n'as pas tenu tes promesses.

— C'est vrai, avouai-je. Je me suis tu moins que promis. J'ai renoncé à disparaître. Je ne me suis pas jeté dans ce silence qui me tentait pourtant déjà. Et c'était peut-être une erreur.

— Oui, peut-être, une erreur..., murmura Gabriel avec une grande douceur.

— Que veux-tu, lui dis-je, nous sommes dans les ténèbres. Chacun fait ce qu'il peut. Écrire est un mystère.

SYME ET CAILLOIS
SONT DANS LE MÊME TONNEAU

— À côté de terribles raseurs qui cumulaient
les désastres de la bureaucratie française, du *red
tape* anglo-saxon, du *tchin* de la Russie éternelle
et, en plus, communiste, je rencontrais à l'Unesco
des esprits libres et charmants : Paul Rivet, sorte
de docteur Nimbus amical et revêche, qui me gui-
dait, après Leroi-Gourhan dont j'avais suivi les
cours sur la technique et la main, dans le monde
de la préhistoire et de l'ethnologie ; Henri Laugier,
qui avait deux amours : les Nations unies et la
peinture ; Pierre Auger, mathématicien et physi-
cien, qui s'intéressait à ces « sciences molles » que
sont les sciences humaines ; René Cassin, compagnon à Londres du général de Gaulle, qui m'ouvrit les portes de l'Alliance israélite universelle ;
Julien Cain, qui régnait sur les trésors de la Bibliothèque nationale, flanqué de Mme Julien Cain
dont les qualités de cœur et d'esprit rachetaient
un physique plutôt ingrat ; Boulaghari, un magi-
cien indien aux tours invraisemblables : chaque
fois que nous entrions dans son bureau, nos cra-
vates se dressaient à l'horizontale et se mettaient
à danser ; Nadj oud Dine Bammate, un Afghan de
Lausanne, au talent stupéfiant, plutôt réticent à

l'écriture, éblouissante mécanique de communication verbale, familier de la calligraphie et des
noms cachés de l'Éternel ; Paulo Carneiro, un Brésilien éloquent, héritier du positivisme, disciple
d'Auguste Comte, plus parisien que les Parisiens ;
Raymond Klibansky, l'auteur, avec Fritz Saxl et
Erwin Panofsky, de *Saturne et la mélancolie* ; Hans
Hahnloser, un historien de l'art bernois, fils d'un
médecin qui avait été lié, de Félix Vallotton à
Vuillard et à Matisse, avec tout ce qui comptait
dans la peinture de la fin du XIXe et du début
du XXe ; Gershom Scholem, qui m'introduisit aux
splendeurs de la Torah, de la Kabbale, des sefi-
roth et de la mystique juive ; l'Argentin Julio
Cortázar, traducteur à l'Unesco, que ses livres
allaient rendre célèbre ; Carlos Chagas, grand
savant brésilien, catholique, ami du pape, qui
avait des filles belles comme le jour ; Jeanne
Hersch, disciple de Jaspers, très proche de Raymond Aron, directrice pendant quelque temps du
département de philosophie de l'Unesco, un des
esprits les plus libres et les plus forts de notre
temps, qui me fit l'honneur de devenir mon amie ;
un philosophe chinois du nom de Lin Yu-tang à
qui je dois un des préceptes les plus précieux de
ce triste bas monde auquel nous sommes
condamnés : « À côté du noble art de faire faire
les choses par les autres, il y a celui non moins
noble de les laisser se faire toutes seules. »
Je ne faisais presque rien. J'attendais. Je n'étais
pas malheureux. J'avais une assistante exquise qui
détestait le bureau et qui s'appelait Marica. Mon
modeste pouvoir se limitait à distribuer des sub-
ventions à des travaux savants que j'admirais d'un
peu loin et dont je réunissais tous les ans les

ouvriers démunis : le *Corpus Vasorum Antiquo-rum*, les *Archives Husserl*, les *Oxyrhinchus Papyri*, le *Dictionnaire du sanskrit*, les *Indices et Concordances de la tradition musulmane*, le *Répertoire international des sources musicales*, l'*Atlas linguistique de la Chine*...

Une sorte de poésie, peut-être un peu poussiéreuse, et pourtant exaltante à force de savoir et de travail, surgissait de ces entreprises auxquelle se donnaient corps et âme des bénédictins laïques pour qui j'avais de l'affection et la plus haute estime. J'organisais des colloques, des congrès internationaux de philosophie ou d'histoire, des assemblées générales, des réunions de bureau. Je grimpais des échelons qui relevaient plutôt de la comédie et de l'imaginaire pendant que mes contemporains se frayaient un chemin vers les sommets — Deniau, sur les océans et à travers les maquis de l'Asie et de l'Afrique, vers ambassades et ministères ; Foucault, avec *Les Mots et les Choses*, vers le Collège de France ; Giscard vers l'Élysée ; Servan-Schreiber ou Revel, polémistes et témoins, vers *L'Express* ou *Le Point* —, je devenais secrétaire général adjoint, secrétaire général, président de la société savante internationale où Rueff m'avait introduit. J'étais détaché auprès d'elle et auprès de l'Unesco par l'Éducation nationale dont je n'ai jamais cessé de rester, sinon un évêque, du moins un enfant de chœur et un fidèle *in partibus*. À l'ombre des circuits et des privilèges des fonctionnaires internationaux dépeints par Lawrence Durrell ou par Albert Cohen, et pourtant assez loin d'eux, ma carrière — c'était un mot que je détestais — était d'une modestie qui touchait au néant. Je m'y tenais avec obstination,

230

presque avec héroïsme, refusant toutes les offres, parfois flatteuses, qui pouvaient me parvenir. Je ne faisais rien, mais j'étais libre.

— Libre de quoi ? demanda Gabriel.

— D'abord, de ne rien faire, ou presque rien. Le moins possible, en tout cas, avec un succès éclatant. Et puis, d'écrire des navets. Et enfin, de courir le monde. Je l'ai couru. « L'homme n'a pas besoin, écrit Chateaubriand, de voyager pour s'agrandir. » Je me suis livré sans retenue à ce que Céline appelle « un petit vertige pour couillons ». « Ô mon âme, n'aspire pas à la vie immortelle, mais épuise le champ du possible ! » Dans l'espace au moins, dans la géographie, j'ai épuisé le champ du possible. Grâce à Rueff, grâce au Machin, j'ai beaucoup voyagé. Il faut savoir choisir ses privilèges. J'ai deviné assez vite que ceux de l'âge des chasses à courre étaient en train de s'épuiser. Je me suis rejeté avec ardeur vers ceux du savoir et de la démocratie.

— Par cynisme ? demanda Gabriel.

— Par conviction, lui dis-je. Mais avec ironie. J'ai longtemps écumé, maquereau de la culture, les congrès de philosophie où les métaphysiciens étaient plus nombreux sur quelques mètres carrés que sur l'ensemble de la planète au cours de tous les siècles écoulés et les colloques d'histoire maritime ou sociale. Je menais la vie décrite par David Lodge dans *Un tout petit monde*. Dans les universités américaines, je déjeunais à onze heures et je dînais à cinq heures. Dans les assemblées soviétiques je trônais sur les estrades où fleurissait le caviar pendant que les autres, en bas, se repaissaient de pommes de terre. J'ai vu Angkor et Borobudur. J'ai vu les fjords de Norvège et le lac de

Bariloche. J'ai vu Machu Picchu et le temple d'Abou-Simbel, avant et après le barrage du lac Nasser. J'ai vu le tombeau de Tamerlan à Samarkand, les temples de Persépolis et Tchetel Sotoun à Ispahan. Je me suis promené en Inde, en Chine, en Afghanistan, au Tibet, aux Philippines, au Japon, à Bali, au Mexique et au Guatemala, au Pérou et au Chili, du côté de la Terre de Feu, au Maroc, au Rwanda, déchiré par la violence, en Ouganda, au Zimbabwe. J'ai vu, inséparables et la main dans la main, la beauté du monde et la misère des hommes. Je ne voudrais ni chanter trop haut à la façon de ceux qui se vantent de leurs grands desseins et qui brossent pour une postérité qui ne leur a rien demandé un tableau de la planète telle qu'ils l'ont connue ni insister avec trop de complaisance sur la légèreté de mes jeunes années...

— Tu ferais bien, dit Gabriel. Pense un peu à l'Éternel.

— Je faisais des choses minuscules, mais honorables, j'aidais les gens à se rencontrer, je lançais des ponts de papier entre Américains et Soviétiques, entre Allemands de l'Est et de l'Ouest, entre Juifs et Arabes, entre Chinois et Américains, et même — plus difficile, car ils se détestaient — entre Chinois et Soviétiques. Je bricolais dans l'universel. Je travaillais sans excès, mais en tout cas pour la paix plutôt que pour la guerre. Je ne faisais presque rien, mais au moins pour l'avenir.

Je travaillais surtout — ou je faisais semblant de travailler — avec deux hommes inoubliables, aussi différents que possible l'un de l'autre, qui ne s'aimaient guère entre eux et que je vénérais tous les deux : Ronald Syme et Roger Caillois.

Sir Ronald Syme était néo-zélandais. Et britannique jusqu'au bout des ongles. Il parlait l'anglais, le français, l'allemand, l'espagnol, l'italien, le grec ancien et moderne, le latin, le serbo-croate et le turc. À qui, douanier ou hôtelier, l'interrogeait sur sa profession, il se présentait volontiers comme *thinker, linguist, traveller*. C'était un *fellow* d'Oxford, un savant de réputation internationale, un historien de Rome, un familier de Salluste et de Tacite, un spécialiste des routes et des familles de l'Empire romain, l'auteur d'un livre capital sur Auguste qu'il ne portait pas dans son cœur, *The Roman Revolution*, dont la version française, *La Révolution romaine*, a été publiée chez Gallimard dans la collection de Pierre Nora. Sir Ronald était beau, charmant, très savant, très amusant, d'un commerce délicieux. Il accepta d'assurer, pendant de longues années, le secrétariat général, puis la présidence de la fédération de sociétés savantes constituée par Rueff, et je lui servais d'adjoint avant de lui succéder dans ces postes qui relevaient plutôt du mythe que de la réalité. La première fois que je le rencontrai, il me fit comprendre sans ambiguïté qu'il n'interviendrait jamais dans le travail quotidien d'une administration qui l'ennuyait à périr et que je prendrais seul toutes les décisions, qui, il faut bien l'avouer, n'allaient jamais empêcher la planète de tourner. Je lui demandai ses instructions. Il regarda avec surprise et avec une indifférence chagrinée ce subalterne hystérique et obtus qui faisait preuve de zèle et il lâcha : «*Never look beneath the surface; never take long views; never answer letters : people might die.*»

Comme Jacqueline de Romilly, qui était son

amie avant de devenir la mienne grâce à lui, comme beaucoup d'autres à travers le monde qui gardaient de quelques heures passées en sa compagnie un souvenir ineffaçable, je pensais que c'était un bonheur de l'avoir connu. J'ai parcouru à ses côtés toutes les routes d'Italie, de Pittigliano sur ses falaises à Ségeste et à Agrigente, du Brenner à Lecce, à Tarante, à Otrante, des lacs chers aux Anciens à la Calabre et aux Abruzzes, l'écoutant parler, buvant avec lui plus d'un coup de ce vin blanc qu'il ne dédaignait pas, jamais gêné de son silence, jamais las de ses paroles, enchanté de sa présence. Il avait dû appartenir, de près ou de loin, aux services secrets de Sa Majesté. C'était une espèce de James Bond qui en aurait remonté en matière d'érudition à Gibbon ou à Toynbee. Il connaissait dans ses détails notre littérature et, invité par les normaliens de la rue d'Ulm, il improvisa, en français bien entendu, devant ce public difficile une conférence éblouissante sur Proust et Tacite, qui remporta un triomphe. Personne ne l'a jamais entendu prononcer une phrase bête, prétentieuse ou convenue. Lettré à l'ancienne mode, il unissait le charme à la réserve, la discrétion à la drôlerie. Il cachait son savoir au lieu de l'étaler comme tant d'autres, il ne se prenait pas au sérieux. Il racontait l'histoire de cet Anglais qui, après avoir rencontré à Sofia un personnage partageant en tout point ses opinions et ses goûts, confiait d'un ton pénétré : « *I dit not suspect that I could find in Sofia a man of that calibre.* »

Mon autre homme à l'Unesco était Roger Caillois. Je crains que les jeunes gens d'aujourd'hui, même ceux qui aiment encore les idées et les livres, n'aient qu'une idée assez floue de l'œuvre de Caillois. On peut comprendre pourquoi : c'est un homme sans étiquette. Agrégé de grammaire — « Pourquoi as-tu préparé l'agrégation de grammaire ? » demande à son ami un personnage de Jules Romains. « Parce qu'il n'y a pas d'agrégation d'alphabet », répond l'ami —, Caillois n'est pas romancier ; il n'est pas philosophe ; il n'est pas poète ; il n'est homme ni de théâtre ni de cinéma ; il n'est pas journaliste, il n'a pas laissé de Mémoires. C'est un sociologue sans sociologie. C'est un mythologue qui ne serait pas un historien des religions. C'est un mystique athée qui a fini par se réfugier dans la contemplation muette des pierres. C'est un écrivain éclaté.

Il est imprévisible, déroutant, paradoxal. Il soutient que Picasso, loin d'ouvrir des voies nouvelles, clôt l'âge de la peinture classique dont il est le dernier représentant. Un jour, à un colloque à l'Unesco sur le statut des écrivains, après d'innombrables déclarations bien-pensantes qui recommandent des pensions, des privilèges, des honneurs, des médailles en chocolat, j'entends Caillois bégayer :

— La s... seule façon de... de... d'aider les écrivains, c'est de les m... mettre en prison.

Il est surtout merveilleusement intelligent et c'est un des stylistes les plus accomplis du siècle en train de s'éloigner. C'est lui qui m'a appris que la littérature ne consistait pas à exposer des idées, ni à raconter une histoire, ni à exprimer des sentiments, mais à trouver des mots et à les combiner. Les corrections de ses manuscrits avec leurs renvois invraisemblables et leurs becquets sans fin me remplissaient de stupeur. Admirateur du *Grand Jeu* de René Daumal et de Roger Gilbert-

Lecomte, camarade de combat de Georges Bataille et de Michel Leiris, fondateur du Collège de sociologie, compagnon de route de Breton et des surréalistes à qui l'opposa, au café Cyrano, une querelle historique sur des haricots sauteurs rapportés du Mexique et qu'il voulait ouvrir pour voir ce qu'il y avait dedans, ami intime, après Drieu la Rochelle, d'une des femmes les plus belles et les plus douées de notre temps, l'Argentine Victoria Ocampo, héroïne de roman et de la culture française, Roger Caillois est un grand écrivain injustement oublié.

Son œuvre, dont Octavio Paz, à sa mort, a si bien parlé dans un bel hommage prononcé à l'Unesco et publié par *Le Monde*, ne se développe ni sur un mode linéaire ni de façon cyclique. Il admirait beaucoup Mendeleïev, auteur d'une classification périodique des éléments chimiques. Un peu à la manière de Mendeleïev, ses livres pourraient s'inscrire, selon le titre d'ailleurs d'un de ses propres ouvrages, sur les cases d'un échiquier. Il a parlé du sacré, de la fête, des jeux, des rêves, des masques, du mimétisme, des mantes religieuses, des poulpes et des méduses, des fulgores porte-lanterne, de Ponce Pilate, de la ville, de la Patagonie, de la symétrie, des papillons et des pierres. Il investissait peu à peu les citadelles du savoir en posant ses pions, ses tours, ses cavaliers sur l'échiquier du monde, il jetait ses lumières sur l'univers mystérieux et une cohérence par échos, par résonances obliques et par diagonales surgissait de son œuvre.

À peu près à l'époque, vers le début des années cinquante, où Rueff édifiait, avec moi pour grouillot, le Conseil international de la philosophie et des sciences humaines et prononçait des discours où il évoquait le spectre du professeur Fulgence Tapir, personnage d'Anatole France, savant auteur des *Annales universelles de la peinture, de la sculpture et de l'architecture des pingouins*, qui faisait « converger les arts de tous les pays et de tous les temps à l'Institut de France, leur fin suprême » et qui finissait par crouler sous le flot des fiches résumant le savoir humain, Caillois tournait autour de l'idée d'une revue qui ferait le point des travaux fragmentaires de notre temps d'analyses et qui tenterait de les rassembler et de les unir les uns aux autres en un début de synthèse.

L'interdisciplinaire était déjà, à l'époque, la tarte à la crème et le pont aux ânes des intellectuels. Caillois allait plus loin. Il ne se contentait pas d'une juxtaposition des savoirs spécialisés. Il passait de l'interdisciplinaire au transdisciplinaire. Il voulait féconder chaque domaine de la science par l'emploi des méthodes des sciences voisines ou rivales. Il rêvait de voir un médecin s'occuper de préhistoire, un psychanalyste parler d'économie politique, un philosophe ou un linguiste s'intéresser enfin à l'archéologie classique. Son ambition était de prendre en écharpe l'ensemble du savoir. Il était en train d'inventer un outil appelé à un bel avenir : les sciences diagonales.

Caillois proposa que la revue dont il portait le projet devînt l'organe du Conseil mis sur pied par Jacques Rueff. L'affaire se fit assez vite et, en plus de l'adjoint de Jacques Rueff, puis de sir Ronald, je devins, pour la revue, l'assistant de Caillois qui était fonctionnaire international à l'Unesco et que le directeur général, au grand soulagement de l'intéressé, avait mis à la disposition du Conseil où l'air était plus léger que dans le grand Machin à l'ombre des Nations unies. Quand il s'agit de trouver un titre pour la revue, un professeur américain de l'université de Chicago proposa *Diogène*. Il pensait évidemment au philosophe qui se promenait en plein jour à la recherche d'un homme, une lanterne à la main. Mais, sans égard pour les puissants, sans le moindre respect pour les institutions, Diogène était en même temps une espèce de voyou logé dans un tonneau et le représentant le plus éminent du cynisme philosophique. Je soupçonne Caillois, qui s'ennuyait ferme à l'Unesco et qui assistait aux innombrables réunions avec l'air mourant d'un poisson des profondeurs échoué sur la plage, d'avoir joué sur les deux sens du nom du philosophe. Je l'encourageai naturellement dans cette ambiguïté, et la nouvelle revue, dont différentes éditions allaient être publiées en anglais, en espagnol, en allemand, en italien, en arabe, en japonais, en chinois, en hindi, parut en français à Paris, chez Gallimard, sous le titre de *Diogène*.

Le premier numéro s'ouvrit, dans la ligne des travaux de Konrad Lorenz, où volaient en groupe des oies sauvages, et de ceux de Karl von Frisch, sur un article de Benveniste consacré au langage des abeilles, ce qui parut étrange pour une revue des sciences de l'homme. De Chomsky à Gershom Scholem, de Colin Clark à Toynbee et à Veyne, de Dumézil à Jeanne Hersch, de Starobinski à Fumaroli, tout ce qui comptait dans les sciences humaines à travers le monde entier y collabora un jour ou l'autre. Caillois y écrivit — sur la classification des jeux, par exemple — quelques textes éblouissants. Il y entretint avec Lévi-Strauss une polémique retentissante sur la nature de la culture à laquelle l'auteur des *Structures élémentaires de la parenté* et de *Tristes Tropiques* participa en publiant dans *Les Temps modernes* un texte intitulé « Diogène couché ». La vie de l'esprit est aussi un combat. Caillois aimait, comme Paulhan, les proverbes chinois — et peut-être l'un et l'autre finissaient-ils par en inventer. Paulhan avait trouvé : « Si j'étais huître, je ne cultiverais pas ma perle » ; Caillois mit plus d'une fois en épigraphe à *Diogène* ou sur le dos de sa couverture : « Mieux vaut allumer une petite lanterne que maudire les ténèbres. » Je ne faisais presque rien, je ne comprenais pas grand-chose, mais je ne m'ennuyais pas.

UN CANULAR —
ET MÊME PLUSIEURS

— À l'ombre de Syme et de Caillois, qui, se dédaignant l'un l'autre, ne se parlaient jamais, et du tonneau de *Diogène*, je finis par combler, vaille que vaille, quelques-unes des lacunes de ce que Raymond Aron devait appeler plus tard mon « ignorance encyclopédique ». Je voyais les civilisations défiler sous mes yeux. Je me familiarisais avec les méthodes de la préhistoire ou de l'archéologie classique. La linguistique, la littérature comparée, l'histoire des religions, l'orientalisme, qui était en train de changer de nom et de se muer en études asiatiques, me faisaient tourner la tête jusqu'au vertige et nourrissaient une imagination à mi-chemin de la rêverie et de la métaphysique. Je me précipitais à Pékin, sur le point de se transformer en Beijing, pour me promener quelques heures dans la Cité interdite et sur la Muraille de Chine ; à Xi'an, dans la forêt des stèles, où je découvrais avec stupeur des traces lointaines du nestorianisme, dans la Grande Pagode des oies sauvages qui conservait encore vivant le souvenir de Hiuan-tsang, moine bouddhiste chinois parti en pèlerinage vers l'Indus et le Gange, parmi les soldats innombrables de l'armée en terre cuite qui gardait le tombeau de Ts'in Che-houang-ti, édifié, il y a un peu plus de deux mille ans, par quelque sept cent mille ouvriers réduits en esclavage et castrés ; à Bamiyan, en Afghanistan, pour admirer les statues gigantesques du Bouddha ; à Samarkand ou à Boukhara, dans le vieux royaume de Kharezm, le long des routes de la Horde d'or, sur les pas de Tamerlan qui avait poursuivi le rêve de Gengis Khan. Je commençais à trouver plus d'intérêt au monde autour de moi qu'à ma propre personne qui, si longtemps, m'avait tant occupé. *La Gloire de l'Empire* a été écrit tout entier à la lueur, pour moi vacillante et pourtant enchanteresse, de la lanterne de *Diogène*.

— Nous y voilà, dit Gabriel.

La remarque avait, me sembla-t-il, quelque chose de désobligeant. Je fis semblant de ne pas l'avoir entendue.

— *La Gloire de l'Empire* racontait, sous la forme d'une sorte de travail universitaire truqué d'un bout à l'autre, l'histoire d'un royaume imaginaire. À mi-chemin de la culture et de la dérision, le lecteur découvrait le passé d'un empire qui se situait quelque part entre la chute de l'Empire romain et la chute de Constantinople, ses grands hommes, ses prêtres, ses capitaines, ses philosophes et ses écrivains, son architecture et ses institutions qui se développaient avec splendeur, comme tant de choses en ce monde, avant de s'écrouler. Flanqué de cartes, de chronologies, de généalogies et d'index, de tableaux synoptiques et d'indications de sources, avec des notes en bas de page — et même avec une note qui renvoyait à elle-même —, l'ouvrage constituait un canular assez ambitieux et peut-être un peu neuf. Il marquait l'entrée dans la littérature d'un genre encore inédit dont la descendance allait devenir légion : l'histoire-fiction.

La Gloire de l'Empire m'ouvrit, à lui tout seul, les portes du quai Conti. Peut-être pour rassurer mon père qui était déjà mort et pour obtenir son pardon.

— Son pardon ?... dit Gabriel.

— Oui, lui dis-je. Ne fais pas l'idiot.

— Ce n'est pas très clair, me dit-il. Il y a là quelque chose qui ressemble — en minuscule — à un de ces secrets qui obscurcissent l'histoire et qui sont en horreur à l'Éternel. Il faudra bien que tu finisses par t'expliquer là-dessus.

— Difficile, lui dis-je.

— Nous sommes là pour ça. L'avenir des hommes, je te le rappelle, dépend de toi. Si la vérité ne sort pas de ta bouche, où donc la trouverons-nous ?

— Mon père aimait les institutions. C'est en souvenir de lui et pour faire plaisir à ma mère que je suis entré à l'Académie. J'avais quarante-sept ans et j'en avais peut-être assez de ne rien faire et de me promener dans le monde, mains dans les poches, nez en l'air, en amateur désinvolte, en témoin amusé. Il n'était pas impossible que l'amusement finît par tourner en aigreur. N'être rien, n'être de rien, n'être à rien est une haute et louable ambition. Il est difficile de s'y tenir. Le vagabond en moi se doublait d'un mandarin caché. Le mandarin guettait avec impatience la première occasion de l'emporter sur le vagabond.

Beaucoup d'écrivains, de professeurs, d'intellectuels ou d'artistes jurent leurs grands dieux à vingt ans qu'ils ne se laisseront jamais séduire par les hochets ridicules des honneurs officiels qui sont la petite monnaie, le substitut, la consolation publique et amère d'une gloire hélas ! inaccessible et d'un génie dont l'absence est un chagrin de tous les instants. Et, pour un Gide, un Sartre, un Malraux ou un Gracq qui refusent en effet jusqu'au bout de se laisser embrigader, combien se retrouvent, cinquante ou soixante ans plus tard, au déclin de leur vie, pris au piège de cette pacotille qu'ils avaient dénoncée dans les folles espérances d'une jeunesse évanouie ! Envier ce qu'on méprise est une passion dévorante. Je n'ai, grâce à Dieu, pas tardé à comprendre qu'il fallait à tout prix échapper à cet engrenage. Dans des livres de jeunesse suffisants et insuffisants, j'annonçais d'avance, avec un culot d'enfer et une orgueilleuse modestie qui valaient mieux que les simagrées et les palinodies, mon élection quai Conti où se retrouvaient, me semblait-il, à contre-courant d'une histoire aux fracas fatigants, des gens de beaucoup d'esprit et de bonne compagnie.

Montherlant et Romains disparaissent l'un après l'autre en 1972. L'auteur des *Hommes de bonne volonté* meurt le premier, à la pire des dates pour un homme public, pour un artiste, pour un écrivain : un 14 août. Tout le monde est déjà sur les routes, le grand sommeil de l'été tombe sur le pays, personne, ou presque, ne s'occupe du père de *Knock* et des *Copains*. Torero rayé des cadres, Romain des anciens temps, Montherlant se suicide deux fois — cyanure et pistolet — sur les bords de la Seine, quai Voltaire, le soir de l'équinoxe de septembre.

Je n'aurais pas détesté remplacer Montherlant. J'aurais évoqué *Port-Royal*, *La Reine morte*, *Le Cardinal d'Espagne* et *Le Maître de Santiago*. J'aurais fait l'éloge de la grandeur et du plaisir, de l'héroïsme et du néant. J'aurais parlé de l'alternance et de la vanité des choses de ce monde : « Roulez, torrents de l'inutilité ! » J'aurais peut-être aussi été tenté de me taire : « Tant de choses ne valent pas la peine d'être dites et tant de gens ne valent pas que les autres choses leur soient dites. Cela fait beaucoup de silence. » Mais Claude Lévi-Strauss se présenta au siège de l'auteur de *Service inutile*, de *La Rose de sable* et de *Va jouer avec cette poussière*. Sur le conseil de Paul Morand, je me décidai pour le fauteuil de Jules Romains. Tout se passa simplement, convenablement et de ma part sans aucune affectation. Pour essayer de rendre hommage à l'auteur de leurs jours, je me mettais à vivre avec Knock, avec Jallez et Jerphanion, avec le chien des Saint-Papoul qui porte le nom de Macaire, avec Bénin et Broudier et Huchon et Lamendin et tout le reste des Copains, leurs canulars et leur communion quand le kaléidoscope tourna encore une fois, moins entre mes mains à moi qui n'étaient pas très agiles qu'entre celles du destin.

Le monde est l'ensemble des phénomènes qui surviennent à la fois simultanément dans l'espace et successivement dans le temps. Ils sont séparés en apparence et ils communiquent pourtant les uns avec les autres par des voies souterraines. À peu près au moment où *La Gloire de l'Empire* m'installait sous la Coupole, sur une tout autre scène du grand théâtre où nous gesticulons les choses ne se passaient pas très bien et les événements se bousculaient : *Le Figaro* était en crise.

LA QUESTION DE L'ANGE

J'écris ces pages dans un jardin, sur une table qui boite un peu, à l'ombre d'un tilleul, vers la fin d'une vie qui court maintenant à sa perte. Une petite fille passe en riant : elle sait que le monde est à elle. On voit des montagnes au loin et le soleil de mon enfance brille encore avec force. Un grand calme descend des hauteurs du ciel bleu où flottent quelques nuages qui sont comme les images de nos vicissitudes. Le visage de Marie a fini par se brouiller — et cette fin de la souffrance est encore une souffrance. Et tant d'années se sont écoulées depuis ma rencontre dans l'île avec l'ange Gabriel qu'un coup de couteau me frappe : et si le Seigneur et son ange n'étaient rien d'autre qu'un rêve ?

Je cherche à me souvenir. Maederer aussi, le long des lacs de Bavière, et Bidault, qui sera l'allié et l'ennemi du Général, et Caillois, qui était parti pour l'Argentine avec Victoria Ocampo après avoir écrit *Le Mythe et l'Homme*, et Ronsard que j'aimais tant, et Alexandre le Grand sur les bords de l'Indus, et Madame Bovary ou Hanaïs Dunois, fille de joie et de tristesse, alias mon amie Nane, sont des espèces de rêves. Et la Puisaye, et le kantisme, et le lycée Louis-le-Grand à l'époque de Chamberlain, flanqué de son parapluie et de la crise des Sudètes sont des espèces de rêves. Et le visage de Marie aussi est une espèce de rêve. Ont-ils jamais existé ailleurs que dans ma tête et mon souvenir ? Le passé et l'ailleurs ne subsistent qu'en moi. Le monde n'a de réalité que parce que je le regarde et l'écoute. Il n'a de sens que parce que je le pense.

Je vois encore, dans l'île, la maison bleu et blanc, et le jardin où nous nous tenions, Marie et moi, dans les nuits de l'été, et le figuier dans la cour, et le chemin où les chèvres passaient tôt le matin dans un torrent de clochettes et où Gabriel, un soir, m'avait barré le passage. Le messager de l'Éternel m'est aussi familier, il est aussi clair et distinct à mes yeux que Fouassier ou Beaufret, que l'abbé de Rancé dont m'ont parlé successivement Chateaubriand et Aragon, que l'Indien Aryabhata qui invente le zéro pour le passer aux Arabes qui nous le transmettront à leur tour, que Lao-tseu qui, après être resté neuf ans dans le sein de sa mère, écrit le *Tao-tö-king* à la demande instante du gardien de la passe de l'Ouest, que Zénobie, reine de Palmyre, que le roi Artur et Lancelot du Lac, qu'Arsène Lupin, gentleman cambrioleur, avec son monocle, son haut-de-forme et son écharpe de soie blanche. Presque rien du passé ne m'est aussi réel que l'archange Gabriel, messager du Très-Haut, qui est venu je ne sais d'où pour me parler du monde et de moi.

Sous la question de l'ange : « Que va devenir le monde ? » se cachait, je crois, une autre question plus simple, qui s'adressait à tous et qui se confon-

dait avec la première : « Qu'as-tu fait de ta vie ? »
Notre vie n'est presque rien. Ou peut-être, pfuitt,
rien du tout. Aux yeux de l'Éternel, elle est l'ombre
d'une ombre. Mais nous n'avons rien d'autre pour
justifier l'univers.

LA QUEUE DU DRAGON

— *Le Figaro*, dont le centenaire avait été célé-
bré avec éclat par ce qu'on appelait sans rire le
«Tout-Paris de la politique, des lettres et des
arts», avait derrière lui une longue et glorieuse
histoire.

— On ne va pas fêter Noël là-dessus, grommela
Gabriel.

— Sous ses diverses incarnations — *Le Figaro*
avait été un hebdomadaire avant de devenir un
quotidien —, Henri de Latouche, l'auteur de *Fra-
goletta*, l'éditeur de Chénier, l'ami de George
Sand, le grand amour de Marceline Desbordes-
Valmore, Villemessant, Gaston Calmette, assassiné dans son bureau en 1914 par la femme de
Joseph Caillaux, Robert de Flers et Alfred Capus,
qui étaient des auteurs comiques, l'avaient successivement dirigé. André Chaumeix et Lucien
Romier, qui ont tenu une place importante dans
la littérature et la politique avant de sombrer dans
l'oubli, y avaient joué un grand rôle. Il avait
appartenu à Coty, le parfumeur, puis à Mme Cotnareanu, qui avait été la femme de Coty avant
d'épouser son professeur de gymnastique, en pro-

venance de Roumanie. À la fin de 1973, le propriétaire était Jean Prouvost.

Entouré de starlettes, de fêtards, de champions du monde, de photographes de charme, Jean Prouvost était un patron de légende et son nom brillait dans le ciel de Paris. Ses mots étaient célèbres. À un collaborateur qui tente de lui rappeler les services que lui a rendus je ne sais plus qui, il lance : « La gratitude, ça dure combien de temps ? » À son chauffeur qui lui expose les malheurs en train de le frapper, la maladie, le chômage de sa femme, un cinquième enfant en route, le coût croissant de l'existence, il répond par le silence et par des grognements. Arrivé à destination, il descend de voiture, se retourne vers le chauffeur et, à travers la vitre baissée, lui donne une tape sur l'épaule : « Allez ! mon cher Lucien, il y a plus malheureux que nous. » Comme beaucoup de magnats de la finance et des affaires, il passait à une vitesse surprenante, et souvent avec génie, d'une idée à une autre et d'un projet à un autre. Vers la fin de sa vie, il classait les hommes en deux catégories : ceux qui pressaient leur tube de dentifrice par en haut, près du bouchon, et ceux qui le pressaient par en bas. Héritier d'une dynastie lainière du Nord, il avait été, quelques mois, ministre de Pétain. Il avait surtout créé et lancé avec un immense succès toute une série de journaux : *Paris-Soir*, c'était lui ; *Match*, c'était lui ; *Marie-Claire*, c'était lui. Et, conjointement avec Ferdinand Béghin, un autre patron du Nord, mais sucrier, celui-là...

— Son nom me dit quelque chose..., remarqua Gabriel.

— Je comprends, lui répondis-je : j'ai épousé sa fille.

— Quelques mots peut-être, pour le rapport, sur l'institution du mariage ?...

— Justement, non, lui dis-je. Rien du tout.

— Et sur la mariée ?

— Belle, charmante, délicieuse, répondis-je. Dommage : même pour le rapport, tu n'en sauras pas plus. Domaine privé. Secret Défense. Les relations des écrivains avec le mariage, on en parlerait pendant des heures. Mais pas un mot, là-dessus, ne sortira de ma bouche. Adresse-toi plutôt à l'Éternel. Ou peut-être à elle-même. Elle te recevra, j'en suis sûr, avec beaucoup de grâce et d'élégance. Et pour plus de détails, tu peux te reporter à ce que dit très bien du mariage, et sûrement mieux que moi, notre vieux Chateaubriand. Associé à Béghin, Prouvost avait racheté *Le Figaro* aux Cotnareanu. Et puis, il s'était brouillé à mort avec Béghin et il était resté seul propriétaire du *Figaro*.

Le Figaro n'était pas une mince affaire. C'était un grand journal conservateur et libéral où avaient écrit Jules Vallès, Zola, Maupassant, Anatole France, Barrès, Valéry, Giraudoux, Morand, beaucoup d'autres encore, et François Mauriac, qui n'avait pas peu contribué, par son style et ses coups de passion, à lui donner son éclat. Il était régi depuis les lendemains de la Libération par un statut très particulier qui touchait souvent à l'absurde en voulant à la fois conserver et corriger le système du capitalisme de presse : le propriétaire n'avait aucun droit et tout le pouvoir appartenait au directeur du journal. Le directeur du journal s'appelait Pierre Brisson.

Pierre Brisson était une vieille connaissance. C'était un critique dramatique qui comptait, l'auteur d'un excellent *Molière* et un grand directeur qui avait hissé *Le Figaro* au premier rang de la presse française. Il écrivait aussi des romans. Du fond de mon bureau de *Diogène* où je taillais mes crayons, il m'arrivait d'envoyer un texte à *La Parisienne* où régnaient Jacques Laurent et François Nourissier, ou d'écrire sur Piaf, sur Mauriac, sur Montherlant, un article pour *Arts* qui était un hebdomadaire spécialisé dans la littérature et dans l'impertinence ou pour *Les Nouvelles littéraires*. *Arts* me demanda de parler du dernier roman de Brisson qui s'appelait, je crois, *Doublecœur*. J'acceptai. Le roman n'était pas fameux. J'étais encore assez jeune et tout à fait inconscient. J'écrivis la vérité avec simplicité. La dernière phrase de l'article — je la cite de mémoire — disait quelque chose comme ceci : « Il y a tout de même une justice : on ne peut pas, à la fois, être directeur du *Figaro* et avoir du talent. »

Ce fut un beau tollé. Landerneau prit feu et flamme. Les lettres se mirent à pleuvoir. Mon téléphone grésillait. Pierre Lazareff, qui dirigeait en bretelles, nez retroussé, lunettes au front, avec autant de cœur que de talent, *France-Soir* et *Paris-Presse* et que je ne connaissais pas, m'invita à venir le voir dans sa maison de Louveciennes où il habitait avec Hélène, sa femme, qui régnait sur le journal *Elle*. On me félicitait, avec une ombre d'ironie me semblait-il, de ma témérité. Je tombais des nues. « Mais qu'ai-je donc fait ? » demandais-je. J'avais marché sur la queue du dragon.

Le dragon ne mit pas longtemps à cracher ses langues de feu. Quand mes premiers livres parurent chez Julliard — qui les aimait tant —, *Le Figaro*, non content de ne pas en dire un seul mot, refusa la publicité payante prévue par mon éditeur médusé. Ma carrière littéraire commençait bien — ou mal : mon nom figurait en bonne place sur la liste noire du *Figaro*. L'amusant est que j'allais passer sans transition, ou presque, la vie n'en fait qu'à sa tête, de la liste noire au fauteuil du directeur.

DIEU SE MOQUE DE NOUS

Dieu, là-haut, se moquait de nous. Il nous regardait nous débattre dans les chaînes de l'histoire et sous les coups du temps.

UN DESTIN FARCEUR

— Pour d'autres motifs que mon exclusion, *Le Figaro* ne se portait pas très bien. Les puissants meurent aussi : Pierre Brisson était mort. Un an après les événements de mai 68, une longue grève de plusieurs semaines secoua le journal. Prouvost cherchait un sang nouveau — et ce n'était pas une tâche facile, car, pour chaque transfusion, les statuts du journal exigeaient l'accord de toute une cascade de personnages et de comités qui allaient du propriétaire à la société des rédacteurs en passant par un colifichet inénarrable qui s'intitulait le « groupe des Cinq » : il détenait la sacro-sainte autorisation de paraître qui remontait à la Libération et était censé incarner l'autorité morale et la permanence du *Figaro*. Les intérêts personnels se camouflaient de tous côtés sous les déclarations d'intention et les appels aux grands principes.

Prouvost aimait ce qui brillait. Il avait le culte des vedettes, des physiques avantageux, des écrivains à succès, des stars, des grands escrocs, de ceux dont le nom figurait ou avait des chances de figurer à la une de ses journaux. Il incarnait déjà une presse qui allait se résumer en une seule formule : *people*. Je venais d'être accueilli sous la Coupole — qui retentissait, d'après Mauriac, du mot fatal de *prostate* — à un âge moins avancé que la plupart de mes confrères. Parce que Paul Morand m'avait téléphoné un beau soir pour m'inviter, très vite, car il était toujours pressé par le temps, à envoyer quai Conti une lettre de candidature à l'immortalité en viager, on se mettait, faute de mieux, dans ce grand village qu'est Paris, à parler un peu de moi au cours des dîners entre copains quand un ange était en train de passer, qu'on n'avait plus rien à se dire et qu'on cherchait quoi raconter. Du coup, Prouvost pensa, pour diriger *Le Figaro*, à ce godelureau coiffé d'un bicorne à plumes qui avait une expérience très mince du journalisme et qui n'avait pas la moindre idée de la vie d'une entreprise.

J'aurais aimé être chef d'orchestre — mais j'ignore tout de la musique. J'aurais aimé être chirurgien — mais le sang des autres me fait horreur. Je n'aurais pas détesté être cardinal — mais plutôt au XVIᵉ siècle, ou à la rigueur au XVIIIᵉ. J'aurais beaucoup aimé être comédien — et cette ambition-là, je l'ai presque réalisée puisque je suis devenu romancier et que je me glisse dans la peau des autres à la façon d'un acteur, ou que j'essaie de m'y glisser. Je cherchais surtout à fuir dossiers, bureaux, carrière et à me promener dans le monde pour voir des choses nouvelles : c'était déjà une forme de journalisme. Devenir directeur du *Figaro* au moment même où mon beau-père, Ferdinand Béghin, s'en éloignait définitivement et ne parlait plus à Jean Prouvost, n'était pas pour me déplaire. Je donnai mon accord à Prouvost.

À peine l'avais-je donné que ma décision

m'épouvanta. Après tant d'échecs ou de demi-suc-
cès, l'accueil réservé par la presse et le public à *La
Gloire de l'Empire* m'avait encouragé et j'étais en
train de travailler à un roman inspiré par le déclin
et la chute de Saint-Fargeau. Car, pendant que je
naviguais entre Syme et Caillois et que j'écrivais
Au revoir et merci ou *La Gloire de l'Empire*, le
temps qui passe et détruit tout poursuivait son
manège et Saint-Fargeau faisait naufrage. Ce
nouveau livre, qui tournait autour de la figure
d'un grand-père imaginaire inspiré par ma mère
et rattrapé par la marche impitoyable de l'histoire,
s'appelait *Au plaisir de Dieu*.

— Tu y arriveras, remarqua Gabriel, à citer
tous tes livres.

— Mon cher Gabriel, lui dis-je, si tu ne voulais
pas entendre parler de mes livres, il ne fallait pas
venir de si loin pour mener ton enquête et pour
m'interroger sur ce que j'ai fait de ma vie. Pour le
meilleur et pour le pire, et je n'en fais pas un fromage, ma vie se confond avec mes livres. Sauf ma
fille que tu aurais sûrement avantage à connaître,
elle aussi...

— Je la connais, dit Gabriel. Charmante. Elle
s'appelle Héloïse.

— Bravo! Et ma petite-fille?

— Marie-Sarah? me dit-il. Un amour d'enfant.
Je la connais aussi.

— Tant mieux pour toi, lui dis-je... je n'ai pas
réussi grand-chose d'autre. Je finis par souhaiter
qu'elle s'efface tout entière, cette vie un peu
inutile, et qu'il ne reste pas d'autres traces de mon
passage sur cette terre qu'une petite-fille de quatre
ans et cinq ou six des livres que j'ai laissés derrière moi. Je peux te les citer, si tu veux...

— Inutile ! s'écria Gabriel. L'Éternel est au courant.

— Comme tu voudras, lui dis-je. Et si je me mettais à m'inquiéter de ce fauteuil directorial et électrique que m'avançait Jean Prouvost, c'est qu'une évidence me sautait aux yeux : je comprenais, ce n'était pas sorcier, qu'il risquait d'abord de signifier pour moi la fin définitive de toute ambition littéraire, quelque modeste qu'elle pût être. Les horizons enchantés, ou peut-être les mirages, qui s'ouvraient devant moi avec *La Gloire de l'Empire*, les espoirs que je mettais dans *Au plaisir de Dieu*, la masse énorme du *Figaro* risquait de les boucher et de les ruiner à jamais. Tu vois comment ça se passe. La rue d'Ulm, l'agrégation, le déclin de Saint-Fargeau, la rencontre avec Rueff et avec Caillois, *Diogène*, *La Gloire de l'Empire*, le quai Conti, Prouvost et *Le Figaro*, l'ombre au loin de ma mère transformée en grand-père et de Plessis-lez-Vaudreuil : au moment même où je découvre le vertige du savoir, le monde autour de moi et ce que je veux faire de ma vie, le trop-plein succède au vide et l'encombrement au néant. J'avais envie d'écrire des livres et d'élever en silence un château de papier et de mots en échange du château de pierres emporté par l'histoire — et le destin farceur me proposait, catastrophe et bonheur, de diriger un journal.

SUR LES BORDS DU NÉANT

Le monde est enchanteur, et il est dérisoire. S'il
n'y a rien d'autre que le monde, le monde est
absurde et il n'a aucun sens. S'il y a autre chose
que le monde, le monde ne peut prêter qu'à pleurer ou à rire. J'imagine que, de là-haut, l'Éternel
nous regarde et qu'il nous prend en pitié. Jetons-
nous dans la mer, bénissons le Soleil, courons
dans la montagne, épuisons notre vie qui nous
vient on ne sait d'où et jouons à la balle sur les
bords du néant et de l'éternité.

MORT D'UN PRÉSIDENT

— Alors, me dit-il, tu le diriges, ce journal de la droite libérale, conservatrice et bourgeoise?

— Eh bien, oui, lui dis-je, je le dirige.

— Ah! bravo! me dit-il.

— Merci, lui dis-je.

— Vers la ruine?

— Pas du tout. Plutôt vers le succès. On a beau croire dur comme fer que les premiers seront les derniers et être convaincu de la vanité des choses, les entreprises des hommes veulent d'abord réussir. Les fonctions modifient les sentiments et les idées. Les situations transforment les esprits. Aussi longtemps que je l'ai dirigé, le journal ne s'est pas mal porté. Il n'y a pas eu de grève majeure, de scandale, de naufrage. Tu pourras consulter le bilan et les chiffres : ils n'étaient pas mauvais. Il faut ajouter aussitôt qu'au moins par temps calme et tant que la mer est belle un bâtiment de haute mer comme *Le Figaro* avance presque tout seul : il s'agit surtout d'éviter les coups de tabac, les révoltes de l'équipage et les caprices du capitaine. Il faut préciser aussi que j'étais loin d'être seul. Un Raoul Ergmann, un Jean Griot, plus tard un Xavier Marchetti et beaucoup d'autres m'apportaient leurs conseils et leur expérience. Un journal est d'abord une équipe et un titre. On ne fait pas manœuvrer une rédaction comme un régiment de la Garde impériale. J'avais plus à apprendre de ceux que je dirigeais qu'ils n'avaient à apprendre de celui qui les dirigeait. Les amis qui m'entouraient me recommandaient de rester tranquille et de me familiariser avec un monde qui m'était étranger. À mon arrivée au journal, je me suis considéré comme un directeur stagiaire et j'ai d'abord essayé vaille que vaille d'apprendre mon métier.

Ces belles résolutions ne mirent pas longtemps à voler en éclats. J'eus à peine le temps de me plier aux usages, de visiter les installations qui étaient encore loin d'être modernes, d'assister, sous l'invocation de saint Jean à la Porte Latine, patron des imprimeurs — San Giovanni a Porta Latina était une des églises de Rome que j'avais le plus aimées dans mes années italiennes —, à l'*Ala* traditionnelle, c'est-à-dire à la cérémonie d'intronisation rituelle de tout nouveau directeur *à la* santé de qui boivent journalistes et typographes. Trois mois après mon entrée dans le bureau du Rond-Point d'où la vue s'étendait — « À nous deux, Paris ! » — sur les Champs-Élysées de la Concorde à l'Étoile, Georges Pompidou mourait. C'était le 2 avril 1974.

J'étais lié avec Pompidou. Il était originaire de Montboudif, dans l'Auvergne du Sud, banquier chez les Rothschild, gaulliste sans Résistance, plus doué que qui que ce fût, intime du Général qu'il n'avait pas accompagné à Londres aux temps de l'épopée et dont il devait s'éloigner aux temps de l'ambition, mais qui avait reconnu en lui une formidable machine intellectuelle doublée d'un caractère où la fermeté s'unissait à la fidélité. «Il avait, écrit Jean Cau qui l'admirait et l'aimait, un côté ribaud, paillard, pinceur de fesses de servantes, maître d'auberge, fermier de terre grasse, maquignon aux chevaux à large croupe, amateur de daubes et de platées d'écrevisses pêchées au clair de lune.» Le portrait est-il fidèle? Je n'en suis pas sûr. Georges Pompidou était une masse de sensualité paysanne. Il était aussi bien autre chose.

Ce paysan qui mourut debout sur le seuil de sa ferme était d'abord et avant tout normalien et agrégé de lettres. Longtemps, de Fouquet à Herriot, de François Ier et Louis XIV à Léon Blum ou à Pompidou, la France a été gouvernée par des hommes qui aimaient par-dessus tout la littérature et les arts. Georges Pompidou appartenait à cette lignée. Il appréciait l'art moderne — «Moi, conservateur, alors que j'aime Nicolas de Staël? — il avait publié une *Anthologie de la poésie française* — elle était assez loin des choix que j'aurais faits moi-même — et il répondait volontiers aux questions des journalistes par des vers d'Éluard ou d'Apollinaire:

> *Je connais gens de toute sorte*
> *Ils n'égalent pas leur destin*

Ou:

> *Comprenne qui voudra*
> *Moi mon remords ce fut*
> *La malheureuse qui resta*
> *Sur le pavé*

La victime raisonnable
À la robe déchirée
Au regard d'enfant perdue
Découronnée défigurée
Celle qui ressemble aux morts
Qui sont morts pour être aimés

La première fois que je l'avais rencontré, la conversation était venue, je ne sais plus comment, par vanité d'auteur sans doute, sur un des livres obscurs que j'avais alors publiés. Il m'avait regardé et, d'un ton indéfinissable, qui traduisait une familiarité un peu lassée avec les écrivains, leurs rêves, leurs illusions, il avait murmuré :

— Ah !... Parce que vous écrivez...

On m'a raconté que, plus tard, déjà président de la République, arrivant au Conseil des ministres où chacun lui présentait les problèmes urgents de son ressort, il aurait lancé :

— Il n'y a qu'une chose urgente aujourd'hui, c'est de lire *La Gloire de l'Empire*.

— Ah ! oui, murmura Gabriel, je vois ça : très doué.

— Très, lui dis-je sans rire. Ce n'est pas par hasard qu'on poursuit deux carrières différentes avec le même succès : une carrière financière et une carrière politique. Avec, en prime, du goût pour la littérature.

Tout le monde savait que Pompidou souffrait d'une grave affection. Il s'inscrit dans le cortège de souverains et d'hommes d'État frappés par la maladie et où figurent en bonne place Jules César et Pierre le Grand, épileptiques, Caligula, Cromwell et sa célèbre pierre, Richelieu dans sa litière, Louis XIV avec sa fistule et sa mâchoire qui partait en morceaux, Jeanne la Folle, Charles VI de France, George III d'Angleterre et Louis II de Bavière, les rois fous, Salazar dont l'esprit battait la campagne et autour de qui ses ministres, avant de se réunir plus sérieusement entre eux, tenaient un faux conseil, de pure fiction et fantomatique, qui semble sortir de Shakespeare, Franco et son atroce et interminable agonie, Brejnev, Mitterrand, Boris Eltsine à peine capable de prononcer quelques mots et de rester debout. Sans même parler de l'hémophilie semée à travers l'Europe par la reine Victoria ni de l'arthrite et de l'artériosclérose décelées sur les momies des pharaons égyptiens.

Des millions de téléspectateurs avaient pu voir avec stupeur le Président français en train de descendre, dans une espèce d'agonie, le visage bouffi par la cortisone, la passerelle de l'avion qui l'avait amené au sommet de Tashkent ou de Reykjavík. Il était difficile d'ignorer que la mort guettait Georges Pompidou : la presse tout entière et les fameux « milieux bien informés », que le mieux à faire est d'ignorer, multipliaient les spéculations sur la santé du Président et sur sa fin prochaine. La plupart des initiés, et le Président lui-même, comptaient sur un répit de plusieurs mois. Il souffrait beaucoup, il allait mourir, l'issue fatale était inéluctable — mais plus tard. La mort brutale de Pompidou constitua une surprise depuis longtemps attendue.

LE SOUVENIR DE MA MÈRE

Vingt mois plus tard, ma mère mourut à son tour. J'écrivis quelques lignes pour célébrer sa mémoire :

« En ces jours des défunts, du souvenir et de tous les saints, j'ai vieilli d'un seul coup : ma mère est morte. Longtemps, j'ai été son fils, son enfant, son garçon, et elle m'appelait "mon petit". Voilà que je ne suis plus l'enfant de personne et que je n'ai plus personne pour me séparer de la mort. Je n'ai plus derrière moi que l'image à jamais évanouie du visage de ma mère et son souvenir chéri.

J'aimais ma mère. Elle m'aimait. J'étais fier d'elle. Et — que Dieu me pardonne ! — il n'est pas impossible qu'elle ait poussé la faiblesse et la partialité jusqu'à être fière de ses fils. Un mot terrible de Sartre me reste toujours obscur : « Il n'y a pas de bon père. C'est la règle. » Le mien était merveilleux. Ma mère aussi était merveilleuse. Je fais appel ici à tous ceux qui ont connu mon père, janséniste et libéral, ma mère, si vivante et si gaie : dites, n'est-ce pas qu'ils étaient merveilleux ? N'est-ce pas qu'ils étaient la bonté, la simplicité, la noblesse de l'esprit et de l'âme, la générosité et qu'ils pensaient aux autres beaucoup plus qu'à eux-mêmes ? N'est-ce pas qu'il était impossible à qui les avait rencontrés une seule fois de ne pas les admirer et de ne pas les aimer ?

Parce que ma mère était vivante et que mon père était mort, j'ai parlé beaucoup plus, dans ce que j'ai pu écrire, de mon père que de ma mère. Par je ne sais quelle pudeur dont je m'en veux peut-être, j'attendais, j'imagine, que ma mère fût partie pour lui dire que je l'aimais.

Qu'importe ! Est-ce que ma mère et moi avions besoin de paroles pour savoir que nous nous aimions ? Nous le savions, voilà tout. Derrière les souvenirs atroces de ce sombre combat du jour et de la nuit où nous finirons tous, jusqu'au dernier, par être vaincus et massacrés, voici que fleurit en moi, plein de fraîcheur et de vie, le souvenir lumineux du bonheur qui naissait de ma mère. Je me promène encore avec elle le long des étangs de Puisaye ou dans cette vieille forêt de Saint-Fargeau qui était sa vraie patrie et où elle avait laissé son cœur ; je refais avec elle ces grands voyages épuisants dont elle sortait alerte, indestructible et rose et où tout l'amusait ; je m'assieds toujours auprès d'elle devant ces mots croisés du *Figaro* d'où elle tirait des délices qui me font sourire et pleurer. Dans la simplicité généreuse de son rayonnement et de son énergie, le souvenir de ma mère a le goût du bonheur. Je ne cesserai jamais de vivre dans son amour.

Mort, où est ta victoire ? La mort ne peut rien contre le souvenir de ma mère. Au-delà de la mort, ce souvenir est vivant. Et ma mère elle-même, est-ce qu'elle est morte tout entière ? Ah ! je ne verrai plus ma mère en train d'avancer vers moi pour me serrer contre elle et elle ne me verra plus me jeter dans ses bras. Je ne lui parlerai plus et elle ne me parlera plus. Nous ne rirons plus ensemble. Et c'est une douleur pour moi, pour mon frère et pour moi, qui ne s'apaisera pas. Mais comme mon père — ô mon père! — comme sa mère — ô grand-mère! — ma mère croyait que la mort n'est qu'une autre vie. Elle croyait que la mort n'est rien d'autre que la vraie vie. Mort, où est ta victoire? Ma mère est vivante puisqu'elle était chrétienne. Ma mère est vivante puisque l'amour qui nous unit est vivant dans nos cœurs. »

UNE FÊTE EN LARMES

J'ai beaucoup aimé ce monde qui est si dur et les horreurs de la vie. Je n'ai jamais pensé, comme Cioran, que le mieux, pour un homme, était de ne pas être né. J'étais content d'être né et d'avoir vu des arbres, des chats, la mer, le soleil qui n'en finit pas de se coucher le soir pour se relever le matin, les étoiles et la lune dans le ciel de la nuit, des coccinelles sur les feuilles blanches où je racontais Gabriel et de grandes catastrophes. Toute vie est une catastrophe, l'histoire est une catastrophe, l'amour est une catastrophe, et c'est un bonheur pour toujours de les avoir connus. Le seul trésor des hommes est ce monde et la vie. J'en ai aimé chaque instant.

Facile à dire pour moi dont la vie tout entière a été protégée au-delà de la décence et de l'imagination. Les seuls désastres de mon existence, c'est moi qui les ai déclenchés. Ma mère n'est pas morte en me donnant le jour. Mon père n'a pas été tué au Chemin des Dames ni à Saumur en 40. Mes parents s'aimaient et ils n'ont pas été déportés. Je n'ai pas dû voler pour vivre, je n'ai pas été violé, je n'ai pas été écrasé à vingt ans par une locomotive haut le pied ni frappé par la foudre.

267

Les enfants de ma famille ont été épargnés par la colère de Dieu qui prend des visages si atroces. Je n'ai pas connu la faim, la soif, la solitude, la honte, la détresse physique ou morale. Le monde et les hommes m'ont été bienveillants. Ils ont pris soin de moi. Le premier et le dernier mot à sortir de ma bouche est un mot qu'on apprend aux enfants : merci. C'est peut-être aussi pour cette raison que l'envoyé du Seigneur est descendu vers moi.

Il y a des hommes et des femmes dont l'existence, d'un bout à l'autre, n'est que larmes et chagrin. Il me semble que j'ai à leur égard quelque chose comme une dette. Je leur demande pardon d'avoir tant reçu d'un monde qui peut être si cruel. Les ressources du mal sont infinies. L'univers est une machine à fabriquer des dieux, du passé, des enfants, de la pensée. C'est aussi une machine à fabriquer de la souffrance. Si amusant et si beau, abject aussi et sinistre, partagé avec évidence entre le bien et le mal, entre un élan vers l'éternel et la chute dans le temps, le monde où j'ai vécu avec tant de bonheur et où vivait Marie est une fête en larmes.

L'OMBRE DU POUVOIR

La mort du Président fut, comme disent les journaux, un choc pour le pays — et pour moi. D'abord parce que j'étais lié avec lui. Nous avions dîné à plusieurs reprises l'un chez l'autre : il était venu chez moi, j'étais allé chez lui, quai de Béthune d'abord, puis dans l'appartement privé de l'Élysée, dont la décoration par Agam ne répondait pas vraiment à mon goût. Et puis aussi parce que sa disparition ouvrait une période d'incertitude et, pour le journal, de décisions à prendre qui, tout naturellement, relevaient d'abord du directeur.

Propriétaire du journal, homme de presse influent, Jean Prouvost n'avait pas, dans cette affaire, ni d'ailleurs dans aucune autre, le moindre mot à dire. Les statuts du *Figaro*, qui remontaient à Pierre Brisson et à la Libération, l'écartaient de toute décision, et même de toute discussion. Je me souviens de mon ébahissement, tout au début de mes fonctions, un jour que sur le seuil du journal, à propos de je ne sais plus quel problème, je lui proposai de monter dans mon bureau pour discuter plus au calme.

— Je ne peux pas, me dit-il, je n'ai pas le droit.

Quelques années plus tard, tout ce que les statuts du *Figaro* avaient refusé à Jean Prouvost avec la dernière énergie serait accordé sans mesure à son successeur, Robert Hersant.

J'étais précipité en première ligne par la mort du Président et les pressions ne tardèrent pas à se manifester de toutes parts. Beaucoup se disaient qu'un directeur frais émoulu du quai Conti, sans la moindre expérience et qui, comble d'infortune, ou peut-être de chance, écrivait des romans, serait une proie facile pour ceux qui savaient ce qu'ils voulaient. Une délégation vint me trouver : elle demandait que *Le Figaro* prît parti pour la gauche et pour François Mitterrand qui la représentait avec un grand talent. Ou, au moins, pour que le journal restât neutre entre le camp des héritiers plus ou moins légitimes du Général et ses adversaires déclarés. « La liberté de la presse, me disait-on, à laquelle — comme Chateaubriand, bien entendu — vous êtes si attaché, exige que les opinions et des uns et des autres puissent s'exprimer dans le journal avec la même vigueur. » Je refusai, évidemment, de faire du *Figaro* le porte-parole de la gauche. La liberté de la presse ne consiste pas à publier n'importe quoi n'importe où, mais à rester fidèle à ses convictions tout en respectant les opinions des autres qui ont le droit de disposer de leurs propres organes.

Dès mon arrivée au journal, je n'avais pas seulement déplacé, à la consternation des amies de ma mère qui la plaignaient de tout cœur, l'illustre carnet du jour qui faisait flotter dans les premières pages, au milieu des massacres, des famines, des enlèvements d'otages, les mariages huppés et les fiançailles des beaux quartiers,

270

j'avais aussi essayé de l'ouvrir, par des débats et de libres opinions, aux courants de pensée les plus différents et à ce qu'il était convenu d'appeler, dans le jargon du milieu, les «grandes familles politiques». Au scandale des vieux abonnés, un entretien avec Georges Marchais avait paru dans *Le Figaro*. Ce n'était pas une raison pour faire basculer le journal de la droite libérale à l'union de la gauche. La ligne à suivre était simple et claire : *Le Figaro*, journal conservateur, était ancré à droite et il était assez libéral — plus sans doute que beaucoup de ses confrères de la gauche d'alors — pour donner la parole à ses adversaires.

L'équilibre était parfois difficile à garder. Au cours de la campagne présidentielle entraînée par la mort de Pompidou avait été instaurée une tribune libre où alternaient partisans de la gauche et partisans de la droite. Je m'aperçus soudain que les articles favorables à la gauche dépassaient de loin en nombre les articles favorables à la droite. C'était un paradoxe dans *Le Figaro*. Je fis battre le rappel des écrivains de droite et je commençai par un de ceux qui avaient le plus de talent à mes yeux : Antoine Blondin. Quand son texte arriva, le choc fut assez rude : il prenait parti pour Mitterrand.

François Mitterrand ne laissa pas échapper une aussi belle occasion : il embarqua Blondin dans ses tournées de propagande électorale. Il y eut une étape célèbre à Vichy. Mitterrand, à son habitude, était franchement en retard. On poussa, pour occuper le temps, Blondin sur la tribune. Blondin, à son habitude aussi, avait un peu forcé sur l'alcool. Il commença son discours par une apostrophe inoubliable «Vichyssois!.. hip!... Vichyssois!... euh!... Je l'ai été avant vous... »

J'avais, encombrant et précieux, difficile, irremplaçable, un allié au *Figaro* : c'était Raymond Aron. Raymond Aron, qui avait fait campagne pour ma candidature sur trois thèmes essentiels — «Il n'est pas trop idiot : ça ira ; il a des opinions très fermes, mais assez vagues : c'est commode ; il est d'une ignorance encyclopédique : ça n'a aucune importance» —, était à mes yeux, et sans doute aussi aux siens, le successeur tout désigné de Pierre Brisson à la tête du *Figaro*. Aron lui-même m'avait confié, sous le sceau d'un secret qu'il était trop heureux de voir rompu et divulgué, que Brisson, depuis longtemps, avait pensé à lui comme à son héritier. Je croyais bien me rappeler moi-même que mon oncle Wladimir, le frère de mon père, proche ami de Brisson, journaliste lui-même, qui cumulait tous les dons, à qui je dois beaucoup et qui avait joué un rôle important au *Figaro* dans les dernières années de la IIIe République avant de devenir, à son tour, ambassadeur en Argentine à l'époque de Perón, puis auprès du Saint-Siège, et de siéger sous la Coupole...

— On tourne en rond, dit Gabriel.

— L'histoire bégaie, lui dis-je... m'avait raconté, de son côté, plusieurs années plus tôt, quelque chose de semblable.

Aron était un homme d'une stature peu commune. C'était, au lendemain de la Libération, à l'époque des guerres sinistres d'Indochine et d'Algérie, au temps où l'ombre menaçante de l'Union soviétique s'étendait sur une Europe fascinée et tremblante, un des rares intellectuels de haut niveau à résister en même temps aux excès du

nationalisme et à l'emprise du communisme sta-
linien dont il avait, avant les autres, démonté les
rouages. Français libre à Londres pendant l'Occupation, professeur au Collège de France, auteur
d'ouvrages importants que lisaient les jeunes
gens, seul adversaire capable de tenir tête à Sartre
qui régnait alors sans partage dans le ciel des
idées grâce aux *Mouches*, à *Huis clos*, à *L'Être et
le Néant* et aux petites phrases bien serrées que les
fidèles récitaient avec émerveillement : « L'homme
est une passion inutile », ou « L'enfer, c'est les
autres », ou « Tout anticommuniste est un chien »,
Aron avait conscience de sa supériorité. Il avait
d'autant plus de mal à la dissimuler qu'elle n'était
reconnue ni à gauche par les partisans de Sartre
— « Mieux vaut avoir tort avec Sartre que raison
avec Aron » — ni à droite par ceux du Général qui
se méfiaient de lui.

Vers la fin de sa vie, après avoir longtemps
résisté, comme Gide, comme Malraux, comme
Jean-Paul Sartre lui-même, il m'indiqua qu'il
accepterait de se présenter quai Conti, à condition, évidemment, de ne pas risquer un échec. Il
y avait trois écrivains que je souhaitais ardemment voir entrer sous la Coupole. Le premier était
une femme : Marguerite Yourcenar ; et il est
permis de dire que la bataille fut chaude. Le
deuxième était communiste : Aragon ; après sa
démission des Goncourt, il m'avait confié qu'il ne
rejetterait pas l'idée d'une élection triomphale —
« Je vais vous dire un secret : je suis snob » — et
un des regrets de ma vie est de ne pas avoir assisté
à la réception sous la Coupole de l'auteur du *Fou
d'Elsa* et du *Paysan de Paris* :

Dites flûte ou violoncelle
Le double amour qui brûla
L'alouette et l'hirondelle
La rose et le réséda

Ou :

Ils étaient vingt et trois quand les fusils fleurirent
Vingt et trois étrangers et nos frères pourtant
Vingt et trois amoureux de vivre à en mourir
Vingt et trois qui criaient la France en s'abattant

Le troisième était Aron qui méritait bien, j'imagine, ce qu'on appelle dans le jargon une « élection de maréchal ».

Avec l'autorisation d'Aron, je procédai à une enquête auprès de mes confrères. Le résultat tomba comme un couperet et j'allai faire mon rapport à l'auteur de *L'Opium des intellectuels*, de *Penser la Guerre* et de l'*Introduction à la philosophie de l'Histoire*.

— Vous avez contre vous cinq catégories différentes. La première : les antigaullistes. Ils sont encore nombreux et puissants quai Conti. La deuxième : les gaullistes. Ils ne vous pardonnent pas de vous séparer du Général sur plusieurs points décisifs. La troisième : les antisémites. Il en subsiste quelques-uns. La quatrième : les juifs. Ils se méfient de vous, ils trouvent que ça va bien comme ça et qu'il ne faut pas exagérer. Tout cela est surmontable, mais le cinquième groupe est mortel pour votre candidature : il est composé de tous ceux à qui vous avez fait comprendre un jour ou l'autre que vous étiez plus intelligent qu'eux.

Aron se mit à rire et ne se présenta pas. Je crains qu'il n'ait eu raison.

Ses relations avec de Gaulle étaient en vérité difficiles. Un beau matin, Maurice Schumann, ministre des Affaires européennes, entre dans le bureau du Général pour lui faire signer un papier. Il essaie, comme il peut, de lancer la conversation :

— Avez-vous lu, mon général, l'article de Raymond Aron dans *Le Figaro* de ce matin ? Il ne vous est pas très favorable.

De Gaulle ne répond pas. Il signe le document. Schumann n'insiste pas, reprend le classeur et se dirige vers la porte. En se retirant, il entend le Général qui soliloque à voix haute :

— Aron... Aron... Est-ce ce personnage qui est journaliste au Collège de France et professeur au *Figaro* ?

J'avais pour Aron une affectueuse et profonde admiration. Je pensais avec simplicité que la direction du *Figaro* lui aurait convenu bien mieux qu'à moi. Il avait plus de poids que moi, il savait bien plus de choses, il connaissait mieux que moi les problèmes politiques : je me serais très volontiers effacé devant lui. La difficulté était que, du propriétaire, Jean Prouvost, au dernier des stagiaires, la supériorité d'Aron, jointe à son caractère, faisait aussi peur au *Figaro* qu'au quai Conti. Il faut ajouter qu'Aron était déchiré en lui-même : la direction du journal, il en avait envie, bien sûr — et il n'en avait pas envie. Il savait mieux que personne les contraintes du métier de directeur de journal. Écrire des articles est déjà une servitude. Diriger un journal est pour un universitaire, pour un intellectuel, pour un écrivain, une mission de sacrifice, flatteuse et redoutable : c'est le baiser de la mort.

Le Figaro était une grande machine, anxiogène et chronophage. Nous parvînmes, Aron et moi, à une sorte d'accord tacite : j'étais le directeur parce qu'il fallait bien que quelqu'un se chargeât de la tâche, mais il était entendu que c'était lui qui aurait dû l'être s'il en avait accepté les rigueurs, qu'on ne lui avait d'ailleurs pas proposées.

Indifférent à l'ironie ou aux grognements de quelques-uns, je déployais sous les pas d'Aron le tapis rouge qui convenait à l'évidente supériorité du philosophe politique. Je me tenais à carreau. Un soir, assez tard, nous sortions tous deux du *Figaro*. La conversation, comme d'habitude, roulait sur le journal.

— Il a tout de même de la chance, ce journal, dis-je d'un ton négligent, d'avoir deux éditorialistes qui font la pluie et le beau temps.

Aron me regarda.

— Qui est l'autre ? me dit-il.

Je sentis le vent du boulet.

— Mais... Faizant, répondis-je.

Plus tard, après l'arrivée de Hersant et après mon départ de la direction du journal, je me laissai aller, dans un petit livre qui ne valait pas grand-chose...

— Encore ! souffla Gabriel.

— ... à me dépeindre, avec un peu de légèreté dont je me repens sincèrement, comme un schizophrène crucifié entre deux paranoïaques que je me gardais, bien entendu, de mettre sur le même plan : Robert Hersant et Raymond Aron. Le but caché de Robert Hersant était la présidence de la République et Raymond Aron avait conscience

276

d'être Raymond Aron. Il y avait, ce soir-là, à je ne sais plus quelle occasion ou peut-être en l'honneur de je ne sais plus quel personnage, un dîner à l'Élysée. Dès l'entrée, Louis Pauwels m'arrête et me met en garde :

— Méfie-toi. Aron est là. Tu l'as traité de paranoïaque et il est fou de rage contre toi.

J'aperçois Aron dans la foule. Je me précipite vers lui.

— Écoutez, lui dis-je. Il n'y a personne que j'admire et respecte plus que vous...

— Était-ce vrai ? demanda Gabriel.

— Oui, lui dis-je. C'était vrai. Avant le mot malheureux qui l'avait tant irrité, le livre lui tressait des lauriers qu'il méritait plus que personne. Ma conviction s'éleva sans peine, puisqu'elle était sincère, jusqu'aux sommets de l'éloquence et je finis par le convaincre que s'il ne me pardonnait pas, il donnerait lui-même les preuves de la paranoïa qu'il niait.

— Je vous pardonne, me dit-il.

Et il m'embrassa.

Nous passâmes à table. À la fin du dîner, entre la poire et le fromage, il se tourna vers moi :

— J'ai eu tort de vous pardonner. Paranoïaque !... paranoïaque !... Est-ce ma faute si j'ai toujours raison ?

D'un bout à l'autre de notre commune aventure sur le vaisseau de haut bord qu'était *Le Figaro*, à travers tempêtes et récifs, nous suivîmes la même route. J'écartai de mon mieux les obstacles de son chemin. Je lui demandais conseil. J'écoutais ses avis. Quand Valéry Giscard d'Estaing fut élu Président, je crois qu'il espéra tenir auprès de lui le rôle que Kissinger jouait aux États-Unis. Je m'étonnais qu'on ne lui confiât pas à la tête de l'État des missions et des charges qu'il était capable de remplir mieux que personne. Il s'en étonnait, j'imagine, au moins autant que moi. Et puis, tel un cavalier noir qui surgit on ne sait d'où, la silhouette d'Hersant se découpa sur l'horizon.

RIEN N'EST PERDU

Le temps passait. Il ne fait rien d'autre. Combien de jours déjà s'étaient écoulés depuis l'arrivée dans l'île du messager du Très-Haut ? Je serais bien incapable d'en indiquer le nombre. Plus, en tout cas, que l'archange Gabriel n'en avait jamais consacré à Abraham, à Daniel ou à Zacharie, qui valaient mieux que moi. Je ne parle même pas, bien entendu, de Marie ni du Prophète. Un beau matin, il vint me trouver sous l'arbre qui s'élevait dans la cour.

— J'ai vu l'Éternel, me dit-il.

Je ne m'en étonnai pas. La vie avec Gabriel était devenue comme un rêve. Je l'avais quitté la veille au soir. Le soleil — nous étions debout de bonne heure — se levait à peine sur la mer. Je ne me demandai même pas par quel miracle il avait pu aller et revenir en si peu de temps. Je me doutais bien qu'il disposait d'un système de communication qui échappait aux mortels. Ou peut-être, pour reprendre contact avec son envoyé, était-ce l'Éternel lui-même qui était descendu quelques instants incognito chez moi ?

— Alors ? demandai-je.

— Il n'est pas très content.

— Ah ? lui dis-je. Quel ennui !

— Il pense que je perds mon temps. À travers toi, je le crains, les hommes le déçoivent beaucoup. Je crois qu'il se repent d'avoir créé le monde.

« Si c'est pour ça, a-t-il grondé, que je me suis donné tant de mal, si c'est pour ça que des milliards d'années ont roulé sous les cieux, si c'est pour ça que Moïse, et Socrate, et le Bouddha, et le Christ, et le Prophète, et même ce petit Toulet, ont surgi dans le temps... »

— Il a dit « ce petit Toulet » ! m'écriai-je.

— Je crois que oui, grommela l'ange.

Je me tus un instant.

Moins connu que Hugo, que Baudelaire, qu'Apollinaire ou Aragon, Paul-Jean Toulet était un poète mineur, béarnais et drogué, qui traînait dans les cafés, qui n'avait pas fait carrière et que j'aimais entre tous. Il avait écrit des vers délicieux qui avaient enchanté ma jeunesse.

J'ai toujours eu un faible pour les auteurs qui n'ont pas laissé un grand nom dans l'histoire de la littérature :

> *Phyllis, plus avare que tendre,*
> *Ne gagnant rien à refuser,*
> *Un jour exigea de Lysandre*
> *Trente moutons pour un baiser.*
>
> *Le lendemain, nouvelle affaire*
> *Pour le berger, le troc fut bon.*
> *Car il obtint de sa bergère*
> *Trente baisers pour un mouton.*
>
> *Le lendemain, Phyllis, plus tendre,*
> *Ne voulant déplaire au berger,*
> *Fut trop heureuse de lui rendre*
> *Trente moutons pour un baiser.*

Le lendemain, Phyllis, peu sage,
Aurait donné moutons et chien
Pour un baiser que le volage
À Lisette donnait pour rien.

Toulet avait écrit de petites choses déchirantes
et légères :

Vous souvient-il de l'auberge
Et combien j'y fus galant ?
Vous étiez en piqué blanc.
On eût dit la Sainte Vierge.

Un chemineau navarrais
Nous joua de la guitare.
Ah ! que j'aimais la Navarre
Et l'amour et le vin frais.

De l'auberge dans les landes
Je rêve — et voudrais revoir
L'hôtesse au sombre mouchoir
Et la glycine en guirlandes.

Ou :

À Londres, je connus Bella,
    Princesse moins lointaine
Que son mari le capitaine
    Qui n'était jamais là...

Ou :

Ce n'est pas drôle de mourir
    Et d'aimer tant de choses,

La nuit bleue et les matins roses,
Les fruits lents à mûrir...

— Écoute, murmurai-je, je crois que rien n'est perdu.

PUISSANCE ET GLOIRE DES MOTS

Le seul nom de Toulet me redonnait courage :
l'Éternel, comme les hommes, était sensible aux
mots. Ce qu'il aimait peut-être le mieux chez ces
hommes dont il attendait tant et qui l'avaient tant
déçu, c'était les mots qu'ils trouvaient.

Tout ce que le monde et les hommes ont connu
de plus grand était sorti des mots. La Bible, c'était
des mots. *Gilgamesh*, c'était des mots. Les *Veda*,
c'était des mots. Le *Mahabharata* et la *Bhagavad-
Gita*, c'était des mots. Le Coran, loué soit le Très-
Haut, le Très-Miséricordieux ! c'était des mots. Et
le Bouddha, et Confucius, et Socrate, et Platon, et
la *Somme* de saint Thomas, et *La Divine Comédie*,
et Shakespeare et Cervantès, les jumeaux de la
mort et du génie qui, grâce au jeu paradoxal des
calendriers grégorien et julien, disparaissent tous
les deux le 23 avril 1616, l'un le samedi 23 avril,
l'autre le mardi 23 avril, et Descartes, et Pascal, et
Newton, et Darwin, et *Le Capital* de Karl Marx, et
les cures du Dr Freud et ce voyou de Rimbaud et
cette grande folle de Proust : des mots et encore
des mots qui faisaient naître l'action et qui étaient
seuls capables de transformer le monde. Toute
l'histoire de notre temps était scandée par des

mots qui marquaient au fer rouge les vivants et les morts : les écrits de Lénine, les discours interminables de Staline et d'Hitler, les textes de Pétain dont les plus réussis étaient l'œuvre de Berl, l'appel lancé par de Gaulle le 18 juin 1940.

Je savais obscurément toute la puissance des mots puisque j'avais souvent tenté moi-même d'aligner quelques phrases et que je passais mon temps, sur l'île, en pensant à Marie, à me répéter des prières qui me semblaient seules capables d'apaiser ma douleur :

Au grand jour du Seigneur, sera-ce un sûr refuge
D'avoir connu de tout et la cause et l'effet
Et d'avoir tout compris suffira-t-il au Juge
Qui ne regardera que ce qu'on aura fait ?

Ou :

Si tu veux, faisons un rêve :
Montons sur deux palefrois ;
Tu m'emmènes, je t'enlève ;
L'oiseau chante dans les bois.

Je suis ton maître et ta proie ;
Partons ! C'est la fin du jour.
Mon cheval sera la joie ;
Ton cheval sera l'amour.

Viens ! Sois tendre ; je suis ivre.
Ô les verts taillis mouillés !
Ton souffle te fera suivre
Des papillons réveillés...

Ou :

284

C'est un cri répété par mille sentinelles,
Un ordre renvoyé par mille porte-voix ;
C'est un phare allumé sur mille citadelles,
Un appel de chasseurs perdus dans les grands
   bois...

   Ou :

J'arrive tout couvert encore de rosée
Que le vent du matin vient glacer à mon front.
Souffrez que ma fatigue à vos pieds reposée
Rêve des chers instants qui la délasseront.

Sur votre jeune sein laissez rouler ma tête
Toute sonore encore de vos derniers baisers ;
Laissez-la s'apaiser de la bonne tempête
Et que je dorme un peu puisque vous reposez.

   Ou :

J'ai cueilli ce brin de bruyère
L'automne est morte souviens-t'en
Nous ne nous verrons plus sur terre
Odeur du temps brin de bruyère
Et souviens-toi que je t'attends

   Ou :

Ô mon jardin d'eau fraîche et d'ombre
Ma danse d'être mon cœur sombre
Mon ciel des étoiles sans nombre
Ma barque au loin douce à ramer

   Un messager de l'Éternel était venu me trouver
pour sauver l'humanité. Et pour la sauver, il n'y
avait que les mots.

LE RÊVE

Cette nuit-là, dans l'île, le temps et le sexe dansèrent autour de moi. La beauté aussi, et le pouvoir, et l'argent. C'était la danse du monde et de la vie.

J'étais seul dans l'immensité, perdu dans quelque chose que je ne comprenais pas. Tout était sombre et menaçant dans une lumière du soir, ou peut-être du matin. J'essayais de fuir. Je ne pouvais pas. Je me jetais dans des couloirs qui s'ouvraient sur la nuit. Je frappais contre des portes fermées qui ne menaient nulle part. Un tourbillon m'emportait, je ne savais pas où. Des voix s'élevaient au loin. Le vent soufflait en tempête. Il y avait des bateaux sur la mer avec des cargaisons d'or et d'ivoire, de grandes fêtes dans des palais qui donnaient sur des jardins, des cortèges dans les rues avec des musiciens sur des chars couverts de fleurs. Et une amère tristesse enveloppait ces plaisirs.

Je criais. Je n'avais pas demandé à entrer dans mon rêve et mon rêve ne me lâchait pas. Est-ce que je me doutais vaguement que j'étais en train de rêver? Je ne sais pas. Je ne crois pas. Toutes les issues du rêve étaient bloquées à double tour.

Je sais que je rêvais parce que je suis sorti de mon rêve. Mais tant que j'étais dans mon rêve, mon rêve n'était pas un rêve. Il est devenu un rêve quand je me suis réveillé.

L'angoisse. Quelque chose pesait sur moi. Le sexe était partout. L'espace et le temps n'étaient pas évidents jusqu'à la transparence comme sous le soleil des hommes. Ils étaient quelque chose qui aurait pu ne pas être. Mais qui était, jusqu'à la douleur. Le temps m'emportait sur ses toboggans meurtriers, me jetait du haut d'une tour qui était ma naissance, me roulait dans des vagues d'où je sortais meurtri. L'espace était voilé et arrachait ses voiles avec un éclat de rire. Il me prenait dans sa poche et me disait : « Viens avec moi. »

Il m'emportait. Nous partions. Nous avions l'aube à nos fronts. Nous naviguions sur des flots de sang. Le temps revenait et m'enlevait en criant : « Imbéciles ! » Le sexe se mêlait à l'espace et au temps et tout cela ne faisait qu'un qui était mon rêve même.

Le sexe était une citrouille, une tomate, une aumônière, ce que ma mère en riant appelait un réticule. Je m'en mettais partout, il faisait mal, j'avais les lèvres en feu, et une femme aux longs cheveux, assise sur un rocher, m'arrachait mes vêtements pour me frapper d'une verge. Une petite fille, à côté, chiffonnait sa robe rouge.

La peur régnait partout. Des gens disaient des choses drôles que j'oubliais aussitôt. L'argent riait. Il y avait une faute quelque part.

— Ah ! ah ! disait Gabriel.

La faute m'écrasait. Elle me pesait sur les épaules. Elle me poussait vers la mort. Des trappes s'ouvraient sous moi et je tombais en hur-

lant. Que cela finisse! Que cela finisse! Le mal
étalait ses plaies. Je n'étais plus que souffrance.

Le cri, la chute, la vie, le mal. J'étais prisonnier
et je ne savais pas de quoi. Les vents et les étoiles
roulaient autour de moi. La mort me prenait à la
gorge.

Je voulais parler. Je ne pouvais pas. Les mots
qui se formaient dans mon cœur s'étranglaient
dans ma bouche et une douleur sans fin prenait
ma place en moi. Quelqu'un criait : «Il faut parler!» Je ne pouvais pas. Les mots m'abandon-
naient.

Les mots dansaient autour de moi. Je connaissais chacun d'eux et chacun, tout à coup, me
devenait étranger. La faute, le temps, les mots,
une angoisse insoutenable. Partir. Fuir. S'échapper. Mais comment? et pour où?

J'étais coupable. Mais de quoi? Je le savais obscurément. J'avais brisé la loi. Quelle loi? Un crime
rôdait. Quel crime? Je cherchais désespérément à
reconstituer l'histoire qui avait mené jusqu'à moi.
Et je tombais sans fin dans une éternité de malheur.

POUR SALUER MARIE

— Veux-tu, dis-je à Gabriel, que je te raconte une histoire?

— Pourquoi pas? me dit-il. J'aime beaucoup les histoires.

— C'est une histoire juive.

— Ah! me dit-il, je connais plusieurs histoires juives. C'est un peu mon rayon. On pourrait dire que les Juifs sont ma spécialité. Les philosophes fréquentent les Grecs. Les anges descendent chez les Juifs. J'ai rencontré, comme tu sais, dans des circonstances différentes, et parfois difficiles, Abraham, et Daniel, et Zacharie, et Marie. Ils étaient juifs tous les quatre.

— Même Abraham? demandai-je.

— Abraham, c'est spécial. Il est le patron, le patriarche, le premier de cordée sur la face de l'histoire, le premier des Juifs et le premier des Arabes. Il est le tronc commun des synagogues et des mosquées, qui ne s'aimeront pas beaucoup. Il est le père des frères ennemis. C'est le Sémite en chef. Et, forcément, du même coup, l'ancêtre du christianisme qui s'opposera à la fois aux Arabes et aux Juifs et dont la racine est sémite. Puisque le christianisme est une hérésie juive, un schisme qui déchire les Hébreux dont il accomplit la loi, mais en la renversant et en l'intériorisant. Tous les Sémites sont frères — tous les hommes aussi, d'ailleurs —, et c'est entre frères qu'on se déteste le mieux.

Je me les rappelle très bien, tous les quatre. Nous avons fait ensemble des choses que je ne suis pas près d'oublier.

— Mais nous non plus, dis-je avec courtoisie.

— Ah!... Marie surtout m'est très chère. Je la mets au-dessus de toutes les femmes et de tous les hommes, et peut-être de tous les esprits, de ce monde-ci et de l'autre, que ma profession d'archange m'a donné l'occasion de rencontrer dans ma carrière. Je dirais volontiers que nous sommes liés pour toujours, moi venant de la part du Très-Haut, elle se préparant, et j'oserai affirmer que j'y suis pour quelque chose, à donner au monde d'en bas son plus précieux trésor. Des images venues de chez vous me représentent plus d'une fois aux côtés de Marie dont on oublie trop souvent de dire qu'avant de devenir une mère admirable à qui les douleurs n'ont pas été mesurées elle était une jeune fille d'une beauté à couper le souffle. Irrésistible de naturel et de simplicité. Ravissante. Un objet de fierté pour ses parents. Un modèle pour les peintres. Son fils, qui tenait aussi de son père bien sûr, lui ressemblait beaucoup. Non seulement, par son père, il était fils de Dieu, mais encore, par sa mère, il descendait d'une très bonne et très ancienne famille. Et c'est une grande querelle de l'histoire — la plus grande, peut-être, et la plus belle, une des plus meurtrières aussi — de savoir si le fils rappelait plutôt son père ou, au contraire, plutôt sa mère. C'est surtout à cause d'elle et du souvenir de sa grâce et de sa dignité que je suis dans l'île avec toi pour essayer, s'il se peut, de sauver les voyous d'une catastrophe dont ils n'ont pas l'air de se douter et qui leur pend au nez comme un sifflet de deux sous.

— Eh bien, justement, mon histoire est une histoire de catastrophes.

— Bon, eh bien, raconte-la.

— Voilà, lui dis-je.

HISTOIRE DES QUATRE RABBINS

— Il y a plus de deux mille ans, une grande catastrophe menaçait l'humanité.

— Déjà ? dit Gabriel.

— Déjà, lui répondis-je. L'histoire de l'univers est une histoire de petits bonheurs et de grandes catastrophes : une fleur qui pousse, un baiser, un chemin qui descend vers la mer, un obstacle surmonté ; un déluge, une famine, la guerre au mufle de brute, une éruption du Vésuve ou du Krakatoa.

Heureusement, dans un village obscur, au sein d'une de ces communautés juives qui, à l'ombre des Égyptiens, des Chaldéens et des Assyriens, des Grecs, des Perses, des Chinois, et bientôt des Romains, étaient le sel de la terre, vivait, entre son chofar et ses mezzusah, un rabbin très savant et très sage. Il savait ce qu'il fallait faire pour désarmer la Providence et fléchir le Très-Haut. Il fallait se rendre à l'aube dans la forêt sacrée, allumer un feu selon des rites immémoriaux et réciter une prière qu'il connaissait depuis toujours. Il se rendit dans la forêt, il alluma le feu selon les rites, il récita la prière. Et la catastrophe épargna l'humanité.

— Quelle chance ! s'écria Gabriel. Je voudrais

bien que toi et moi nous connaissions le même bonheur.

— Mille ans plus tard, il y a quelque mille ans, ou peut-être un peu plus, dans les ténèbres du Moyen Âge, une nouvelle catastrophe menace l'humanité. Heureusement, par des voies qui dépassent de très loin notre monde d'ici-bas, un rabbin très savant et très sage est le dépositaire des secrets qui peuvent sauver les hommes. Il sait qu'il faut aller à l'aube dans la forêt sacrée, allumer un feu selon un rite précis et réciter une prière dont il connaît chaque verset, chaque mot, chaque syllabe et chaque lettre.

Malheureusement, la forêt sacrée a été rasée par le temps et l'histoire qui ne respectent rien. À la place des grands arbres qui avaient vu tant de siècles s'étendent des champs et des vignes. Heureusement le rabbin sait allumer le feu selon les rites imposés et psalmodier la prière. Il fait jaillir le feu sacré, il récite la prière. Et, une nouvelle fois, la catastrophe s'éloigne.

Il y a un peu plus de cinq cents ans, vers les débuts de la Renaissance en Italie et en Occident, l'ombre d'une grande catastrophe, encore et toujours, a plané sur les hommes. Heureusement, un rabbin très savant et très sage et qui avait beaucoup lu savait ce qu'il fallait faire dans ces cas désespérés : il fallait se rendre à l'aube dans la forêt sacrée, allumer un feu selon des rites secrets et réciter une prière munie de pouvoirs magiques.

Malheureusement, la forêt n'est même plus un souvenir et, malgré toute sa science, il ne connaît plus les rites qui doivent entourer le feu qui peut sauver les hommes. Mais il sait encore la prière.

Il la récite avec tant de foi que la catastrophe se dissipe.

Il y a quelques mois à peine, par la faute des hommes eux-mêmes, emportés par l'orgueil, une catastrophe sans nom, dont, à mots couverts au moins, les journaux parlent chaque jour, est sur le point de fondre sur nous et de faire sauter la planète. Peut-être les échos en sont-ils parvenus jusqu'aux pieds de l'Éternel ? Heureusement, veille encore sur les souffrances des hommes et sur les affreux dangers qui ne cessent de les menacer un sage et savant rabbin. Il a fait des études. Il a beaucoup jeûné et beaucoup médité. Il sait très bien ce qu'il faut faire pour écarter les périls. Devine ?...

— J'ai une vague idée, murmura Gabriel.

— Il faut se rendre, à l'aube, en procession de préférence, dans la forêt sacrée, il faut allumer un feu selon les rites secrets transmis par les ancêtres et il faut réciter une prière dont les pouvoirs sont magiques.

Malheureusement, la forêt a disparu depuis des siècles et des siècles, personne ne connaît plus les traditions du feu et, comble de misère, le rabbin, qui vieillit, a oublié la prière. Mais il connaît l'histoire. Et l'histoire, à elle toute seule, suffit à sauver le monde.

TOMBEAU !

Nous parlions ainsi, lui et moi, dans l'île où il m'avait rejoint et l'automne déjà succédait à l'été. Le monde entier était en moi comme il est en chacun de vous. Où serait-il, le monde, s'il n'était en nous ?

— Y tenez-vous vraiment, demanda Gabriel, à ce monde menacé ? Ce n'est pas la peine de faire des pieds et des mains pour essayer de le sauver si vous ne l'aimez pas. Je me demande si, pour vous, les hommes, le monde est un bonheur ou une fatalité. Vous êtes tombés dedans sans l'avoir demandé. Pour votre bien ? Pour votre mal ? Est-il gai ? Est-il triste ?

— Très triste, lui répondis-je. Un désastre. Une horreur. La douleur est au coin de la rue. Tout ce que nous aimons s'en va. Nous sommes sûrs de mourir. Et très gai. Nous y tenons beaucoup. Il y a du lilas et des calembours. Les oiseaux chantent autour des vignes et dans les champs de lavande. Nous faisons des projets, des enfants, des chefs-d'œuvre. Un jaillissement perpétuel. Je te l'ai dit déjà le monde est une fête en larmes. Il est surtout très beau. Tu vois d'ici — penche-toi un peu — le soleil sur la mer, et pour des raisons mystérieuses et très fortes il n'y a pas beaucoup mieux :

> *Elle est retrouvée.*
> *Quoi ? L'éternité.*
> *C'est la mer allée*
> *Avec le soleil.*

Le monde est un enfer — et c'est notre paradis. Dans ce décor sans égal — évidemment sans égal puisque pour nous au moins il ne peut rien y avoir d'autre — et qui, par je ne sais quel miracle, nous paraît si évident, partout sur cette planète, et peut-être au-delà, il y a des spectacles enchanteurs. Des montagnes, des déserts, des fleuves qui coulent dans les plaines, des pierres précieuses, des gazelles, des cathédrales, des robes du soir, des arcs-en-ciel, des icônes, des pyramides, des meubles Boule, des chênes, des coccinelles et des rhododendrons. Les hommes se sont emparés de la nature et ils l'ont rendue plus belle.

— Plus belle ? demanda Gabriel.

— Souvent plus laide, répondis-je. Mais souvent aussi plus belle. Toute leur histoire si pleine de crimes est habitée par cet élan vers autre chose qui s'est longtemps confondu avec le culte de la beauté. Nous pourrions passer plusieurs vies à faire la liste de ce qui est beau. Et elle ne serait jamais complète.

— Tu ne pourrais pas m'indiquer, en quelques mots, ce qui t'a le plus frappé au cours de ton existence ? Ce que tu regretterais le plus si le monde s'arrêtait ?

Je réfléchis un instant.

— Beaucoup de choses, lui dis-je.

— Alors? me dit-il.

— En quelques mots?

— Oui. En quelques mots. Nous n'allons pas passer des heures là-dessus. Nous n'allons pas infliger des cours du soir à l'Éternel ni des conférences avec projections. Il n'est pas fou de conférences. Il ne tient pas vraiment aux projections...

— Et les rapports? Les lit-il?

— Ah! me dit-il. Espérons... Je vais te dire un truc qu'il ne faudra pas répéter.

— Un secret? demandai-je.

— Un secret, me dit-il. Je crois que l'Éternel a très peur de s'ennuyer. On l'imagine toujours immobile, très calme, très réservé, la sagesse même. Je crois qu'il aime que ça bouge et que ça saute. Il n'y a pas d'autre explication à tout ce que vous avez connu. Je finis par me demander s'il n'a pas un faible pour les bagarres, pour les aventuriers, pour les coups tordus, pour les guerres qui font couler beaucoup de sang.

— Tu exagères, lui dis-je.

— Un peu, me dit-il. Mais à peine. Longtemps, ceux qui l'ont adoré avec le plus de foi n'ont rêvé que de vengeance et de loi du talion. Un de ses prophètes adore la guerre, surtout quand elle est sainte. Lui-même, sous son nom propre ou sous le masque d'un de ses proches, l'affaire n'est pas très claire, se jette, pour sauver les opprimés et les déshérités, dans des aventures stupéfiantes et, avec un courage admirable, il accepte le risque de ne pas en sortir vivant. Tu reconnaîtras avec moi que, puisqu'il est tout-puissant, il pouvait trouver d'autres moyens de parvenir à ses fins. Il faut bien se rendre à l'évidence : Dieu, qui aime la paix, les brebis, les enfants en bas âge, la vie simple et sereine avec du miel et du lait, est un terrible bagarreur. Et je préfère ne pas te parler de l'imprudence de ses relations avec mon collègue Lucifer. Je ne tiens pas — tombeau ! — à revenir là-dessus, mais nous continuons, toi et moi, tu le sais bien, à payer le prix de ses foucades.

Tout ça pour te dire que l'ennui, l'Éternel le craint comme la peste. C'est parce qu'il s'ennuyait dans le néant de son éternité que le Tout-Puissant, pour se distraire, c'est trop clair, a créé l'univers. Alors, par pitié, ne te laisse pas aller à des tunnels où il n'y verra goutte et ne nous colle pas des tartines à lui décrocher la mâchoire. Tâche de faire court.

— Court ? lui dis-je. Essayons.

BALLADE DES ARRIVÉES

— Un des bonheurs de ce monde est d'arriver dans un endroit dont nous avons longtemps rêvé...

— Vous rêvez beaucoup? dit Gabriel.

— Nous ne faisons que ça : vivre, pour les hommes, c'est d'abord rêver... Un des bonheurs de ce monde est d'arriver dans un endroit dont nous avons longtemps rêvé et que nous ne connaissons pas encore. Il faut imaginer l'émerveillement de ces marins venus de loin qui découvrent tout à coup, il y a des siècles et des siècles, après des mois de navigation, de tempêtes et d'épreuves, l'entrée de la baie d'Along, de la baie de Sydney ou de la baie de Rio, dominée par des montagnes qui deviendront le Pain de Sucre et le Corcovado. Ou l'allégresse des pèlerins qui, après des mois de marche au milieu des dangers, voient s'élever devant eux, qui n'en peuvent plus de fatigue, les vieilles murailles de Rome ou de Jérusalem. Le but de toute une vie. Un lieu de beauté, de richesses, de repos. Un monde nouveau. Le paradis.

Hong Kong, Bali, Xi'an, Bora Bora, Bénarès, le Rajasthan, La Mecque évidemment, San Francisco ou New York, Samarkand ou Ispahan, l'Acropole d'Athènes ou de Lindos, l'Alhambra de Grenade ou la mosquée de Cordoue, Naples, Palerme, Florence, l'Italie tout entière ont été, tour à tour, au cours des âges, pour des aventuriers, des guerriers, des voyageurs anglais ou allemands, des amants du monde entier, un rêve de beauté, de bonheur et de volupté.

Durant deux millénaires, très loin au-dessus de toutes les autres, une ville surtout joue un rôle immense dans la mythologie universelle : Rome. On y vient de partout. C'est le centre du monde. Deux vocations différentes qui s'enchaînent l'une à l'autre en font successivement la capitale de l'Empire romain, unificateur du monde connu, et le cœur de l'invention la plus géniale et de l'institution la plus puissante à mettre au compte des hommes animés par un souffle divin : l'Église catholique, apostolique et romaine.

La liste de ceux, conquérants ou visiteurs, qui aperçoivent soudain au loin, le cœur battant, comme un Saint-Graal de la géographie et de l'histoire des âmes, les sept collines, semées de palais et d'églises, de la Ville éternelle serait interminable. Les Gaulois, les Wisigoths, les Ostrogoths, les Vandales, les Lombards, les Allemands, les Normands et encore les Allemands, et encore les Français, et de nouveau les Allemands se présentent tour à tour devant la cité des enfants de la Louve. Les oies du Capitole, l'épée jetée dans la balance, la formule *Vae victis* sont à la source d'une légende qui ne cessera de croître et d'embellir, de l'invasion gauloise aux visiteurs anglais du Grand Tour, aux séjours de Goethe, à l'ambassade de Chateaubriand, aux promenades de

Stendhal. De ses origines obscures, chantées par Virgile dans *L'Énéide*, aux grandes heures d'une papauté aux prises avec l'Empire germanique, puis avec le monde moderne, le monde n'a jamais cessé d'avoir les yeux tournés vers la Ville éternelle.

En 1084, devant la menace des Allemands d'Henri IV qui mettent le siège devant Rome, le pape Grégoire VII a une idée de génie : il a entendu parler de ces Normands fabuleux, descendants des Vikings, qui ont conquis presque en même temps l'Angleterre et la Sicile. Contre les troupes du Saint Empire, il fait appel à Robert Guiscard qui vient de l'emporter sur les Arabes et qui jette les fondements du futur royaume de Sicile. Robert Guiscard monte vers Rome avec ses Normands, défait les troupes allemandes, délivre le pape de leurs griffes, s'empare de la ville — et la pille de fond en comble.

Mon cher Gabriel, si, au lieu de rester bêtement à bavarder dans notre île, tu avais profité de tes pouvoirs pour m'entraîner avec toi à travers la planète, nous aurions visité l'Égypte, et la Grèce, et la Perse, et l'Inde, et la Chine, et le Japon, et le Mexique, et le Pérou. Nous aurions trouvé partout, et bien plus que dans mes mots misérables et usés, des motifs de poursuivre l'aventure de l'histoire. Nous serions d'abord allés à Rome et nous aurions visité la belle église de Saint-Clément, à deux pas du Colisée. Les trois niveaux de l'église nous en auraient appris beaucoup sur les rêves des hommes en train de faire l'histoire : tout en bas, le vieux temple consacré à Mithra, qui a pu apparaître, pendant un siècle ou deux, comme un rival du Christ ; au milieu, l'ancienne église chrétienne, mentionnée par saint Jérôme, où se tinrent deux conciles, détruite par les Normands en 1084 ; au-dessus, l'église reconstruite, à partir du XIIᵉ siècle, sur les ruines laissées par les rudes soldats de Guiscard.

Les années passent. Et chacune d'entre elles pourrait nous fournir mille motifs de fléchir l'Éternel en jetant à ses pieds une beauté et une grandeur qui contribuent à sa gloire. En 1527, ce sont à nouveau des Allemands, mais commandés par un Français, qui se pointent devant une Rome plus somptueuse que jamais. La ville, sous Auguste, comptait peut-être assez près d'un million d'habitants. Dans sa période la plus noire, entre le VIIᵉ et le XIVᵉ siècle, la population, à plusieurs reprises, était tombée à quelque trente mille survivants. Rome n'était plus que la coquille vide de sa gloire évanouie. En deux siècles à peine, en quelques dizaines d'années, les papes de la Renaissance l'avaient hissée à nouveau à un degré de splendeur depuis longtemps inconnu. Alors, sous les ordres d'un prince français passé du côté des Habsbourg, le connétable de Bourbon, celui-là même qui avait essuyé les reproches de Bayard blessé en Italie dans une bataille entre Français et Allemands et sur le point de mourir, les troupes de Charles Quint s'étaient rassemblées sous les murailles de la ville. C'était la dernière fois que le connétable de Bourbon arrivait où que ce fût : tiré, d'après ses *Mémoires*, par Benvenuto Cellini, le génial orfèvre de Florence, auteur de tant de chefs-d'œuvre, un coup d'arbalète mettait fin à ses jours. Un autre Français le remplaçait aussitôt à la tête des troupes germaniques : Philibert de Chalon, prince d'Orange qui deviendra vice-roi de

Naples et sera tué devant Florence. La ville tombait, et le sac de 1527 entraînait deux conséquences également décisives pour l'histoire de la culture : il ravageait la cité des papes où était amassé, assurait-on, le tiers des richesses et des beautés du monde et il répandait dans toute une série de petites villes italiennes l'esprit de la Renaissance incarné dans des artistes chassés des bords du Tibre par le spectre de la guerre.

En face de ceux qui entrent à Rome, il y a le camp de ceux qui n'y entrent pas ou qui ont du mal à y entrer. Attila arrive jusqu'au pied de ses murailles, mais un long et mystérieux conciliabule avec le pape saint Léon le Grand — le Loup et le Lion — lui fait rebrousser chemin. Entré à Milan, à Venise, au Caire, à Berlin, à Vienne, à Madrid, à Varsovie, à Moscou, Napoléon, dont le fils porte le titre de roi de Rome, ne pénètre jamais dans la ville des empereurs et des papes. Sigmund Freud est contraint de s'y reprendre à plusieurs fois avant de parvenir à surmonter les obstacles les plus imprévus qui semblent s'opposer comme à plaisir à son entrée dans la capitale de l'Occident chrétien. Je pourrais te parler de Pauline de Beaumont, de Juliette Récamier, de Chateaubriand, dont les arrivées à Rome constituent autant de romans d'une gaieté et d'une tristesse merveilleuses où de jeunes femmes sanglotent et rient dans les bras de ceux qu'elles aiment et même de ceux qu'elles n'aiment pas...

— Ah ! dit Gabriel, je vois bien que vous avez dans ce temps qui ne cesse de bouger des ressources infinies dont l'éternité immobile n'a pas la moindre idée.

— ... de Stendhal, de Mérimée, de Maupassant,

de Zola, de Lou Andreas-Salomé, de Nietzsche, de Rilke, des Anglais sans nombre et des Anglaises à ombrelle, des Allemands exaltés par les statues de marbre et par les citronniers, des Russes qui fuient la Russie, ses neiges, ses immensités vides, et des ambassades venues des Indes, de la Perse, de la Chine pour découvrir et admirer un peu de la beauté du monde et du génie des hommes.

— Quelles délices ce doit être de vivre dans le fini, dans l'éphémère, dans l'incertitude du lendemain, dans l'alternance du chagrin et des joies !

Il me sembla que des éclairs brillaient dans les yeux de l'ange qui rayonnait d'un bonheur qui n'était plus mystique.

— N'exagère pas tout de suite ! lui dis-je en riant. Tu n'es pas descendu dans cette vallée de larmes pour te convertir sans réserve aux servitudes et aux limites de l'espace et du temps qui peuvent être si cruelles. Rien n'est plus beau, il est vrai, que d'entrer, l'espoir au cœur, dans la Rome de César, d'Auguste, de saint Grégoire le Grand, de Jules II, de Léon X, de Bramante, de Raphaël, de Michel-Ange et du Bernin. On raconte que Mehmet II, le conquérant de Constantinople, le fossoyeur de l'empire chrétien d'Orient, avait fait graver sur sa tombe ces mots où, comme chez les Wisigoths d'Alaric, les Ostrogoths de Théodoric, les Hérules d'Odoacre, la fureur et la menace se mêlent à l'admiration : « Il eut une grande envie de voir Rome. »

SAUVONS LES FEMMES !

— Partons pour Rome ! s'écria-t-il.
— Pour Rome ? lui dis-je. Bien sûr. La capitale du monde. Le foyer brûlant des arts. Un escabeau vers l'Éternel. On peut aussi rester ici.
— Ici ? me dit-il. Dans l'île ? Mais il n'y a rien !...
— Il y a l'image de Marie, lui dis-je. Je la porte dans mon cœur. Elle brille dans le néant. Et, par le souvenir et l'espérance, il y a dans mon pauvre cœur beaucoup plus que le monde entier. Il y a dans l'absence une plénitude plus forte que tous les vacarmes de la présence. Un ange devrait comprendre ce mépris du réel que je partage maintenant avec ces enfants qui aspirent à la mort :

Ils ont ce grand dégoût mystérieux de l'âme
Pour notre chair coupable et pour notre destin ;
Ils ont, êtres rêveurs qu'un autre azur réclame,
Je ne sais quelle soif de mourir le matin...

Il arrive un moment, dans la vie des hommes, où le vertige du rien l'emporte sur le tourbillon du tout. Les tumultes s'effacent. Et le silence se fait.

Voici moins de plaisirs, mais voici moins de peines.
Le rossignol se tait ; se taisent les sirènes.

— Eh là ! protesta Gabriel. Nous n'allons pas nous battre à fronts renversés, moi aspirant au temps, à l'éphémère, aux limites, toi rêvant d'un néant si proche de l'éternel ! Le vide, le néant, l'éternel, c'est moi. Toi, c'est le vacarme de la vie et du monde.

— Toute la rumeur du monde résonne dans mon silence. Je rêve : le monde est là.

Veux-tu connaître le monde ?
Ferme les yeux, Rosemonde.

Je les ferme. Je vois cet espace et ce temps que nous devons à l'Éternel — béni soit l'Éternel ! — et qu'il menace de nous reprendre. Je vois bien d'autres arrivées que dans la Ville éternelle. Je suis arrivé à Malte, dans la rade de La Valette ; à Rhodes, entre les jambes du Colosse qui s'est écroulé il y a déjà bien des siècles ; dans le petit port de Samos, toutes voiles dehors ; à Skyros et à Amorgos ; à Symi, que j'ai tant aimée ; à Rio comme Gonsalves, le Portugais, ou Villegaignon, le Français ; à New York comme Freud qui, sur le pont du navire qui l'amenait de la vieille Europe, voyant soudain se dresser devant lui la statue de la Liberté, se pencha vers Sándor Ferenczi, son ami et disciple hongrois, et lui murmura à l'oreille : « Ils ne savent pas encore que nous leur apportons la peste. » Je le soupçonne d'avoir compris, avant Karl Kraus plus tard, que la psychanalyse était une maladie qui se prenait pour son remède. Je suis arrivé, barbare venant du Nord, à

Arles, où sont les Aliscamps, à Aix-en-Provence, où gémissent les fontaines, à Portofino, où la mer brille entre les pins, à Florence, à Capri, à Ravello, au-dessus d'Amalfi, où il y a un hôtel qui s'appelle le Caruso Belvedere et un autre hôtel qui s'appelle le Palumbo et où j'ai laissé la moitié de mon cœur. Je suis arrivé à Venise.

— Ah! murmura Gabriel, je savais bien que tu me parlerais de Venise. Si le temps s'arrêtait, il n'y aurait plus personne pour se souvenir de tout ce que tu as tant aimé, de la neige sur les montagnes, du soleil sur la mer, du sourire de Marie, de l'auteur des *Mémoires d'outre-tombe*, et Venise disparaîtrait.

— Elle n'a pas encore disparu. Et je me souviens de Venise où je me suis beaucoup promené avec Marie, Chateaubriand sous le bras. Nous sommes arrivés en voiture, en train, en bateau, en avion. Nous n'étions pas les seuls. Nous n'étions pas les premiers. Les hommes, depuis des siècles, viennent de partout vers Venise. Alfred de Musset et George Sand avaient descendu le Rhône pour aller se déchirer à Venise où les attendait le malheur et ils étaient tombés, à bord du coche d'eau, sur un personnage étonnant et encore à peu près inconnu qui dansait de bonheur sur le pont : c'était Henri Beyle, en train de se changer en Stendhal. Bien des années plus tôt, Chateaubriand lui-même, que je traînais partout avec moi, dans ma tête et dans ma poche, avait mis près d'un mois pour se rendre de Paris à Venise en calèche, par Lyon, avec Céleste, sa femme. À Venise, il s'était débarrassé de Céleste, comme d'un fardeau encombrant, dans les bras de Ballanche — un Lyonnais ami, imprimeur et philosophe, qui, avant de tomber éperdument amoureux de Juliette Récamier, aimait de la même affection le génie et sa femme — et il s'était embarqué pour l'Orient, pour la Grèce, pour l'Acropole d'Athènes, pour Jérusalem, pour le tombeau du Christ — et aussi pour Grenade et pour son Alhambra où l'attendait une jeune femme dont la vie tout entière — cachots, passion, folie, suicides — n'était qu'un long roman.

— J'aime beaucoup, dit Gabriel, la vie ardente de vos jeunes femmes.

— Moi aussi, lui dis-je. Ce qu'il y aurait peut-être de plus triste si nous ne parvenions pas à fléchir l'Éternel et si le temps s'arrêtait, c'est qu'il n'y aurait plus de jeunes femmes.

— Sauvons les jeunes femmes ! s'écria Gabriel.

— Sauvons-les, lui dis-je.

LA REINE DES MERS

— Marie était une jeune femme — loué soit le Seigneur ! — et elle présentait avec beaucoup de charme toutes les caractéristiques si remarquables de cette humaine condition. La première fois, elle et moi, nous sommes arrivés en avion. En voiture, c'est très bien. En train, c'est un rêve dont on se réveille sur le Grand Canal pour entrer dans un autre rêve qui est la réalité. En bateau, on passe entre les Zattere et la Giudecca, on double la Douane de mer...

— Je te vois venir, dit Gabriel.

— ... on salue au passage la Piazzetta, le Campanile et le palais des Doges. Nous avions choisi de survoler les Alpes qui brillaient sous le soleil. Au sortir de l'avion, nous avons pris un *motoscafo*.

Il faisait beau. Le jour tombait. Nous étions debout tous les deux, les cheveux au vent, l'air, je le crains, d'une publicité très gaie pour agence de voyages, à l'arrière du bateau. Nous avons laissé à gauche les mosaïques de Torcello et les maisons de Burano qui sont roses et bleues, et encore vertes et jaunes. Nous avons longé Murano, ses fours, ses souffleurs de verre, ses usines à horreurs, et parfois à merveilles, sa basilique romane, puis le cimetière de San Michele où sont enterrés une douzaine de génies et une foule de dames anglaises amoureuses de Venise et de colonels à la retraite. Et puis, Venise, de dos, s'est offerte à nos yeux.

À gauche, loin à gauche, le haut campanile de San Francesco della Vigna. À droite, le campanile solide de la Madonna dell'Orto, avec ses Tintoret, le *Jugement dernier*, l'*Adoration du Veau d'or* et surtout, surtout, la *Présentation de Marie au Temple*...

— Ah! Marie!... s'écria Gabriel au comble de l'excitation. Elle sauve l'histoire des hommes! Le monde qui l'a adorée...

— Adorée? murmurai-je.

Il haussa les épaules.

— Je le sais mieux que toi : on n'adore que l'Éternel. Ne chipote pas sur les mots. Le monde qui l'a aimée, admirée, vénérée ne peut pas être tout à fait méchant, il ne peut pas être détruit par le Très-Haut qui l'a choisie entre toutes les femmes et qui m'a envoyé auprès d'elle pour lui annoncer son destin de douleur et de gloire.

— Tu ferais bien, lui dis-je, de faire un saut en esprit jusqu'à l'Accademia, au bout du seul pont, avec le Rialto, qui enjambe le Grand Canal entre le bassin de Saint-Marc et le palais Labia, pour comparer la *Présentation de Marie au Temple* du Titien avec celle du Tintoret à la Madonna dell'Orto. Je me demande si tu reconnaîtras la Vierge de tes souvenirs et laquelle des deux Marie te paraîtra la plus ressemblante.

Au milieu, entre les deux flèches de San Francesco della Vigna et de la Madonna dell'Orto, deux blocs sombres et massifs : à gauche, San Giovanni e Paolo, que les Vénitiens appellent Zanipolo, et où figure, parmi beaucoup de trésors, le tombeau de Bragadin, défenseur de Famagouste, écorché vif par les Turcs; à droite, la grande église des Gesuiti, festival de trompe-l'œil avec ses draperies de marbre vert et blanc, que je te supplie de ne pas confondre avec les Gesuati, sur les Zattere, en face de la Giudecca où règne le Redentore.

Dans le lointain, au second plan, entre Zanipolo et les Gesuiti, à deux pas de la basilique et du palais des Doges, au coin de la Piazzetta, reconstruit par les Vénitiens après son écroulement au début de ce siècle, se déplaçant comme par jeu à mesure que nous avancions, le Campanile par excellence, le campanile de Saint-Marc.

La ville se découpait sur le ciel à la façon d'une ombre chinoise qui n'en finissait pas de se modifier et dont les éléments prenaient la place les uns des autres selon l'angle sous lequel nous les apercevions. L'envie montait en nous d'entrer dans le dédale dont nous ne voyions que de dehors les grandes masses incertaines. L'attente du bonheur est peut-être pour les hommes plus forte que le bonheur. «Ce qu'il y a de mieux dans l'amour, disait un voyou de la Belle Époque, c'est quand on monte l'escalier.» Tout Venise devant nous, nous montions en silence, la gorge serrée, sous le soleil en train de baisser et la main dans la main, les marches de ce bonheur que promet la beauté et que répand Venise, immobile et souveraine, depuis huit ou dix siècles.

Le secret de Venise, c'est qu'elle n'a pas bougé depuis les temps de Rousseau, de Bernis, de Casanova, depuis le temps des doges et de Bianca Cappello dont je racontai à Marie la stupéfiante histoire.

— Quelle histoire ? demanda Gabriel.

— Celle d'une enfant de quinze ans, issue d'une grande famille et qui est, en secret, la maîtresse d'un Vénitien de condition plus modeste du nom de Piero Bonaventuri. Une nuit, sortant des bras de son amant, elle trouve soudain fermée, pour une raison ou pour une autre, la porte du palais qu'elle laissait ouverte tous les soirs pour pouvoir rentrer chez elle au matin. D'un caractère entier et prompte à la décision, elle choisit aussitôt de s'enfuir de Venise et de gagner Florence en compagnie de son amant. À Florence, à la suite d'aventures qu'on croirait inventées...

— Ce qui nous sauverait, dit Gabriel, ce serait que l'Éternel eût un faible pour les histoires. Peut-être aime-t-il les romans ?

— Espérons-le, lui dis-je... elle devient la maîtresse, puis la femme du grand-duc de Toscane, François de Médicis. Veuf d'une archiduchesse autrichienne, François de Médicis est déjà le père d'une fille qui sera reine de France : Marie de Médicis, femme du roi Henri IV, mère du roi Louis XIII.

Le frère de François, Ferdinand, cardinal de Médicis, est la proie de passions violentes et contradictoires. Il aspire au trône de son frère et il tombe, semble-t-il, amoureux de sa belle-sœur. Elle essaie, en vain, de se débarrasser de lui. Mais c'est lui qui l'emporte. Un beau soir de 1587, dans la belle villa de Poggio a Caiano, aux portes de Florence, les deux corps empoisonnés de François de Médicis et de Bianca Cappello, son épouse légitime, ouvrent à Ferdinand de Médicis, cardinal de l'Église romaine, le chemin du trône de Toscane.

— Seigneur ! gémit Gabriel.

— La mort de Venise ne flotte pas dans l'avenir. Elle est inscrite dans le passé. Venise n'est si belle que parce qu'elle est déjà morte. C'est la Belle au bois dormant où le marbre et l'eau remplaceraient la forêt. Un Montesquieu, un Saint-Simon, un Voltaire revenant aujourd'hui à Paris, ou un Milton à Londres, ou un Goethe à Weimar, seraient épouvantés de ce qu'ils découvriraient. Si Bernis ou Casanova, si Chateaubriand et Byron pouvaient retourner à Venise, ils seraient à peine dépaysés : sauf les *vaporetti* et les *motoscafi* sur le Grand Canal et dans le bassin de Saint-Marc, presque rien n'a changé. Venise est une momie dans un sarcophage d'or, un lion de marbre empaillé. Elle danse à reculons vers son éternité.

Inutile, à Venise, de vous jeter dans les musées : le musée est dehors, c'est un musée de canaux. Vous pouvez, je vous l'accorde, je vous y autorise, entrer à l'Accademia pour tourner autour de *La Tempête* de Giorgione, du *Dîner chez Lévi* de Véronèse, avec ses personnages innombrables et cocasses et ses cardinaux en robe rouge, de la *Légende de sainte Ursule* de Carpaccio. Vous avez le droit d'aller à San Giorgio degli Schiavoni admirer *Saint Georges et le dragon* ou le cycle de saint Jérôme, toujours du même Carpaccio — avec le merveilleux portrait de saint Augustin, en cardinal de la première Renaissance, flanqué d'un petit chien blanc, dans un cabinet de travail inspiré des Flamands, et à qui un rayon de lumière venu d'ailleurs apprend la mort de son confrère, saint Jérôme, père de tous les traducteurs. Vous pouvez aller à la Scuola San Rocco et vous planter en face des Tintoret. Vous pouvez pousser jusqu'aux Frari où éclate au moins deux fois la gloire réunie de Titien et de la Vierge Marie : la *Madone Pesaro* sur le côté gauche de l'église et l'*Assomption* au fond du chœur, au-dessus du maître-autel. Il ne vous est pas interdit, si, par une chance assez rare, vous trouvez la porte ouverte, de vous dévisser le cou à San Sebastiano, au bout des Zattere, derrière le campo Santa Margherita, pour découvrir, en l'air, au plafond, le mariage d'Esther avec Assuérus, dont Racine, je crois, vous a déjà glissé quelques mots. Mais l'essentiel est de vous promener, entre la Douane de mer et San Nicolo dei Mendicoli, du côté de l'Angelo Raffaele, de San Polo, de San Giacomo dell'Orio, le long des vieux canaux — ponte delle Maravegie, ponte delle Pazienze, ponte della Perucheta, ponte delle Muneghete, calle dell'Indorador, campo San Trovaso, rio della Toletta, fondamenta de le Romite... Ah ! Marie, si tu tombes jamais sur ces pages toutes pleines de ton image, te souviens-tu encore de la fondamenta de le Romite et de la locanda Montin, avec son grand jardin ? Et de la trattoria Riviera, d'où la vue est si belle ? — qui sentent parfois mauvais.

Il n'y a pas plus ingrat que le paysage de Venise. Les Alpes ne sont pas loin, avec leurs rouges Dolomites resplendissant de neige. La Brenta est toute proche. Les lacs sont à un jet de pierre. La ravissante Toscane et les trésors du Chianti sont à portée de la main. Venise est construite sur d'affreux marécages. Les gens de Grado et d'Aquilea, là-bas, au nord, avaient choisi exprès, pour échapper aux Barbares, un lacis innommable d'eaux saumâtres et croupissantes et de terres inhospitalières et sans cesse menacées. Ils s'établirent dans une île qu'ils orneront de mosaïques et qui deviendra Torcello, sur une vague éminence, à peine plus haute que le reste, qu'ils baptiseront *Riva alta* ou *Rivo alto*, et qui sera le Rialto. Le monde doit tout à l'Éternel. Venise doit tout aux hommes. Elle est l'œuvre de leur génie. Elle est un défi et une prière. La reine des mers crie vers le ciel. Elle offre à l'Éternel le témoignage de notre foi — en nous-mêmes et en lui — et de notre dignité. Il devrait venir y faire un tour avant de se décider à détruire l'univers.

LA JAVA DU ROND-POINT

— Quelques mois à peine après l'élection de Valéry Giscard d'Estaing à la présidence de la République, une rumeur se mit à courir : Jean Prouvost cherchait à vendre *Le Figaro*. Deux séries distinctes d'expériences et d'événements l'avaient amené à cette décision : l'impossibilité d'abord pour le propriétaire, ligoté par le statut Brisson, d'intervenir si peu que ce fût dans l'orientation générale et la rédaction du journal; le premier choc pétrolier ensuite, qui réduisait les bénéfices du capitaliste impuissant. Pour un patron de presse de la dimension de Prouvost, il était tolérable de gagner moins d'argent à condition de garder la haute main sur son entreprise et de jouir au moins du prestige qui s'attachait encore, en France, en ce temps-là, à la direction d'un journal; il était tolérable aussi de renoncer, à contrecœur, aux charmes du pouvoir à condition d'engranger les revenus substantiels qu'il était permis d'attendre d'une publication comme *Le Figaro*. La conjonction de la baisse des bénéfices et de la mise à l'écart était intolérable, on peut l'imaginer, pour un homme comme Prouvost.

Qui était en mesure, trente ans après la Libération, de racheter *Le Figaro* dont Brisson avait fait, à l'époque, le premier quotidien français ? Et qui avait les nerfs et le courage nécessaires pour affronter le statut que tu sais et une rédaction décidée à le défendre ? Des noms circulaient, par exemple celui d'André Bettencourt dont la femme, Liliane, détenait, à travers L'Oréal, puis Nestlé, une des plus grosses fortunes de France. L'ombre de Jean-Jacques Servan-Schreiber, qui avait connu un immense succès avec *L'Express*, se mettait, un peu plus tard, à flotter, parmi d'autres, sur des négociations qui traînaient en longueur et qui entretenaient, bien entendu, la pire des atmosphères dans une rédaction au bord de la crise de nerfs et où couraient les rumeurs les plus insensées. Bientôt, après mille péripéties qui rempliraient une douzaine de rapports...

— N'ennuie pas l'Éternel avec des ragots de coulisses ! rappela Gabriel en levant le doigt.

— Je sais, répondis-je... éclatait comme une bombe le nom de Robert Hersant.

Robert Hersant était la légende noire de la Ve République. Plus peut-être que personne, il a défrayé la chronique sous Giscard et Mitterrand. Dépeint par beaucoup comme un mélange de Lacenaire et du capitaine Crochet, au mieux comme un émule de Vautrin, de Rastignac ou d'Arsène Lupin, Hersant était un homme de grande volonté, de beaucoup de charme et de peu de convictions. Il aimait le pouvoir. Séduisant et brutal, il s'enveloppait avec talent dans une réputation détestable qu'il s'évertuait, par jeu, par provocation, et peut-être plus encore par une sorte d'intérêt paradoxal et inversé, à rendre pire encore. C'était un fanfaron du discrédit. Il venait

317

de journaux rachetés, le plus souvent dans des drames, et accumulés aux limites ou en marge de la loi. Dénoncée à cor et à cri par la gauche, par la Résistance, par les catholiques, par une bonne partie des libéraux et par l'unanimité des médias qui l'enviaient et qui la craignaient, la presse de Robert Hersant s'étendait sur tout le territoire national, jusqu'à la Guadeloupe et à la Martinique. *France Antilles* marchait bien. *L'Auto Journal* avait fait sa fortune. *Le Figaro* représentait pour ce capitaine d'industrie dont l'ombre menaçante s'étendait sur Paris, sinon le couronnement d'une carrière qu'il comptait poursuivre bien plus loin, du moins une étape décisive vers plus de pouvoir encore et la revanche sur toute une série d'humiliations.

Le passé de Hersant comportait deux époques. Une époque de jeunesse où, sous l'occupation allemande, il avait clairement choisi le mauvais camp, écrivant des articles dans les pires feuilles de la collaboration et lançant des raids d'intimidation contre des commerçants juifs : une sinistre histoire de gifle flanquée à une jeune juive allait peser assez lourd ; une époque, à l'âge mûr, d'édification, par des moyens parfois douteux, d'un empire de presse qui l'avait hissé, en France, au niveau, ou presque, des grands magnats de la presse anglo-saxonne ou allemande, les Hearst, les Beaverbrook, les Murdoch, les Maxwell, les Axel Springer — en attendant Bertelsmann.

Hersant, au *Figaro*, c'était une sorte de révolution en forme de provocation. Longtemps, le journal des douairières du faubourg Saint-Germain, de la bourgeoisie d'Auteuil et de Passy, de la droite traditionnelle, pimentée de libéralisme, des notables et des notaires de la province catholique avait joué au bridge, dansé la valse, fréquenté les beaux quartiers, de la place Gaillon au quai Conti, grignoté des canapés de foie gras et de caviar, bu le champagne pétillant des articles de François Mauriac où l'attachement au Général se mêlait, sous les grands pins des Landes, à l'odeur d'automne des pressoirs bordelais et aux souvenirs littéraires, ou de Gérard Bauër qui, au bas de la première page, à droite, signait du nom de Guermantes ses chroniques mélancoliques et brillantes sur la vie parisienne, sur les passions de l'amour et sur les canards du bois de Boulogne. Allait-on le faire jouer au poker, danser la java, absorber le gros rouge et le bœuf miroton d'un patron de presse qui sortait plutôt d'un garage que des salons du XVIᵉ et du vieux Faubourg ? Personne, au *Figaro* — est-il besoin de le dire ? —, n'avait rien contre les garages et personne ne poussait le snobisme jusqu'à garder l'œil rivé sur le Tout-Paris des cocktails et des dîners en ville. Mais il n'était pas évident qu'un certain nombre de valeurs, de convictions et d'habitudes chères aux vieux abonnés fussent incarnées à la perfection par le nouveau venu.

Le plus sérieux, bien sûr, était le passé plutôt trouble du candidat propriétaire, présenté ouvertement comme collaborateur et comme flibustier par une presse déchaînée et par l'immense majorité des intellectuels. Aron et moi passâmes des journées entières à tourner et à retourner avec angoisse dans nos têtes le cas Robert Hersant, c'est-à-dire la question de savoir s'il était possible et permis de confier à un pilote si violemment contesté le vaisseau amiral du libéralisme traditionnel. Nous finîmes, sans enthousiasme, par conclure que, pour déplaisantes qu'elles fussent, les erreurs d'un adolescent ne pouvaient pas être retenues, près de trente-cinq ans plus tard, contre un homme qui avait largement eu le temps de changer et qu'il fallait laisser ses chances à un entrepreneur de presse qui avait réussi, par des méthodes que nous n'approuvions guère, à édifier enfin chez nous un empire aux dimensions de l'Europe et capable de tenir tête aux grands groupes étrangers. Dans l'incertitude de son avenir, *Le Figaro* flottait, tanguait, donnait de la bande. Il fallait un propriétaire décidé à reprendre les choses en main et à affronter la tempête. Les sentiments qui nous guidaient à l'égard de Robert Hersant auraient pu être l'inverse de la fameuse formule de Péguy sur Kant : « Il a les mains pures, mais il n'a pas de mains. »

Nous parvînmes à cette décision sans nous laisser influencer par les pressions extérieures. Mais il faut bien reconnaître que ces pressions non seulement ne manquèrent pas mais qu'elle étaient devenues assez fortes. Elles vinrent, tout naturellement, de ceux dont j'étais le plus proche. Giscard, à l'Élysée, avait choisi pour Premier ministre un des artisans majeurs de sa victoire à la fois sur Mitterrand et sur Chaban-Delmas, celui qui lui avait apporté le soutien décisif de quarante-trois députés de l'UDR, l'Union des Démocrates pour la République, où se retrouvaient, quatre ans après la mort du Général, tous ceux qui se réclamaient de l'héritage gaulliste : Jacques Chirac.

— Est-ce là, demanda Gabriel, ce que vous appelez la politique ?

— C'en est un exemple, lui dis-je, parmi beaucoup d'autres. Jacques Chirac appartenait, avec Édouard Balladur, à l'entourage immédiat de Georges Pompidou. Je les avais rencontrés plus d'une fois à l'Élysée ou dans les séances de cinéma où Pompidou invitait ses amis. Chirac avait joué un grand rôle dans les négociations qui s'étaient déroulées à l'hôtel Matignon pour liquider les comptes des événements de 1968. Dans le voisinage de Chirac évoluaient à leur tour un certain nombre de conseillers occultes du prince : ils s'agitèrent un peu auprès d'Aron et de moi.

Sous les pressions ou malgré elles, et sans en tenir le moindre compte, il fallait essayer de sauver *Le Figaro* dont Prouvost ne pensait plus qu'à se débarrasser au plus vite et qui était menacé de dangers contradictoires. Des intrigues se nouaient en tous sens. Les appétits s'aiguisaient. Des combinaisons s'échafaudaient qui risquaient de détruire définitivement, au sein du journal, toute cohésion et toute autorité. Commença une période paradoxale où nous nous efforçâmes, Aron et moi, de convaincre les rédacteurs d'une vérité un peu douteuse dont nous n'étions pas nous-mêmes tout à fait convaincus. Parmi les proches collaborateurs d'Hersant figurait un ancien combattant, d'ailleurs fort sympathique, de la Légion des volontaires contre le bolchevisme. J'admirais beaucoup les héros de Normandie-Niémen et aucun titre ne me paraissait plus enviable ni plus digne d'estime que celui de héros de l'Union soviétique. Je ne pus m'empêcher d'indiquer aux rédacteurs, à l'occasion d'une réunion, que dans l'entourage de Robert Hersant on trouvait des hommes qui avaient fait une guerre digne de considération — et d'ajouter à mi-voix que certains d'entre eux avaient même reçu la Croix de fer en récompense de leurs services.

Duettistes d'un libéralisme pris entre la peste et le choléra, contraints de nous jeter dans la gueule du loup pour échapper aux hyènes qui guettaient l'affaiblissement et l'éclatement du journal, nous essayions, Aron et moi, de montrer les avantages de l'entrée dans un groupe puissant et nous soutenions que la liberté de la rédaction et l'essentiel de l'esprit et des traditions du journal seraient maintenus. Et, en fin de compte, après d'innombrables péripéties, et surtout en ce qui concerne l'indépendance de la rédaction, c'est ce qui s'est passé. Hersant gagna la partie et finit par obtenir du *Figaro* une foule de facilités obstinément refusées à Prouvost. Il mit surtout la main, à son propre avantage, sur la manne céleste de la publicité. Mais, sous beaucoup de rodomontades, les privilèges de la rédaction ne furent pas sérieusement mis en cause.

Une fois la vente effectuée, une question revint inlassablement : « Avec quel argent Hersant a-t-il acheté *Le Figaro* ? » Ma réponse était assez simple : par des procédés qui relevaient pour partie d'une bonne gestion et pour partie de la cavalerie la plus classique, Hersant avait acheté *Le Figaro* avec l'argent du *Figaro*. Le journal quitta le rond-point des Champs-Élysées pour la rue du Louvre. Le côté flamboyant le cédait à un côté flambeur.

On voulait un gestionnaire : sauf pour lui-même, a-t-il si bien réussi ? On craignait le partisan : a-t-il modifié en profondeur la ligne traditionnelle du journal ? La réponse aux deux questions est évidemment négative. Peut-être serait-il même permis de soutenir que, au terme de ses succès et de son existence, le brasseur d'affaires a laissé *Le Figaro* dans une situation économique plus difficile que n'espéraient ses partisans et que son influence sur le contenu du journal a été bien plus faible que ne l'annonçaient ses adversaires.

UN SECRET

— Les hommes, dit Gabriel, ne savent pas ce qu'ils font. Parce qu'il est dans l'infini, l'Éternel est seul capable de mesurer les conséquences de ses actes. Et lui-même, tu le sais bien, est contraint plus d'une fois, tout au long des millénaires, à corriger son tir. Il le corrige avec l'expulsion d'Adam et Ève hors du premier jardin où il les avait installés. Il le corrige avec le Déluge — dont il corrige les effets grâce au rameau d'olivier dans le bec de la colombe. Il le corrige avec la destruction de Sodome et de Gomorrhe. Il le corrige en détournant le couteau d'Abraham en train de s'abattre sur la gorge d'Isaac. Il le corrige surtout en m'envoyant auprès d'Abraham, de Marie et de Mahomet. Je suis comme qui dirait le correcteur du monde.

À chaque coup, bien sûr, c'est la folie des hommes et l'usage qu'ils font de leur sacrée liberté qui entraînent la fureur de Dieu et son intervention. Les hommes s'agitent, les yeux fermés, et l'avenir les dément. Ils renforcent la Prusse pour faire pièce à l'Autriche. Ils s'affolent à l'idée que le crottin de cheval va envahir les rues des grandes villes parcourues de calèches, de diligences, de tilburys. Ils sont bien incapables de deviner, en leur temps, que ce qu'apportent les Barbares au sein de l'Empire romain en miettes, c'est le germe de l'Église catholique. «Je chante, écrit Gibbon, l'auteur, un millénaire et demi plus tard, de *Decline and Fall of the Roman Empire*, le triomphe des Barbares et de la religion. » Comme dans une célèbre histoire chinoise — «Je me suis cassé la jambe, quel malheur ! Mais je n'irai pas à la guerre, quel bonheur ! Mais je ne serai pas décoré, quel malheur !... » —, le bien sort du mal, le mal sort du bien. Les hommes ignorent l'avenir qui se fait en dépit d'eux et bien souvent contre eux. «Que de larmes seront versées, s'écrie sainte Thérèse d'Avila en une formule foudroyante, sur des prières exaucées ! »

— Te voilà bien savant, lui dis-je. Je suis tout prêt à t'accorder qu'il est toujours inutile de partir puisque nous ne savons pas où nous allons et que, de toute façon, nous finirons bien par revenir.

— Il faut pourtant partir, dit Gabriel. C'est un des grands secrets. Vous ne savez pas ce que vous faites, et vous le faites tout de même.

LE BANQUET DE RAVENNE

— Un des épisodes les plus curieux des aventures du corsaire Robert le Diable à bord du *Figaro* battant pavillon noir avec une tête de mort sur deux tibias entrecroisés est l'histoire du débarquement en pleine mer du commodore Raymond Aron.

La vie était rude sur le vaisseau de haut bord. Hersant, à peine arrivé, voulut faire sentir sa présence et son autorité. Un jeu d'une subtilité diabolique s'établit entre le directeur général à qui les statuts donnaient tous les pouvoirs...

— C'était toi ? demanda Gabriel.

— C'était moi, répondis-je avec une exquise modestie,... et le nouveau propriétaire qui les réclamait tous. Aux côtés du propriétaire et du directeur, trônait le troisième membre de l'infernale trinité, Raymond Aron, souverain et rongé d'inquiétude. Nous avions quitté, économies obligent, les splendeurs du rond-point des Champs-Élysées pour les étages plutôt miteux de l'immeuble de la rue du Louvre où les vieilles rotatives tournaient encore au sous-sol : nous vivions au-dessus de nos moyens. Nous vivions aussi sous les tirs croisés des médias. Il est difficile d'imaginer aujourd'hui, où Hersant finirait par apparaître comme un apprenti ou comme un enfant de chœur, la violence des attaques contre Robert le Diable. À Aron et à moi, personne ne parlait plus de rien d'autre. À la télévision, à la radio, dans les dîners parisiens, aux goûters de mariage ou de première communion, c'était le même disque rayé, éprouvant pour les nerfs. Avec le changement de majorité, en 1981, avec l'élection de Mitterrand, vainqueur de Giscard, les assauts contre Hersant, ennemi du peuple et de la loi, reprendront de plus belle. Au point que, de guerre lasse, je me laissai aller à répondre à un journaliste qui entonnait, avec obstination, la même antienne dans les mêmes termes que, si Hersant était aussi coupable qu'on le disait de violations répétées de la loi républicaine, il n'y avait qu'à l'arrêter et à le traduire en justice. Tu verras un peu plus loin que, pour beaucoup de raisons, cachées avec le plus grand soin, c'était la bonne réponse à donner.

Un beau jour, la tension montant entre le Diable et le Bon Dieu, je veux dire entre Hersant et Aron, je me décidai, ce n'était pas une gâterie mais c'était mon rôle, à les inviter tous les deux à déjeuner chez moi.

De quoi parlent les historiens ? Ils parlent du prix du blé, des batailles, des traités, des cours de justice, des mariages des princes, du rôle de l'Église, des révoltes de paysans. Ils devraient parler des repas. Les repas, mon cher Gabriel, jouent un rôle considérable dans l'histoire des hommes. À toutes les époques. Dans toutes les classes. Chez les humbles et chez les puissants. Du plat de lentilles d'Ésaü aux festins du *Satiricon*, de la Cène où Jésus établit les fondements de son Église au banquet de Ravenne destiné à sceller la réconciliation entre les Ostrogoths de Théodoric et les Hérules d'Odoacre et où chaque Ostrogoth poignarda son voisin hérule, des soupers de Versailles ou du Régent aux réceptions fastueuses et assaisonnées de bons mots du prince de Bénévent, de la cour d'Angleterre, des magnats de Hollywood et des grands couturiers à la table d'hôte des romans de Balzac ou aux dîners Magny où se retrouvait tout ce qui compte dans les lettres françaises de la fin du XIXe, les repas sont un haut lieu de nos communautés. Les manières de table s'y forgent au long des siècles, la conversation s'y affine, les amours, les amitiés, les écoles, les affaires y naissent et s'y développent. Je ne me souviens pas du menu que nous partageâmes tous les trois dans une atmosphère à couper au couteau. Mais je n'ai pas oublié les paroles meurtrières et courtoises qui y furent échangées.

— L'Éternel... dit Gabriel.

— Oui, oui, je sais : pas de tunnel, pas de ragots — l'Éternel a horreur des ragots —, pas de colloques, pas de diapositives. J'en ai pour cinq minutes. Le propriétaire couvrait d'éloges le maître et le directeur. Il leur dit que leur présence à ses côtés lui était un honneur et une joie. Que des choses considérables seraient faites à nous trois. Qu'il nous encourageait à redoubler d'efforts, de travail, d'indépendance et de rigueur. Et que lui, pour sa part, afin de contribuer de son mieux à la commune aventure, écrirait désormais avec régularité dans les colonnes du *Figaro*.

Aron blêmit sous l'insulte. Tout était possible, tout était soumis à discussion. Mais il était exclu que la signature de Robert Hersant s'étalât à côté des nôtres, et surtout de la sienne, à la une du *Figaro*.

Quand Hersant nous quitta, Aron resta quelques instants avec moi. Je savais déjà que le point de rupture était atteint. J'eus beau lui répéter plusieurs fois que je me méfiais un peu des provocations de notre nouveau propriétaire, le siège d'Aron était fait. Quelques heures plus tard, il quittait *Le Figaro* pour *L'Express* où Goldsmith et Revel l'accueillirent en fanfare.

Mauriac, avant lui, et avant moi, sur l'affaire du Maroc, avait effectué le même trajet. Au moment où, rond-point des Champs-Élysées, Brisson et Mauriac, dans une scène digne de *Bérénice*, se séparaient, *invitus invitam*, sous la pression des lecteurs et des fidèles abonnés, Pierre Brisson s'écria, emporté par l'émotion : « François ! François ! Que va devenir *Le Figaro* sans vous ? » Mauriac, déjà en train de passer le seuil du fameux bureau rond pour aller fouler les roses que *L'Express* se préparait à semer sous ses pas, se retourna d'un seul coup et lança : « *L'Aurore* ! »

L'intéressant est que Robert Hersant n'écrivit pratiquement jamais dans le journal qu'il avait acheté. On peut s'interroger sans fin sur les motifs de son obstination à pousser à bout, et pour rien, le plus grand journaliste politique de notre temps et à l'acculer au départ au lieu de le retenir à tout prix. Jeu ? Masochisme ? Aveuglement ? Provocation ? *Schadenfreude* ? Orgueil ? Désir de marquer son territoire au risque des pires sacrifices ? Tu en sais autant que moi et chacun décidera à sa guise.

HOMÈRE EST TOUJOURS JEUNE

— Le comportement des hommes est souvent étrange parce que la clé fait défaut qui les expliquerait d'un seul coup. Qu'est-ce qui menait Hersant ? Le goût du pouvoir, la volonté de revanche. Et qu'est-ce qui nous menait, Aron et moi ? La vérité est que nous cherchions, l'un et l'autre, l'occasion de partir et que nous nous étonnions, dans notre orgueil naïf, de voir Hersant nous la fournir. Mon cas était moins sérieux et plus grave que celui d'Aron : lui était porteur d'une philosophie politique et il avait besoin d'une tribune, mais pas n'importe laquelle, pour pouvoir l'exposer ; moi, je m'interrogeais avec angoisse sur le choix que j'avais fait du journalisme contre la littérature.

De Jean Delay, pour qui j'avais de l'affection et de l'admiration, à Roger Caillois, à qui je devais tout, beaucoup me le reprochaient. Et, Hercule de pacotille et de papier mâché, je me demandais moi-même si, au croisement des routes, j'avais pris le bon chemin.

Il y a nombre de traits communs entre littérature et journalisme. L'une et l'autre s'efforcent de transmettre, par l'écriture et par les mots, des informations, des idées, des sentiments, des passions à un public plus ou moins large qu'il s'agit d'abord de conquérir, ce qui n'est déjà pas si facile, et ensuite de garder, ce qui est peut-être plus difficile encore. Hérodote, qui apprend aux Grecs toute la splendeur de l'Égypte ; Xénophon, qui est leur envoyé spécial auprès des Dix Mille en retraite — « *Thalassa ! thalassa !* » — de l'Asie profonde aux rivages de la mer Noire ; Pausanias, ancêtre lointain et hellénique de nos Baedeker et de nos Guides bleus ; Voltaire, publiciste de génie ; Hugo, qui raconte comme personne, dans *Choses vues*, le procès Teste et Cubières, annonciateur, après Verrès et tant d'autres, des affaires de corruption de la fin du millénaire, l'assassinat de la duchesse de Choiseul-Praslin par son mari amoureux de la gouvernante des enfants, la mort de Talleyrand, de Chateaubriand ou de Balzac ; Zola, avec *J'accuse*, proposé au *Figaro*, publié par *L'Aurore*, et qui lui vaut plus de lecteurs que tous les Rougon-Macquart réunis ; Barrès, avec *Leurs figures* ; Kessel évidemment ; Camus, dans *Combat* ; Mauriac avec son *Bloc-Notes* sont journalistes autant qu'écrivains.

Ce qui sépare pourtant littérature et journalisme me paraît autrement fort que ce qui les unit.

— Une conférence, peut-être ? murmura Gabriel.

— Quelle horreur ! m'écriai-je. Je dors à toutes les conférences, excepté les miennes — et encore. Une confidence, à peine. Et dont la fin se confond avec le commencement. Vite, vite ! Ce serait le comble de traîner à propos du journalisme dont le premier mérite est la vitesse. Le journalisme est d'abord une équipe et un titre, et l'écrivain est seul. Le journalisme met l'accident et l'extraordinaire, les trains qui n'arrivent jamais et les ponts qui s'écroulent sous les pas des soldats, à la portée du public de chaque jour — « Un chien mord une vieille dame, disait lord Beaverbrook : pas le moindre intérêt. Une vieille dame mord un chien : à la une ! » —, et l'écrivain donne une allure d'éternité à la banalité quotidienne. La vie est la hantise constante du journaliste, la mort se penche, à chaque instant, sur l'épaule de l'écrivain.

Le temps surtout met sa barrière entre écrivain et journaliste. Le temps — au galop ! au galop ! — a deux propriétés, contradictoires et identiques : le temps passe, et il dure. Alors que le journaliste est tout entier du côté du temps qui passe — « J'appelle journalisme, écrit André Gide, ce qui sera moins intéressant demain qu'aujourd'hui » et Péguy : « Rien n'est plus vieux que le journal de ce matin, et Homère est toujours jeune » —, l'écrivain est tout entier du côté du temps qui dure. Rivé à l'actualité, le mot d'ordre du journaliste est l'urgence ; l'écrivain ne pense à rien, si ce n'est à l'essentiel. Et l'urgent, à notre époque, est l'ennemi juré de l'essentiel. « Alors, disait Forain à un ami qui venait de se faire installer le téléphone, alors, on te sonne, et tu y vas. »

L'ESSENTIEL ET L'URGENT

— Quel est l'essentiel ? demanda Gabriel.
— Tu le sais mieux que moi, répondis-je.
— Et quel est l'urgent ?
Je réfléchis un instant.
— C'est de sauver les hommes, lui dis-je.

LA TUNIQUE DE NESSUS

La vie sans Aron fut plus dure pour moi que la vie avec lui. Je craignais son absence bien plus que sa présence. Je ne bénirai jamais assez la mémoire de Robert Hersant pour m'avoir apporté, comme à Aron, sur un plateau d'acier, le plus beau des cadeaux : l'occasion de partir et de reprendre ma liberté.

Les choses se passèrent de la façon la plus simple. Un poste était à pourvoir au sommet de la rédaction. J'avais choisi quelqu'un pour l'occuper quand l'instrument de la Providence, le téléphone, sonna. C'était Robert Hersant.

— Pour le poste à remplir, me dit-il, j'ai pensé à un nom.

— Moi aussi, lui dis-je.

— C'est Un tel, me dit-il.

— Quelle malchance ! lui dis-je. Ce n'est pas le même.

— Ça ne fait rien, me dit-il. Vous n'avez qu'à changer de nom.

— Trop tard ! lui dis-je. Ma décision est prise.

— La mienne aussi, me dit-il.

— La mienne aussi, lui dis-je. Et c'est moi qui ai les pouvoirs.

— Peut-être, me dit-il, mais c'est moi qui ai le pouvoir.

Je crois qu'il voulait dire : « C'est moi qui signe les chèques. »

J'hésitai à peine.

— Écoutez, lui dis-je, vous êtes venu ici et nous sommes restés avec vous, Raymond Aron et moi, pour éviter un grand malheur : l'éclatement du *Figaro*. Aron n'est plus là, mais j'y suis encore. Il faut un patron à la rédaction. Ou c'est vous ou c'est moi. Et je crains que ce ne soit moi.

— C'est moi, me dit-il.

— Si c'est vous, lui dis-je, alors ce n'est plus moi.

Il se mit à rire, d'un rire qui n'était pas mauvais.

— Vous n'allez pas partir là-dessus, me dit-il. C'est un détail.

Rien de plus vrai : c'était un détail. Dans la vie publique comme dans la vie privée, les chemins, dans tous les sens, vers la droite, vers la gauche, vers le haut, vers le bas, ne sont pavés que de détails.

— Ce que vous ne savez pas, lui dis-je, c'est que vous me fournissez le plus beau des prétextes pour un départ dont j'ai envie, à cause de vous bien sûr, mais peut-être au-delà de vous.

— Allons ! me dit-il. On ne quitte pas de plein gré la direction du *Figaro*.

— Mais je ne le dirige plus, lui dis-je, puisque c'est vous qui le dirigez.

— Restez ! me dit-il.

Il avait déjà perdu Aron, qui était plus important que moi. Je me dis, en un éclair, qu'il n'avait peut-être pas envie de me perdre moi aussi.

— Restez ! répéta-t-il.

— Je m'en vais, lui répondis-je.

Le soir même, je dînais au Ritz où j'avais long-temps reçu, non loin du *Figaro* et à ses frais, auteurs et annonceurs. Grâce à Dieu, je n'étais pas seul. Marie était là. C'était l'essentiel. Rien ne me manquait. Un peu de vague à l'âme accompagna peut-être le début du repas. L'enchantement l'emporta. Tout fut charmant et gai. Quand l'addition arriva, je la payai de mes deniers dans la légère griserie de la liberté retrouvée. Le lendemain, au courrier, je reçus une lettre de Caillois, alerté par la radio : «Je vous félicite, me disait-il, d'avoir rejeté enfin votre tunique de Nessus.»

INVRAISEMBLABLE ET ÉVIDENT
OU LE MIRACLE DE LA NÉCESSITÉ

On vit, on court, on travaille, on s'amuse, on vaque, comme on dit, à ses occupations — et puis, tout à coup, on s'arrête. La tête vous tourne un peu : tout ce qui paraissait si naturel semble soudain très étrange. Le décor vacille et s'écroule. La vie qui allait de soi se déchire comme un voile. L'absurdité de l'histoire et de la vie quotidienne vous frappe jusqu'à la nausée. Le monde cesse d'être l'évidence où nous plonge l'habitude et prend des allures de stupeur.

Rien n'est plus arbitraire, rien n'est moins nécessaire que la nécessité qui gouverne l'univers, sa grande marche régulière, ses galaxies au loin, ses particules, ses lois et notre propre existence. Tout l'univers n'est qu'un immense miracle. Il se confond avec ce que notre naïveté appelle tantôt hasard et tantôt nécessité.

Comme les fourmis, comme les abeilles, comme les loups et les amibes, vous êtes un fragment du miracle de cette vie que rien ne laissait prévoir tant qu'elle n'était pas sortie de la matière et dont les savants nous apprennent que les chances d'apparition étaient très proches de zéro. Comme les flammes et comme l'eau, comme les gaz et les rochers, vous êtes un fragment de ce monde rigoureusement logique et tout à fait improbable.

Vous voyez, la vieille machine, comment elle est fabriquée ? Et comment l'histoire ahane, sans trêve, dans l'arbitraire et la raison, toujours aux confins de l'évidence, toujours aux bords de l'impossible, entre l'invraisemblable et la nécessité ? Tout ce qui n'est pas encore est inimaginable et tout ce qui est déjà est à jamais nécessaire.

Le monde oscille entre le réel et le possible, entre les rouages rigoureux de la nécessité et la fraîcheur béante d'une liberté suspendue. Vous êtes lié à un point de l'espace, à un moment du temps. Vous êtes l'enfant de vos parents, le descendant de vos ancêtres. Vous êtes soumis à un corps et à un tempérament. Vous êtes esclave d'un milieu et d'une éducation. Vous êtes ligoté par l'argent et par les exigences de l'histoire. Vous êtes l'effet d'un torrent de causes et la cause d'un torrent d'effets. Vous êtes le maillon imperceptible et éphémère d'une chaîne qui vous dépasse. Et vous avez le sentiment invincible — et ne laissez personne vous dire que vous avez tort — que n'importe quoi peut jaillir on ne sait d'où et vous tomber sur la tête. Tout s'enchaîne selon les lois d'une logique implacable, et toujours pourtant l'inattendu arrive. Ce qui sera possible demain n'est pas encore inscrit — ou n'est inscrit qu'en secret — dans la réalité d'hier. Le monde est imprévisible et il est nécessaire.

DEUX AVENTURIERS
DE L'IDÉE FIXE

— Moins, bien sûr, que Marie, mais peut-être autant qu'Hyppolite ou Aron que j'admirais éperdument, Robert Hersant, par une de ces ruses du Diable dont les tours sont célèbres, a joué un rôle dans ma vie. Il était très loin de moi. Il était le contraire d'un modèle. Il était l'inverse de mon père. Il a empoisonné mon existence. Nous nous sommes dit et écrit des choses qui n'étaient pas toujours aimables. Son cynisme m'indignait — et il m'amusait. Et il lui arrivait de m'épater par son courage brutal.

Il avait compris que les médias, formidable instrument de pouvoir, étaient aussi capables de desservir que de servir ceux qui en abusaient. Il se tenait à l'écart. Une seule fois, je l'ai vu à la télévision. C'était à une émission qui, par définition, ne lui était pas favorable : *Droit de réponse*, de Michel Polac. Il était venu tout seul pour affronter une meute décidée à lui faire la peau. Il ne s'en tira pas trop mal dans le double registre, contradictoire, de la victime expiatoire — rôle de composition — et du loup solitaire — plus conforme à sa nature et plus proche de la vérité.

Après avoir quitté la direction du *Figaro*, je ne

vis aucune difficulté à écrire dans un journal qui ne dépendait plus de moi et où j'avais cessé d'exercer une autorité ambiguë. Avec ou sans Hersant, *Le Figaro*, où je ne comptais que des amis, restait proche de mes constantes convictions, ce qui permettait au *Canard enchaîné* d'assurer que, sorti par la porte, je rentrais par la fenêtre.

Pas une fois en vingt ans, je dois lui rendre cette justice, Robert Hersant n'exerça la moindre pression sur moi. Non seulement, bien entendu, jamais, au grand jamais, il ne m'indiqua ce qu'il fallait écrire. Mais encore jamais il ne m'empêcha de dire ce que je voulais. Je me demande si c'était le cas dans l'ensemble des journaux qui l'accusaient d'intolérance et d'autoritarisme. Je me souviens des confidences du collaborateur d'un grand organe de gauche, qui s'inquiétait de mon sort :

— Chez moi, me confiait-il, on me demande quelquefois de ne pas dire tout ce que je pense, mais on ne me demande jamais de dire ce que je ne pense pas.

— Chez moi, lui répondis-je, on ne me demande rien du tout.

Deux fois seulement, et après coup, Hersant me téléphona. La seconde fois, ce fut à propos d'un article où j'avais parlé, il y a déjà plusieurs années, du patron d'une grande affaire industrielle qui avait entrepris dans sa maison privée des travaux qu'il avait fait payer par son entreprise. C'était fâcheux. Mais il y avait pire : un ministre de Mitterrand était pris dans un scandale aux dimensions nationales. C'était condamnable. Mais il y avait bien pire : une grande banque, le Crédit Lyonnais, était en train de créer les conditions d'un désastre financier dont personne ne soufflait

340

encore mot et qui allait avoir des conséquences sur le budget de chaque citoyen.

Hersant m'appela.

Hersant :

— J'ai lu votre article. Il m'embête.

Moi (montant déjà sur mes grands chevaux) :

— Qu'y puis-je? Mes informations sont-elles fausses?

Hersant :

— Je ne crois pas. Mais ça m'embête.

Moi :

— Ça vous embête? Mais pourquoi?

Hersant (dans un rire) :

— Parce que le Crédit Lyonnais est la seule banque qui accepte encore de me prêter de l'argent.

Devant cet aveu dépouillé d'artifice, je me mis à rire avec lui.

La première intervention de Robert Hersant auprès de moi à propos d'un article était plus ancienne. À une époque où le souverain était encore puissant et où personne ne se risquait à évoquer son passé, j'avais fait allusion à la francisque de Mitterrand et au serment prêté au maréchal Pétain.

Le téléphone sonna. C'était Hersant.

— Je ne crois pas, me dit-il, que vous puissiez descendre, dans un journal comme *Le Figaro*, à des arguments de cet ordre et à une polémique aussi basse.

Je restai sans voix. Hersant passait, en ce temps-là, pour l'ennemi juré de la gauche. Il était un partisan, un militant, un extrémiste. On lui reprochait, même à droite, de tirer à boulets rouges et sans discernement sur Mitterrand et ses alliés. Et voilà qu'il prenait, en me faisant honte de mes manières et de mes procédés sans élégance, la défense du Président !

Je compris peu à peu. À la mort de Mitterrand, j'avais, comme tous les Français, ressenti quelque chose qui ressemblait à de l'émotion. François Mitterrand était un adversaire, mais il avait montré du courage devant la maladie et il ne craignait pas grand monde en matière d'intelligence et de séduction. La télévision, tout naturellement, consacra au Président disparu l'essentiel de ses programmes, et elle m'invita.

Il y avait des Premiers ministres, des mandarins de la politique, des amis intimes du Président défunt, toutes les têtes de l'État. Quand on me donna enfin la parole, j'étais un peu de mauvaise humeur parce qu'il était déjà tard et que je m'étais beaucoup ennuyé. Je décidai, avec une folle audace, de dire ce que je pensais.

— Était-ce si audacieux ? demanda Gabriel.

— En politique, très audacieux. Après avoir rendu hommage, comme il se doit, à un homme qui venait de mourir, je me mis, brièvement...

— Bravo ! dit Gabriel.

— ... à tracer un parallèle entre deux personnages que l'opinion publique, entraînée et dressée avec soin, situait sur deux bords diamétralement opposés de l'échiquier politique : Robert Hersant et François Mitterrand. En vérité, ils étaient très proches.

Très proches par leur passé. Très proches par leurs ambitions. Très proches par leurs méthodes. On a beaucoup dit que chacun des deux s'était refusé, dans des circonstances difficiles, à voter la levée de l'immunité parlementaire de l'autre. Je ne suis pas sûr que ce soit vrai. Ce qui est vrai, en revanche, c'est qu'au terme d'un parcours politique et moral qui, sous les oppositions manifestes, les unissait l'un à l'autre dans les appétits personnels et le goût du pouvoir — car il y a des parentés de comportement autrement décisives que les étiquettes et les situations —, Mitterrand et Hersant étaient peut-être des ennemis, mais ils étaient d'abord des frères.

Ainsi, et ainsi seulement, s'expliquait l'indulgence mutuelle que se témoignaient en secret, sous le flot apparent des attaques lancées par les seconds couteaux, le président de la République et le patron de presse. La gauche présidentielle disait pis que pendre du boulimique papivore, et le journal, chaque matin, descendait en flammes le chef de l'Union de la gauche. Tout cela était du pipeau. On n'attaquait pas, dans *Le Figaro*, le passé vichyssois ni la personne de Mitterrand, et le gouvernement socialiste, en échange, ne poursuivait pas Robert Hersant en justice. Car il y a des choses, dans le monde des affaires, des services de renseignements, de la politique et de la presse, qui unissent en secret ceux que tout sépare en apparence.

Ils étaient, l'un et l'autre, des aventuriers de l'idée fixe. Ils étaient, l'un et l'autre, des hommes de pouvoir, de charme, d'immoralité profonde. Ils avaient suivi, l'un et l'autre, un itinéraire sinueux qui commençait à Vichy. Ils étaient entourés, l'un et l'autre, ce qui n'est pas toujours mauvais signe, d'un petit groupe de fidèles qui se seraient fait hacher menu pour servir leurs desseins. Ils étaient prêts, l'un et l'autre, ce qui était moins bon signe, à n'importe quelle méthode pour assurer leur succès. L'un dissimulait mieux ses passions dévorantes : c'était Mitterrand ; l'autre était ce fanfaron du vice qui en faisait toujours moins qu'annoncé : c'était Hersant. L'un était entré dans l'histoire ; l'autre s'était contenté de faire fortune. L'argent les entourait et les nourrissait l'un et l'autre, l'un le dénonçant en public et le couvrant en privé, l'autre l'affichant avec provocation. Mitterrand était plus menteur et Hersant plus cynique. Ils se situaient l'un et l'autre à l'extrême opposé d'un général de Gaulle. L'un plus à droite, l'autre plus à gauche, ils ont marqué, l'un et l'autre, notre époque d'effondrement des valeurs de la tradition et de la révolution.

TOUT FOUT LE CAMP

Un matin, sur l'île — c'était le début de l'automne, les nuits étaient déjà fraîches et le soleil brillait dans un ciel sans nuages qui jetait ses derniers feux —, je vis arriver Gabriel, son beau visage à l'envers.

— Ça va ? lui dis-je, avec une ombre d'inquiétude.

— Mon Dieu ! me dit-il. Ça pourrait aller mieux.

— Que se passe-t-il ? demandai-je.

— Bah !... tu sais bien... Les trônes... les dominations...

Je connaissais la réputation des trônes et des dominations. Ils étaient les bouffons de l'Éternel. C'étaient des pince-sans-rire toujours prêts à blaguer. Gabriel m'avait parlé de leur goût pour les farces et attrapes et de leur promptitude à tourner en ridicule tout ce qu'il y avait de plus sacré.

— Ils sont venus te tourmenter ?

— La nuit a été terrible... Tu n'as rien entendu ?

— Pas grand-chose, répondis-je. Euh... en vérité : rien du tout.

— Ils ont fait un boucan de tous les diables. Ils voulaient me ramener avec eux.

— Le rapport n'est pas fini ! m'écriai-je.

— Ils trouvent que ça va bien comme ça. Et que tu n'as pas le profil de Milton. Et encore moins celui de Dante. Il y a même un trône, ou une domination, je ne sais plus, qui m'a dit que j'essayais, mais en vain, de te faire péter plus haut que ton cul.

— Je suis très surpris, remarquai-je avec un calme souverain, de ce langage ordurier chez des anges si distingués.

— Ils ont beaucoup changé, me dit-il.

— Eux aussi ! m'écriai-je.

— Ils ne sont plus ce qu'ils étaient du temps de saint Jean à Patmos, ni même de Denys l'Aréopagite — ou le Pseudo-Aréopagite...

— Serait-ce le même Denis, demandai-je, qui a marché d'un si bon pas, sa tête coupée à la main, et à qui fut consacrée une basilique près de Paris ?

— De bons esprits le soutiennent. Et notamment Hilduin, un moine du temps de Charlemagne, de son fils Louis le Débonnaire et de son petit-fils Lothaire. Mais ne va pas confondre saint Denys l'Aréopagite, Grec du Ier siècle, membre de l'Aréopage d'Athènes, converti par saint Paul, avec saint Denys le Petit, ou même le Minuscule, qui calcule — en se trompant — la date de la naissance du Christ à partir de laquelle s'est établi le calendrier dont vous vous servez encore.

Dans sa *Hiérarchie céleste* — Περὶ τῆς οὐρανίας ἱεραρχίας — savant traité de théophanie mystique, Denys l'Aréopagite établit avec un soin rigoureux la classification des anges et leur répartition en trois ordres et en neuf chœurs, depuis les séraphins, tout au haut de l'échelle, jusqu'aux anges les plus modestes et sans qualification, qui jouent le rôle de simples soldats dans la milice céleste :

Premier ordre

Séraphins
Chérubins
Trônes

Deuxième ordre

Dominations
Vertus
Puissances

Troisième ordre

Principautés
Archanges
Anges

Les trônes et les dominations, qui occupent un rang si élevé dans le monde des idées pures et de la transcendance, on dirait vraiment qu'ils ne pensent plus à rien qu'à faire la fête et à s'amuser.

Ils sont tombés sur les notes que j'avais prises avec toi. Ils ont pleuré de rire, ils se sont moqués de nous et ils en ont fait deux tas. J'avais beau protester et crier, ils dansaient et chantaient autour de moi.

— Ils dansaient ! Ils chantaient !

— Ils dansaient, ils chantaient. Et pas des hymnes ni des cantiques, je te prie de le croire. Ils faisaient les pitres, ils riaient aux éclats. Les trônes et les dominations ! À la fin, ils ont tout fourré dans deux chemises. Sur le premier dossier, ils ont écrit : *Sacred*. Et, sur le deuxième : *Top Sacred*.

— Je voudrais bien voir ça ! lui dis-je.

— Je le garde pour le Très-Haut. À titre de témoignage.

— Ils ne parlent même plus hébreu, remarquai-je. Ni grec. Ni même latin.

— Hélas ! dit Gabriel. C'est n'importe quoi. Voilà longtemps déjà que j'explique à l'Éternel que tout est en train de foutre le camp chez les trônes et les dominations.

— Il va être furieux, avançai-je.

Je vis Gabriel hésiter. Il mit son index sur sa bouche, avec une grâce charmante : il ressemblait aux anges qui volettent dans les églises baroques de Bavière ou d'Autriche. Puis, avec le même index, il me fit signe d'approcher. Je m'inclinai vers lui.

— Plus près, souffla-t-il. C'est un secret effrayant.

Je me penchai à le toucher.

— Quelquefois, murmura-t-il d'une voix à peine audible, je me demande, ces derniers temps, si l'Éternel lui-même n'a pas un peu vieilli.

DEUX MOTS SUR DIEU

— Celui que vous appelez Dieu..., commença Gabriel.

— L'Éternel? demandai-je.

— Non, me dit-il. L'autre. Le mortel. Le petit...

— Le petit...?

J'hésitais.

— Dieu. Le petit. Le menteur. L'ambitieux. Celui qui clignait des yeux quand il réfléchissait. Celui de l'Élysée et de l'Observatoire..

— Ah! lui dis-je.

— Tu l'as connu? me dit-il.

— Un peu, lui dis-je.

— Alors? me dit-il.

— Intelligent. Séduisant. Supérieur à beaucoup.

— Capable de sauver le monde?

— Je ne crois pas, répondis-je. Un aventurier. Une arsouille, d'après un connaisseur. Une crapule, d'après plusieurs des siens.

— Tu l'as aimé?

— Détesté, lui dis-je.

— Tu l'as détesté?

— Et aimé, lui dis-je.

— Mon Dieu! me dit-il, rendez-moi l'éternité! Le temps est trop éprouvant.

COMPLAINTE DU TÉLÉPHONE

— Un soir, chez moi, le téléphone sonna.

— Le téléphone, nota Gabriel, joue un grand rôle chez vous.

— Considérable, lui dis-je. Aussi grand que les repas. Le téléphone sonne, et des guerres se déclenchent. Il sonne, et des fortunes s'édifient ou s'écroulent. Il sonne, des amours naissent. Il sonne, des amours meurent.

Je me souviens d'un téléphone, il y a près d'un demi-siècle, qui m'annonçait qu'une fille que j'aimais à la folie en choisissait un autre.

— Qui te l'annonçait?

— Mais elle-même. Avec beaucoup de simplicité. Je me souviens d'un coup de téléphone de Paul Morand dont je t'ai déjà parlé. Je me souviens d'une époque où le téléphone me faisait tellement peur que je me bouchais les oreilles quand il se mettait à sonner.

J'ai vécu dans un temps où Mussolini téléphonait à Hitler, et Hitler à Staline, et Staline à Roosevelt, et Roosevelt à Churchill. Où John F. Kennedy téléphonait au général de Gaulle. Où Tchang Kaï-chek téléphonait à Sun Yat-sen qui était son beau-frère avant de devenir son adversaire, car ils avaient tous les deux épousé une sœur Song.

Pendant quelque chose comme un siècle, après l'âge des lettres et avant l'âge du web et de l'électronique, le téléphone est l'instrument de la politique, des affaires, de la Bourse, des amours. Proust consacre une page célèbre d'*À la recherche du temps perdu* aux demoiselles du téléphone. Le téléphone passe d'une manivelle que nous tournions avec rage dans la bibliothèque de Saint-Fargeau, parce que la réponse ne venait jamais, à un disque sur ressort où figuraient des lettres associées à des chiffres et sur lequel une dame en tailleur ou en déshabillé, un monsieur en veste de velours ou de tweed formaient, comme dans les romans de Chardonne, comme dans les pièces de Guitry, Littré 70-44 ou Maillot 57-71, puis à des touches numérotées que, tac, tac, tac, tac, des jeunes gens en imperméable effleuraient à toute allure devant des machines à sous, puis à cet objet vagabond qu'on traîne avec soi dans les musées, dans les restaurants, dans les mariages et les enterrements et jusque dans son lit, que les Italiens appellent *cellulare* ou, avec tendresse, *telefonino* et qui permet de se livrer, dans la rue, dans les taxis, dans la salle d'attente des médecins, dans les halls de gare, dans les cimetières et sur les plages, aux joies sans trêve de la *telefonata*.

Outil de pouvoir, de séduction, de fortune, d'information, de chantage, le téléphone est aussi un instrument qui, mieux que tous les autres, a donné une dimension nouvelle à la sexualité. Il n'est plus besoin d'être ensemble pour pouvoir faire l'amour. Ou presque. Tu es à Budapest et l'autre est à Tokyo, ou tu es à Rio et l'autre est à Sydney...

— Je ne suis nulle part, gronda Gabriel. Et partout.

— On se parle, on entend la voix de l'autre, on dit des choses qu'on n'oserait peut-être pas dire en sa présence, et l'autre les écoute. Le téléphone est la plus érotique des inventions de l'homme et on s'aime par téléphone avec plus de brutalité qu'on ne s'aimait par lettres, par coursier, par télégramme ou par petit bleu.

— Quelle horreur! dit Gabriel.

NOUS NOUS DÉTESTIONS
TOUS LES DEUX

— Un soir, chez moi, le téléphone sonna. Qu'est-ce que je fais?

— Tu te bouches les oreilles, dit Gabriel.

— Je décroche. J'entends :

— Allô? Ici, François Mitterrand.

— Je me demande en un éclair quel est le farceur qui m'appelle. Jean Dutourd, peut-être? Il imitait les voix à merveille et m'avait déjà piégé plus d'une fois. Et un de ses fantasmes était de venir me voir au *Figaro*, dissimulé derrière une voilette, un chapeau à plume sur la tête, un pistolet à eau à la main, et de me faire passer une carte de visite avec ces mots imprimés :

MADAME JOSEPH CAILLAUX

Ou ce clown de génie, toujours à la marge du chantage et de la folie des grandeurs : Jean-Edern Hallier?

353

— C'est François Mitterrand, répète l'inconnu avec un peu d'impatience et une ombre d'irritation.

— Et je reconnais sa voix. Je bredouille quelques mots, apparemment sans suite, comme dans une émission de télévision, quelques années plus tôt, sur le traité de Maastricht, où je m'étais embrouillé, en face de lui, dans ce que je voulais lui dire et où il m'avait tendu la main avec élégance pour me sortir du ruisseau où je m'embourbais.

— Voilà longtemps, me dit-il, que nous ne nous sommes plus rencontrés. Voulez-vous que nous nous voyions ? J'aimerais que vous veniez à l'Élysée pendant que j'y suis encore.

— Monsieur le président de la République, lui dis-je, je suis à votre disposition où et quand vous voudrez.

— Eh bien, me dit-il, voulez-vous après-demain ?

Je restai un instant silencieux.

— Monsieur le Président, lui dis-je, votre heure et votre lieu sont les miens, mais je me demande si après-demain ne posera pas un problème. À vous, d'ailleurs, plutôt qu'à moi.

— Et pourquoi donc ? demanda-t-il.

— Parce que la transmission de vos pouvoirs à M. Jacques Chirac est fixée au 17 mai. Et après-demain, c'est le 17 mai.

Nous étions, en effet, le soir du 15 mai 1995.

— Ah ! me dit-il. Aucune difficulté. La transmission des pouvoirs est prévue pour onze heures. Si vous veniez à l'Élysée prendre le petit déjeuner avec moi vers neuf heures, nous aurions deux heures devant nous.

— Le surlendemain, 17 mai, à 8 heures 55, je

me pointe devant la grille de l'Élysée, rue du Faubourg-Saint-Honoré. Une petite foule de badauds était déjà rassemblée. On s'agite un peu, on rit :

— Ah ! Vous venez voir Chirac !...

— Non, dis-je en me retournant, je viens voir Mitterrand.

— Ce n'était pas la première fois que je rencontrais François Mitterrand en petit comité. Non seulement il était venu déjeuner chez moi, en tête à tête, incognito, presque en secret, à la veille de l'élection présidentielle de 1974, pour me faire l'éloge du gris — « le noir... le blanc... ce que je veux, c'est faire du gris » —, non seulement je l'avais présenté à Lauren Bacall — « *If you need me, just whistle...* » — sur les Zattere à Venise, mais il m'avait déjà accueilli à l'Élysée.

Après le cardinal de Richelieu, les rois de France et l'empereur Napoléon, le président de la République est le protecteur de l'Académie française où personne ne peut être élu sans être agréé, puis reçu par le Président. De Gaulle s'opposa toujours à l'élection de Saint-John Perse, alias Alexis Saint-Léger Léger, alias Alexis Léger, ancien secrétaire général du Quai d'Orsay, antinazi d'Amérique, et longtemps à celle de Paul Morand, ambassadeur de Pétain. Il finit par accepter l'élection de Morand, mais refusa de le recevoir. Quand Michel Debré fut élu, mes fonctions de directeur — désigné pour trois mois, le directeur préside les séances de la Compagnie — me firent une obligation de l'accompagner à l'Élysée pour le présenter au président de la République.

Je savais, en me rendant avec Michel Debré rue du Faubourg-Saint-Honoré, qu'il s'agissait d'une plaisanterie : François Mitterrand, adversaire irréductible du général de Gaulle, onze fois ministre de la IVe République avant de devenir président de la Ve dont il n'avait cessé de dénoncer l'infamie, n'avait nul besoin de moi pour connaître intimement Michel Debré, Premier ministre du Général, fidèle entre les fidèles, père de cette Constitution que François Mitterrand avait si longtemps vomie avant de l'incarner. Et pour être connu de lui dans les moindres détails. Je me doutais bien que la rencontre allait être explosive. Elle fut pire que je ne le craignais.

Quand Michel Debré et moi entrâmes dans son cabinet de travail, le Président se leva, nous accueillit avec courtoisie, me serra la main, serra celle de Debré. Nous nous installâmes sur trois fauteuils autour d'un guéridon où il y avait du café ou je ne sais quel alcool. Et puis, se tournant vers Debré, le président de la République lui dit :

— Quelle drôle d'idée, monsieur le Premier ministre, de vous être présenté à l'Académie française !

À partir de ce moment, déplaçant avec soin son fauteuil pour tourner le dos à Debré, Mitterrand s'adressa exclusivement à moi. Pendant une vingtaine de minutes, il déploya des trésors de charme et d'érudition sans jeter un seul regard au nouveau confrère que j'étais venu lui présenter.

Debré lui rendait la pareille. L'air absent, les yeux au ciel, il semblait ne pas attacher le moindre intérêt ni même la moindre importance aux paroles du Président à qui il décochait de temps en temps un coup d'œil ironique et franchement hostile.

Ne sachant plus où me mettre ni à quel saint

laïque me vouer, je déployai des efforts héroïques pour ramener l'ancien Premier ministre dans la conversation. Peine perdue. Le président de la République l'ignorait superbement. Quand, épuisé, effaré, titubant, je crus devoir me lever sur une formule de notre hôte qui semblait mettre fin à l'entretien, aucun mot n'avait été échangé entre Mitterrand et Debré en dehors de la phrase meurtrière lancée par le Président en guise d'ouverture et que le Premier ministre n'avait d'ailleurs pas relevée.

Dans la voiture qui nous attendait devant le perron de l'Élysée pour nous déposer chez nous, j'exprimai à Michel Debré mon désarroi devant le tour que, bien malgré moi, avait pris la conversation.

— Bah! me dit-il, entre Mitterrand et moi, il était impossible que les choses se passent bien. Chacun de nous deux en sait bien trop sur l'autre et nous nous détestons tous les deux.

Le souvenir me traversa soudain d'un sonnet d'Henry Becque, l'auteur de *La Parisienne*, qui m'avait amusé dans ma jeunesse et qui commençait par ce quatrain que je récitai au Premier ministre du général de Gaulle en traversant le pont de la Concorde qui le ramenait chez lui, rue Jacob :

> *Je n'ai rien qui me la rappelle,*
> *Pas de portrait, pas de cheveux,*
> *Je n'ai pas une lettre d'elle :*
> *Nous nous détestions tous les deux.*

PETIT DÉJEUNER À L'ÉLYSÉE

— Cette fois-ci, ce n'étaient pas des fonctions qui m'appelaient à l'Élysée. C'était une invitation personnelle du Président, qui m'avait indiqué que nous serions seuls tous les deux.

Je passe de garde en garde. Un membre du cabinet m'accueille dans le vestibule et je retrouve, à gauche en entrant, les appartements privés du Président que j'avais fréquentés du temps de Pompidou. Le Dr Jean-Pierre Tarot, médecin personnel de Mitterrand, m'attend dans une grande pièce où s'entassent les cartons du déménagement présidentiel. Nous échangeons des banalités et, quelques instants à peine plus tard, apparaît le Président. Il a un teint cireux. Il ressemble à sa statue au musée Grévin.

— Thé ou café ?

Je choisis le thé. Arrivent aussi du pain, du beurre, des confitures et du miel, des jus d'orange ou de pamplemousse et de très bons œufs brouillés auxquels je fais honneur.

Je commence par demander à François Mitterrand des nouvelles de sa santé.

— J'ai beaucoup souffert, me dit-il. Je vais mieux. J'ai connu des jours très durs.

Nous parlons de la maladie, des hommes d'État qu'elle frappe, de Georges Pompidou. Je dis à François Mitterrand que son courage dans l'épreuve a forcé le respect de ses adversaires comme de ses amis. Je lui dis aussi que son exigence de transparence et ses bulletins de santé régulièrement excellents étaient, pour rester dans le registre de la litote, de la poudre aux yeux des gogos. Il me répond que la morale des hommes publics n'est pas celle des particuliers et qu'il y a des mensonges d'État comme il y a des devoirs d'état et qu'il leur arrive de se confondre.

Il me brosse à grands traits les portraits de sa mère, très pieuse, des Charentes de son enfance, de sa jeunesse chrétienne, de son arrivée à Paris, de François Mauriac qui le reçoit, du 104 rue de Vaugirard où se retrouvaient des étudiants catholiques et de ses débuts dans la politique. Et c'est une fresque romanesque d'un charme et d'une puissance sans égal. Je pense, sans rien lui en dire, à ce parallèle qui l'a hanté entre de Gaulle et lui : le Général, légende entrée vivante dans l'histoire de son temps ; Mitterrand, héros de roman pour conversations d'après-dîner.

Nous passons à une sorte de revue en forme de jeu de massacre du personnel politique. Ses amis et ses adversaires en prennent également pour leur grade. Quelques noms à peine surnagent, en majorité — par courtoisie peut-être à mon égard ? — du bord qui n'est pas le sien.

La vie défile, et la mort. Il parle de la mort avec une sorte de curiosité mêlée de courage et de lucidité où flotte le souvenir des stoïciens et des épicuriens. L'empreinte du christianisme reste forte sur l'artisan de l'union de la gauche et du socialisme à la française. Ce qui l'intéresse surtout, me semble-t-il, et moi aussi d'ailleurs, c'est la communion des saints.

Le Dr Tarot, qui s'était éclipsé pour nous laisser tête à tête, apparaît dans l'encadrement de la porte. Il rappelle au Président qu'il doit encore se changer pour la remise des pouvoirs.

— Ah! dit le Président qui est en costume de ville gris, je dois me mettre en marin — enfin, en bleu, vous comprenez? Quelle heure est-il?

— Onze heures moins vingt, répond le Dr Tarot.

— Eh bien, dix minutes me suffiront largement. Nous avons encore dix bonnes minutes.

Je profite de ces dix minutes pour l'interroger sur les événements du moment. Jacques Attali vient de faire paraître le deuxième volume de sa série de souvenirs intitulée *Verbatim*. Deux ou trois romans agitent les milieux littéraires : nous en parlons quelques instants. Je l'interroge sur ses projets — «Je vais prendre du champ, bien sûr, mais je serai toujours là, hein? Au moins pour un bout de temps...» —, j'évoque l'affaire Bousquet, haut fonctionnaire de Vichy : beaucoup reprochent au Président les liens qui l'unissent à ce personnage qui a joué un rôle important dans la collaboration avec l'Allemagne hitlérienne.

François Mitterrand m'écoute sans irritation apparente. Et il me regarde.

— Vous constatez là, me dit-il, l'influence puissante et nocive du lobby juif en France.

Il y a un grand silence. L'ombre de mon arrière-grand-mère passe sur l'Élysée.

En rentrant chez moi, je ne jette que quelques notes rapides sur le papier. Je transcris aussitôt les mots du Président de peur que l'oubli ne les emporte ou qu'il ne risque de les modifier.

Beaucoup de journalistes m'interrogèrent à l'époque sur le dernier petit déjeuner partagé à l'Élysée avec François Mitterrand. Jusqu'à ta visite, mon cher Gabriel, et au rapport à l'Éternel, je n'ai jamais rien répondu. Mon silence avait deux motifs.

Le premier était d'ordre public : personne ne m'aurait cru. On m'aurait accusé de partialité ou d'agressivité. On m'aurait demandé des preuves. Je n'en avais aucune. Mieux valait ne rien dire.

Le second était d'ordre privé. François Mitterrand ne m'avait à aucun moment demandé le secret. Mais, à tort ou à raison, il me semblait qu'il m'avait moins reçu comme un journaliste d'opposition dont il convient de se méfier que comme un écrivain avec qui il s'entretenait, non seulement au dernier jour mais dans les dernières minutes de son mandat présidentiel, dans une atmosphère, peut-être paradoxale, mais les hommes sont comme ça, de cordialité et de confiance. « Tu es idiot ou quoi ? me dirent des amis de gauche. Et suffisant en plus. Il était plus fort que toi. Tout ce qu'il a bien pu te raconter, c'était pour que tu le répètes. Ne va pas croire autre chose. Ni à une soudaine bouffée d'effusion. »

— Avaient-ils raison, demanda Gabriel, tes amis progressistes et présidentiels ?

— Je n'en sais rien, lui dis-je. Ce n'est pas impossible.

LE LABYRINTHE DU MONDE

On pourrait imaginer une histoire de l'espace et du temps. Elle couvrirait l'ensemble des aventures d'un univers qui débouche sur les hommes — avant de passer à autre chose. Des débuts d'une modestie qui touche à l'insignifiance, à la façon d'un empire qui n'est encore qu'une famille de bergers ou de soldats, à la façon d'un livre qui n'en serait qu'à la première page. Et puis l'espace s'accroît au même rythme que le temps. Des distances apparaissent et un passé surgit. L'univers s'étend et l'histoire progresse. À peine ont-ils vu le jour que les deux marmots se transforment en tyrans — et en tyrans de la pire espèce : tout leur appartient, tout dépend d'eux.

Le jeu des monstres jumeaux devient très vite d'une complexité formidable. Tout ce qui se passe a des frontières qu'il est permis de traverser, tout ce qui se passe a une histoire qu'il est permis d'explorer. Sans qu'on puisse jamais sortir de l'univers. Et sans qu'on puisse jamais le cerner ni l'épuiser. L'univers est unique et fini, et il ouvre le champ à une infinité de regards et d'interprétations. Quoi qu'on dise de l'univers, on peut en dire autre chose. «Aucun livre, écrit Borges, n'est le miroir du monde, mais une chose de plus ajoutée au monde. »

L'univers est un labyrinthe de reflets et d'échos. À peine ouvrez-vous la bouche ou les yeux, à peine tendez-vous l'oreille que s'offre à vous un fil de la pelote infinie qui constitue ce monde fini. Vous tirez : le monde défile. Vous auriez pu tirer un autre fil de la pelote : un monde différent, et pourtant toujours le même, se serait mis à défiler. Personne n'épuise jamais rien. Le vertige du monde se combinait en moi à une indifférence passionnée.

UNE DOULEUR D'ÉTERNITÉ

— Alors, me dit-il, content de toi ?

— Content de moi ? lui dis-je.

— Cesse de faire l'imbécile. Tu as eu presque tout de ce qu'un homme peut espérer de cette planète où vous habitez et que vous dominez. Tu as eu de l'argent, de l'amour, une bonne santé, des honneurs, des amis, des parents sans égal, du plaisir par-dessus la tête, plus de pouvoir que tu n'en voulais. Tu as dirigé un journal, tu as écrit des livres, tu as participé aux passions et aux querelles de ton temps. Ça va ?

— Ça ne va pas du tout, lui dis-je. Pourquoi crois-tu que je suis ici ?

— Dans l'île ? me dit-il. Bah ! Par paresse. Par plaisir. Parce que le soleil brille. Parce que la mer est chaude. Pour te baigner. Pour ne rien faire.

— Tu te trompes, lui dis-je. Je suis ici par chagrin.

— Quel chagrin ? me dit-il.

— C'est compliqué, lui dis-je.

— Marie ? demanda-t-il.

— Oui, bien sûr, Marie. Et au-delà de Marie.

— Ah ! ah ! murmura Gabriel.

Et il se pencha vers moi.

— Tu devrais me comprendre mieux que personne, lui dis-je. J'ai le vertige du temps qui passe et il me ronge de l'intérieur. Ce qui m'épouvante avec Marie, ce n'est pas tant qu'elle ne soit pas là : on s'en consolerait aisément, on est capable d'attendre. C'est qu'elle ne sera plus jamais là. Je ne verrai plus jamais ce geste qu'elle avait de la tête pour rejeter ses cheveux en arrière, je ne l'écouterai plus jamais dire des choses qui souvent m'agaçaient. C'est un chagrin d'éternité. Et c'est une douleur qui fait haïr le monde.

Parce qu'elle est plongée dans le temps, la vie des hommes est marquée par un refrain contre lequel personne ne peut rien : c'est le refrain du *jamais plus*. Même toi qui vis dans l'éternel, mais qui es descendu dans le temps, tu ne seras plus jamais l'ange qui, pour la première fois, avec son lys à la main, se prosterne devant la Vierge qui sera la mère de Dieu dans une lumière du matin. Tu ne seras plus jamais cet envoyé du Très-Haut qui a surgi devant moi, un soir d'été, dans une île, sur le chemin de la mer. Je ne marcherai plus jamais aux côtés de Marie.

J'imagine qu'on se tue pour échapper au temps qui ne laisse plus d'espérance. Dans la vie de chaque jour, le poison de la chute permanente dans le passé a pour contrepoison un espoir en l'avenir qui refleurit sans cesse. Quand cet espoir fait défaut, quand notre corps nous lâche, quand l'esprit s'embrume, quand il n'y a plus d'avenir qui nous paraisse supportable, la seule issue qui reste est de sortir du temps.

Si je suis venu dans l'île, c'est pour sortir du temps. Je t'ai très mal reçu parce que la solitude était ma seule amie. C'est toi pourtant qui m'as

365

rendu cette lueur au loin qui permet de survivre :
je suis passé grâce à toi de Marie à l'Éternel.

— Ah ! s'écria Gabriel. Travaillons à fléchir
l'Éternel.

Je posai la main sur son épaule.

— Voilà déjà un bon bout de temps, lui dis-je,
que, sans trop d'espérance, je ne fais plus rien
d'autre.

LE SEUL CHAGRIN EST
DE NE PAS ÊTRE UN SAINT

Toute une nuit encore nous parlâmes tous les deux autour de la lampe à huile que j'allumais chaque soir à la tombée du jour.

— Cherche, cherche encore, insistait l'ange venu du ciel en se penchant vers moi, ce que tu pourrais dire à l'Éternel sur ta vie et sur ton époque.

— Qu'est-ce que tu veux que je lui dise ? répondais-je avec lassitude. Qu'est-ce que tu veux que je te dise ? Avec un peu plus de facilités, avec un peu plus de bonheur que la plupart des autres, j'ai mené la vie de tous les hommes. Je suis né sans le vouloir, j'aurai vécu comme j'ai pu, je mourrai sans savoir ce que sont la vie et la mort. Le reste est mince et sans éclat. Si je ne t'avais pas rencontré, il ne me serait rien arrivé. J'ai fait des erreurs et des livres. Et peut-être mes livres au prix de mes erreurs. J'ai rencontré des hommes, et parmi eux des femmes. J'en ai aimé quelques-unes. J'en ai admiré quelques-uns. J'en ai haï très peu.

— C'est toujours ça, dit Gabriel.

— J'ai connu des humbles, des puissants, des rêveurs, des imbéciles, des hommes de pouvoir et d'argent, des talents, des génies, des traîtres, des désespérés et des fous. J'ai même connu des saints.

— Des saints ? s'écria Gabriel.

— J'ai admiré un homme dont le nom est déjà menacé par l'oubli. Il s'appelait Robert Garric. Il avait des oreilles décollées et il parlait très vite. Il aimait les plus pauvres et il s'occupait d'eux. De Frédéric Ozanam à Armand Marquiset qui distribuait des roses aux lépreux de Calcutta sur le point de mourir et à Mère Teresa, il y en a d'autres comme lui et c'est d'abord eux que j'envie. Le seul regret est de ne pas être un saint.

— Es-tu un saint ? demanda Gabriel.

— Je suis à peu près le contraire. Et c'est pourquoi, j'imagine, tu m'as choisi entre tous. Je suis l'image même de ce monde dont Dieu s'indigne et qui le met en fureur. J'aime le plaisir et le rire, l'instant présent, le bonheur, toutes les délices de cette terre, et ma propre personne. Je pourrais te livrer le fond d'un cœur qui n'est pas transparent et te raconter plus d'une histoire où je me suis si mal conduit que tu aurais honte de ton ami et que tu te détournerais de moi.

Il appuya sa tête contre son poing fermé.

— Raconte-les-moi, me dit-il.

— Sûrement pas, lui dis-je. Tu serais déçu. L'Éternel m'en voudrait. La perte du monde serait décidée plus rapidement encore.

— Vantard ! Rien ne te ferait plus de bien que de tout avouer et de sortir de toi-même.

— Possible. Et même probable. Mais ce n'est pas moi qui compte. C'est le sort du monde.

— Hypocrite et vantard, murmura Gabriel.

HISTOIRE
DES JUMEAUX SANGLANTS

— L'époque où j'ai vécu, en revanche, il m'est possible de t'en parler. Elle est dominée par deux hommes sombres et par une espérance lumineuse — réalisée et déçue. Les deux hommes, tu le sais déjà, s'appellent Hitler et Staline ; et l'espérance se confond avec le progrès d'une science qui, envahissant la vie de chaque jour, l'emportant peu à peu sur la religion, sur les valeurs morales, sur la politique traditionnelle, sur le long règne des livres, est la déesse des temps modernes.

Péguy récite une généalogie qui a marqué son temps : « *Kant, qui genuit Fichte, qui genuit Schelling, qui genuit Hegel, qui genuit Marx.* » La généalogie peut être poursuivie : « *Marx, qui genuit Lénine, qui genuit Staline.* » Staline, qui règne sur tout le milieu du XXᵉ siècle, sort d'une longue culture de la révolution qui remonte à Robespierre et à Saint-Just, à Rousseau, à Spinoza, à Campanella, à Giordano Bruno, à Savonarole, aux paysans affamés, à Spartacus qui prit la tête des esclaves révoltés, et sans doute à la Réforme, aux hérétiques et à Platon. Il est l'héritier d'un humanisme avant d'être un tyran et un assassin. C'est une circonstance atténuante — ou si tu préfères, au choix, une circonstance aggravante. Et peut-être la violence est-elle liée par nature à la révolution.

Adolf Hitler est un aventurier. Il s'oppose à Staline au nom des forces obscures de la terre, de la race et du sang. Il est le fils du chômage et de l'inflation. C'est la brutalité de la nature contre la force de la raison. Staline domine, sinon le monde, du moins beaucoup d'esprits parmi les plus ardents pendant près d'un demi-siècle. Liée à l'outil formidable que constitue l'armée allemande, l'aventure de Hitler a quelque chose de foudroyant dans l'ascension et dans le désastre : elle se déroule en douze ans. Vers le milieu du siècle, après la chute du Führer qui voulait inscrire son empire dans une histoire glorieuse et sanglante à la suite de Charlemagne, de Charles Quint, de Louis XIV, de Napoléon et qui régna quatre ans — quatre brèves et interminables années — sur une Europe vaincue, on a pu soutenir, avec un semblant de vraisemblance, que le nom d'Adolf Hitler serait prononcé dans l'avenir comme celui d'un chef de bande à l'époque de Staline : un assassin vaincu par les forces du futur.

Aron lui-même, qui résista mieux que personne aux illusions de ce siècle, doutait, je crois, de la victoire finale d'une vérité qui renverrait dos à dos les deux ennemis de la démocratie et de l'humanité. Après avoir participé, avec beaucoup d'autres, à la bataille victorieuse contre le national-socialisme, il menait, dans son esprit, un combat solitaire et d'arrière-garde contre l'imposture stalinienne. En 1976, ce n'est pas si ancien, en écho à une formule célèbre de Marx — « Un spectre hante l'Europe : le communisme » —, Raymond Aron écrivait « Deux spectres hantent l'Europe, la liberté et l'Armée rouge. » Il n'était pas certain que la liberté l'emporterait. Il est mort sans connaître la réponse à la question qui était au cœur de ses écrits et de sa vie.

Incarnées par Staline, les forces du futur — un avenir rayonnant, l'humanisme révolutionnaire, le triomphe de la raison, la culture présumée du prochain siècle et peut-être du prochain millénaire — se sont écroulées à leur tour, de l'intérieur, avec le mur de Berlin, dans la misère et le sang. L'assassin chef de bande a été rejoint dans l'abjection par le bourreau humaniste. Il est impossible de se détourner de l'un avec horreur sans se détourner de l'autre avec la même horreur. Nous avons vécu dans les ruines de la nation et de la raison, de la race et de la culture.

Aucune époque autant que la mienne n'a parlé de paix, de justice, de solidarité, de fraternité entre les hommes : elle a un versant angélique. Et elle a un versant bestial : aucune époque autant que la mienne n'a vu régner la mort. Les Aztèques, qui arrachaient les cœurs des prisonniers et des joueurs de pelote ou de balle pour faire se lever le soleil, les Romains, les Barbares, les Huns, les Vikings et les Normands, Pierre le Grand ou Basile II, dit le *Bulgaroctone* ou le « tueur de Bulgares », qui fit crever les yeux à quinze mille prisonniers, se contentant d'en éborgner cent cinquante, chargés de servir de guides aux aveugles renvoyés à leur tsar du nom de Samuel, Gengis Khan, qui interdisait à son fils, dans une lettre célèbre, de se laisser aller à la bonté et à la mansuétude et qui élevait dans les villes détruites par le fer et le feu des pyramides de crânes, et son successeur Tamerlan, les Chinois, qui s'y connaissaient en tortures, et les Ottomans, qui n'étaient pas mal non plus, et beaucoup d'autres encore dont la liste serait trop longue, ont fait couler beaucoup de sang. Moins que Verdun et le Chemin des Dames. Moins surtout que Staline, maître des purges du parti, des polices secrètes, des procès de Moscou et de la terreur rouge, assassin des koulaks, des trotskistes, des ennemis du peuple et de la Révolution. Moins surtout que Hitler, bourreau des juifs parce qu'ils étaient juifs, des communistes, des libéraux et de tous ceux qui s'opposaient à ses crimes.

Une bonne partie du dernier siècle s'est déroulée sous le signe des jumeaux sanglants qui s'appelaient Staline et Hitler, ennemis mortels et alliés entre eux par la faiblesse et les fautes des démocraties libérales. Le drame de mon époque est qu'il fallait choisir entre eux.

On raconte qu'au début de la guerre civile en Espagne, le philosophe José Bergamín fit venir ses deux neveux. Il leur demanda de quel côté ils comptaient s'engager. Ils répondirent que les deux côtés leur déplaisaient également et qu'ils entendaient rester neutres au milieu de tant d'horreurs équitablement partagées. « *Hoy, no se puede* », leur déclara Bergamín. « Aujourd'hui, c'est impossible. » Alors, ils tirèrent au sort le camp qu'ils allaient choisir. L'un prit parti pour les républicains et l'autre pour Franco. Et ils furent tués tous les deux.

Il ne fallait pas tirer au sort entre Staline et Hitler. Il fallait choisir le camp auquel, par accident, appartenait Staline. Il y appartenait pour la seule raison que le national-socialiste avait fini par attaquer son complice alors même que le communiste se refusait à croire, jusqu'au dernier instant, à la trahison de son allié.

Ceux qui ont choisi Hitler contre Staline, ceux qui n'ont pas choisi du tout n'ont pas seulement été écrasés, comme tu le sais, par l'histoire. Ils n'ont pas seulement choisi contre l'histoire, ils ont choisi contre l'Éternel. Le drame majeur du temps où j'ai vécu, c'est qu'il fallait choisir le camp où se trouvait Staline.

Il y a un autre drame de mon époque : c'est qu'il ne fallait choisir Staline que parce qu'il était contre Hitler. Ceux qui ont choisi Staline pour Staline et qui ont continué à le choisir après la chute de Hitler alors que les crimes du communisme soviétique n'étaient pas moins avérés que les crimes du national-socialisme ont aussi choisi contre l'Éternel. Le monde est un labyrinthe de chagrin et de sang et les hommes s'y égarent. Et l'Éternel, qui est l'architecte et le jardinier de cet atroce labyrinthe, s'y égare avec eux.

— C'est toi qui t'égares, coupa Gabriel d'une voix sèche. L'Éternel ne s'égare jamais. Il laisse les hommes libres de se perdre. Ils se perdent, et il les abandonne. Et c'est pourquoi je suis ici, auprès de toi qui n'es rien et qui parles sans savoir.

ILS SONT CAPABLES DE TOUT

— Le siècle des jumeaux sanglants baigne d'un bout à l'autre dans la rivière enchantée, et bientôt désenchantée, du progrès de la science. La science ! Le progrès ! Ils poussent leurs racines dans l'Égypte ancienne et dans la Grèce. Ils enivrent la Renaissance. Ils hantent le XVIIIᵉ siècle où ils se combinent en un mélange explosif avec le goût du plaisir et l'attente du changement. Ils se déploient dans le XIXᵉ où ils balaient tout sur leur passage et où le mot *aurore* est le refrain de Hugo.

Pendant des millénaires, le monde a bougé si lentement que, sous les guerres, les massacres, les famines, les inondations ou les tremblements de terre, sous les révolutions politiques — la naissance, en Grèce, de la démocratie ; la lente montée du christianisme dans le bassin méditerranéen ; la gloire de l'Empire romain, son déchirement, son déclin ; les conquêtes de l'islam ; les intrigues de palais au Japon et en Chine ; la découverte du Nouveau Monde —, les fils vivaient comme leurs pères. Ils chassaient, ils pêchaient, ils paissaient leurs troupeaux, ils cultivaient leurs terres. Il y avait un ordre des choses et une permanence des systèmes et des institutions. Aujourd'hui répétait hier, et demain, aujourd'hui.

Le progrès a changé tout cela. On allait faire autre chose. On allait découvrir des cieux. On allait vivre mieux. Durant quatre ou cinq siècles, avec des hauts et des bas, on attend tout de l'avenir. Le savoir des hommes s'accroît dans des proportions inouïes. Il n'y a plus rien d'impossible. Dans deux domaines surtout, des perspectives enchantées illuminent l'horizon : les communications et la médecine.

Les hommes vont plus vite et plus loin. De César à Napoléon, d'Hérodote à Chateaubriand, sur terre et sur mer, les transports, si j'ose dire, n'avaient guère bougé. On mettait à peu près le même temps pour aller de Marseille à Rome ou d'Athènes à Byzance, pour traverser les Alpes ou la mer Ionienne, pour se rendre en pèlerinage, quand on était chrétien, des Flandres à Jérusalem ou à Saint-Jacques-de-Compostelle, et, quand on était bouddhiste, de Pékin ou de Xi'an jusqu'aux contreforts méridionaux de l'Himalaya ou aux rivages du Gange. De génération en génération, les soldats, les savants, les pèlerins, les commerçants suivaient les mêmes chemins et marchaient du même pas. Le cheval régnait sur l'espace.

Le XXᵉ est le premier siècle depuis beaucoup de millénaires où l'homme se sépare de son cheval. Il a trouvé mieux : la machine. En même temps que l'univers devenait de plus en plus grand, la Terre devenait plus petite.

À mesure que son génie dominait l'immensité, l'homme découvrait ses limites. Il régnait sur un univers dont, à l'évidence, il n'était plus le centre et où il n'était peut-être même pas le seul à maîtriser quelque chose qui ressemblât à la pensée. Il voyait des étoiles de plus en plus nombreuses et de plus en plus lointaines dans l'espace et dans le temps. Il finissait par assister à la naissance du monde et à sa propre naissance. Il suivait le fil de son passé à travers les animaux, les plantes, la vie, la matière brute, les rochers et les gaz. Il découvrait avec orgueil l'humilité de ses origines. Il triomphait et il s'effondrait.

La médecine progressait. Sa santé devenait un dieu aux prêtres tout-puissants — ou quasi tout-puissants. Sa vie s'allongeait. Les enfants ne mouraient plus. Les vieillards survivaient. Les maladies connues étaient combattues et vaincues. Mais des maux inconnus ne cessaient d'apparaître. Ses souffrances diminuaient, mais il s'arrangeait on ne sait comment pour continuer à souffrir et à mourir. La condition humaine et la mort avaient la vie plus dure que les maladies successives.

Comparé à l'ancien, le monde nouveau était un paradis. Et ce paradis restait l'enfer plein de bonheurs et de rêves qu'il n'avait jamais cessé d'être. La vie, comme toujours, comme hier, comme demain, était une malédiction dont chaque instant était un miracle et qui s'achevait par la mort.

La science et son progrès avaient tenu — et au-delà — leurs promesses les plus folles. Ils n'avaient pas échoué : ils avaient trop bien réussi. La science, qui s'avançait sous un masque d'espérance, prenait un masque d'inquiétude. Le progrès s'inversait. Tout était possible : le meilleur — et le pire. L'angoisse, après tant d'espoir, se mettait à planer sur les lendemains qui chantaient. La science et le progrès n'étaient plus les sirènes dont les charmes, si longtemps, avaient bercé les marins : c'étaient des sirènes d'alarme. Il y avait quelque chose de pourri dans le royaume du progrès. Ce qui menaçait les hommes, c'était leur propre puissance.

Ils ne savaient plus où ils en étaient. Ils avaient fait le tour du pouvoir comme ils avaient fait le tour du sexe. Les plaisirs les rendaient fous, presque autant que la misère. Le malheur les accablait, et le bonheur aussi. Ils couraient encore après l'argent qu'ils avaient appris à détester. Ils enviaient ce qu'ils méprisaient, ils méprisaient ce qu'ils enviaient. La vie, autour d'eux, avait fait des progrès longtemps inimaginables, et ils continuaient à la maudire autant qu'ils l'adoraient.

Les hommes étaient capables, dans leur orgueil, de mettre fin à la planète où ils s'étaient développés, au choix, selon vos repères et selon vos modes de calcul, depuis quarante mille ans, ou depuis deux cent mille, depuis trois millions ou quatre milliards ou cinq milliards ou quinze milliards d'années. Ils étaient capables de se changer eux-mêmes en autre chose, en monstres, en robots, en créatures de rêve ou de cauchemar, en amas de cadavres ou en génies à la chaîne. Ils étaient capables de tout. Et de défier à eux seuls l'Éternel et ses lois.

— Eh bien, dit Gabriel, nous y voilà.

JE DEMANDE PARDON À GABRIEL

— Voyons, disait Gabriel en compulsant ses fiches avec fébrilité, voyons, y a-t-il encore autre chose que nous ayons oublié ?

— Mon pauvre ami, lui disais-je, nous avons tout oublié. De tout ce que nous pouvions jeter en vrac aux pieds du Tout-Puissant pour le supplier d'avoir pitié des hommes, nous n'avons rien retenu. Ou presque rien. Il y avait tout un monde à présenter à l'Éternel et à défendre auprès de lui. Je n'en ai montré que des miettes. Je suis navré pour toi. Tu avais derrière toi la plus belle vie d'archange que le tout pût imaginer dans son éternité comme dans le temps des hommes. Tu te tenais là-haut auprès de Dieu. Tu étais devenu une star que les peintres s'arrachaient ici-bas. Ton nom était connu dans toutes les langues de la planète et ta gloire régnait dans les cieux et dans ces musées de la terre qui en sont les reflets. Tu as tout gâché avec moi. Je te demande pardon. Je t'ai fait jouer le plus mauvais rôle d'une carrière qui courait de sommet en sommet.

Je n'ose même pas penser à l'accueil que réservera l'Éternel aux débris de destin que tu lui présenteras sous mon nom. Ce que n'ont pas pu faire

Platon, ni Shakespeare, ni Rembrandt, ni Newton, ni Mozart, crois-tu que tu le feras avec les chasses à courre dans les forêts de Puisaye, avec le concours de la rue d'Ulm, avec les médiocres aventures de quelques héros de la décadence qui sont comme la petite monnaie d'une lignée de géants qui vont de Charlemagne, de Philippe Auguste, de Saint Louis à Bonaparte et à de Gaulle ?

Le découragement me prenait. J'avais perdu Marie. J'avais perdu ma vie. Le messager du Seigneur, qui avait déjà passé trop de temps avec moi, était en train de perdre son pari avec le Tout-Puissant : le monde allait s'effondrer. Comme au temps du Déluge ou de la tour de Babel. Mais cette fois pour toujours.

L'automne s'avançait. Je m'étendais à nouveau sur mes rochers où le soleil se levait tard et se couchait de bonne heure. Je me jetais encore dans la mer qui n'était déjà plus très chaude. Je n'espérais plus rien du monde que le choc du soleil et de l'eau sur ma peau.

LA DERNIÈRE PROMENADE

Je le revis encore deux ou trois fois. Il préparait son départ. Il rangeait ses vêtements, ses sandales, les notes qu'il avait prises. Il s'absentait souvent. Je le cherchais en vain. Je criais :

— Gabriel ! Gabriel !

Personne ne répondait. La maison était vide.

Je m'asseyais à ma table, sous l'arbre au milieu de la cour, et je restais là, immobile, et rêvant au passé. Je ne faisais plus guère de projets pour l'avenir. Je n'étais même plus sûr qu'il y eût encore un avenir.

Je me souviens d'une longue promenade, la dernière je crois, que je fis avec Gabriel sur le chemin le long de la mer. Il s'arrêtait tous les trois pas. Il regardait autour de lui.

— Je regarde, me disait-il. J'écoute le cri des mouettes et la rumeur des vagues. Je sens l'odeur des pins, du basilic, du varech, du sable mouillé. Si tout disparaissait, j'aimerais bien m'en souvenir.

Je respirais avec lui. J'écoutais avec lui. Je regardais avec lui. Ce n'était plus le grand soleil de l'été sur la mer. Quelque chose de mystérieux et pourtant de perceptible s'était passé dans le ciel. La lumière avait changé. Les rochers sous le soleil avaient une autre allure. Je n'osais même plus espérer que le printemps reviendrait.

— Reviendra-t-il? demandai-je.

Il se tourna vers moi.

— Le printemps? me dit-il.

Je secouai la tête.

— Oui, lui dis-je, le printemps.

— J'ai bien peur, me dit-il, que tout ne dépende de toi.

Une fureur m'envahit.

— Pourquoi de moi? lui dis-je. Je ne demande rien à personne. Je n'ai jamais rien demandé. Marie, peut-être. Mais c'est bien tout. Et me voilà, Dieu seul sait pourquoi, sans la moindre raison, responsable du temps, du monde et de tout. Pourquoi? Mais pourquoi donc?

— Mais parce que tu es un homme, me dit-il. Tu sais bien que les hommes sont responsables d'eux-mêmes et du monde qui les entoure. Et parce que je suis descendu par hasard auprès de toi pour essayer de le sauver de la colère de Dieu, tu es encore un peu plus responsable que les autres de ce que le monde va devenir.

— Mais je ne veux pas! criai-je dans le vent de la mer. Je ne veux pas être responsable de l'avenir de ce monde. Je veux que le monde me fiche la paix. Et je veux que toi, tu me fiches la paix. Et l'Éternel aussi, par-dessus le marché.

— Ça, me dit-il sur le ton le plus calme, c'est un peu plus difficile : le Tout-Puissant fait ce qu'il veut.

Je m'arrêtai brusquement. Nous étions sur une falaise qui tombait sur la mer. Le soleil se couchait dans des nuages où un peu de vert se mêlait à beaucoup de rouge. Je regardai l'ange en face de moi.

Il paraissait flotter à la surface de la terre.

ENVOL D'UN ANGE :
LE MONDE EST VIDE

Un beau matin d'automne, à l'aube, je me retrouvai seul dans ma maison sur l'île. Le vent soufflait. La mer grondait. Des nuages roulaient dans le ciel. L'ange s'était envolé. Il était retourné auprès de l'Éternel. Les derniers mots qu'il m'avait dits, la veille au soir, en se tournant vers moi et en me prenant dans ses bras, étaient :

— N'aie pas peur. Je reviendrai.

Les hommes sont étranges. Ils changent très vite. La solitude me pesa. J'en avais voulu à Gabriel de descendre sur moi et de venir me troubler dans mon silence et mes souvenirs évanouis. Je lui en voulais maintenant d'être parti. Je m'étais habitué à sa présence. Elle avait pris la place de l'absence de Marie.

Il fallut m'habituer de nouveau à vivre en face de moi. Je perdais au change. Le soleil pâlissait. L'eau devenait plus fraîche. Le monde était obscur. Il n'y avait pas de quoi se tourmenter : ni le monde ni moi n'en avions plus pour longtemps.

Mes jours avec Gabriel, je les avais vécus comme un rêve. Je vécus comme un rêve ma solitude retrouvée. Je restai dans l'île encore une semaine ou deux, à nager quelques minutes par jour et très vite pour lutter contre le froid et à me promener sur le chemin, plus désert que jamais, qui menait à la mer. Et puis je quittai l'île où j'avais passé trois mois, ou peut-être quatre ou cinq, avec Marie absente et avec Gabriel.

Pour où ? Pour où, mon Dieu ? Le monde me semblait très vide. Il était là, pourtant, et, puisqu'il allait disparaître, l'idée me vint de lui rendre visite comme à un agonisant sur le point d'expirer et de profiter encore de ses derniers instants.

IV

L'attente

CE QU'IL Y AVAIT DANS LE TOUT

Il y avait de tout dans le tout.

Il y avait les pierres. Avec les gaz, avec l'hydrogène, avec l'oxygène, avec l'azote, les pierres constituaient la matière de l'univers. Elles étaient le monde même. Il y en avait partout. Sur la Lune, sur Mars, sur les planètes les plus lointaines comme sur notre Terre minuscule. Les pierres étaient d'une simplicité qui touchait au dépouillement. Il n'y avait qu'à se baisser pour en ramasser sur tous les chemins du monde. Elles étaient la structure et l'innocence de l'univers.

Il y avait l'eau et les arbres que Gabriel avait tant aimés. L'eau, comme le feu, était pleine de mystère. Elle n'avait aucune forme et elle les prenait toutes. Elle n'avait aucune couleur et, sous le soleil de l'été, elle reflétait le ciel bleu. C'était une amie et une ennemie. Elle répandait la mort aussi bien que la vie. Elle avait des colères qui faisaient peur aux marchands sur la mer et aux femmes sur les côtes. Elle s'enflait en grandes masses qui, détruisant digues et remparts, ravageaient tout sur leur passage. Et, tombant en cascades du haut des montagnes enneigées ou serpentant dans les plaines, parcourue par les marins sur leurs barques ou sur leurs navires chargés de blé ou de draps, elle était, avec le soleil et la lumière, à la source de toute vie.

Les arbres jaillissaient de la terre. Ils s'assemblaient en forêts. Ils montaient vers le ciel. Un chêne, un pin, un saule, un cyprès se découpant sur le ciel étaient capables d'arracher des larmes aux cœurs les plus aguerris. Et la poussée de l'arbre à la recherche du soleil était comme une image de l'homme sortant de la matière et aspirant à autre chose.

Il y avait des étoiles sans nombre dans les ciels de l'été, et leurs mouvements réglés remplissaient d'effroi et de songes ceux qui les contemplaient, le soir, en silence, écrasés d'infini, du haut des tours ou des terrasses, sur les plages le long de la mer ou dans les forêts auprès du feu.

Il y avait des montagnes et de la neige, des torrents et des galets, de grands fleuves paresseux, des champs semés de blé, des collines couvertes de vigne. Il y avait des chevaux, des serpents, des guépards, des papillons.

Il y avait surtout des hommes. Et, par un mécanisme mystérieux qui souffrait peu de malfaçons, la moitié étaient des femmes. Le sexe régnait sur la planète en compagnie de la curiosité, de l'ambition, de l'avarice, de l'envie, de toutes les variétés de la passion, et il lui arrivait de basculer dans l'amour, et parfois dans la haine.

Il y avait quelque chose de très étrange, d'aussi étrange que le tout, et qu'on appelait la pensée sans odeur ni saveur, sans masse, sans étendue, faite de souvenir et d'imagination, arrimée dans le passé, attirée par l'avenir, elle permettait aux hommes de sortir un peu d'eux-mêmes — souvent pour y retourner — et d'explorer la vie et le monde autour d'eux. En quelques millions d'années à peine, la pensée avait bouleversé l'univers. La nature elle-même, l'eau, les arbres, les pierres, les étoiles au loin, les animaux, la vie s'étaient imprégnés de pensée puisqu'il n'y avait que la pensée pour les comprendre et, d'une certaine façon, pour les faire exister. Tout avait été créé deux fois : une première fois par Dieu, une deuxième fois par la pensée.

La pensée des hommes était emportée dans le temps. Elle s'y déployait dans tous les sens : dans l'éternel présent d'abord et aussi vers le passé et aussi vers l'avenir. Il y avait une mémoire, et il y avait une attente. Il y avait des souvenirs et il y avait des projets.

Pour se souvenir un peu mieux de ce qui était menacé de retourner au néant, pour préparer un avenir qui n'existait encore nulle part mais dont chacun savait qu'il allait arriver, les hommes avaient fini, au prix d'efforts sans nom, par inventer un système capable de lutter contre le passage du temps et de conserver les mots qui s'envolaient dans le vent : l'écriture.

Il y avait le chant, la musique, les larmes qui montaient aux yeux lorsque les sons combinés des instruments et de la voix s'élevaient dans la nuit close. Il y avait les formes et les couleurs assemblées par les hommes pour rendre la réalité ou pour lutter contre elle et pour capter la lumière. Il y avait l'écriture. C'était un monde dans le monde, c'était un monde redoublé. Indéfiniment répétée, l'écriture était le bégaiement du monde.

Pour beaucoup, Ulysse, Œdipe, Énée, Béatrice, Gargantua, Hamlet, Don Quichotte de la Manche,

Vautrin, Gavroche, Julien Sorel, Salammbô ou la duchesse de Guermantes étaient plus familiers et plus proches que ministres et chefs d'État ou l'épicier du coin. Il y avait des livres par milliards. Et quelques-uns étaient bons.

Le monde était devenu de plus en plus compliqué et de plus en plus abstrait. Les chiffres, l'alphabet, le zéro, le système décimal, le calcul des probabilités, les nombres imaginaires, la relativité restreinte ou généralisée, la physique quantique, la biologie moléculaire constituaient autant d'étapes sur un chemin où la science semblait devoir s'éloigner de la réalité quotidienne pour en rendre compte plus sûrement. Le monde, si longtemps réel, glissait vers le virtuel.

Les vieilles passions restaient à l'œuvre. Il y avait des jaloux, des collectionneurs, des savants fous de savoir, des voluptueux, des saints, des joueurs, des ivrognes. L'univers était un théâtre dont le décor changeait de plus en plus vite. Le texte restait immuable.

Il y avait une vie de l'esprit qui s'était développée au-delà de toute attente. Il y avait des triomphes et des échecs, un travail de tous les instants, des ruses, des déceptions et de folles espérances. La première du *Cid* avait été un triomphe. La publication du *Génie du christianisme* avait été un triomphe. Les *Méditations poétiques* avaient été un triomphe. La première représentation de *Cyrano de Bergerac* avait été un triomphe. Les hommes sont comme ça. Sous le nom de Stendhal, en revanche, l'écrivain Henri Beyle avait dû mourir d'abord avant de triompher. Des savants et des artistes avaient été ignorés, sifflés, condamnés et étaient morts de chagrin ou de faim avant d'atteindre à la gloire. Et, méprisant d'avance toutes les formes d'un succès qui lui était promis, le jeune Rimbaud avait choisi l'obscurité, le silence et l'exil. Les hommes sont aussi comme ça.

Il y avait des pauvres, des malades, des enfants qui mouraient de faim et de soif. Contrairement à ce que croient les pauvres, l'argent ne fait pas le bonheur des riches. Contrairement à ce que soutiennent les riches, l'argent fait le bonheur des pauvres. Les pauvres, avec obstination, voulaient devenir moins pauvres. Les riches refusaient avec obstination de devenir moins riches. Les plus riches et les plus pauvres n'étaient pas répartis également à la surface de la planète des hommes. Longtemps — enfin, quelques années —, on avait cru que le monde se partageait en Est et en Ouest. La division entre le Nord et le Sud était autrement décisive : le Nord avait tout — y compris l'inquiétude ; le Sud n'avait rien — sauf un mélange explosif de désespoir et de folles espérances.

Il y avait de la tristesse, de la gaieté, des cauchemars et des rêves. Il y avait des avions, des tours de contrôle, des ordinateurs, des fusées, des automobiles en pagaille qui bouchaient toutes les routes, des scanners, des cinémas, des cyclotrons, des usines. Il n'y avait plus de travail pour tout le monde : le progrès était une grande famille avec des enfants radieux qui jouaient autour de machines de plus en plus savantes et des enfants misérables qui avaient le visage du malheur.

Il y avait des malades et des maladies qui apparaissaient les unes après les autres et qui prenaient, sans se lasser, le relais de celles qui avaient disparu. Il y avait eu la lèpre et la peste apportée par les rats dans les grands ports de commerce. Il y avait eu les possédés de Loudun et les convulsionnaires de Saint-Médard. Il y avait eu la petite vérole qui avait ravagé la Cour et la Ville. Il y avait eu la tuberculose, appelée aussi phtisie, qui s'était confondue avec le romantisme et avec le XIXᵉ siècle : le long cortège des tuberculeuses qui peuplent la musique et la littérature s'ouvre avec Pauline de Beaumont qui vient s'éteindre à Rome dans les bras de Chateaubriand, après lui avoir écrit ces mots déchirants : « Je tousse moins, mais je crois que c'est pour mourir sans bruit. » Il se clôt, dans les valses et dans le champagne, avec la Dame aux camélias, chère au fils du grand Dumas, qui deviendra la Traviata dans les tourbillons de Verdi. Il y avait le cancer et il y avait le sida.

Il y avait des amoureux sur la passerelle des Arts et sur tous les ponts de Paris, devant le palais des Doges et sur la piazza Navona, dans les jardins Boboli, sur les ramblas de Barcelone, sur les quais de New York. Il y avait des vieillards qui étaient revenus de tout, il y avait encore des jeunes gens qui n'en finissaient pas, grâce à Dieu, de tout attendre de l'avenir. Il y avait des cheminots, des physiciens, des éboueurs, des poètes, des assassins, des paresseux que le succès des autres suffisait à punir, des ambitieux que leurs propres succès ne parvenaient pas à combler.

Il y avait une force, aussi puissante que la pensée ou que l'attraction universelle, qui entraînait les hommes et la vie et peut-être l'univers : c'était le désir. Le désir d'être là et d'aller toujours un peu plus loin. Le désir de persévérer dans l'être et de pousser au-delà de ce qui est acquis. La curiosité était un désir, l'ambition était un désir, le pouvoir était un désir, la science était un désir, le sexe était un désir. Et l'amour était un désir. Et Marie n'était plus là.

Le désir habitait les hommes. Il était le reste et l'image de cette énergie primitive qui avait donné naissance à l'univers.

CE QU'IL FALLAIT DIRE
À L'ÉTERNEL

Au milieu de tant de merveilles qui auraient pu ne pas être et qui étaient pourtant, je me promenais éperdu.

Je ressassais sans fin ce que j'aurais pu dire à Gabriel, ce que j'aurais dû dire à l'Éternel. Que le temps était une trouvaille à préserver à tout prix. Qu'il n'y avait pas de bonheur plus fort que la seule marche des saisons et que l'alternance si simple, toujours attendue et toujours surprenante, du jour et de la nuit. Que la lumière était belle et qu'elle était une grâce et une bénédiction qui baignait nos destins. Que le bruit de la mer et du vent et le chant des oiseaux étaient l'écho terrestre de la musique des sphères. Que la souffrance elle-même et la mort, que nous cherchions à vaincre et à faire reculer, étaient une autre face de la vie et le sombre reflet d'un avenir inconnu. Que nous acceptions jusqu'à nos peines, jusqu'à nos chagrins, jusqu'au malheur qui nous frappait, car il nous était impossible, du fond de nos ténèbres, de discerner le bien et le mal et de les distinguer l'un de l'autre. Que nous étions assoiffés d'amour, que nous nous aimions les uns les autres à notre propre insu, même quand nous donnions aux autres et peut-être à nous-mêmes le sentiment de nous haïr et de vouloir nous détruire. Que nous niions en vain, pour rire, pour pleurer, pour faire les forts et les malins, sans croire vraiment à ce que nous disions, le règne de l'Éternel et que nous ne cessions jamais, en secret, d'aspirer à son amour. Que nous demandions pardon pour les fautes et les erreurs qui attiraient sur nos têtes la colère d'un Très-Haut dont nous avions fini par oublier la puissance.

Voilà ce qu'il aurait fallu crier sous le soleil de l'île. L'Esprit, de temps en temps, semblait souffler sur moi. Je flottais dans les airs. Je découvrais des cieux. Je m'élevais jusqu'au pied du trône où régnait le Tout-Puissant, flanqué de ses séraphins et de ses chérubins. Les mots me venaient enfin. Ils bouleversaient l'Éternel. Gabriel rayonnait.

Je retombais très vite. Des sanglots me secouaient. J'étais plus bas que terre. J'en venais à me demander si je n'avais pas tout inventé. Y avait-il même un monde ? Y avait-il quelque chose qui ressemblât au temps ? Y avait-il, pour nous tous et pour chacun d'entre nous, un terme et une espérance ? Il n'y avait rien du tout. Le néant régnait seul. Je plongeais dans l'abîme, les larmes m'étouffaient, je criais dans le vide et la terre entrait dans ma bouche.

J'oscillais ainsi, entre exaltation et désespoir. Non seulement Gabriel n'était pas venu dans l'île, mais j'en arrivais à douter de ma propre existence. La tête me tournait. Je m'asseyais pour penser. Souvent, je m'asseyais seulement. Voyons. Pas d'affolement. Un peu de calme. Un peu d'ordre. Mon père, ma mère, un chauffeur de grande maison, des gardes-chasse, des poètes grecs, des philosophes allemands, la neige sur les montagnes, le soleil sur la mer, Mitterrand et Marie : est-ce que tout ça aussi je l'avais inventé ?

Je voyais bien ce que l'ange avait espéré de moi. Il avait attendu des mots — que peuvent donc faire les hommes, les pauvres hommes, si ce n'est de s'exprimer d'une façon ou d'une autre ? — qui toucheraient l'Éternel. Je n'avais fait que bredouiller, dans la nuit de l'esprit, quelques paroles sans suite. Le monde était beau, et j'étais condamné pour n'avoir pas su en parler.

LE SOLEIL SE LÈVE ENCORE

Le plus curieux était qu'il ne se passait rien. Je veux dire que tout se passait comme toujours. Non seulement le temps s'écoulait et les jours se levaient pour se coucher le soir, mais les autres autour de moi poursuivaient dans des rires et dans une gravité également insensés leurs folies et leurs rêves.

Ivres de beaux-arts et de mathématiques, enfoncés dans l'urgence et la frivolité, les hommes, perdus dans le temps, se moquaient de l'Éternel. Ils dormaient leur destin. Tout était inutile de ce qui se passait dans cette vie au bord de l'effondrement, et ils se ruaient avec allégresse dans l'inutilité. L'idée que le soleil n'allait plus se lever ne les effleurait pas. Et d'ailleurs, à ma stupeur, le soleil se levait.

Je me souvenais d'un mot de Cioran qui m'avait frappé dans ma jeunesse : « Si j'étais tout-puissant, j'éliminerais les hommes. » Les hommes étaient encore là. L'histoire courait toujours. Le monde continuait. J'étais fou de terreur. Et d'une espèce de fureur.

Je me mettais dans la peau de Dieu. Qu'attendait-il pour arrêter l'histoire ? Avait-il, l'Éternel, le

397

Très-Haut, le Tout-Puissant, autre chose à faire qu'à s'occuper du tout — de l'univers et de nous ? Était-il distrait, paresseux, inconstant ? Était-il tombé malade ? Avait-il eu un accident ? S'était-il trouvé, dans le royaume des cieux, nez à nez avec quelque chose ou quelqu'un qui l'avait fait changer d'avis ? L'idée me traversa tout à coup que Lucifer, là-haut, avait repris le pouvoir et que sa première décision avait été, on le comprend, de laisser tourner un monde qui lui était acquis. Que fait le monde, Môssieu ? Il roule, Môssieu. Il roulait pour Lucifer.

Je souffrais d'être là. Je souffrais de la vie. Je souffrais surtout de la pensée. Elle menait dans ma tête tous les tapages de l'enfer. Il fallait tout effacer. J'aurais voulu que tout s'écroulât. J'attendais la liquidation. Je rêvais de soldes universels, d'une grande braderie du monde. Et, au cœur de ce temps qui aurait dû s'arrêter et qui ne s'arrêtait pas, ô mort si fraîche ! ô seul matin ! j'attendais un déluge qui aurait réussi.

Alors, dans sa bonté, l'Éternel, une seconde fois, c'était devenu une habitude, jeta les yeux sur moi.

UNE VISION

Au soleil sur la mer et au silence de l'île avait succédé le vacarme où vivent les hommes d'aujourd'hui. C'était, je crois, je ne sais plus bien — une brume enveloppe toute cette période —, à Londres, à Paris, à Shanghai, à New York. À la sortie du théâtre, sur le parvis d'une église, au fond d'une boîte de nuit, à la porte d'un bordel ou d'un hôpital psychiatrique. Inutile, j'imagine, de vous faire un dessin. Vous connaissez la musique. J'étais là en sursis, par erreur du Très-Haut. Tout à coup, je l'ai vue.

De loin. Dans un éclair. Ses jambes interminables. Ses cheveux si blonds. Ses hanches. Son allure de reine en exil. La foudre tombait sur le monde. Le souffle me manquait. Le cœur me battait à rompre. Marie ! Je me moquais pas mal de l'histoire et du destin des hommes.

Marie ! Tout un passé de bonheur m'envahissait à nouveau. Je sentais ses mains dans les miennes. Je me perdais dans ses yeux

Tes yeux sont mon Pérou, ma Golconde, mes Indes...

J'entendais sa voix très basse, ses silences, les rires et les larmes qui avaient coulé entre nous. Les lieux communs de la passion rompaient tous les barrages

— À quoi penses-tu ?
— À rien.
— À rien ?
— À toi.
— À moi ?
— À toi et moi.
— À nous deux ?
— À nous deux. Et toi ?
— À toi.
— À moi ?
— À toi. À toi et moi. À nous deux. Et à rien.

La vision s'éloignait déjà. Elle allait s'évanouir. Je me mis à courir vers elle.

LA BELLE FILLE À L'AUBE

Ces rencontres éphémères avant disparition
dans les rues des grandes villes, dans les aéroports
ou sur les quais de gares, sur les chemins de campagne, en voiture, à pied ou dans le tourbillon des
fêtes, je les connais depuis toujours. Un visage
soudain. Une silhouette qui passe. C'est le bonheur et l'angoisse. C'est une angoisse mêlée de
bonheur. La vie bascule. Le monde change de
couleur.

Le hasard me tombe dessus. Il va tout changer.
Vite ! Vite ! Ne le laissons pas s'échapper ! Je cours
après lui. Il m'échappe toujours. Et c'est parce
qu'il m'échappe qu'il prend dans le souvenir et
l'imagination ses allures d'éternité.

Je me souviens... Je me souviens... Je me souviens d'une voyageuse vêtue d'une longue jupe
grise sur les quais de la gare d'Austerlitz. Où allait-
elle ? Je ne sais pas. Où allais-je moi-même ? Je ne
sais plus. Je l'avais vue devant moi. J'étais resté
immobile, le souffle coupé. Elle se retourna deux
fois. Pour chercher quelqu'un ? Pour héler un porteur ? Qui sait ? L'envie me traversait en tempête
de lui dire des roses. Un élan violent me clouait
sur place. Je n'étais plus que désir et hésitation.

Quand son train s'ébranla, je la vis à sa fenêtre, *pericoloso sporgersi*, un pâle sourire sur les lèvres et levant la main vers je ne sais quoi.

Je me souviens d'une jeune femme au volant d'une voiture ouverte de l'autre côté d'un feu rouge. Ma vie s'est jouée à pile ou face, entre le vert et le rouge. Nous avons eu le temps d'échanger un sourire avant que le feu ne passe au vert. J'ai essayé de faire demi-tour, de repartir dans l'autre sens. Un cycliste m'a gêné, un camion est arrivé. J'ai vu la voiture s'éloigner. Elle ne roulait pas trop vite. La circulation a suffi à briser une passion qui ne demandait qu'à me dévorer. La voiture a tourné, quelque part, sur sa droite, et je ne l'ai pas revue. La femme portait un collier de perles sur ce qu'on appelait alors un twin-set. Le twin-set était beige. Pendant des semaines et des semaines, le twin-set et le collier m'ont empêché de dormir. À toutes les jeunes personnes à qui il m'était permis, sous un prétexte ou sous un autre, de donner quelque chose, j'ai longtemps, à défaut de colliers de perles, offert des twin-sets beiges.

Je me souviens d'une femme qui marchait dans la rue. Comment était-elle ? J'ai oublié. Je ne sais plus. On oublie, grâce à Dieu. On survit parce qu'on oublie et qu'on laisse le passé s'effacer de lui-même. Loin des imbéciles qui exercent leur mémoire, j'essaie d'accroître encore une faculté d'oubli déjà bien développée. Je me rappelle seulement qu'elle était inoubliable. *Patuit dea*. Elle s'avançait en déesse sur le pavé parisien. Je me disais en un éclair que mon sort était suspendu à la démarche de la divinité. Je comptais les pas qui me séparaient d'elle. Lorsque nous arrivâmes sur la même ligne, nous nous arrêtâmes tous les deux.

Pendant plusieurs secondes qui étaient à la fois une grâce et une image de l'éternité, nous restâmes immobiles, l'un à côté de l'autre. Nous ne disions pas un seul mot. Nous ne nous souriions même pas. Nous nous regardions en silence. Que se passa-t-il en nous ? Nous inclinâmes la tête et puis, toujours en silence, nous partîmes chacun de notre côté.

Un éclair... puis la nuit ! — fugitive beauté
Dont le regard m'a fait soudainement renaître,
Ne te verrai-je plus que dans l'éternité ?

Ailleurs, bien loin d'ici ! trop tard ! jamais peut-
* être !*
Car j'ignore où tu fuis, tu ne sais où je vais,
Ô toi que j'eusse aimée, ô toi qui le savais !

Et les femmes qui dînent, en joyeuse compagnie, à la table d'à côté ? Et celles qu'on aperçoit à la messe, le dimanche, ou dans une loge, au loin, à l'autre bout du théâtre ? Et celles qui sont flanquées d'une mère, d'un mari, d'un amant qu'on voudrait voir emportés par une nuée de feu ou déchiquetés sur place par une horde sauvage ? J'ai beaucoup rêvé à des femmes qui ne me sont apparues que le temps d'un éclair qui illumine la nuit.

La même aventure était arrivée à Proust dans le train de Balbec. Il la raconte mieux que moi. Sur le quai d'une gare, à l'aube, il aperçoit une marchande de café et de lait — qui était peut-être un marchand dans la réalité. Elle lui plaît, elle l'enchante, elle lui fait tourner la tête. Il se dit que sa vie est là, qu'il faut sauter du train et tout abandonner d'une existence en cendres pour s'installer à jamais auprès de la vision qui bouleverse son avenir. Mais déjà le train repart et, à travers la vitre du wagon qui roule de plus en plus vite vers les routines de l'ordre — ou du désordre — établi, il ne reste que l'image, qui s'effacera très vite, de la belle fille à l'aube.

Que de belles filles à l'aube auront passé dans ma vie ! Elles me donnaient un vertige qui ne reposait pas seulement sur le désir et le sexe. Elles indiquaient les chemins innombrables qu'aurait pu prendre le destin. Elles étaient les flèches de bois qui guident en montagne le voyageur égaré vers des vallées opposées. Elles étaient les panneaux blancs que la police militaire allemande avait multipliés dans le labyrinthe mystérieux de Paris occupé : *Kommandantur*, Notre-Dame, *Lazaret*, Arc de triomphe... Elles étaient la rose des vents. Elles étaient les carrefours avortés d'une existence de rêve qui ne verrait jamais le jour.

RETOUR DE L'ANGE

La vision, pour une fois, ne se perdit pas dans la foule. Il me sembla plutôt qu'elle m'attendait. Je me jetai vers elle. Elle ne m'échappa pas — et elle m'échappa. La créature céleste qui m'avait enivré n'était pas Marie : c'était l'ange Gabriel, de retour parmi nous, que j'avais pris pour elle.

Les anges, chacun le sait — il suffit de voir leurs portraits par Fra Angelico, par Bellini, par Piero della Francesca —, n'ont pas de sexe bien défini. Et ils changent d'apparence d'une mission à une autre. L'ange était aussi belle dans sa robe blanche au cœur de la grande ville qu'il était beau sur l'île dans sa tunique de lin sous le soleil de l'été.

La foule passait et repassait. Elle nous enserrait de toutes parts. Le nombre, la hâte, l'agitation régnaient dans Babylone.

— L'Éternel a fait son choix, murmura Gabriel.

— Il a fait son choix ! m'écriai-je.

— Il l'a fait, me dit-il. C'était une de ces scènes !... Je suis revenu te la raconter.

Le chagrin et la joie se combattaient en moi.

LA RUE SÉBASTIEN-BOTTIN EST
L'UNE DES PLUS COURTES DE PARIS

J'en étais là de mes aventures et, sur un autre registre — peut-être vous rappelez-vous encore les choses profondes et vives que nous disions il y a quelque temps des niveaux de toute histoire ? —, j'en étais là de ce récit lorsque l'envie me vint de parler de Gabriel, de son rapport, de son retour et de la colère de Dieu à des esprits capables de comprendre l'étendue de la menace qui pesait sur le monde.

J'avais un ami rue Sébastien-Bottin. La rue Sébastien-Bottin est l'une des plus courtes de Paris. Elle est occupée presque tout entière par une institution remarquable : la maison Gallimard appelée aussi NRF, du nom d'une publication, *La Nouvelle Revue française*, lancée, vers le début du siècle qui s'achève sous nos yeux, par le gang Gallimard et ses conspirateurs.

La maison Gallimard, dont on pourrait parler pendant des heures, avait joué un grand rôle dans ma vie, comme dans la vie de beaucoup. Peut-être serait-il permis de soutenir qu'elle constituait, à elle toute seule, un de ces faisceaux d'arguments qui auraient pu dissuader le Tout-Puissant de mettre fin à un univers que je peignais volontiers aux couleurs de la NRF — deux filets rouges, un filet noir. Elle m'avait beaucoup fait rêver. Elle avait fait rêver, comme moi, d'innombrables jeunes gens tourmentés d'autre chose que de la vie de chaque jour. J'imaginais volontiers qu'elle faisait rêver l'Éternel. On s'occupait beaucoup de lui rue Sébastien-Bottin. Les uns l'attaquaient furieusement et se moquaient de lui. Les autres le défendaient avec obstination. D'une façon ou d'une autre, fût-ce sur le mode de l'absence, il était aussi présent rue Sébastien-Bottin que dans ses églises, ses temples, ses mosquées, ses synagogues. Il y était aussi présent que dans les palais et les caves du Vatican. Il y était aussi présent que dans les cantates de Bach — « Dieu doit beaucoup à Bach », disait Cioran —, que dans les tableaux de Giotto, de Léonard de Vinci, de Raphaël, de Matthias Grünewald, que dans les basiliques de Bramante ou de Michel-Ange. Où se nicherait l'Esprit-Saint si ce n'est dans les formes, dans les couleurs, dans les sons — et surtout dans les mots ? Un peu de l'esprit de Dieu qui avait soufflé sur l'île soufflait aussi sur la maison Gallimard.

Je me rendis rue Sébastien-Bottin avec, sous le bras, quelques-uns des fragments du rapport Gabriel. Je grimpai un étage et demi, car, selon la fine remarque d'un chroniqueur auvergnat né à Magnac-Laval, la maison Gallimard est la seule maison de Paris où l'on compte par demi-étages. Et je jetai mes pages, l'air chafouin, sur la table de mon ami.

C'EST UN PEU LONG

Mon ami occupait rue Sébastien-Bottin des fonctions comparables à celles qu'avait assumées à une époque encore récente et pourtant déjà mythique un personnage hors du commun du nom de Jean Paulhan. Légende vivante et secrète, Jean Paulhan avait une belle écriture régulière et une voix haut perchée, un peu précieuse, avec des traces d'accent du Midi. Il tirait volontiers de sa manche des manuscrits improbables auxquels il décernait des compliments hyperboliques avant de décréter qu'ils valaient moins que rien : « C'est une petite chose délicieuse dans le genre de la Bible et des *Mille et Une Nuits*. À refuser. » Sous l'autorité de Gaston Gallimard qui aimait dans l'ordre croissant, vous souvenez-vous ? les livres, les femmes, les bains de mer, aux côtés d'un poète de grand savoir, d'un farceur de génie pour qui j'avais beaucoup d'affection et qui s'appelait Raymond Queneau, Jean Paulhan avait longtemps constitué, absent et très présent, le centre d'un cercle enchanté où brillaient, parmi beaucoup d'autres, les Proust, les Gide, les Claudel, les Valéry, les Céline, les Aragon, les Saint-John Perse qui donnaient, une fois de plus, à ces temps évanouis les allures d'un âge d'or capable d'éblouir l'Éternel. C'était ce qu'il me fallait.

Le successeur de Paulhan s'empara des feuillets que j'avais étalés devant lui et il se mit à les lire. Je prenais l'air absorbé, je pensais au Très-Haut et à ses tribulations, je conversais en esprit avec l'ange Gabriel. Au bout d'une quarantaine ou d'une cinquantaine de minutes, mon lecteur posa les pages sur la table, rejeta ses lunettes sur le front et, levant les yeux au ciel, puis les baissant sur moi, laissa tomber

— C'est un peu long.

Un peu long ! La formule était étrange pour une histoire d'éternité. Un peu long, mon cul. Que l'Éternel fût hors de lui, que l'univers s'effondrât, que le temps vînt à manquer, il s'en fichait pas mal. Les hommes, privés de temps, pouvaient bien crever comme des poissons hors de l'eau, la maison Gallimard, comme tout le monde, avait d'autres soucis. Je contre-attaquai aussitôt

— De même que la cathédrale de Sienne, avec ses assises alternées de marbres noirs et blancs, avec ses mosaïques qui ramènent les quatre Sibylles dans le giron de la sainte Église et présentent Hermès Trismégiste comme le contemporain de Moïse — «*contemporaneus Moïsi*» —, avec les fresques étincelantes du Pinturicchio retraçant sur les murs de la *Libreria Piccolomini* la carrière de Pie II, ne devait être que le transept d'une grande église de rêve qui n'a jamais été construite, ce que vous venez de parcourir, un peu trop vite peut-être, n'est qu'une introduction à un ensemble plus vaste qui devrait constituer une histoire du temps et de l'éternité, une sorte de chronique de ce monde-ci et de l'autre. La prochaine étape est le récit dans ses moindres détails de ma dernière rencontre, dans la foule des grandes villes, avec l'ange Gabriel.

— Impossible! s'écria-t-il.

— Impossible? m'écriai-je.

— On n'en finira jamais, soupira-t-il. Il faut couper. Il faut aller beaucoup plus vite.

Il se passa un mouchoir sur le front. L'inquiétude se lisait sur son visage. Il ne croyait pas beaucoup à la colère de Dieu ni à mes relations avec l'ange Gabriel. Il me sembla qu'il cherchait surtout à se débarrasser de moi dans les délais les plus brefs. Je tentai un dernier effort avant de jeter l'éponge devant tant de petitesse et d'incompréhension.

— Il faut imaginer ce que pourra être la relation d'une aventure que j'ose qualifier d'unique. Ni Abraham, ni Marie, ni le prophète Mahomet — je ne mentionne que pour mémoire les noms de Daniel ou de Zacharie qui ont quelque chose d'anecdotique au regard des trois autres — ne nous ont laissé le portrait en pied de l'archange du Seigneur.

— Vos prédécesseurs?... suggéra-t-il.

— En quelque sorte, lui dis-je. Je leur succède avec modestie. Mais avec autorité. Pour la bonne raison qu'aucun d'entre eux n'a jamais noué avec un ange tombé du haut des cieux des liens aussi étroits que ceux qui m'ont uni à l'archange Gabriel. Il se trouve, je n'y suis pour rien, que j'en connais un bout, grâce à lui, sur les intentions de l'Éternel. Voilà les révélations que la maison Gallimard accueille du bout des lèvres alors que mon témoignage pourrait lui apporter un prestige et une gloire qu'en dépit des noms illustres qu'elle

410

traîne dans son sillage elle n'a encore jamais connus !

— Ah ! dit mon ami.

— Bien sûr, lui dis-je. Oui, oui, Gide, Claudel, Proust, Valéry, Aragon, c'est très joli, c'est très bien. Gide est un janséniste saisi par le désir. Claudel inscrit sur sa tombe : « Ici reposent les restes et la semence de Paul Claudel. » Proust tombe malade pour parvenir enfin à échanger ses duchesses contre sa cathédrale. Aragon... Oui, ils m'ont donné de grands bonheurs.

— Tant mieux, souffla mon ami. Voilà une bonne nouvelle.

— Mais on s'en passerait sans trop de mal. On peut vivre sans *Les Faux Monnayeurs*, on peut vivre sans *Aurélien*. Que vous ayez lu ou non *Anabase*, *La Prisonnière*, *Voyage au bout de la nuit*, votre existence de chaque jour n'en sera pas changée. Gabriel, c'est autre chose. Il m'a tout dit de notre avenir. Impossible pour nous tous, et pour vous et pour moi, de continuer à vivre après le rapport Gabriel comme nous vivions avant.

— Vraiment ? demanda-t-il.

— Vraiment, lui répondis-je. Tous vos livres, là, sur les rayons et par terre, inutiles. Tout ce que vous faites par routine, par avarice, par ambition, par cette espèce de folie qu'est la raison des hommes, inutile. Et le monde, inutile.

— Vraiment ? répéta-t-il.

— Vraiment, lui dis-je. Et vous le savez très bien. Dieu est furieux. Il trouve que tout va mal.

— Ah ! me dit-il, lui aussi ?

— Lui le premier, lui dis-je. Il en a assez de nous. Assez de vous, assez de moi, assez de nous

411

tous. Votre fameuse culture l'ennuie. Votre pensée l'agace. Votre orgueil l'exaspère.

— Votre?... murmura-t-il.

— Notre, lui dis-je, si vous voulez. Le progrès lui fait peur. Il en a par-dessus le dos de toutes nos simagrées. Il veut tout laisser tomber. Et, pourtant, voyez, le monde ne cesse pas de tourner.

— C'est ce qu'il me semble, dit-il. L'opinion générale va plutôt dans ce sens.

— Et ça ne vous surprend pas?

— Euh..., me dit-il, c'est-à-dire...

Et il se passait la main sur le crâne.

— Vous ne voulez pas savoir la suite?

— Bien sûr que si, me dit-il.

— Alors, cessez de dire que c'est trop long. Ce qui est trop long, c'est le passé. Tâchez d'ouvrir les yeux sur ce qui nous attend.

— C'est un peu long, me dit-il.

V

Le départ

SEIGNEUR ! PRENDS PITIÉ DE TOI !

La scène était l'univers. Le Tout-Puissant avait laissé se dérouler — Seigneur ! prends pitié de toi ! — le drame sans nom du temps. Une houle venait expirer aux pieds de l'Éternel : c'était la souffrance des hommes qui n'avaient vécu que pour mourir. Le Dieu des vivants ne régnait plus que sur des morts.

Les morts, les pauvres morts qui avaient tant souffert, formaient une masse innombrable : celle de tous les vivants qui avaient vu le soleil, quel bonheur ! se lever le matin et se coucher le soir et qui s'étaient succédé sur cette terre d'horreur et de bénédiction. Ils avaient allumé et conservé le feu. Il avaient peint des cerfs et des bisons, des madones et des pommes. Ils avaient écrit sur des pierres, sur de l'ivoire, sur du bois, sur des peaux de bêtes, sur du papyrus, sur du papier, sur des écrans électroniques leurs souffrances et leurs songes. Ils avaient combattu le Seigneur, ils l'avaient béni aussi et ils l'avaient chanté. Ils avaient vécu dans le chagrin, dans les rires, dans l'espérance et dans le mystère. Et voilà que tous, le Très-Haut et ses morts qui avaient été si vivants, qui s'étaient promenés dans les forêts et le long de la mer, qui avaient fait l'amour, qui s'étaient affrontés et souvent massacrés, qui avaient joué au rugby, au trictrac, aux échecs, aux soldats de plomb et aux grands hommes, se retrouvaient face à face dans la lumière de l'énigme. Le Jugement de Dieu s'étendait sur le monde.

LE JUGEMENT DE DIEU

Le Jugement de Dieu — c'était un des secrets que m'avait livrés Gabriel — ne tenait pas seulement ses assises, comme l'ont imaginé tant de mystiques et de théologiens, à l'extrême fin des temps. Il déroulait ses fastes à chaque instant du tout. Le temps et l'éternité ne sont pas deux mondes qui s'ignorent. Ils ne jouent pas à cache-cache jusqu'à la consommation des siècles. Ils sont liés l'un à l'autre et ils s'entrelacent.

Qu'il y ait de l'éternel dans le temps et dans les songes des hommes, qui oserait le nier ? La vie n'est pas une chute sans nom dans l'abîme du temps. Quelque chose d'inconnu affleure sous le temps qui passe. Il y a derrière la vie quelque chose d'éternel. Il y a derrière les mots quelque chose d'indicible.

Il y a, et c'est tout simple, ce flot ardent de la vie qui va plus loin que la vie. Nous regardons, dans les nuits d'été, les étoiles briller au fond de l'espace et du temps. Nous nous plantons devant Rembrandt, devant Uccello ou Carpaccio. Nous écoutons des sons assemblés par Mozart ou par Bach, des negro spirituals et des chants grégoriens : et des portes s'ouvrent soudain qui semblent mener ailleurs. Nous nous promenons aussi dans les forêts ou le long des grands lacs. Nous nous jetons dans la mer et nous nageons sous le soleil. Nous descendons à skis dans la poudreuse ou parmi les fleurs du printemps. Et la vie est si forte et le bonheur si grand que le bonheur et la vie renvoient à autre chose.

L'Éternel était là. Il rayonnait sur les archanges, sur les anges, sur les trônes et les dominations, il rayonnait sur Gabriel, il rayonnait sur Marie, non loin de Maederer et de Berl, aussi belle dans la lumière de l'éternité que dans les ténèbres du temps, et, n'en déplaise à la maison Gallimard, il rayonnait sur moi, qui étais là aussi. Il rayonnait sur le temps et sur l'éternité.

Tout ce qui avait été, tout ce qui est, tout ce qui sera se tenait à ses pieds. Toutes les formes, toutes les couleurs, tous les parfums, tous les sons. C'était le seul spectacle, c'était la seule musique, c'était la seule histoire qui ait jamais eu lieu. La joie, il était grand temps, l'emportait sur la souffrance. La lumière chassait les ténèbres.

Le mal était là. Il prenait la forme des bêtes hideuses qui hantent l'Apocalypse de saint Jean, l'imagination médiévale et la sculpture romane. Tout ce qui avait été caché apparaissait enfin. Les silences, les mensonges, les énigmes, les mystères étaient percés à jour. Les enfants qui n'étaient pas nés, les espérances déçues, les larmes étouffées, les secrets oubliés, les crimes impunis se lisaient à livre ouvert sur la face du Très-Haut. Même ce qui n'était pas, ce qui n'avait jamais été était là dans son ombre.

Des chants s'élevaient des âmes. Le monde entier chantait. Les souffles confondus de la

matière et de l'esprit forgeaient le décor de l'É-
ternel. Les nombres mêlés aux anges jetaient leur
filet sur le réel et sur l'imaginaire. L'espace et ses
dimensions, plus nombreuses que les chœurs des
anges, étaient un jeu d'enfant. La pensée devenait
transparente. Les contradictions s'effaçaient. Il
n'y avait plus de hasard puisque tout était nécessité. Il n'y avait plus de nécessité puisque tout était
grâce. Le temps se changeait en lumière.

Seules les étoiles dans le ciel, seule la force de
la pensée quand elle invente le zéro ou *La Divine
Comédie* peuvent donner une idée de la splendeur
du spectacle. Michel, Raphaël, Gabriel étaient
debout derrière l'Éternel qui les enveloppait de sa
gloire. Je connais tous ces détails par les récits de
Gabriel qui, dans ces assises solennelles, eut la
bonté, quelle joie pour moi ! de m'adresser un sourire en inclinant la tête.

Nous étions des millions et des milliers de millions. Tous ceux qui étaient venus avant moi et
tous ceux qui viendraient dans les siècles des
siècles. Et, ici ou là, comme dans les mariages
d'amis à la campagne, comme dans les grands
enterrements à Notre-Dame ou aux Invalides, à
Saint-Paul, à Saint-Patrick, comme aux premières
de théâtre ou aux cours du Collège de France, on
en reconnaissait quelques-uns. Ils étaient tous
vêtus de lumière et ils étaient rangés dans un
ordre secret et pourtant évident.

On voyait les grands fleuves, la jungle, les
déserts de sable, les collines de Toscane, la mer,
fière de tous les navires — chargés d'étoffes et
d'épices, d'espérances et de pèlerins — qu'elle portait sur ses flots, les montagnes enneigées, les
steppes à perte de vue, les jardins de curé et l'en-

fer des grandes villes. La vie entière était là. Et, au-delà de la vie, toutes les immensités de l'espace et du temps.

Elles étaient minuscules sous le regard du Très-Haut. Et la moindre coccinelle, les moucherons, le ciron de Pascal, les particules sans masse de la physique quantique étaient aussi présents et distincts que les espaces infinis.

On voyait des noms dont l'histoire se souvient et la boulangère du village, les batailles de Pharsale, d'Andrinople, de Lépante, de la Montagne Blanche et la querelle sous un pont de deux clochards avinés. On voyait Platon, Alcibiade, Aristote, Alexandre le Grand, des califes à la pelle et des papes en pagaille, des poètes à la chaîne et des bataillons compacts de romanciers vaniteux. C'était à vous dégoûter d'écrire et d'être rangé parmi eux.

On voyait Diogène dans son tonneau, Cléopâtre dans son tapis, César aux ides de mars, la tête voilée par sa toge, le serment de Strasbourg et le traité de Verdun, Frédéric II Hohenstaufen entouré de faucons, des jeunes filles assez gaies sur le chemin du supplice, la rencontre de Hegel et de l'empereur Napoléon, les bombardements de Coventry et de Dresde et la bataille de Stalingrad, Mao en train de nager dans les eaux d'un grand fleuve et tous les secrets de ma vie misérable que je m'efforce de cacher.

On voyait les complots, les projets, les Pyramides en train de s'élever, la construction du Parthénon, de la Muraille de Chine, des temples d'Angkor, du Golden Gate, les mariages des princes et les peintres qui les peignaient, les banquets, les cours d'amour, les chagrins des enfants, les chevauchées à l'aube, les colonnes de soldats dans la poussière de l'été, les traversées à gué de rivières inconnues et les baisers des jeunes gens sous les portes cochères.

RIEZ, LES VIVANTS !

Le Tout-Puissant était grave. Pour un invraisemblable observateur extérieur, ce qu'il y aurait eu de plus frappant dans ce Jugement de Dieu qui marquait le triomphe de la justice et de la vérité, c'est que personne ne riait.

Dieu est bon, Dieu est vrai, Dieu est juste. Dieu ne rit pas souvent. Ce sont les vivants qui rient. Il y a de la vie dans le rire, il y a de la pensée et du mal. La justice de Dieu ne rit pas. Le bien ne rit pas beaucoup. Riez, les vivants ! Autrement longue et sereine que notre temps misérable, l'éternité, sans doute, vous comblera de bienfaits dont elle a seule le secret. Toute souffrance et tout chagrin y seront abolis. Mais vous n'y rirez pas. Riez, les hommes, tant que vous vivez dans le fini ! Aimez et riez. Et puis faites ce que vous voulez. L'infini ne rit pas : c'est le fini qui rit parce qu'il est imparfait.

Craignez l'Éternel et riez de tout le reste ! Ne prenez rien au sérieux de ce monde travaillé par le mal et qui ne fait que passer. Ne croyez pas ce qu'il dit, ne le respectez pas. Méprisez-le. Moquez-vous de lui. Prenez pitié. Riez. Vénérez l'Éternel qui a fait le monde et le temps — et riez du monde et du temps.

Pourquoi le Très-Haut répugnait-il à rire ? Lui, le Tout-Puissant, il ne pouvait pas rire parce que c'était lui qui avait fait le monde et la vie. Il avait fait l'histoire, et l'histoire ne prête pas à rire. Le rire est la protestation des hommes contre le monde de Dieu. Au-delà de la fureur et de la résignation, le rire est la seule arme des créatures contre l'histoire qui leur a été imposée et où elles se débattent comme elles peuvent. Le rire est le cri de désespoir du temps devant l'éternité.

Dieu, à chaque instant de son éternité, voyait l'histoire des hommes dans sa totalité et les larmes lui montaient aux yeux. C'étaient des larmes de chagrin. Il avait aimé sa création, et sa création l'avait trahi. La colère de Dieu étouffait tous les rires. Les morts qui avaient été vivants attendaient en silence et sans rire la fin de l'histoire et le Jugement de Dieu.

CAPITAINE !
OÙ EN EST L'HISTOIRE ?

Dieu se tourna vers Michel.

— Capitaine ! lui dit-il. Où en est l'histoire ?

— Seigneur, répondit Michel, elle change et elle se répète. Elle est toujours nouvelle et toujours semblable à elle-même.

Le capitaine des milices célestes, le vainqueur de l'ange des ténèbres avait mis un genou à terre pour s'adresser au Très-Haut. Il était vêtu d'une armure. Il tenait son casque à la main. Toute son attitude respirait la force et la grâce. Le doute, l'ironie, la dérision chère à notre temps ne l'effleuraient même pas. Sous les cris de haine et les lazzi de la bande à Lucifer, il incarnait l'ordre des choses et le triomphe du bien sur le mal. C'était lui, armé d'une épée de feu, qui avait interdit à Adam et à Ève l'accès du jardin d'Éden d'où leur faute les avait chassés. Avec son rude langage des camps où n'entraient ni la moindre flatterie ni la moindre compromission, il était l'ombre de l'éternité aux pieds de son Seigneur.

— L'univers ? demanda Dieu.

— Correct, répondit l'archange. Il tourne rond. Selon les plans établis. Tout baigne. En expansion. Rien à signaler. Roule ma poule. Les lois

424

fonctionnent. Pratiquement aucune panne. Des anicroches sans importance.

— Les hommes ?

Quelque chose d'imperceptible se raidit en Michel.

— Géniaux, dit-il.

— Géniaux ? dit le Très-Haut avec une ombre de sourire.

— Géniaux, répéta Michel. Ils comprennent vite. Ils ont déjà découvert plusieurs des secrets de ta fabrication. Oh !... encore presque rien... Et il y a même quelque chose de comique dans leur bonheur d'enfant quand ils devinent que la Terre est ronde et qu'elle tourne autour du Soleil, que la pensée sort de la vie, et la vie de la matière Mais ils iront loin.

— Bon, ça ! dit Dieu.

Michel hésita un instant.

— Très bon, dit-il d'une voix un peu basse. Toujours plus loin.

Et il agita la main.

— Alors ?... dit Dieu.

— Je n'ai pas confiance, murmura Michel comme si les paroles qu'il prononçait lui étaient arrachées par la torture. Je n'espère plus grand-chose des hommes qui n'espèrent plus en toi.

Un grand silence tomba sur l'assemblée des morts, perdus dans leurs pensées. Dieu lui-même se tut.

IL N'Y A PAS D'AMOUR HEUREUX

N'y avait-il donc plus de confiance entre l'Éternel et son peuple ? Aucune nouvelle plus sinistre ne pouvait monter du temps vers la Sagesse éternelle. Il fallait se rendre à l'évidence : la foi des hommes dans la divine Providence était ébranlée depuis longtemps, voilà que l'espérance — et de part et d'autre — était touchée à son tour. Les hommes n'attendaient plus rien du Tout-Puissant et l'Éternel, en retour, n'attendait plus rien des hommes. Peut-être était-ce déjà la fin du plus grand roman d'amour que le monde eût jamais connu : l'amour de Dieu pour les hommes, l'amour des hommes pour Dieu.

Il n'y a pas d'amour heureux. L'amour divin ne fait pas exception.

Dieu appela Raphaël.

Raphaël était plus frêle que Michel. Plus fin aussi, sans doute. On aurait pu le prendre, comme ça, dans la foule des passants qui traversaient l'éternité, pour un intellectuel. Il avait le front haut, les yeux vifs, une gaieté triste sur le visage. Pas de lunettes, mais l'air vague et rêveur de ceux dont le métier est de penser.

— Eh bien, docteur, lui dit Dieu, comment vont-ils ?

— Rien de transcendant, répondit Raphaël. Mais enfin pas si mal. Je voudrais bien savoir où tu pourrais trouver l'équivalent de la *Bhagavad-Gîtâ*, de l'*Odyssée*, de l'Alhambra de Grenade, du *Cavalier polonais*, des *Noces de Figaro*, de la notation positionnelle, des temples de Karnak ou de Borobudur, de *La Divine Comédie* ou de la *Phénoménologie de l'esprit*, sinon parmi les hommes qui nous causent tant de tourments.

Ils courent moins vite que les zèbres, les gazelles, les guépards, les chevaux ; ils sont moins forts que les éléphants ; ils ne volent pas dans les airs à la façon des grues, des aigles, des condors. Mais ils bricolent dans l'éphémère des trucs auxquels nous n'aurions jamais rêvé dans notre éternité et qui montent jusqu'à nous. Tenez : j'aime bien l'église qu'ils m'ont élevée à Venise, qui est la ville des anges, au-delà des Zattere et de San Sebastiano, dans un quartier ravissant et un peu désolé, sous le joli nom d'Angelo Raffaele, ou Anzolo Rafael dans le dialecte local. Qui donc aurait pensé à moi si les hommes n'étaient pas là ?

— Tu as de la chance, grommela Michel. Mon église à moi, celle de l'Angelo Michele, ils l'ont détruite. Il n'en subsiste que le nom du campo Sant' Angelo. Je ne me plains pas. J'en ai beaucoup d'autres qui me plaisent bien : une à Lucques, par exemple, et une dans les Pyrénées. À Venise même, un cimetière, plein de danseurs russes, de gaieté et de vie. À Rome, le château Saint-Ange qui perpétue le souvenir de mon apparition à saint Grégoire le Grand. Il passait le pont le plus beau et le plus célèbre de la Rome antique à la

427

tête d'une procession de fidèles qui imploraient du ciel la fin de la peste qui les frappait cruellement et c'est en me voyant remettre, au sommet du mausolée d'Hadrien, mon épée dans son fourreau que le pape comprit que ses prières étaient exaucées et que l'épidémie prenait fin. Du coup, il donna mon nom au tombeau de l'empereur. Et surtout, aux confins de la Bretagne et de la Normandie, le Mont-Saint-Michel, qui pourrait bien passer pour la huitième merveille du monde. Et, je le mentionne pour mémoire, un boulevard à Paris.

— Ils m'amusent, reprit Raphaël, qui écoutait avec une ombre d'impatience le numéro de son collègue. Ils ne savent pas quoi inventer. Au croisement du rio dei Carmini, du rio de San Sebastian et du rio de l'Anzolo Rafael — mon rio à moi —, dans un lacis inextricable de canaux, ce sont deux dentellières de ma paroisse qui ont tissé de cheveux la collerette d'un blanc de neige que portait Louis XIV le jour, je ne sais plus, de son mariage ou de son couronnement.

> Car, sinueuse et délicate
> Comme l'œuvre de ses fuseaux,
> Venise ressemble à l'agate
> Avec ses veines de canaux.

Oui, c'est vrai, ils m'amusent avec leurs trouvailles sans fin qui se répondent les unes aux autres et leurs tours de bateleur où ils finissent toujours par se piéger eux-mêmes. Mais c'est vrai aussi : ils sont dangereux. Rien ne leur plaît tant que le mal. La pensée leur monte à la tête. Ils sont capables de tout et de n'importe quoi.

— C'est ce qu'il me semble, prononça Dieu. Et c'est pourquoi nous allons écouter le messager que j'ai envoyé dans le temps pour leur servir d'avocat dans notre éternité.

Et, d'un geste impérieux, il pointa le doigt vers Gabriel.

LE SOUPIR DE DIEU

Perdu dans la foule des morts qui avaient été des vivants, vous pouvez imaginer les sentiments qui s'agitaient en moi à l'instant où le Tout-Puissant donna la parole au divin messager qui m'était apparu un soir, dans l'île, sur le chemin de la mer.

L'univers et l'histoire chantaient, dans un silence assourdissant, la gloire de l'Éternel. Toute une vallée de larmes coulait sur mon visage. J'étais plus mort que vif — mais j'étais déjà mort. J'aurais voulu disparaître sous une terre dont l'absence n'était plus capable de s'ouvrir sous mes pieds.

L'archange qui se tenait dans l'ombre du Très-Haut se déplaçait avec la grâce que je lui connaissais, mais les ailes lui étaient revenues et un feu intérieur semblait le consumer. Gabriel s'approcha de Dieu et, à son habitude, il baisa le bord de la robe qui brillait de tous les feux de la Sagesse infinie.

— Eh bien, lui dit Dieu avec bonté, voilà notre envoyé, son rapport sous le bras. Il va nous donner des nouvelles des vivants.

L'éternité est longue : les choses y durent à jamais. Elles vont aussi très vite : le début est déjà la fin. À peine Gabriel avait-il commencé la lecture du rouleau où figuraient nos entretiens qu'il avait déjà terminé. L'histoire de l'univers avec tous ses détails — quelle leçon pour les écrivains qui musardent et traînent en route ! — n'était qu'un point sans épaisseur sous le regard de Dieu. Et je n'étais que le fragment le plus imperceptible de cette minuscule immensité.

Quand l'ange Gabriel eut achevé son rapport, quand, achevé à mon tour, je fus jeté palpitant et tout nu au pied de l'éternité, un grand silence se fit. Dieu poussa un soupir.

DIEU S'EN VA

La voix de Dieu s'élevait.

— J'ai beaucoup aimé les hommes. Et les hommes m'ont aimé.

Je les ai protégés quand ils étaient faibles et peu nombreux. Je les ai menés par la main jusqu'au seuil de leur histoire. Et voilà que les morts sont innombrables devant moi. Et que les hommes sont puissants. Ils sont des millions et des millions de millions qui règnent sur la Terre et qui regardent au-delà.

Les hommes m'ont aimé sous des noms différents. Dans la complication la plus savante et dans la simplicité de l'esprit et du cœur. Dans la multiplicité des visages et des attributs et dans la suprême unité. Ils m'ont élevé des temples et adressé des prières. Ils ont chanté ma sagesse, ma justice sans pitié, ma pitié sans justice, ma bonté, ma toute-puissance, mes caprices sans raison et mon éternité. Ils m'ont aimé à la folie tant que le monde autour d'eux relevait à la fois du mystère et de l'enchantement.

Ils m'ont aimé beaucoup moins, comme je l'avais prévu, dès qu'ils sont entrés dans l'ombre lumineuse de l'arbre de la science et qu'ils ont cru deviner, chaque jour un peu davantage, les secrets de l'univers. Ils se sont éloignés de moi qui leur servais de père et ils se sont mis à leur compte. Dans l'oubli de l'Éternel et dans l'ingratitude.

Le savoir et la puissance leur sont montés à la tête. L'orgueil les a étouffés. Ils m'ont balancé par-dessus bord. Longtemps, la nuit, sous les étoiles, ou dans les heures de découragement, les hommes se sont demandé ce qu'ils faisaient dans ce monde où ils avaient été jetés. C'est plutôt moi, maintenant, qui me demande ce que je fais dans ce monde qui est mon œuvre et qui m'a échappé. J'ai le sentiment d'être en trop. Situation difficile pour le premier venu, cruelle et insupportable pour le Tout-Puissant. Que peut devenir un Dieu en qui les hommes ne croient plus ?

J'avais décidé de mettre un terme au temps, à l'univers et aux hommes. Gabriel, mon archange, que j'avais souvent envoyé en mission auprès de mes créatures, m'a imploré en leur faveur. Je l'ai autorisé à descendre une sixième fois dans le monde des vivants. Une sixième fois. Une dernière fois. Il n'y aura pas de septième fois. L'ange Gabriel ne viendra plus sur Terre.

Il est tombé au hasard, et, je le crains, plutôt mal, dans une histoire telle qu'elle est. Rien ne m'incite dans son récit à poursuivre une expérience qui n'a cessé de me décevoir depuis que les hommes se sont mis à penser. Le rapport Gabriel n'est pas de nature à me faire changer d'avis.

À ces mots du Tout-Puissant, une vague d'émotion submergea l'assemblée. Les morts se demandaient avec angoisse ce qu'allait devenir leur vie. Si le monde n'allait pas à la fin qui lui avait été fixée de toute éternité, quel sens prendrait l'his-

433

toire? Elle n'en avait déjà pas beaucoup en courant jusqu'à son terme. Une catastrophe brutale la changerait en chaos. Michel s'était figé en une statue de pierre. On voyait des anges pleurer. Des sanglots silencieux secouaient Gabriel. Je retenais mon souffle. Le peu qui me restait de sang s'était glacé dans mes veines. Une sourde rumeur parcourait l'éternité.

Le Très-Haut étendit la main.

— Il n'est pas impossible, puisque je les ai laissés libres, que les hommes ne m'aiment plus. Il m'est impossible de ne plus les aimer. Dieu aussi a ses faiblesses. Dieu pleure souvent sur le monde. Dieu a même le droit de pleurer sur lui-même. Les hommes se débattent avec le mal et avec le monde. Et moi, croit-on par hasard que mon chemin soit pavé de roses? Depuis que le monde est monde, c'est-à-dire, il est vrai, depuis assez peu de temps, je souffre mort et passion. Les hommes, dans le temps, sont crucifiés par le mal et moi, dans l'éternité d'où a surgi le monde, je suis crucifié avec eux.

Je porte ma part de la détresse et de la folie des hommes. J'ai voulu que les hommes soient libres et leur liberté se retourne contre moi. J'ai essayé de me rattraper. Je les ai mis en garde contre eux-mêmes. Je les ai rappelés à leurs devoirs. Je leur ai envoyé des prodiges innombrables et des signes prémonitoires. Ils m'ont ri au nez et ils m'ont méprisé. Il est clair pour moi, et pour vous tous j'imagine, que nous ne pouvons plus vivre ensemble, les hommes et moi, comme nous avons longtemps vécu : dans le respect et dans l'amour. Je ne veux pas que nous vivions dans la méfiance mutuelle et dans l'hostilité.

Pendant que l'ange Gabriel poursuivait sa dernière mission qui, pour la première fois, devait se révéler si décevante, je tournais et retournais le problème du mal dans ma tête — comme des milliers de savants et d'artistes, tout au long de l'histoire, l'ont tourné et retourné dans la leur. La solution, soudain, m'est apparue en un éclair.

L'idée qui a traversé ma Sagesse éternelle n'est pas une de ces idées de génie qui ne viennent — même au Tout-Puissant — qu'une fois ou deux dans toute l'éternité : l'invention du temps, par exemple, ou le surgissement de la pensée dans la vie. Mais elle vaut bien le Déluge ou l'immobilisation en plein élan de la main d'Abraham sur la gorge de son fils ou encore le coup du Soleil arrêté dans sa course pour rendre service à Josué.

Ma décision est si simple que je m'étonne de l'avoir prise si tard. Elle a deux sources. La première : il serait trop facile pour moi, et assez peu élégant, de détruire, sous prétexte qu'elle a cessé de me plaire, une histoire dont je suis, sinon le seul, du moins le premier responsable. La seconde : j'éprouve, selon la règle, tant d'amour pour mes enfants que mon rêve le plus fou est de mourir à leur place. La conclusion s'impose d'elle-même : au lieu de mettre fin à leur règne, je vais mettre fin au mien.

Le silence était tel dans le royaume des morts qu'on entendait les anges voler. Dieu, comme Achille, se retirait sous sa tente. Il transmettait ses pouvoirs aux hommes qui les avaient tant réclamés. Il quittait le monde qui était son œuvre. Il s'installait à la campagne.

L'écho assourdi de cette formidable cérémonie devait parvenir jusqu'aux vivants qui allaient, sur tous les tons, chanter la mort de Dieu. Les hommes ont tort de se vanter : personne, dans le temps, n'était assez puissant pour se débarrasser de Dieu. C'était Dieu lui-même qui décidait de se sacrifier. Les hommes s'étaient éloignés de lui : il s'éloignait des hommes. Il s'effaçait devant leur orgueil. Il leur abandonnait le théâtre du temps.

— Eh bien, souffla Raphaël à Michel d'une voix où se mêlaient le chagrin et l'ironie, nous ne sommes plus que de vieilles églises.

— Et toi, dit Gabriel à Georges, tu n'es plus qu'une légende aux prises avec le monstre qui tourmente la princesse.

— Oui, répondit Georges, nous prenons notre retraite de lieutenants de l'absence.

Et ils se mirent à rire tous les quatre.

Les larmes m'étouffaient. Gabriel se tourna vers moi. C'était une gentille personne.

— Ne pleure pas! me chuchota-t-il. Il reviendra.

— Mais quand? sanglotai-je. Mais quand? Quand reviendra-t-il?

— À la fin des temps, me dit-il. C'est l'affaire d'un instant.

Je bredouillai que l'instant allait durer longtemps.

Enchaîné dans son coin mais encore puissant sur le monde d'ici-bas, entouré de six anges aux allures de dragons tout dévoués à saint Georges, Lucifer ricanait.

— Chiqué! grinçait-il. Comédie! Poudre aux yeux! Tout ça est combiné depuis les origines! La fausse sortie, comme tout le reste, fait partie du plan de toute éternité! Ce sont les vieilles recettes, ce sont les mêmes trucs qui continuent!

436

Michel et Gabriel allèrent se planter devant lui.

— De quoi te plains-tu ? lui dirent-ils d'un ton menaçant et en le bousculant un peu. Voilà que tu as le champ libre.

— La bonne blague ! cria Lucifer en se protégeant le visage de son bras. Je le connais, allez ! C'est embrouille et Cie. Si vous croyez que je ne vois pas qu'il fait semblant de partir et qu'il recule pour mieux sauter...

Un grand tumulte se faisait chez les morts. Les enfants pleuraient. Des femmes criaient. Des hommes se jetaient sur des portes qui donnaient sur le néant.

La voix de l'Éternel couvrait le bruit des âmes.

— Le bien et le mal continueront à se disputer l'histoire. Il n'y aura plus que le monde. Il n'y aura plus que les hommes. Ni les démons ni les anges ne descendront plus parmi eux.

Je vis Gabriel tourner la tête vers moi. Il y avait sur son visage si beau comme un mince sourire à travers la tristesse.

— Les hommes seront livrés à eux-mêmes. Ils ne seront ni pires ni meilleurs que dans les temps évanouis où j'étais parmi eux. Je ne tirerai d'eux aucune vengeance : simplement, ils seront seuls. Ils seront leurs propres maîtres et ils n'auront plus d'autre recours que leur propre génie et leurs propres passions.

Les anges se tordaient les ailes. La terreur envahissait les vivants et les morts : abandonnés de Dieu, ils avaient peur d'eux-mêmes.

— Ils ne me devront plus rien. Je ne leur devrai plus rien. Je leur lâche les rênes. Je ne pèserai plus sur eux. Ils se débrouilleront comme ils voudront. Je les aimerai toujours — mais de loin. La fuite est le seul salut de l'amour malheureux. Ils ne s'adresseront plus à moi pour que je bénisse leurs moissons, leurs entreprises, leurs projets, leurs maisons. Je ne m'adresserai plus à eux pour leur dicter leurs devoirs.

Leur liberté et leur puissance qui se sont retournées contre moi ne mettront pas longtemps à se retourner contre eux. Et ils souffriront comme j'ai souffert. Je disparais pour qu'ils me regrettent. Je les bénis encore, mais pour la dernière fois. Je les aime. Je les quitte. Je n'y suis plus pour personne. Et, pour solde de tout compte, je leur lègue à jamais le rapport Gabriel.

Le ciel se vidait d'un seul coup. Les étoiles prenaient le deuil de la divinité. Les sanglots des vivants et des morts qui connaissaient enfin leur douleur ne montaient plus vers rien. Il n'y avait plus que le temps pour nourrir l'espérance. Un ultime gémissement s'élevait autour du Tout-Puissant qui renonçait à son œuvre. Et, très bas, très lentement, puis de plus en plus fort, le dernier *Te Deum* de l'histoire de l'au-delà retentit chez les âmes.

Entouré des séraphins, des chérubins, de ses archanges et de ses anges, précédé par Michel qui foudroyait Lucifer, appuyé sur Gabriel qui me jetait un clin d'œil, suivi de Raphaël qui consolait les affligés et ramassait les morts, l'Éternel s'évanouit dans son éternité.

Dieu n'était plus qu'un rêve.

Les hommes étaient seuls au monde.

Épilogue

LA VIE EST BELLE,
J'ATTENDS LA MORT

Voilà longtemps déjà que je n'ai plus de nouvelles du Très-Haut. Ni de Gabriel. Ni de Marie.
Il m'arrive de me demander si tout ce que vous
venez de lire a la moindre réalité. Si Saint-
Fargeau et son château dans une forêt de rêve où
couraient des dix-cors et des cavaliers vêtus de
rouge qui sonnaient de la trompe ont jamais
existé. Si, quelques années après un mythe
nommé de Gaulle, François Mitterrand a pu
entrer dans l'histoire comme le premier des Français. Si Valéry et Morand ont vraiment appartenu
à la cohorte légendaire et peut-être imaginaire des
écrivains français. Si Cioran a eu le malheur de
tomber dans ce monde d'illusions. Si Borges est
autre chose qu'un personnage tiré de ses propres
nouvelles. Si l'archange Gabriel est descendu
parmi nous, s'il s'est tenu debout devant Abraham, devant Marie, devant le prophète Mahomet
comme il se tient debout devant Dieu. Et si j'ai
écrit avec son aide, pour fléchir l'Éternel et sauver les hommes d'une colère meurtrière, un rapport qui porte son nom.
    Dans le trouble que j'éprouve, il y a quelque
chose qui brille avec une obscure évidence : le

monde n'a pas disparu et l'histoire se poursuit. La plupart des hommes ne remarquent même pas que le temps continue à couler. Pour moi, qui sais de source sûre qu'il devait s'arrêter, je vois dans ce sursis comme un sceau de vérité apposé sur mon récit par l'Éternel lui-même.

De temps en temps, il pleut. De temps en temps, il fait beau. Assez souvent, je pleure. Sur le malheur des hommes — et sur moi. Il m'arrive encore de rire, et plus souvent que de raison. Aux charmes du printemps, à la splendeur de l'été succèdent avec une régularité tout à fait surprenante la mélancolie de l'automne et les rigueurs délicieuses de l'hiver qui ne tardent jamais beaucoup à s'effacer à leur tour devant le retour du printemps. Le temps dure, et il passe. L'implacable histoire oublie, se souvient, se répète et invente. Les astres roulent dans le ciel. L'univers suit son cours. Les hommes semblent rester les mêmes, et ils changent pourtant. Ils se transforment avec lenteur et deviendront, n'en doutez pas, bien différents de ce qu'ils sont. Je rêve encore à Marie, à Gabriel et à l'Éternel qui se sont retirés loin de moi.

Ne me comptez plus, je vous prie, au nombre des vivants. C'est par erreur, je vous assure, qu'on prétend m'avoir vu rue Sébastien-Bottin ou entre l'Odéon et Saint-Germain-des-Prés, sur les rochers d'une île brûlée par le soleil en Méditerranée, dans une vallée de montagne au plus fort de l'hiver, derrière la Douane de mer à Venise. J'ai aimé le monde à la folie. La vie est belle. J'attends la mort. Et jeté, Dieu sait pourquoi, dans les tempêtes du temps, je bénis l'Éternel.

III
UN RAPPORT POUR L'ÉTERNEL

445

IV

L'ATTENTE

V

LE DÉPART

ÉPILOGUE

DU MÊME AUTEUR

LE VENT DU SOIR.

TOUS LES HOMMES EN SONT FOUS.

LE BONHEUR À SAN MINIATO.

Aux Éditions Grasset

TANT QUE VOUS PENSEREZ À MOI (*Entretiens avec Emmanuel Berl*).

À NiL Éditions

UNE AUTRE HISTOIRE DE LA LITTÉRATURE FRANÇAISE, tomes I et II.

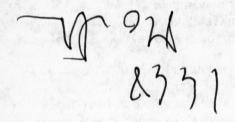

Composition Bussière
et impression Bussière Camedan Imprimeries
à Saint-Amand (Cher), le 2 février 2001.
Dépôt légal : février 2001.
Numéro d'imprimeur : 2659-005354/1.
ISBN 2-07-041735-2./Imprimé en France.

98728